MÉTAMORPHOSES DE LA VENGEANCE

MARK BURNELL

MÉTAMORPHOSES
DE LA VENGEANCE

ARCHIPOCHE

Notre catalogue est consultable à l'adresse suivante :
www.archipoche.com

Éditions Archipoche
34, rue des Bourdonnais
75001 Paris

ISBN 978-2-37735-370-5

0617 UTC/0117 EST

À l'extérieur, la température est de – 52 °C. À l'intérieur, de + 23 °C. Dehors, règne la vitesse. Dedans, le silence. À l'extérieur, la pression atmosphérique correspond à une altitude de 11 277 mètres ; à l'intérieur, à une altitude de 1 981 mètres. La paroi d'aluminium qui sépare les deux univers ne mesure guère plus de 2 millimètres d'épaisseur.

Martin Douglas avait les yeux fermés, mais il ne dormait pas. Occupant du siège 49 C, résidant à Manhattan mais originaire d'Uniondale, dans l'État de New York, Douglas se concentrait sur sa respiration et s'efforçait d'ignorer la peur, compagne de voyage invisible de chacune de ses traversées aériennes. La chaîne de musique classique de la compagnie aérienne diffusait du Mahler dans ses écouteurs. La musique masquait le ronronnement des moteurs, les infimes changements de pas dont chacun accélérait le pouls de Douglas. Avec ce son apaisant au creux des oreilles et grâce à la fatigue qui suit toujours les crises d'angoisse, il se sentait presque détendu. Ses paupières lui paraissaient lourdes. Un film passait sur les écrans au-dessus des allées centrales, mais la plupart des passagers qui l'entouraient dormaient. Quelle chance ils avaient ! À l'autre extrémité de la cabine, il remarqua deux cônes de lumière tombant de spots de lecture. Il referma les yeux.

Quand l'explosion eut lieu, le vol NE 027 de la North Eastern reliant New York à Londres survolait l'Atlantique. Personnel de bord et équipage compris, on comptait trois cent quatre-vingt-huit personnes à bord du Boeing 747 vieux de vingt-six ans.

Le copilote Elliot Sweitzer buvait du café. Larry Cooke, le mécanicien, revenait s'asseoir après s'être brièvement dégourdi les jambes. On avait tamisé l'éclairage dans le poste de pilotage. Dehors, la nuit était belle et claire. L'océan prenait des reflets argentés sous la lune. Les étoiles étincelaient. À l'est et au nord, le ciel se colorait de tons prune avec, à l'horizon, un soupçon de rouge sang.

Ni les innombrables heures passées dans un simulateur de 747 ni les années de vol effectif n'avaient préparé les pilotes au choc physique de l'explosion. La tasse de café de Sweitzer lui jaillit des mains pour aller s'écraser sur les instruments. Cooke, qui n'avait pas correctement attaché sa ceinture, fut projeté contre l'arrière du siège de Sweitzer. Il entendit sa clavicule claquer.

Aussitôt, la cabine s'emplit d'une brume en même temps que du hurlement de la décompression. Le commandant Lewis Marriot fut le premier à réagir. Se collant un masque à oxygène sur le visage, il entreprit de décoder les données terrifiantes qui lui fondaient dessus.

– Alarme de dépressurisation rapide.

Il se tourna vers son copilote :

– Ça va, Elliot ?

Sweitzer tripotait son masque.

– Ça va, ça va.

– Prends les commandes, lui ordonna Marriot avant de se retourner vers Cooke : Larry ?

Blessé au front, le mécanicien saignait. Il avait le bras gauche complètement insensible. Il sentait sa clavicule fracturée pousser contre sa chemise. Il se rassit avec précaution sur son siège et ajusta son masque.

– Ça va… aller.

– Parle-moi, alors.

Sur le tableau de bord devant Cooke, la perte de pressurisation de la cabine était indiquée par un clignotant rouge. Une sirène se mit à gémir. Le mécanicien appuya sur le bouton pour la faire taire.

— J'ai l'alarme de dépressurisation de la cabine.

— Il faut qu'on descende, dit Sweitzer.

— Exact, acquiesça Marriot. Changement de niveau de vol. Poussée minimale. Sortie des aérofreins.

Une lumière jaune se mit à clignoter devant Cooke.

— J'ai une alarme hydraulique.

Il appuya sur le bouton pour le désactiver. Deux secondes plus tard, le clignotement reprenait.

— On a une panne d'un des circuits hydrauliques.

Le 747-200 était équipé de trois circuits hydrauliques.

— J'ai aussi une alarme de déséquilibre carburant.

Une lumière rouge s'alluma, accompagnée d'une sonnerie.

— *Incendie !*

— Le pilote automatique a un problème. Je sens une vibration, reprit Sweitzer.

Marriot regarda Cooke.

— *Check list* feu moteur. C'est quel moteur ?

— Le deux.

Sous la direction de Cooke, Marriot coupa le moteur deux, poussa le bouton du contrôle carburant, puis tira la commande d'extinction numéro deux pour fermer les vannes de carburant et hydrauliques. Enfin il tourna la poignée afin de percuter les extincteurs.

— Le pilote automatique nous lâche. Le deuxième circuit hydraulique aussi.

— Désactivation du pilote automatique.

— Oui, dit Sweitzer. Il faut qu'on ralentisse. Trop de vibrations.

— Ne modifie rien et vire. On se dirige vers Gander.

Située à Terre-Neuve, Gander était la piste la plus proche.

Sweitzer luttait avec le manche :

— Bordel, mais qu'il est mou !

La sirène incendie retentit de nouveau, associée à un clignotant d'alarme.

— Faut qu'on percute le deuxième extincteur, s'exclama Cooke. Ça crame toujours.

— Je crois qu'on a un problème avec la gouverne de direction et sans doute un *stab* bloqué. Le *trim* est naze.

Marriot brancha la VHF sur 121.5, la fréquence d'urgence.

— *Mayday, mayday, mayday !* Ici North Eastern Zéro Deux Sept. Descente en urgence. Dégâts structuraux. Feu de moteur, pas éteint.

La violente décélération projeta les passagers en avant. Ceux qui n'avaient pas attaché leur ceinture furent éjectés de leur siège. Martin Douglas se sentit soulevé du sien, puis retenu par sa ceinture qui lui scia le haut des cuisses. Sa tête alla cogner contre le siège devant lui. Sous le choc, il perdit conscience et son corps revint immédiatement claquer contre son propre dossier.

Son évanouissement ne dura que trois secondes. Malgré son hébétement, il comprit qu'il avait le nez cassé. Le sang qui perlait de l'entaille en étoile ne lui dégoulinait pas sur le visage. Il ne tachait pas sa chemise, ne lui éclaboussait pas les genoux. Non, il paraissait aspiré. Un flot de gouttes cramoisies fendait l'air en ligne droite, comme en suspension.

Plus loin à l'avant de la cabine, une partie du plancher s'était effondrée. Arrachés, des sièges semblaient sucés par la nuit. Une tornade s'engouffra à travers le fuselage, arrachant des vêtements à des corps, des corps à des sièges, des bagages à des casiers. Tous ces débris filaient, tirés par une énorme force invisible, vers l'avant du 747. La plupart des passagers qui en étaient encore capables hurlaient, mais leurs cris pathétiques se perdaient dans le rugissement de la décompression. D'autres gisaient inconscients. Ou déjà morts.

Douglas avait horriblement mal aux tympans, à cause du choc colossal et du violent changement de pressurisation. Mais, à côté de sa peur, la douleur n'était qu'un ennui mineur. La terreur lui comprimait la gorge, le ventre, la poitrine. Quand l'appareil se mit à descendre, il s'arc-bouta instinctivement sur ses accoudoirs, se leva à demi, comme pour contrer la chute en piqué du 747. L'appareil vibrait de manière incontrôlable. Douglas se dit que ce devait être l'enfer et que ce qui suivrait ne pourrait être pire.

Le garçon endormi sur le siège 49 B avait disparu. Il n'avait pas correctement bouclé sa ceinture. La gamine près du hublot était soit inconsciente, soit morte. Ses cheveux lui masquaient le visage, mais une épaisse tache de sang s'étalait sur le store près de sa tête. Une tache noire.

Les masques à oxygène tombèrent du plafond pour être aussitôt attirés par la source de dépressurisation. Douglas en attrapa un au vol et se le colla sur le nez et la bouche. Respirer à travers le masque se révéla plus difficile encore que de le mettre en place ; il avait l'impression que ses poumons se fermaient, chaque respiration se faisant plus sifflante et plus saccadée que la précédente. De petites étoiles blanches lui explosaient devant les yeux.

Il s'autorisa alors à regarder autour de lui. L'obscurité régnait dans la cabine, mais des passagers qu'il distinguait, il semblait l'un des rares à être encore conscient. Malgré sa hantise de l'avion, il n'avait jamais imaginé que la peur puisse être aussi aiguë, que la réalisation de son pire cauchemar le couperait en deux tel un bistouri.

L'alarme d'incendie retentit de nouveau. Cooke ne savait plus trop où donner de la tête. Tout clignotait en même temps devant lui. Il devina – il le savait, mais il ne voulait pas l'admettre – que l'incendie qui faisait toujours rage s'étendait au troisième et dernier circuit hydraulique. La descente de l'appareil virait au plongeon.

Il agrippa Marriot par l'épaule :

— Le feu s'étend. Tu ferais bien d'appeler.

Marriot vérifia la fréquence-radio.

— *Mayday, mayday, mayday !* Ici North Eastern Zéro Deux Sept. Nous sommes en descente d'urgence. En piqué. Nous avons un feu incontrôlable à bord. Les circuits hydrauliques ont lâché. Impossible de virer sur Gander. C'est notre dernier appel. Notre position est de cinquante-quatre nord, quarante ouest. Nous allons tenter de…

Martin Douglas frisait l'hyperventilation, état qu'il aurait accueilli avec joie. Sombrer dans l'inconscience aurait été un véritable soulagement. De la fumée envahissait la cabine.

Il se rappela le jour où il avait eu un accident de voiture. À 110 km/h sur une route qui traversait une forêt du Vermont, il avait dérapé sur une plaque de verglas pour finir sa course du mauvais côté de la chaussée. Heureusement, personne n'arrivait en face. Malheureusement, la route était bordée de pins. Ce jour-là, il avait eu le temps de réfléchir – quelques instants pour voir venir la collision, ressentir de la peur, considérer la mort comme une véritable éventualité. Là, c'était différent. La mort ne relevait plus de l'éventuel mais de l'inévitable. L'appareil tombait comme une pierre. En fait, Douglas savait qu'il était déjà mort.

Lorsque sa respiration ne put ni se creuser ni s'accélérer davantage, il la retint. Une seconde. Puis il exhala, à fond. La tension accumulée s'échappa de lui. Il la sentit évacuer son crâne, traverser sa poitrine et son ventre, descendre le long de ses jambes, passer dans la plante de ses pieds pour s'abîmer dans la structure du 747 en désintégration.

Et, pour un instant dans sa vie, Martin Douglas se sentit en paix dans un avion.

L'UNIVERS DE LISA

1

Il cherchait une blonde décolorée.

Le distributeur de cartes de prostituées était un skinhead corpulent en survêtement Reebok, équipé d'un sac en toile bourré à craquer. Passant d'une cabine téléphonique à l'autre dans Baker Street, il collait ses cartes aux vitres avec du Scotch. Keith Proctor l'observa de loin avant de l'aborder. Il lui montra le bout de carton déchiré qu'un des amis de la fille lui avait donné et lui demanda s'il la connaissait. Le convaincre de parler lui coûta 50 livres. Oui, il savait qui c'était. Non, elle ne faisait pas partie des siennes. Il avait entendu dire qu'elle travaillait à Soho.

Sur le bout de carte d'un jaune sale figurait la photo d'une femme qui remontait ses seins, les mains en coupe. Le bas de la carte – la moitié qui comportait le numéro de téléphone – manquait.

Une heure plus tard, Proctor remontait Shafestbury Avenue à grands pas. La bruine était si fine qu'elle restait suspendue comme un brouillard, mais l'humidité s'infiltrait partout. La circulation était dense sur Charing Cross Road. Les flaques rougissaient du reflet tremblotant des feux de position.

Proctor attendit cinq minutes que l'une des quatre vieilles cabines téléphoniques groupées sur Cambridge Circus se libère. À l'intérieur, cela empestait le tabac froid, ce qui, malgré le désagrément, avait le mérite de masquer en partie l'odeur d'urine.

Trois des parois de la cabine disparaissaient sous les cartes de prostituées. Proctor les balaya du regard. Des photos, couleur ou noir et blanc ; des dessins. Le texte, souvent majoritaire, était généralement imprimé, parfois manuscrit. Des offres de rapports sexuels ordinaires, de sexe oral et de sexe anal. Des rousses, des blondes, des brunes. Des femmes mûres et des adolescentes. Ces cartes s'entassaient jusqu'au plafond comme des produits sur un linéaire de supermarché. Noires, Asiatiques, Orientales, Scandinaves. Certaines publicités mettaient l'accent sur la nationalité : « Hollandaise plantureuse – vingt et un ans tout juste. » « Transsexuelle brésilienne – nouvelle venue en ville. » « Jeune libertine australienne pour jouer et s'amuser. » « Nympho allemande, dix-neuf ans – ne refuse rien. » Une carte proclamait : « Femme mûre et fière de l'être ; 44 n'est pas seulement ma taille, mais aussi mon âge. »

Sortant son bout de carte de sa poche, Proctor étudia les annonces. Il en trouva un double en haut à gauche, avec le numéro de téléphone. Il glissa une pièce dans la fente et composa le numéro.

Une femme répondit, d'une voix plus lasse que lascive.

— Oui ?

— Euh… Voilà, je suis dans une cabine. À Cambridge Circus.

— Nous sommes dans Brewer Street. Vous connaissez ?

— Oui.

— La fille d'aujourd'hui est un vrai canon. Elle s'appelle Lisa, une blonde au corps de rêve avec des jambes interminables. Elle a dix-huit ans et ses mensurations sont…

Proctor n'écoutait plus le boniment que d'une oreille.

— … C'est trente livres pour un massage avec masturbation et cela monte à 80 livres pour la totale. Qu'est-ce que vous cherchiez, exactement ?

— Euh… je ne sais pas trop.

— Pourquoi ne pas venir en discuter avec la jeune dame en personne ?

— Quoi ?

— Vous pourrez décider sur place. Quand pensiez-vous venir ?

— Je ne sais pas. Quand est-ce que…

— Elle est libre en ce moment.

Telle une représentante faisant du porte-à-porte, son interlocutrice ne laissait pas le temps au pigeon qu'il était de trop réfléchir :

— Vous êtes à cinq minutes d'ici. Vous voulez l'adresse ?

Des décorations de Noël pendaient au-dessus de la rue et s'enroulaient autour des lampadaires. Elles envahissaient les vitrines des pubs et des restaurants. Aussi crues et criardes que les néons des sex-shops. Proctor passa devant un jeune couple de SDF recroquevillé sur un seuil autour d'une canette de bière, au sec sinon au chaud.

Face au Raymond Revuebar, l'adresse était coincée entre une supérette asiatique et une boutique de vidéos porno. La même voix de femme répondit à l'interphone.

— Dernier étage.

L'entrée était minuscule et mal éclairée. Sous l'escalier branlant s'entassaient des vélos cassés et des meubles destinés au rebut. Proctor sentit une boule se former au creux de son estomac en gravissant les marches. Chaque palier comptait deux ou trois portes d'entrée. Sans la moindre unité. La plupart, délabrées, tenaient à peine sur leurs gonds. L'une d'elles, au troisième étage, était flambant neuve, peinte en noir. On avait manifestement abattu un pan de mur pour l'installer. Elle était munie de trois solides serrures en acier luisant.

Au dernier étage, une femme obèse d'une cinquantaine d'années l'attendait sur le seuil. Les yeux cachés derrière des verres teintés, elle portait un pull violet dont elle avait remonté les manches aux coudes, un caleçon gris et des Nike. L'appartement était un grenier aménagé. Un énorme poste de télévision dominait un petit salon. Sur un canapé beige défoncé traînait un carton ouvert avec une moitié de pizza dedans. La femme conduisit Proctor dans la pièce du fond.

– Vous voulez boire quelque chose ?

– Non.

– Bien. Attendez ici. Elle arrive dans une minute.

Elle ferma la porte, et Proctor se retrouva seul dans la chambre. Cette dernière était meublée d'un grand matelas couvert d'un dessus-de-lit vert foncé, posé sur un sommier en bois au ras du sol. Sur le manteau de la cheminée, sur la table à l'autre extrémité de la pièce et sur les deux caisses faisant office de tables de nuit, on avait disposé de vieilles bouteilles de vin converties en bougeoirs. Sur une commode, un bol en verre bleu débordait de préservatifs. Il régnait une chaleur étouffante dans la chambre, qui empestait l'huile pour bébé et le tabac. Proctor fit craquer le plancher nu en s'approchant de la fenêtre. Les néons clignotant à l'extérieur coloraient des rideaux minces au point qu'on voyait presque au travers. Proctor les écarta et contempla la rue encombrée.

– On cherche quelqu'un ?

Il ne l'avait pas entendue entrer. Juchée sur des talons hauts, elle portait un peignoir en satin cramoisi et, lorsqu'elle se tourna pour fermer la porte, Proctor put voir un grand dragon s'étaler sur son dos. Le peignoir s'ouvrait sur des dessous et un porte-jarretelles noir. Une blonde, décolorée, aux cheveux mi-longs, avec des racines foncées. Malgré la pénombre, on se rendait compte qu'un shampooing ne lui aurait pas fait de mal.

Pénombre ou non, rien ne pouvait masquer sa pâleur, sa maigreur et sa lassitude. Elle avait une ossature solide sans la chair qui allait avec. Quand elle s'avança, le peignoir s'écarta encore, et Proctor vit des côtes saillantes lui tendre la peau. Visage maquillé – pommettes pêche, lèvres rouge sang et trait appuyé d'eye-liner – mais corps blafard, et lorsqu'elle souriait elle ne réussissait qu'à paraître épuisée.

— Je m'appelle Lisa. Et vous ?

Il ignora la question.

— Vous ne ressemblez pas à votre carte.

Elle haussa les épaules.

— J'ai pas envie de voir ma tronche dans toutes les cabines téléphoniques que je croise. Et j'ai pas envie non plus qu'on me montre du doigt parce qu'on m'a reconnue, pas vrai ?

— Je suppose, oui.

Elle posa une main sur sa hanche, révélant un peu plus de peau nue.

— Bon, qu'est-ce que vous voulez ?

Au fond de la poche de son manteau, Proctor sentit le bout de la carte jaune.

— Juste bavarder.

Le sourire artificiel s'évanouit.

— C'est trente livres minimum. Et pour ça, vous avez droit à un massage et à une masturbation.

— Comment vous appelez-vous ?

— Je vous l'ai dit, Lisa.

— C'est votre vrai nom ?

— Peut-être.

— Oui ou non ?

— Qu'est-ce que ça peut vous faire ?

— J'aimerais savoir, c'est tout.

Silence.

— Eh bien, à vous de me le dire alors ! Qui croyez-vous que je sois ? Lisa ou quelqu'un d'autre ?

— Quelqu'un d'autre.

— Vraiment ? (Elle sourit de nouveau sans parvenir à adoucir la dureté de son regard.) Et qui ?

— Je pense que vous pourriez en fait vous appeler... Stephanie.

Pas le moindre tressaillement.

Proctor en fut déçu.

— Êtes-vous Stephanie ?

— Cela dépend.

— De quoi ?

— De votre fric. Si j'en vois pas la couleur, je ne suis personne. Si vous voulez juste bavarder, c'est OK, mais c'est tout de même trente livres. Je ne fais rien gratuitement.

— Trente ?

— C'est ça, trente. Et pour trente livres, je serai Stephanie, ou Lisa, qui vous voudrez.

Proctor brandit trois billets de dix.

— Pourriez-vous être vous-même ?

Elle resta coite jusqu'à ce qu'il lui tende son dû.

— Qu'est-ce que vous fichez ici ? demanda-t-elle en prenant l'argent. Qu'est-ce que vous cherchez en fait ?

— La vérité.

— Je suis une putain, pas un curé. Il n'y a pas de vérité ici. Ni de ma part. Ni de la vôtre.

Voyant le froncement de sourcils de Proctor, elle s'expliqua :

— En rentrant chez vous ce soir, vous direz à votre femme que vous êtes allé chez les putes ? Que vous avez payé pour baiser ?

— Je ne suis pas marié.

— Votre petite amie, alors... Ouais, c'est bien ce que je pensais. Alors ne venez pas me parler de vérité, d'accord ?

Non seulement son ton changeait, mais son accent aussi. Celui du sud de Londres cédait le pas à un autre, moins identifiable. Après avoir joué les aguicheuses pathétiques, elle était glaciale, directe.

– Je pense qu'en vérité vous vous appelez Stephanie Patrick.

Cette fois, il sut qu'il avait touché juste. Elle se figea une fraction de seconde. Elle tenta de masquer sa réaction, mais elle comprit qu'elle ne lui avait pas échappé.

– C'est bien ça, non ?

– Qui êtes-vous ?

Elle était cette fois ouvertement hostile.

– Vous vous appelez effectivement Stephanie Patrick, n'est-ce pas ?

Elle regarda les billets serrés dans son poing.

– Je vais donner ça à la bonne et ensuite on bavardera, d'accord ?

Il fallut une ou deux secondes à Proctor pour comprendre que la « bonne » était la femme obèse qui l'avait fait entrer.

– D'accord.

Lisa sortit, le laissant seul. Quand la porte se rouvrit, ce ne fut pas elle qui entra mais un haltérophile d'un bon mètre quatre-vingt-dix. Pas de cou, un énorme crâne rasé coincé dans les reliefs grotesques de ses biceps. Il portait un T-shirt blanc si moulant qu'on l'aurait cru peint sur lui.

Sans élever la voix, il utilisa un moyen très direct de faire partir Proctor.

Proctor roula sur lui-même, vaguement conscient des ordures humides qu'il écrasait de tout son poids. La bruine coulait sur son visage tuméfié. Il avait un œil à moitié fermé. De l'autre, il distingua deux murs de briques noircies qui semblaient se rejoindre au sommet. Il était dans une impasse, et cela empestait.

La raclée avait été courte, brutale et tristement efficace. Son auteur n'était visiblement pas un novice.

— Si je te revois dans le coin, lui avait-il sifflé après un ultime coup de pied dans les côtes, je t'arrache les couilles. Pour commencer. Maintenant dégage.

Une porte avait claqué, et Proctor s'était retrouvé par terre.

Il ne chercha pas à bouger tout de suite. Allongé sur le dos, il se serrait les côtes de ses bras croisés. Il avait un goût de sang dans la bouche.

En levant les yeux, il vit un rai de lumière jaune filtrer à travers des rideaux. Quelque part, Bing Crosby chantait à la radio :

I'm dreaming of a White Christmas…

2

Proctor la vit le premier. Il recula dans l'entrée du restaurant où il s'abritait. La bruine de la nuit précédente s'était transformée en vraie pluie. À l'intérieur de l'établissement, le personnel qui préparait la salle pour le déjeuner disposait de grands verres à vin et de petits beurriers glacés sur des tables drapées de nappes blanches empesées.

— Lisa ? lui lança-t-il lorsqu'elle passa à sa hauteur.

Elle s'arrêta ; elle mit un moment à le reconnaître sous son masque d'hématomes. Proctor leva les mains en l'air.

— Je ne cherche pas les ennuis. Je veux juste parler.

Elle parut prête à s'enfuir à toutes jambes.

— Fichez-moi la paix, lui cracha-t-elle.

— Je vous en prie. C'est important.

Il vit de nouveau la dureté dans son regard.

— Vous ne comprenez donc rien ? À moins que vous n'aimiez vous faire casser la gueule.

— Non. C'est la raison pour laquelle je vous ai attendue ici et non dans Brewer Street.

— Comment avez-vous su que je passerais par cette rue ?

— Je n'en savais rien, répondit-il avec un haussement d'épaules. Je l'ai deviné, c'est tout. Vous n'aviez pas l'air d'habiter sur place. Je me suis dit que vous prendriez le métro, pas le bus. Et comme c'est le chemin le plus court entre la station la plus proche et Brewer Street...

— Futé. Mais j'aurais pu emprunter un autre itinéraire. Cela m'arrive souvent.

— Oui, mais vous ne l'avez pas fait.

Selon les renseignements de Proctor, Stephanie Patrick avait vingt-deux ans. La femme devant lui en accusait bien dix de plus. Ses cheveux blonds décolorés auraient bien eu besoin d'un coup de brosse et, sans maquillage, elle avait le visage aussi incolore que le reste de sa personne. Seules tranchaient les traînées sombres autour de ses yeux. Mais à cette heure de la matinée, elles ne devaient rien aux cosmétiques.

Elle portait une vieille veste d'aviateur en cuir noir sur un sweat-shirt gris. Son jean avait des trous effilochés aux genoux et aux cuisses ; vu le temps, cela paraissait davantage un aveu sur sa situation financière qu'une volonté de suivre la mode. Ses tennis en toile bleu étaient trempées.

— Il y a longtemps que vous attendez ?

— Depuis neuf heures et demie.

Elle jeta un coup d'œil à sa montre en plastique. Il était onze heures passées.

— Vous devez vous les geler.

— En outre, je suis trempé et j'ai mal partout.

Elle eut une ombre de sourire.

— J'imagine. Il n'est pas connu pour sa subtilité. Seulement pour sa minutie. Il vous a drôlement amoché.

Proctor n'avait pas dormi de la nuit. Voyant que le paracétamol ne le soulageait pas, il avait recouru à un analgésique alcoolisé, sans se sentir mieux pour autant. Et comme il était loin d'être un buveur patenté, cela lui avait valu une solide gueule de bois, en plus du reste. Son corps n'était plus qu'un hématome, son œil gauche avait salement enflé, ses côtes lui arrachaient des grimaces de douleur chaque fois qu'il respirait, et sa cheville droite, tordue dans l'escalier, était en feu.

— Écoutez, si vous ne voulez pas me parler, c'est votre affaire. Mais permettez-moi de vous poser une question. Êtes-vous, oui ou non, Stephanie Patrick, la fille du Dr Andrew Patrick et de Monica Patrick ?

Il avait besoin d'entendre la réponse, mais il la connaissait déjà. Elle prit son temps :

— Mais d'abord, qui êtes-vous ?

— Je m'appelle Keith Proctor.

— Pourquoi ces questions ?

— Cela fait partie de mon travail.

— Qui est ?

— Je suis journaliste. (Réponse qui la mit visiblement encore plus sur la défensive.) Vos parents se trouvaient à bord de l'appareil de la North Eastern Airlines qui s'est abîmé dans l'Atlantique il y a deux ans. Votre sœur et votre frère cadet aussi.

Elle tourna visiblement les phrases dans sa tête avant d'en choisir une.

— Je n'ai rien à vous dire. Fichez-moi la paix. Laissez cela tranquille.

— J'aimerais bien, croyez-moi. Mais je ne peux pas.

— Pourquoi ?

— Parce qu'il ne s'agissait pas d'un accident.

L'appât était tendu, et elle l'examina un instant. Avant de l'ignorer.

— Je ne vous crois pas.

— C'est naturel. Pas encore. Donnez-moi d'abord une chance de m'expliquer.

Elle secoua la tête, mais Proctor insista :

— Écoutez, mademoiselle Patrick, un café ne me ferait pas de mal. Puis-je vous en offrir un ? Je vous rémunérerai votre temps.

— On me paie pour mon corps, pas pour mon temps.

— On vous paie pour les deux. Venez. Rien qu'un café.

Le Bar Bruno à l'angle de Wardour Street et de Peter Street était à moitié plein. Il servait des petits déjeuners à l'anglaise toute la journée. Derrière un gros distributeur automatique de Coca-Cola, une longue vitrine réfrigérée proposait un assortiment de farces à sandwichs. Les plateaux des tables avaient l'air en bois, mais c'était du toc. On s'asseyait sur des banquettes revêtues de plastique vert cru.

Ils commandèrent des cafés et s'installèrent au fond, où il y avait moins de monde. Stephanie retira son blouson en cuir et le posa négligemment près d'elle. Ses poignets attirèrent immédiatement l'attention de Proctor. Ils disparaissaient sous les ecchymoses. On aurait dit qu'elle portait des menottes violettes. Ce n'était pas le cas la veille. Il l'aurait remarqué. Elle surprit son regard.

— Que s'est-il passé ?

— Rien.

— On ne le dirait pas.

— Vous pouvez parler. Vous vous êtes regardé dans une glace ce matin ?

— Malheureusement, oui.

Prise d'un accès de colère, elle fourra ses poignets sous le nez de Proctor.

— Vous voulez savoir ce que c'est ? Un accident de travail, voilà ce que c'est.

Retrouvant son calme, elle remua son café au lait avant de changer de sujet.

— Vous avez des cigarettes sur vous ?

— Je ne fume pas.

— C'est bien ce que je pensais, mais cela ne coûte rien de demander.

Elle sortit un paquet d'une poche de sa veste. Elle alluma une cigarette et lâcha l'allumette dans sa soucoupe.

— Alors comme ça, vous êtes journaliste ?

— Oui.

— Vous n'en avez pas le look.

— Je ne savais pas qu'il y en avait un.

— Non, ce que je veux dire, c'est que vous avez l'air soigné. Bonne coupe de cheveux, joli costume, chaussures de prix et peau nette – les bleus mis à part, bien sûr.

– J'essaie.

– Pour qui travaillez-vous ?

– Je suis free-lance. Mais j'ai travaillé pour l'*Independent* et pour le *Financial Times*.

– Impressionnant.

– Pas pour vous, on dirait.

Stephanie but une gorgée de café.

– Vous n'avez pas la moindre idée de ce que je pense.

Elle avait l'air nerveux, malgré son agressivité. Elle n'arrêtait pas de s'agiter et son regard ne se posait jamais nulle part. Proctor goûta son café et grimaça.

– Vos parents ont été assassinés, lui assena-t-il tout de go histoire de la tirer de son indifférence.

– En pure perte.

– Comme les autres passagers de ce vol.

– C'est faux. Il y a eu une enquête…

– Défaillance électronique dans le ventre de l'avion qui a produit une étincelle enflammant les vapeurs de kérosène, à l'origine de la première de deux explosions catastrophiques ? J'ai lu les rapports du FAA et du CAA comme tout le monde. Et il n'y a encore pas si longtemps, j'y croyais. Comme tout le monde. D'ailleurs on a changé certains circuits électriques des plus anciens 747. Problème abordé, problème résolu. Sauf qu'on s'est trompé de cause. Cette dernière existe toujours et elle se balade avec un pouls, un cerveau et un nom.

Proctor comprit à son expression qu'elle le prenait pour un dingue ou un débile mental. Il se pencha vers elle et continua plus bas :

– C'est une bombe qui a détruit cet avion. Ce n'était pas un accident.

Il attendit une réaction : une exclamation choquée, des dénégations, quelque chose. Rien. Stephanie s'attaqua à ses ongles, fort sales. Et fendus. Le bout de ses doigts avait l'air à vif.

— Combien d'argent avez-vous sur vous ? finit-elle par lui demander.

— Quoi ?

— En liquide. Combien avez-vous sur vous ? (Elle le regarda dans les yeux.) J'ai besoin d'argent et vous avez dit que vous paieriez.

Proctor ne comprenait plus.

— Écoutez, j'essaie de vous expliquer…

— Je sais. Mais j'ai besoin de cet argent maintenant.

— Ce que je vous raconte ne vous intéresse pas ?

— Vous allez me filer du fric, oui ou non ? Parce que si c'est non, je me tire.

— Je vous ai donné trente livres la nuit dernière et regardez ce que cela m'a valu.

Elle se leva et prit sa veste.

Pour gagner du temps, Proctor sortit son portefeuille.

— Il y avait une bombe sur ce vol. Les autorités sont au courant, mais elles gardent le secret.

— Vraiment ? fit Stephanie d'un ton las.

— Elles savent même qui l'a posée.

— Super ! commenta-t-elle, les yeux sur le portefeuille.

— Il est vivant et il est ici, à Londres. Mais on n'essaie même pas de l'arrêter.

— Comme vous voudrez, dit-elle en tendant la main.

Proctor lui donna deux billets de vingt.

— Je ne comprends pas. C'est de votre famille qu'on parle, pas de la mienne.

— Quarante ? J'ai besoin de cent. De soixante-quinze, au moins.

— Pour quoi ? Pour votre temps libre ? Laissez-moi rire.

— Sale con.

Il attrapa au vol un poignet violet. Elle tiqua, mais il ne relâcha pas sa prise. De l'autre main, il posa une carte de visite sur les deux billets de vingt et referma les doigts glacés de Lisa dessus.

– Vous devriez rentrer chez vous, y réfléchir et m'appeler.

Elle le dévisagea, haineuse. Jamais il n'avait vu une expression pareille.

– Lâchez-moi.

Je ne suis pas une facile. Je ne l'ai jamais été et ce n'est pas maintenant que je vais changer. Je n'en conçois ni fierté ni honte. Je suis comme ça, c'est tout ; c'est ma nature. Avant j'étais difficile avec agressivité – parfois par méchanceté pure – mais maintenant, je dirais que je le suis d'une manière plus défensive. C'est une forme de protection.

Proctor avait tort en m'accusant de ne pas écouter. J'écoute tout. Seulement je n'absorbe pas grand-chose. Je suis une vraie pierre ; de la chaleur en fusion qui a refroidi, et durci. Oui, nous parlions de ma famille. Mais on ne pourra pas faire revenir les quatre qui sont morts – ni d'ailleurs celle qui vit encore – point à la ligne.

En longeant Wardour Street après avoir quitté le Bar Bruno, je ne pense pas à Keith Proctor. Ses théories de complot ne m'intéressent pas. Je pense aux heures à venir, à mes futurs visiteurs. Aux réguliers et aux inconnus. À celui qui a laissé ces rubans d'hématomes autour de mes poignets hier soir. Cela m'étonnerait qu'un homme comme Proctor puisse comprendre pourquoi j'accepte ça et pourquoi j'y retourne. Voire pis. En vérité, ce n'est pas si dur que ça. Plus maintenant. Je vis seule à l'intérieur d'une forteresse édifiée de mes propres mains. La douleur physique n'a aucun sens pour moi.

Je suis sûre que des psys seraient ravis de se pencher sur mon cas. Bien entendu, ils en sortiraient frustrés parce que je refuserais de leur parler. Personne n'est autorisé à franchir le pont-levis. C'est comme ça que je survis. Je suis deux êtres différents : l'âme vulnérable, protégée à l'intérieur des murailles, et l'âme indestructible, vide, à l'extérieur. Quand je roule sur les rails, c'est ainsi que je vis ; mais quand je déraille, c'est une autre histoire.

Être deux personnes à la fois n'a rien d'aisé. La tension est constante. Il faut l'avoir vécu pour savoir ce que c'est. D'ailleurs, lorsque la frontière devient floue, je m'écroule. Quand je suis froide et dure, il faut que je me maîtrise entièrement – même dans les pires situations. Il suffit que cette maîtrise se fissure un tant soit peu pour que je sois fichue. Et c'est là que je m'écrase. De manière spectaculaire. Dans ma quête de l'oubli total, je recours à l'alcool et aux narcotiques. Dès que j'émerge d'un excès, je plonge immédiatement dans le suivant. Il est essentiel que je ne m'accorde pas le temps d'avoir les idées claires parce qu'alors je me vois telle que les autres me voient. Et la culpabilité, la honte et le dégoût s'installent. Dans ces moments-là, la haine que je ressens pour moi-même est insupportable et l'idée d'une issue possible me terrifie. Alors j'ignore le goût du vomi dans ma bouche pour tendre de nouveau la main vers la bouteille de vodka. Et je continue ainsi jusqu'à ce que je me réveille, que je me rende compte que la crise est terminée, que je suis de nouveau aussi dure que de la pierre.

Les psys concluraient probablement que ma situation est en partie un effet de circonstances. Et ils auraient en partie raison. Mais en vérité, ma situation est le produit d'un choix. J'ai choisi cette vie. J'aurais pu mener n'importe quelle existence. Je suis sans aucun doute assez intelligente pour cela. En fait, si immodeste que cela puisse paraître, voilà bien longtemps que je n'ai pas rencontré mon égal en intelligence. Mais, la plupart du temps, je joue les idiotes. Pour éviter les ennuis superflus ; dans ce métier, on ne demande pas à une bouche d'être intelligente, seulement d'être disponible.

Ainsi, de tous les choix qui s'offraient à moi il y a deux ans, c'est celui-là que j'ai fait. Ce qui entraîne la question évidente : Pourquoi ? Et honnêtement je dois avouer que je ne me rappelle plus.

3

C'est une toux de fumeur qui la réveilla, une vilaine toux sèche et râpeuse. Stephanie crut que c'était la sienne, avant de se souvenir qu'elle appartenait à Steve Mitchell, le mari d'Anne, chez qui elle avait dormi, sur le canapé du salon minuscule.

Son vertige s'accompagna d'une nausée. Elle déglutit. Elle avait la bouche sèche, le crâne douloureux, le nez bouché. Anne et Steve se disputaient dans leur chambre, hurlant entre deux quintes de toux. La radio marchait, assez fort pour rivaliser avec leur vacarme. Stephanie s'efforça d'ignorer le bruit et l'odeur de toast brûlé. À combien de gueules de bois consécutives en était-elle ? Depuis combien de temps Keith Proctor lui avait-il offert un café ? Quatre jours ? Cinq ?

Elle se leva tant bien que mal et s'approcha de la fenêtre sur la pointe des pieds. Le Denton Estate, à l'angle de Prince of Wales Road et de Malden Crescent, à Chalk Farm, se constituait d'une tour cernée de plusieurs immeubles plus petits. Cet endroit lugubre, ce mariage hideux de constructions verticales et horizontales, possédait toutefois un atout : il offrait une vue spectaculaire sur le sud de la ville, digne de n'importe quel appartement en terrasse de Park Lane. Du petit deux-pièces de Steve et Anne Mitchell, au huitième étage de la tour de brique rouge, Stephanie contempla longuement Primrose Hill, Regent's Park, la tour de Bristish Telecom et, au-delà, Londres.

Elle partit ensuite s'enfermer dans la salle de bains. Elle s'assit sur le bord de la baignoire et s'agrippa au lavabo, se demandant si elle allait vomir. La veille, elle avait ingurgité du gin, puis un liquide infect qui passait pour du vin – peut-être turc – et d'autres breuvages, dont les quantités et les identités étaient à présent un mystère. Elle ne se souvenait pas de son retour à Chalk Farm. Mais elle se rappelait l'hôtel de King's Cross et les clients, des hommes d'affaires, qui l'avaient abreuvée d'alcool tout en lui jappant à la figure dans une langue étrangère impénétrable. Avec leurs moustaches tombantes, leurs dos poilus, leurs gros bides, leurs médaillons en or et leurs costumes en polyester bon marché, ils n'offraient pas de surprise. Malheureusement, leurs semblables pullulaient dans l'univers de Stephanie.

Au moins, elle n'avait consommé que de l'alcool. Après sa seconde rencontre avec Proctor, elle était passée voir Barry Green pour échanger l'argent du journaliste contre de l'héroïne. Elle lui avait demandé de la lui injecter – un service qu'il fournissait parfois à ses clients réguliers – mais il avait refusé.

— Les michetons aiment pas s'enfiler des putes avec des traces de piquouses sur les bras.

— Qu'est-ce que ça peut te foutre ?

— Un max, en fait. J'ai pas envie d'avoir à expliquer à Dean West pourquoi j'ai mis une de ses filles hors jeu.

— Je n'appartiens pas à Dean West. Je n'appartiens à personne.

Green ayant toujours du mal à repousser ceux qui lui collaient du fric sous le nez, Stephanie avait obtenu son héroïne, qu'elle fuma. Comme elle l'avait prévu – voire secrètement souhaité – la dose se révéla trop forte pour elle : elle vomit et tomba dans les pommes. Lorsqu'elle reprit ses esprits, elle gisait sur un matelas taché, dans une réserve mal éclairée des locaux voisins de l'agence de billetterie de Green. Elle était entourée de conserves de tomates en morceaux, de sacs de riz, de tonneaux d'huile végétale. L'odeur de vomi sur sa veste lui donna un haut-le-cœur.

Green la regardait.

– C'est la dernière fois, Steph, t'as compris ? T'en reprends et tu deviens accro. Tu m'écoutes ? (Il se pencha et la gifla avant d'essuyer sa paume pleine de salive sur sa jambe.) Tu te détruis assez comme ça. T'as pas besoin de ça en plus.

– T'as raison, croassa-t-elle. J'ai pas besoin de ça en plus.

Anne Mitchell fit une seconde tasse de café à Stephanie. À deux, elles tenaient à peine dans la cuisine. Elles étaient assises à une petite table, séparées par un monceau d'assiettes sales ; sur celle du dessus, la sauce tomate formait une croûte. La chaudière à gaz sur le mur grognait de temps à autre.

– Steph, il faut qu'on parle.

Stephanie avait senti ce moment venir depuis le départ de Steve à son travail. Il était plombier et infidèle. Anne ignorait l'ampleur de ses infidélités, mais elle savait qu'il la trompait. Elle le tolérait parce qu'elle avait peur du seul autre choix qui s'offrait à elle – à l'arrivée de Stephanie à Londres, Anne se prostituait. Curieusement, elle pensait que, sans Steve, elle ne pourrait que replonger. Il ignorait toujours son passé, et Anne avait réussi à se convaincre que ses incartades étaient le prix à payer pour son mensonge par omission.

– C'est Steve, dit-elle, le nez dans sa tasse.

– C'est ce que j'avais cru comprendre.

– Je suis désolée. Tu as entendu ?

– Seulement le volume. Pas le contenu.

Anne avait été jolie ; blond vénitien, des traits fins, des joues constellées de taches de rousseur. Dix ans plus tôt, ses clients réguliers l'emmenaient en week-end et lui offraient des cadeaux. Mais quand Stephanie avait fait sa connaissance, peu avant qu'Anne ne rencontre Steve, elle se vendait au premier venu pour une bouchée de pain, sans pour autant parvenir à boucler ses fins de mois. Maintenant, elle avait simplement l'air épuisé, usée par le manque de sommeil et les soucis, accusant quinze ans de plus que son âge.

– Tu as dit une nuit, voire deux. Cela fait presque une semaine maintenant et…

– Ce n'est pas grave.

Anne se gratta l'avant-bras.

– S'il ne tenait qu'à moi, tu pourrais rester le temps que tu veux. Mais tu sais comment il est.

Ça, oui. Steve ne savait peut-être pas que Stephanie faisait le trottoir, mais il la traitait comme une pute, ou du moins comme un objet méritant autant son mépris. Il ne ratait jamais une occasion de la tripoter. Une fois qu'elle était dans la salle de bains, il y avait fait irruption en fermant la porte à clé derrière lui. Anne dormait de l'autre côté de la mince cloison, ce qui expliquait pourquoi il avait murmuré ses instructions à Stephanie tout en descendant son pantalon : « À genoux. » Elle avait également murmuré sa réponse : « Tu mets ça à côté de ma bouche et tu vas te retrouver avec une queue si courte qu'il te faudra un œil bionique pour la retrouver. Rengaine et tire-toi. »

Depuis l'incident, l'hostilité de Steve à l'encontre de Stephanie n'avait cessé de croître. Ses visites à Chalk Farm s'étaient donc raréfiées. Stephanie ne restait jamais nulle part très longtemps. Cela faisait neuf mois qu'elle avait cessé de payer sa part de loyer pour l'appartement où elle était censée habiter – un logement prévu pour cinq personnes, et qui en abritait onze. Depuis, elle passait d'un canapé à un autre, comptant sur les plus charitables de ses amis, dont le nombre ne cessait de diminuer.

– J'ai jusqu'à quand ?

– Tu peux rester ce soir.

Mais l'expression d'Anne suggérait qu'il valait mieux qu'elle dégage avant.

Stephanie était assise dans le dernier wagon. Près d'elle, un contrôleur trompait son ennui en passant la tête par la fenêtre chaque fois que le métro démarrait, pour la rentrer juste avant le tunnel. La Northern Line ne se distinguait pas par sa rapidité. Il fallait compter une demi-heure pour aller de Chalk Farm à Leicester Square.

Stephanie préférait Soho le matin, aux heures les plus paisibles, quand c'était les balayeurs des rues qui occupaient les trottoirs, non les touristes et les ivrognes. Elle s'arrêta pour prendre un café et repéra trois prostituées à une table. Aucune ne parut la reconnaître. Elle s'assit au bar en leur tournant le dos. Elle savait par expérience que l'amitié et la solidarité étaient rares dans ce milieu. Dans un univers peuplé surtout de gens de passage, le client d'une pute était l'occasion ratée d'une autre.

Elle entendit leur conversation. Elles parlaient d'une collègue suédoise victime d'un viol collectif dans une soirée de mecs arrosée. Stephanie connaissait une des filles assises à la table. Elle se faisait appeler Claire. Âgée de dix-sept ans, elle venait de Chester, ou bien de Hereford, ou encore de Carlisle, enfin de l'une de cette centaine de villes anglaises qui n'offraient que désillusion à leur population adolescente. Claire avait débarqué à Londres à l'âge de quatorze ans et, depuis, vendait ses charmes. L'année précédente, elle avait passé trois mois à l'hôpital après qu'un représentant en aspirateurs de Liverpool, bourré, l'avait laissée pour morte dans un hôtel borgne près d'Oxford Street. De profondes cicatrices blêmes s'étalaient autour de ses yeux, et Stephanie savait que, si elle se laissait pousser les cheveux, c'était pour dissimuler les brûlures que son agresseur lui avait faites à la nuque.

Elles commentaient les blessures de la Suédoise avec l'indifférence de comptables discutant de dégrèvements d'impôts. Claire était apparemment aussi peu émue que les deux autres. Si déplaisants que fussent les faits, ils n'avaient rien d'extraordinaire : si vous restiez suffisamment longtemps dans le circuit, vous étiez condamnée à rencontrer la violence. Stephanie ne faisait pas exception à la règle. C'était un risque quotidien, constant.

Quand elle travaillait, Stephanie venait généralement dans le West End en fin de matinée, puis elle tuait le temps avant de prendre son service. Le plus souvent, elle regardait la télé avec Joan, sa « bonne ». Elles buvaient du café, fumaient des cigarettes et lisaient la presse populaire. Il lui arrivait de manger – c'était le seul moment de la journée où Stephanie songeait à se nourrir – et elle prenait alors tous ses repas en un. Elle allait parfois au McDonald's ou au Burger King, ou s'achetait de la bouffe pour touristes, du *fish and chips* dégoulinant de graisse ou d'énormes parts de pizza dont la pâte avait un goût de carton détrempé. Sinon, elle rendait visite aux rares amis qu'elle s'était faits dans le coin ; un vendeur de journaux du Bangladesh ; Aki, une Japonaise d'Osaka ; Clive, un petit mec originaire de Glasgow qui possédait un étal au marché de Berwick Street, et qui l'autorisait à prendre un fruit chaque fois qu'elle passait. Quand elle n'avait pas le moral, elle buvait avant de retourner au turbin, le plus souvent au Coach and Horses, ou au Ship.

En général, plus il était tard, plus le boulot était dur, si bien que, lorsqu'elle avait le choix, Stephanie préférait arrêter à dix heures. Mais elle n'y réussissait pas toujours. Et, quelle que fût l'heure à laquelle elle terminait, elle était épuisée, même après une soirée calme. Même après une soirée nulle. S'abstraire de toute émotion la vidait.

Stephanie laissa les trois filles qui discutaient toujours de l'agression de la pauvre Suédoise et rejoignit Brewer Street. En prenant l'escalier, elle remarqua que la porte blindée du troisième étage était ouverte. Une voix familière retentit.

— Par ici, Steph.

Dean West. Elle se raidit et prit le temps de se calmer avant d'entrer. West buvait une canette de Red Bull. Il portait un manteau en cuir bordeaux, un col roulé noir, un jean assorti et des Dr. Martens. Comme d'habitude, Stephanie ne voyait que ses yeux, aussi globuleux que ceux d'un crapaud, et ses dents, une vraie cata. Il avait la bouche trop petite pour cette masse irrégulière de chicots jaunis.

— Comment c'était hier soir ? Un hôtel à King's Cross, c'est ça ?

— Oui, mais ils étaient deux quand je suis arrivée. Des Bulgares, je crois. Ou des Roumains.

— Et alors ? On double le prix.

— Ils ont refusé.

— Quoi ?

— Ils ne parlaient pas anglais. Ils pensaient qu'ils avaient déjà payé pour les deux.

— Je me fous de ce qu'ils pensaient. Le fric d'abord. C'est la règle. Toujours.

— Pas cette fois.

De colère, West fronça les sourcils.

— Qu'est-ce qui t'arrive, bordel ? On s'entendait bien, toi et moi. J'ai cru que tu étais plus maligne que les autres, mais je n'en suis plus aussi sûr. Qu'est-ce que j'ai toujours dit ? Le fric d'abord. Combien de fois il faudra te le répéter ?

— J'ai eu le fric d'abord, dit Stephanie en tendant sa part à West. Pour un.

Il se mit à compter.

— C'est pas ma faute si t'as pas empoché ce qu'il fallait. Je veux ma part du second. Et discute pas, je m'en fous si ça sort de ta poche.

— Ils étaient tous les deux ivres à mon arrivée. Et ils entendaient bien me soûler aussi. Vu leur état d'esprit, je me suis dit qu'il valait mieux jouer le jeu. Je me suis pliée à toutes leurs exigences et je les ai fait rouler sous la table. C'est là que j'ai piqué ça. (Stephanie sortit deux portefeuilles de sa poche et les jeta à West.) Tu peux prélever ta part sur le second là-dedans.

Les lèvres livides de West s'étirèrent en un sourire lorsqu'il examina le butin :

— Des cartes de crédit ? Diners, Visa et Mastercard. Pas mal. Et qu'est-ce qu'on a dans l'autre ? Visa et Amex Gold. Juteux. Barry va être aux anges.

Barry Green, vendeur occasionnel de drogue à Stephanie, donnait aussi dans la reconversion des cartes de crédit, à l'aide d'une machine coréenne qui modifiait les codes confidentiels. Puis la bonne humeur de West s'envola aussi vite qu'elle était venue :

— Seulement 60 livres en liquide ? Combien tu prends en ce moment, Steph ?

— Le tarif habituel.

— Et ensuite il ne leur restait plus que 60 livres à deux ?

— J'en sais rien. J'ai pas compté.

— Mon cul. Tu t'en es mis un peu à gauche, c'est ça ?

Trois cent cinquante-cinq livres. Elle ne leur avait laissé que leur monnaie.

— Ils ont dû claquer ce qu'ils avaient dans le vin qu'ils me faisaient avaler. Un mauvais vin, pourtant…

— N'essaie pas d'être drôle, Steph. Et n'essaie pas non plus de me rouler dans la farine. Accouche.

— Exactement ce que l'inspecteur McKinnon n'arrêtait pas de me dire. J'ai toujours son numéro quelque part, tu sais.

Superficiellement la colère de West se dissipa, mais intérieurement il bouillait et ils le savaient tous les deux.

— Tire pas trop sur la ficelle, Steph. Un de ces quatre, ça va te retomber sur le nez.

— Je sais. Et c'est aussi valable pour toi. Nous sommes tous les deux en sursis.

Dean West m'a violée une fois. Je dis « violer » parce que c'est ainsi que je vois les choses maintenant, mais à l'époque je n'en étais pas si sûre. C'est Anne Mitchell qui m'a présentée à lui. Elle se prostituait encore en ce temps-là, elle travaillait pour lui, et je crois qu'elle m'a amenée pour lui faire plaisir, exclusivement, bien qu'elle ait affirmé que c'était dans mon intérêt. Elle m'avait expliqué qu'en échange d'un petit pourcentage il me fournirait protection et que, de toute façon, sans son autorisation, je n'aurais pas le droit d'opérer dans ce quartier. C'était un mensonge. Comme la plupart des trucs que racontait Anne à ce moment-là. Mais je ne lui en veux pas. Tout le monde ment dans ce métier et cela vaut aussi pour moi.

Cela s'est passé ici même, dans Brewer Street. En fait, je me demande si West y songe aussi. Cela paraît dater d'un siècle. Ou plutôt appartenir à une autre vie. Pas la mienne, celle de quelqu'un d'autre. Je ne reconnais pas la Stephanie qui figure dans mes souvenirs. Si j'ai été elle, je ne le suis plus.

À mon arrivée ce matin-là, il m'a accueillie avec une politesse surannée. Il m'a avancé une chaise. J'ai compris plus tard que c'était sa manière : un instant il est le charme incarné, l'instant d'après il se transforme en bête sauvage. Je n'ai jamais su si c'était un trait de caractère ou une attitude soigneusement cultivée, mais cela fait partie de sa légende. Ce qui est incontestable, c'est que West a toujours eu la réputation d'être un homme qu'il vaut mieux ne pas doubler. À trente-cinq ans, il a passé douze de ses dix-neuf dernières années en tôle.

À le voir, on ne dirait jamais qu'il est aussi dégueulasse. Il n'a rien de physiquement menaçant. Pas vraiment grand – environ un mètre soixante-quatorze, je dirais – il est très mince avec des traits fins ; il a les mains longues et délicates d'une pianiste. Ses cheveux châtain clair et raides sont partagés par une raie au milieu, ce qui lui donne un aspect assez efféminé. Dans une foule, il passe inaperçu.

Mais lorsqu'il est en colère, ses yeux globuleux semblent sortir de leur orbite, sa peau déjà pâle blêmit au point d'en paraître presque bleue. Il devient alors l'incarnation du mal.

On ne bluffe pas avec West. Tout le monde le sait. S'il dit qu'il va jouer au morpion sur votre visage avec des ciseaux, vous savez qu'il le fera, parce qu'il l'a déjà fait. Quand je suis entrée pour la première fois dans cette pièce, il y a environ deux ans, je n'ai même pas remarqué le tournevis posé sur la table, à côté de moi.

Il a commencé par me dire que j'étais sexy, que j'allais me faire un max de blé. Que, si j'avais besoin de quoi que ce soit, il suffisait de demander. Puis il a fait le tour de son bureau, il a pris le tournevis et s'est planté derrière moi, avant de me murmurer au creux de l'oreille : « Je veux voir ce que t'as à offrir. Et ensuite je vais t'essayer. Déshabille-toi. »

Il ne m'a jamais menacée avec le tournevis, ni verbalement ni physiquement. C'était inutile. Et qu'il ne le fasse pas m'a Dieu sait comment convaincue à l'époque – et pendant quelque temps après – qu'il ne s'agissait pas vraiment d'un viol. Je sais maintenant que c'en était un parce que je me suis soumise aussitôt, certaine que, d'une manière ou d'une autre, West aurait des rapports sexuels avec moi. Je n'avais pas le choix. Me soumettre était me préserver. Et je ne connaissais pas encore sa réputation terrifiante. J'ai senti la menace, j'ai compris qu'il ne rigolait pas. Je crois qu'il aurait préféré que je résiste, voire que je me débatte, ne serait-ce que pour lui fournir un prétexte d'être violent. Mais je n'ai pas bronché. Je me suis déshabillée et je l'ai laissé faire ce qu'il voulait. Il m'a prise d'une façon mécanique, brutale et douloureuse, sans que je proteste.

Ça l'a déçu. Si bien qu'au cours des deux semaines suivantes il m'a forcée une dizaine de fois à avoir des rapports avec lui. Il était de plus en plus brutal, décidé à m'arracher une réaction, mais je ne lui ai jamais donné satisfaction. J'ai conservé mon visage de glace, chaque humiliation ne servant qu'à me rendre plus forte. À la fin, je soutenais son regard et nous savions tous les deux qui ressortait vainqueur. Chacune des tentatives de West de me briser ne réussissait qu'à l'émasculer davantage.

Je vois maintenant combien c'était bête. Tôt ou tard, il aurait perdu patience et j'aurais payé très cher son humiliation. Heureusement, on n'en est jamais arrivé là.

Un marchand d'héro de l'East End, un dénommé Gary Crowther, a eu un différend avec Barry Green à propos d'une dette. Pour faire une faveur à Green, Dean West a accepté de se charger personnellement de Crowther. Malheureusement, l'année précédente, ce dernier avait été éjecté d'une Kawasaki sur la M 25. Il s'en était sorti avec de multiples fractures du crâne et il avait fallu deux opérations du cerveau pour lui sauver la vie. Le premier coup de poing de West le plongea dans le coma. Il ne s'est jamais réveillé. Ce qui n'aurait dû être qu'un simple avertissement avait viré au meurtre.

Je n'ai jamais vu le coup de poing qui a tué Crowther – selon toutes les versions, c'était plutôt une gifle – mais j'ai entrevu son corps inconscient par une porte entrebâillée. Juste une seconde, mais cela a suffi.

J'étais le seul témoin à qui West ne pouvait pas faire confiance. Le largage du corps de Crowther a été laissé à des potes à lui. Ils ne poseraient jamais de problème. Mais vu comment il m'avait traitée, West avait toutes les raisons d'être nerveux.

Je me souviens surtout de sa peur, parce que je ne crois pas avoir vu cette expression depuis. Il était véritablement terrifié. Il savait que s'il était reconnu coupable il risquait la prison à vie. Il hésitait entre m'avoir aux sentiments ou recourir à la violence. En fait, j'ai pris ma décision avant qu'il ait eu le temps de prendre la sienne. Je lui ai dit : « Je n'ai rien vu, mais tu ne poses plus jamais un doigt sur moi. Compris ? »

Sidéré, il s'est contenté d'acquiescer.

— Allez, dis-le, je veux l'entendre.

— Compris.

Depuis, j'ai tenu ma langue, West, sa promesse et l'inspecteur McKinnon – celui qui a mené l'enquête – reste sur sa faim.

Quant au viol – ou devrais-je dire, le premier viol – je n'ai cessé de l'analyser. Je ne peux pas dire qu'il s'agissait d'une agression brutale – du genre qui fait la une des journaux, qui se solde par un cadavre mutilé – mais il n'en reste pas moins que ce fut une horreur. Je pense qu'étrangement cette expérience m'a donné de la force. D'abord, j'ai appris que j'étais capable de surmonter le pire. Puis, j'ai commencé à être capable de me voir telle que West me voyait – un objet, pas un être humain – et cela m'a permis de me scinder en deux afin qu'une partie de moi reste hors d'atteinte, quels que soient les abus que l'on fasse subir à mon corps. Cela m'a permis de faire ce que je fais, de me livrer à des actes répugnants pour mes clients répugnants. Cela m'a permis de vivre comme ça sans sombrer dans la folie.

West me rend toujours nerveuse et mon emprise sur lui reste ténue. Rien ne garantit que je ne deviendrai pas une victime de sa violence un jour ou l'autre. Plus le temps passe, plus l'incident Crowther s'éloigne, plus West a du mal à me supporter. Des menaces voilées commencent à s'infiltrer dans nos conversations. J'ai remarqué sa façon de me regarder et je sais qu'il aimerait essayer de me briser de nouveau, même s'il prétend que je n'ai plus rien de bandant, que je le dégoûte.

C'est vrai que je ne suis pas au mieux de ma forme. J'ai terriblement maigri. Ma peau n'a pas de vraie couleur, en dehors des marbrures rouges. Mes yeux ont constamment l'air pochés et mes gencives ne cessent de saigner.

La chose peut-être la plus humiliante qui me soit arrivée dans ce commerce des plus humiliants, c'est que j'ai été obligée de baisser mes prix. Anne m'a dit un jour, alors qu'elle s'apprêtait à raccrocher et moi à entrer dans le métier : « Tu ne sais ce qu'est la vraie déchéance que le jour où tu es obligée de te vendre au rabais, pour te rendre compte que cela ne change rien à l'affaire. »

Je n'en suis pas encore là, mais je n'en suis pas loin.

J'ai vingt-deux ans.

Joan retirait la cellophane de son troisième paquet de Benson & Hedges de la journée.

– Tu trembles.

Effectivement, les mains de Stephanie tremblaient.

– Je suis fatiguée, c'est tout.

Pour Anne, elle n'était pas retournée à Chalk Farm, si bien qu'elle avait passé les deux nuits suivantes sur le canapé défoncé actuellement occupé par la masse de Joan. Nuits plutôt inconfortables ; une fois le chauffage coupé, on se gelait. Elle avait dû se rouler en boule dans deux manteaux pour trouver un peu de chaleur. Ensuite elle avait tété la bouteille de gin jusqu'à tomber ivre morte, réussissant à fermer l'œil trois heures la première nuit et deux la seconde. Elle en payait le prix à présent.

Enveloppée de son nuage de fumée, Joan mâchonnait des cacahouètes tout en zappant. Par terre, à côté de son cendrier débordant de mégots, trois téléphones attendaient. Tous muets.

– Il est prêt quand tu le seras.

– À quoi il ressemble ?

– Grand gabarit. Il en a quelques-uns derrière la cravate. (Elle jeta un coup d'œil à Stephanie et secoua la tête.) Tu ferais mieux de te ressaisir, ma fille. T'as rien de flamboyant.

Joan avait l'air d'une baleine échouée. En lycra.

– T'en connais beaucoup qui le sont ?

Stephanie se versa une demi-tasse de gin, piqua une cigarette à Joan et partit dans la salle de bains. Elle se lava la figure à l'eau froide, histoire d'éprouver un rafraîchissement provisoire, avant de s'appliquer fond de teint et mascara. Quand elle avait une sale tête, Stephanie s'efforçait toujours d'attirer l'attention sur sa bouche et sur ses yeux, noirs derrière de longs cils épais. Elle choisit un rouge à lèvres encore plus sanglant que d'habitude. Malgré la maigreur de plus en plus accusée de son corps, ses lèvres restaient pulpeuses.

Elle remit ses dessous en dentelle noire et accrocha son porte-jarretelles. Des taches mauves s'étalaient sur ses cuisses, souvenirs de doigts anonymes enfoncés dans sa chair avec trop d'empressement. Les bleus autour de ses poignets avaient viré au jaune.

Elle vida sa tasse de gin, tira une dernière bouffée de sa cigarette et se rinça la bouche au Listerine. Puis elle respira un grand coup et tenta de s'éclaircir les idées. Mais lorsqu'elle surprit son reflet dans le miroir, une sensation familière lui fondit dessus : la peur de l'inconnu, la peur de la peur elle-même. Au creux de son ventre, glacé et parcouru de crampes ; au fond de sa gorge, serrée et sèche.

Au visage cadavérique dans le miroir, elle murmura sèchement : Non. Pas maintenant.

— Bonjour, je m'appelle Lisa. Et vous ?

Il réfléchit, probablement le temps de se choisir un nouveau prénom.

— Grant.

Joan l'avait bien décrit. Non seulement il était grand, mais massif. Son ventre débordait sur un pantalon noir qui le boudinait. Stephanie était étonnée que les chemises Ralph Lauren existent dans une taille pareille. Les manches remontées jusqu'aux coudes révélaient d'épais avant-bras ornés chacun d'un tatouage. Les cheveux rasés, il arborait un anneau d'or à l'oreille gauche. Mais il avait une Rolex au poignet. À croire qu'il portait les vêtements d'un autre. Il avait une tête d'imposteur. Mais c'était presque toujours le cas.

— Qu'est-ce que vous souhaitez ?

— Sais pas.

Stephanie posa une main sur sa hanche, comme toujours en cet instant, ce qui permettait à son peignoir de s'ouvrir davantage. Une façon d'aguicher le chaland quand l'ambiance était bonne. Aujourd'hui, le geste lui parut froid et sinistre. Elle vit qu'il l'étudiait de la tête aux pieds.

— Je commence à trente et je vais jusqu'à quatre-vingts. Pour trente, vous avez droit à un massage et à une masturbation. Pour quatre-vingts, le service personnel complet.

— Un rapport sexuel ?

Elle faillit répliquer sèchement, mais parvint à se retenir et à sourire :

— À moins que vous ne pensiez à quelque chose d'encore plus personnel.

— Quoi ?

Il avait les yeux voilés par l'abus d'alcool.

— Bien, ce sera quoi pour vous ?

— Le truc... personnel... complet.

— Ça fait quatre-vingts.

— D'accord.

Quand il hochait la tête, toute sa carcasse bougeait.

— Et si on réglait la question d'argent maintenant ?

— Plus tard.

— Je pense que maintenant serait mieux.

— La moitié maintenant, l'autre après ?

— Non. La totalité maintenant. C'est mieux comme ça.

Il ouvrit la bouche pour protester, sans réussir à produire un son. Il fourra une main dans sa poche et en sortit une poignée de billets. Lorsqu'il s'approcha, elle sentit l'alcool dans son haleine et l'odeur particulière de la sueur. Avec de gros doigts roses, il tria les billets sales et les lui tendit.

Elle vérifia rapidement.

— Il n'y a pas le compte : cela ne fait que soixante-dix.

— C’est tout ce que j’ai.

— Cela ne suffit pas. Pas pour des rapports. Peut-être aimeriez-vous autre chose ?

Il eut un sourire stupide.

— Allez. Qu’est-ce que c’est que dix livres…

— C’est dix livres qui manquent.

— C’est mon anniversaire samedi.

Stephanie sentait son irritation monter, le sang lui affluer au visage.

— Alors revenez samedi. Et assurez-vous que vous n’oubliez pas votre portefeuille.

Son changement de ton sembla lui remettre les idées en place. Il se redressa.

— Qu’est-ce que j’ai pour soixante-dix livres ?

Les mots parurent résonner sous son crâne. *Qu’est-ce que j’ai pour soixante-dix livres ?* La question n’était pas neuve, pas plus que le mépris dans la voix. Pourtant Stephanie avait soupçonné qu’un jour viendrait un instant comme celui-ci. Cela faisait un certain temps qu’elle avait des doutes, mais elle s’était refusée à l’admettre. Elle avait voulu l’ignorer, se convaincre que c’était le fruit de son imagination. Ensuite, en sentant le cancer de l’angoisse l’envahir, elle s’était efforcée de l’anéantir par le raisonnement. Devant l’échec, elle avait recouru à des moyens chimiques.

Cela n’avait rien à voir avec Grant. Cela aurait pu arriver avec n’importe qui. *Qu’est-ce que j’ai pour soixante-dix livres ?*

— Rien.

— Quoi ? fit l’autre, perplexe.

— Je suis désolée.

— Vous avez dit que ça allait de trente à quatre-vingts. Qu’est-ce que j’ai pour soixante-dix ?

— Vous ne comprenez pas. Je ne fais rien. Ni pour soixante-dix, ni pour quatre-vingts, ni pour cent quatre-vingt. Tenez, reprenez votre argent.

Il repoussa sa main ; les billets s'éparpillèrent par terre.

– Je n'en veux pas. Je veux…

– Je sais ce que vous voulez. Mais ce n'est pas possible.

Il avança d'un pas et cela suffit. Elle avait déjà trouvé ce qu'elle cherchait en tendant la main droite derrière elle : sur la table, près du bol, une vieille bouteille de champagne, avec un bout de bougie planté dedans, le col couvert de gouttes de cire froide.

Elle balança le bras de toutes ses forces, dans un arc parfait. Le verre explosa contre la tempe de Grant. Pluie d'éclats sur le plancher nu. Stephanie vit les lumières s'éteindre dans le regard de sa victime. Grant réussit à lever une main vers sa joue lacérée, sans être conscient de son geste. Il tituba avant de s'écrouler. Le plancher trembla sous l'impact.

Il fallut dix secondes à Joan pour franchir la porte. Elle regarda le corps par terre, puis Stephanie, accroupie au-dessus de lui, le col de la bouteille toujours serré dans son poing comme si elle s'apprêtait à taillader le client avec.

Joan se colla une main sur la bouche. Stephanie resta plantée là, le visage vide. À travers ses doigts, Joan marmonna :

– Oh ! merde, qu'est-ce que t'as fait ?

Stephanie passa à côté d'elle sans un mot. Dans la pièce voisine, elle se débarrassa de son peignoir et prit son manteau.

– Qu'est-ce qu'on va faire de lui ? dit Joan.

Stephanie chercha le petit sac à dos qui contenait tous ses biens terrestres. Elle l'ouvrit, vérifia que rien ne manquait, puis le referma. Elle enfila son manteau.

– West va péter les plombs. Il faut qu'on sorte ce connard d'ici.

— Si j'étais toi, lui dit Stephanie, c'est moi qui sortirais d'ici. À la seconde. C'est ce que je vais faire.

— Tu peux pas partir comme ça. Il est en bas, bordel. Il a peut-être entendu. Il est peut-être déjà en train de monter.

— Exactement. Et quand il verra ça, comment va-t-il réagir à ton avis ? Tu crois qu'il va chercher une explication ? Ou est-ce que tu crois qu'il va désigner un coupable ?

Joan se rembrunit.

— En tout cas, ce serait pas moi. C'est pas moi qui ai fait le coup.

— Très bien. C'est ta décision. Mais pas la mienne.

— Je ne pars pas. Et toi non plus d'ailleurs.

Joan tendit la main vers le téléphone. Stephanie saisit son sac et s'enfuit.

Celui qui décrocha, au troisième étage, prit son temps. La porte était toujours close quand Stephanie passa devant. Ses talons la freinèrent sur les marches inégales, mais elle approchait de la porte de sortie lorsqu'elle entendit le cri, suivi d'un bruit de cavalcade dans l'escalier.

Il fallait qu'elle les sème au plus vite. S'ils la voyaient, ils la rattraperaient. Elle tourna à droite, puis encore à droite, s'engagea dans Wardour Street, avant de filer à gauche dans Old Compton, puis encore à gauche dans Dean Street. Sans jamais oser jeter un regard en arrière.

Il n'était pas encore dix heures du soir. Le quartier était animé, une chance. Elle prit Carlisle Street et ne cessa de courir qu'à l'approche de Soho Square.

La distance couverte n'était pas énorme, mais ses poumons criaient grâce. Elle ralentit le pas. Elle remarqua alors que son manteau n'était pas complètement fermé, ce qui expliquait certaines expressions de stupeur chez ceux qu'elle avait croisés. Elle ne portait rien d'autre que de la lingerie noire. Elle comprit soudain que, si ses poursuivants demandaient aux passants quelle direction elle avait prise, ils se souviendraient parfaitement d'elle.

Elle boutonna son manteau et se força à reprendre sa course. Elle était consciente de ne pas être en forme, mais pas d'être arrivée à ce point de déchéance physique. Pour l'instant la peur compensait, pour l'instant seulement…

Elle s'engagea dans Soho Street et traversa Oxford Street avant de se retourner pour la première fois. Rien n'indiquait qu'elle fût suivie. Elle longea Rathbone Place et tourna à droite dans Percy Street. Elle reprenait ses esprits. Le danger immédiat semblait avoir été évité, mais une menace plus sinistre se profilait. Si ses poursuivants rentraient bredouilles, West se servirait de son réseau pour la localiser. L'information circulerait et la chasse commencerait. Chaque passant serait alors un danger potentiel.

De combien de temps disposait-elle ? Où aller ? Chalk Farm était hors de question. En fait, tous ses proches étaient hors de question. Les impliquer serait trop risqué. Ce fut pour cette raison qu'elle choisit Proctor. Il la laissait parfaitement indifférente.

Sur Tottenham Court Road, elle tourna à gauche, vers le nord. Elle trouva une cabine téléphonique en état de marche devant la Banque nationale de Grèce. Elle composa le numéro. On décrocha.

– C'est Stephanie Patrick.

Si la surprise avait un son, le silence de Proctor aurait été celui-là.

– On peut se voir ?

– Je crois… bien sûr. Certainement. Quand ?

– Maintenant.

– Maintenant ? Euh, cela ne m'arrange pas. Je suis occupé. Je travaille…

– J'ai des ennuis. J'ai besoin d'aide. Et tout de suite.

4

Je suis en train de boire un café au McDonald's, à l'angle de Warren Street et Tottenham Court Road. Je garde la tête baissée, trop consciente des drôles de regards que me lancent certains clients. Je devrais attendre dans l'entrée du métro de l'autre côté de la rue, mais il fait froid dehors. J'irai à l'heure du rendez-vous.

J'essaie d'oublier l'homme que j'ai frappé et la situation dans laquelle je me trouve. Je pense à ce qui a déclenché tout ça.

Quel effet cela fait-il de vivre un accident d'avion ? De tomber et d'en être conscient. De savoir qu'on est condamné ? Quel effet cela fait-il ? Quel bruit ? Ce sont des sujets que j'ai évoqués à de trop nombreuses reprises pour qu'on puisse les compter. C'est la nuit que les images m'envahissent. Je vois Sarah, ma sœur, avec la chevelure en feu. David, mon jeune frère, contemple son bras arraché. Et mes parents sont de la cendre, incinérés instantanément et éparpillés dans le vent.

Voilà ce qui me réveille la nuit. Voilà pourquoi je bois jusqu'à l'abrutissement Ces choses-là appartiennent au monde du sommeil. Mais ce soir, elles ont franchi la frontière.

J'ai regardé Grant et j'ai songé à ce que nous allions faire. Pour 70 livres – pas même 80 – puisque je me serais vendue au rabais, finalement. Sauf qu'on n'en est jamais arrivé là. Tout à coup, j'ai vu mes parents dans la pièce, entourés de David et de Sarah, dans une odeur de chair calcinée, le plancher luisant de leur sang. Je me suis vue à quatre pattes, Grant me labourant, ivre, par-derrière, sous les yeux de ma famille, leur consternation visible à travers leurs blessures hideuses.

C'est la première fois que cela se produit. Je ne les ai jamais imaginés pendant une passe. Un instinct me les a toujours fait tenir à distance – comme tout ce qui a jamais compté pour moi. Mais, récemment, j'ai su que quelque chose n'allait pas. J'ai senti la chose grandir en moi, une tension cherchant à se libérer. Et maintenant j'en connais la cause.

Proctor. Proctor et ses théories de complot tirées par les cheveux. Il a ressuscité les fantômes. C'est lui le coupable.

Dehors, sur Euston Road, au-dessus du passage souterrain, il y a une sorte de construction en béton avec une grille métallique encastrée dedans. Un système de ventilation, peut-être. Sous la grille, quelqu'un a laissé un graffiti que j'ai remarqué avant d'entrer ici :

PERSONNE N'EST INNOCENT.

Proctor conduisait une petite Fiat pourrie. Stephanie l'avait imaginé au volant de la dernière BMW, de quelque chose de lisse, de brillant et d'allemand. Il se pencha pour ouvrir la portière du passager. Stephanie sortit de l'entrée du métro et traversa le trottoir.

– Vous avez vingt minutes de retard.

– La voiture refusait de démarrer.

– Ça alors ! dit Stephanie en jetant un regard méprisant à l'engin.

Proctor ne dissimula pas sa stupéfaction :

– Pour quelqu'un qui a des ennuis, vous avez une manière plutôt merdique de dire merci.

Devant son silence, il ajouta :

– Vous montez ou non ?

– Je ne sais pas.

— Vous ne savez pas ! Je croyais que vous aviez besoin d'un toit.

— J'ai besoin d'un toit sûr.

Le vent poussa des journaux sur le trottoir. Stephanie frissonna.

— Je ne vous ferai pas de mal… Je vous le promets.

— Vous ne pourrez pas avoir de rapports avec moi.

— Quoi ? fit-il, désarmé par sa franchise.

— Vous ne pourrez pas avoir de rapports avec moi.

— Vous m'en voyez soulagé. Vous n'êtes pas mon genre. Montez.

— Je suis sérieuse.

— Non, mais je rêve ! Écoutez, c'est vous qui m'avez appelé. Vous vous souvenez ? C'est moi qui travaillais chez moi et qui ai dû enfiler mes chaussures pour venir vous chercher.

Elle resserra le col de son manteau.

— Je ne vous laisserai pas…

— Je ne veux pas faire l'amour avec vous. Vous ressemblez à une morte réchauffée. Bon, vous montez, oui ou merde ? Parce que je vais pas poireauter toute la nuit au risque de me faire arrêter pour racolage.

Une fois de plus, Proctor vit s'inscrire sur son visage une expression indéfinissable, qui aurait pu être de la tristesse, de la haine ou de la peur. Ou les trois à la fois. Après une ultime hésitation soupçonneuse, Stephanie monta dans la voiture.

Proctor garda les deux mains sur le volant et regarda droit devant lui.

— Excusez-moi. Je n'aurais pas dû dire ça.

— Pas grave. Vous n'imaginez pas combien la vérité peut être reposante.

Où suis-je ? Ce canapé n'est pas celui de Brewer Street. Non, je suis dans Bell Street, entre Edgware Road et Lisson Grove. Dans le salon de Proctor.

Ma vie est suffisamment précaire sans que je la risque à monter dans la voiture d'inconnus. La nuit dernière, j'avais besoin de fuir la rue, de me reposer, si bien que je lui ai été reconnaissante de son intervention. Mais maintenant qu'il fait jour, il faut que je réfléchisse. Il faut que je continue à bouger – une proie en mouvement est plus difficile à attraper – jusqu'à ce que je trouve un endroit sûr où me planquer. Et pour ça, je vais avoir besoin d'argent. Les 355 livres que j'ai piquées aux hommes d'affaires de King's Cross vont me permettre de tenir un moment, mais elles ne me donneront pas un passeport pour une nouvelle vie.

En me levant, je me rends compte à quel point je suis mal. Cela ne ressemble pas à une gueule de bois ordinaire : j'ai mal partout et je suis nauséeuse. J'ai chaud et froid à la fois. Peut-être que mon corps proteste contre le traitement que je lui ai infligé.

Proctor doit encore dormir. Je me déplace sans bruit. À notre arrivée ici, la nuit dernière, nous ne nous sommes pas dit grand-chose. Il m'a montré la salle de bains, où j'ai enfilé le jean et le sweat que j'avais dans mon sac à dos. Ensuite il m'a fait asseoir sur ce canapé et m'a servi des whiskys. Je ne me rappelle pas combien il en a fallu pour venir à bout de ma prudence instinctive. Quand je me suis sentie prête à parler, l'épuisement aidant, je tombais de sommeil. Proctor l'a compris : il est allé me chercher un oreiller et des couvertures. Il a dû se dire qu'on discuterait ce matin. Il va être déçu.

Il portait une vieille veste en cuir usée quand il est venu me chercher. Elle n'est pas dans cette pièce. Je mets mes chaussures, rassemble mes affaires, ferme mon sac à dos et enfile mon manteau. Ensuite j'ouvre la porte le plus doucement possible et je passe sur la pointe des pieds devant la chambre de Proctor, à gauche dans le couloir.

J'ai les tempes qui battent. Une sensation de nausée.

J'entre silencieusement dans la pièce qui aurait pu servir de chambre d'amis si Proctor ne l'avait pas transformée en bureau. Deux tables ; sur l'une, des boîtes à archives et du courrier, sur l'autre, un ordinateur. La veste en cuir est sur le dossier de la chaise entre les deux. Je tâte les poches : son portefeuille est là. J'ignore les cartes de crédit. Seul le liquide m'intéresse. Il y a 80 livres en billets de 20 et de 10. Je les plie.

Et c'est là que je l'entends derrière moi.

— Vous avez égaré quelque chose ?

Stephanie vira sur elle-même, le portefeuille à la main. Proctor s'encadrait dans la porte, bloquant sa fuite.

— … ou vous fouillez dans mes affaires ?

Il portait un pantalon de survêtement et la chemise noire de la veille. Il n'avait pas eu le temps de la boutonner. Ses cheveux, aplatis sur un côté de son crâne, rebiquaient de l'autre.

Il paraissait plus abattu qu'en colère. Mais Stephanie avait appris depuis longtemps à ne pas se fier aux apparences.

— Il vous suffisait de demander. Je vous aurais donné l'argent.

— Ben voyons…

— C'est vrai.

— Et pourquoi feriez-vous ça ?

— Parce que je vous connais.

Il tendait la main, attendant qu'elle lui rende son portefeuille. Stephanie s'avança. Puis elle chargea et le déséquilibra d'un coup d'épaule dans la poitrine. Les doigts crispés sur le portefeuille, elle fonça vers la porte d'entrée. Mais Proctor la rattrapa d'une main et la retourna comme une crêpe. Instinctivement, elle lui expédia son poing dans la mâchoire. Proctor recula, ébahi par sa rapidité et sa force.

Elle tira sur la béquille de la porte d'entrée. En vain. Lorsqu'elle comprit, elle se sentit vidée de son énergie. Elle lâcha prise. Elle se retourna : il lui montrait le trousseau de clés.

Tout en se massant la mâchoire.

— Fermée à double tour, au cas où.

Elle était prise au piège. Proctor la coinçait ; pas de fuite possible, plus de surprises en réserve. Stephanie eut une réaction habituelle, un produit dérivé de l'expérience. Elle recula dans un coin et se laissa glisser par terre. Mentalement, elle s'enferma, fit le vide, s'engourdit. Quand Proctor fit un pas vers elle, elle se protégea la tête de ses bras et se roula en boule.

— Qu'est-ce que vous faites ?

Elle se blinda contre le coup qui allait venir.

— Je ne vais pas vous frapper, Stephanie. Je ne veux pas vous faire de mal.

Ces mots avaient plus d'une fois annoncé une sévère raclée. Elle savait que Dean West jouait toujours les gentils avant d'administrer ses corrections. Elle resta immobile, se gardant bien de relever la tête.

— Écoutez, je vais reculer. D'accord ? Je vais m'asseoir par terre, comme vous, dans l'embrasure de la porte de mon bureau. Et, dès que je l'aurai fait, vous relèverez la tête. Ensuite nous pourrons parler. Cela vous va ?

Pas de réponse.

— Je veux juste parler, rien d'autre.

Elle attendit qu'il batte en retraite avant de s'autoriser à jeter un coup d'œil entre ses bras croisés.

— Vous voyez ? Je ne peux pas vous faire du mal d'ici.

Stephanie avait la tête qui tournait. Elle déglutit.

— Où pensiez-vous aller ?

Silence.

— Il y a un endroit ? Quelqu'un ?

Elle tremblait.

— Et la nuit dernière ? Vous voulez me dire ce qui s'est passé ?

Elle se protégeait toujours la tête.

— Écoutez, je sais que vous ne me faites pas confiance – il n'y a pas de raison finalement – mais vous ne m'intéressez absolument pas, sinon pour ce que vous pouvez m'apprendre. J'ai aussi des choses à vous révéler, mais si vous ne voulez pas les entendre…

— Je ne veux rien entendre, murmura-t-elle.

Proctor secoua la tête.

— C'est de votre famille qu'on parle.

Stephanie haussa les épaules.

— Et si je vous posais des questions d'ordre général ? Vous y répondriez ? reprit-il.

— Non.

— Et pourquoi ?

— Vous n'avez pas besoin de savoir quoi que ce soit sur moi ou ma famille.

— Je vois. Et si vous vous contentiez de m'écouter ? Je vous expliquerais mes recherches, ce que j'ai découvert, comment je…

— Vous êtes bouché ou quoi ? Je m'en fiche.

— Je dois être bouché. Effectivement, je ne comprends pas. Pas du tout. Si ma famille s'était trouvée dans ce 747, j'aimerais savoir pourquoi il s'est écrasé et qui est responsable. Je voudrais que justice soit faite. Pour eux et pour tous les autres à bord. Et pour tous leurs parents et amis traumatisés. C'est là le nœud du problème, vous savez. C'était dans ce but que j'ai commencé l'enquête. Un récit d'intérêt humain. Que sont devenus les proches des morts deux ans après l'accident, quand l'événement ne fait plus la une des journaux ? Comment s'en sortent-ils ? Vous refusez de me parler, mais d'autres l'ont fait. J'ai vu leur douleur. Je l'ai sentie. Et, après deux ans, elle était toujours aussi vive. Ils ont appris à vivre avec – certains, du moins – mais les blessures n'ont pas cicatrisé. Et elles ne cicatriseront probablement jamais. Chacun d'entre eux a souffert et…

– Vous croyez que ce n'est pas mon cas ? lâcha-t-elle. Et que ce n'est toujours pas le cas ?

– Bien sûr que non. C'est juste que…

– Juste que quoi ? Que vous trouvez étrange que je n'aime pas en parler à des journalistes ? Je parie que vous pensez que ma situation actuelle est une conséquence de l'accident, n'est-ce pas ? Cela ferait un bon article si c'était vrai, non ?

Il fut tenté d'acquiescer.

– Je n'en sais pas encore assez long à votre sujet. C'est impossible à dire.

– Vous voyez ? Vous mentez comme tout le monde. Je vois votre canevas d'ici : une famille en ruine, quatre morts, deux survivants, un qui s'en tire, l'autre pas. Comme vous le disiez, une histoire d'intérêt humain.

– Mon article est en train d'évoluer.

– Qu'est-ce qui vous fait croire que j'ai envie de voir ma vie étalée dans les journaux ?

– Vous n'y figureriez pas nécessairement.

– À moins que je n'enrichisse l'article. À ce moment-là, vous m'y mettriez, non ?

Proctor envisagea une seconde de mentir.

– C'est mon boulot. C'est pour ça qu'on me paie.

– Ouais. Baiser les gens pour du fric. C'est ce que nous faisons tous les deux.

Elle paraissait encore plus mal en point que la nuit précédente, devant la station de métro, carnaval de chair de poule sous la lumière crue des lampadaires. Maintenant, elle n'était plus qu'un sac d'os. Des pommettes trop saillantes pour être séduisantes, des poignets qui avaient l'air enflé tant elle avait les bras décharnés, et, visibles à travers les déchirures de son jean, des genoux qui paraissaient suffisamment pointus pour déchirer sa peau marbrée.

— Je n'écris plus cet article. Nous n'en sommes plus au simple stade de l'intérêt humain. C'est allé beaucoup plus loin. Chaque jour j'apprends quelque chose de nouveau et l'angle change.

— Woodward et Bernstein à vous tout seul, c'est ça, hein ?

Il fut surpris et cela dut se voir parce qu'elle eut un sourire sans joie.

— Oui, je sais qui ils sont et ce qu'ils ont fait. Vous croyez que, parce que je suis une pute, j'ai la cervelle d'un footballeur ?

— Non.

Stephanie se passa les doigts dans ses cheveux blonds emmêlés.

— Alors tous ces autres gens que vous avez interrogés - tous les autres comme moi - qu'est-ce qu'ils pensent ?

— De quoi ?

— De votre théorie de la bombe.

Proctor baissa les yeux.

— Ils l'ignorent.

— Quoi ?

— Je ne le leur ai pas encore dit.

— Pourquoi ? demanda Stephanie en se raidissant de nouveau.

— Je m'étais déjà entretenu avec la plupart d'entre eux quand je l'ai découvert. Et je n'étais pas sûr que ce soit vrai.

— Mais maintenant vous l'êtes ?

— Certain, oui.

— Quand avez-vous fait cette découverte ?

— Trois jours avant que je vienne vous voir pour la première fois. Je n'avais pas l'intention d'en souffler un mot, mais quand vous avez refusé de me parler, j'ai tout lâché sans réfléchir. Pas très pro comme attitude. Une fois que j'avais mangé le morceau, je ne pouvais plus revenir en arrière.

Stephanie frissonna, puis se sentit brûlante.

— Qui d'autre est au courant ?

— Personne. Juste vous et moi.

Elle ne chercha pas à masquer son incrédulité :

— Vous n'espérez tout de même pas que je vais vous croire ?

— C'est vrai.

— Pourquoi n'avez-vous pas averti quelqu'un d'autre ?

Proctor se mordit la lèvre avant de répondre :

— Parce que j'ai peur.

Proctor vivait dans un petit immeuble victorien sans charme. Toutefois son appartement avait un certain style, même si la plus grande partie de la décoration semblait sortir tout droit d'un magazine. Une chaîne Bose, une télé Sony grand écran et des meubles danois – fauteuils, lampes, étagères – le tout minimaliste et propre. Une superbe table en bois occupait le centre du salon. Des kilims turcs par terre, des batiks africains aux murs.

Stephanie alluma une cigarette et remarqua la grimace de son hôte. Lorsqu'elle lui réclama un cendrier, il lui apporta une soucoupe.

— Qu'est-ce que vous savez du poseur de bombe ?

— Il est jeune, probablement pas plus de trente ans, et c'est un musulman. Il vit quelque part dans cette ville. Et on le sait au MI 5, au SIS et à la CIA. Au FBI sans doute aussi, mais je ne le jurerais pas.

— Il a un nom ?

— Il doit en avoir plusieurs, mais je ne les connais pas.

— Nationalité ?

— Même réponse.

— Photo ?

— Je n'en ai pas vu.

— Vous n'avez pas vraiment déblayé le terrain, hein ?

— Je peux vous certifier qu'en dehors des agences de renseignements, vous et moi sommes les seuls à être au courant. Et nous ne sommes pas censés l'être.

La cigarette de Stephanie accentuait sa nausée. Elle l'écrasa sans la terminer.

— Encore un détail. Comment se fait-il que vous sachiez tout cela ?

— J'ai été contacté par un homme du MI 5.

— Qui ?

— Je ne sais pas.

Elle se pinça le haut du nez et ferma les yeux, essayant de chasser la douleur.

— Pourquoi vous a-t-il contacté ?

— Apparemment il a découvert ce qui se passait et il avait du mal à vivre avec.

— Mais révéler des renseignements top secrets, cela ne le gênait pas ?

— Je ne sais pas quelle est sa motivation profonde. Il est possible qu'il ait eu un parent ou un ami sur ce vol. L'important, c'est que lorsqu'il est apparu que le terroriste se trouvait à Londres, on a désigné le MI 5 pour le surveiller.

— Pourquoi ne l'a-t-on pas arrêté ?

— Je l'ignore encore.

— Votre Gorge profonde du MI 5 ne vous l'a pas révélé ?

— Non. Je pense que, s'il l'avait fait et que si c'était sorti aussitôt dans la presse, cela aurait été trop facile de remonter à la source. Il veut que je comprenne tout seul pour que cela ait l'air d'être le fruit de mes réflexions. Il a besoin de se protéger.

— Et vous y croyez ?

— De plus en plus. Au début, j'étais sceptique. Mais plus maintenant.

— Comment se fait-il qu'il vous ait choisi ?

— Parce qu'il a découvert que je préparais cette série d'articles. Il n'y a pas tant de journalistes que ça qui travaillent encore sur cette histoire. Pour la plupart des gens, elle est enterrée.

— Mais si c'est vrai, aucun journaliste au monde ne refuserait de mordre à l'hameçon. Cette histoire va rendre célèbre celui qui la dévoilera. Il aurait pu la confier à n'importe qui.

— Il voulait quelqu'un qui soit animé d'un véritable intérêt, pas un opportuniste.

— C'est ce qu'il vous a dit ?

— Non. C'est mon avis, mais…

Stephanie se sentit soudain très faible. Sa vision se brouilla. Elle ferma les yeux dans l'espoir que cela passerait. Peine perdue.

— Ça va ?

Elle déglutit : elle avait la gorge brûlante et sèche.

— Je crois que je vais vomir…

Elle se releva et sentit sa tête tourner. Elle tendit un bras pour se rééquilibrer. Proctor la guida jusqu'à la salle de bains et repartit dans le salon, pour échapper au bruit. À son retour, elle avait le teint gris et la peau luisante de sueur.

— J'espère que vous ne vous sentez pas aussi mal que vous en avez l'air.

— J'ai cru que c'était une sorte de gueule de bois…

— Asseyez-vous. Je vais vous chercher de l'eau.

— Tout ira bien dans une minute.

— Je n'en suis pas si sûr.

Quand Proctor revint avec un verre d'eau, Stephanie avait enfilé son manteau et elle tendait la main vers son sac à dos.

— Qu'est-ce que vous faites ?

— Il faut que j'y aille.

— Pourquoi ?

— C'est pas vos oignons.

— Écoutez, vous n'avez nulle part où aller.

La réflexion parut la blesser, mais elle releva aussitôt la tête, pleine de défi.

— Je ne peux pas rester ici.

— Pourquoi pas ?

— Parce que je ne vous fais pas confiance.

— Eh bien moi non plus, je ne vous fais pas confiance. Mais je suis prêt à prendre le risque.

— Alors vous êtes un con. Si vous saviez ce que je sais, vous ne diriez pas ça aussi facilement.

— Vous devez avoir raison, mais si j'avais dû vous faire du mal, ce serait probablement déjà fait. Partez si vous voulez. Je ne vous en empêcherai pas. Mais si vous voulez rester ici, libre à vous.

5

C'était une grippe carabinée. Proctor offrit son lit à Stephanie mais elle refusa, préférant le canapé. Il lui fit de la soupe, lui apporta du thé, la bourra d'aspirine. Elle se laissa faire, maussade et silencieuse. Pendant quatre jours, elle passa pratiquement tout son temps à dormir. Elle eut des pics de fièvre et, pendant les premières quarante-huit heures, vomit à répétition. Ses douleurs ne lui laissaient aucun répit. Cela ressemblait à un syndrome de manque. Proctor songea même à faire appel à un médecin, mais elle ne voulut pas en entendre parler. Le cinquième jour, à son réveil, elle sentit que sa forme revenait.

Proctor faisait du café. Pas de l'instantané, du vrai. Stephanie aimait bien observer les petits rites de la préparation, du moulin aux tasses. Son hôte était un minutieux. Cela se voyait dans son souci de la propreté, dans l'ordre qui régnait dans son appartement et dans sa mise. Le chaos était inexistant autour de lui, pas plus qu'en lui, elle l'aurait juré.

Ils revinrent dans le salon. Sur la table en merisier les attendaient deux énormes dossiers, une chemise ouverte, et un agrandissement en couleur d'un Boeing 747. Le fuselage et les moteurs étaient bleu marine. Trois énormes lettres cramoisies s'étalaient à l'avant du bord d'attaque de l'aile : NEA. North Eastern Airlines. Sur la queue, on voyait un cercle blanc transpercé de deux flèches, l'une pointant vers le nord, l'autre vers l'est.

— Un avion sous pression en altitude, commença Proctor, c'est comme une bombe d'aérosol. Mettons que…

— Pas d'hypothèses. Dites-moi simplement ce qui s'est passé.

Proctor feuilleta un des dossiers et en détacha une feuille qu'il étala sur la table. Il s'agissait du schéma d'un 747 vu de face, de côté et du dessus. Le logo de Northern Eastern se trouvait dans le coin inférieur droit.

— Il y a eu deux explosions. La première – la plus faible des deux – s'est produite à une altitude de onze mille mètres. Elle a troué le fuselage juste à l'avant des ailes, ici, dit-il en montrant l'une des vues latérales. L'explosion n'a pas été suffisamment puissante pour couper l'appareil en deux. Le 747 est parti en piqué tandis que l'équipage tentait de reprendre le contrôle. Il possédait l'expérience voulue – quarante-cinq mille heures de vol à eux trois – mais, dans cette situation, ils ne pouvaient pas faire grand-chose.

« À cet instant, la plupart des victimes devaient se trouver derrière l'impact de l'explosion. Ceux qui étaient assis à l'avant et au pont supérieur – première classe et classe affaires – n'ont certainement pas subi le pire des effets de la décélération, même si elle ne les a pas épargnés. En définitive, bien sûr, cela n'a pas changé grand-chose. À trois mille six cents mètres, la seconde explosion s'est produite, celle qui a coupé l'appareil en deux. Qui l'a réduit en morceaux, plus exactement.

Proctor versa du café dans une tasse lilas posée sur une soucoupe. Stephanie alluma sa première cigarette depuis près d'une semaine, prit soucoupe et tasse et revint au schéma.

— Qu'est-ce que c'est que ce truc à propos des circuits électriques ?

— Le verdict officiel n'a pas été très concluant, c'est une aubaine pour eux… Les experts ont surtout évoqué des probabilités et des théories, suggérant, entre autres, qu'une partie des circuits électriques était défectueuse. Il y a des procès en cours contre Boeing et North Eastern Airlines, mais tant que la cause relève exclusivement du domaine du probable, ils ne risquent guère d'être condamnés.

— Mais il doit bien y avoir des enquêteurs qui connaissent la vérité. Et ceux qui ont découvert les preuves ?

— Normalement, quand se produit une tragédie de cette nature, les enquêteurs pullulent. Le FBI, le FAA, les membres du NTSB pour n'en nommer que quelques-uns. Ils s'abattent comme un nuage de mouches sur les débris et sur les morts. Sauf que, dans le cas présent, l'accident s'est produit au milieu de l'Atlantique. Cela a considérablement réduit le nombre des agents en mesure de se rendre physiquement sur les lieux. En plus, le FBI a encore aggravé le phénomène en accordant les autorisations au compte-gouttes.

— J'ignorais que le milieu de l'Atlantique tombait sous sa juridiction.

— Non, bien sûr. Mais c'était le cas des bateaux et des avions participant aux recherches, puisque le FBI dirigeait l'enquête. Voilà comment il a eu le dernier mot. Il a influencé le choix des agents du FAA et, surtout, des représentants du NTBS autorisés à aller sur place. En outre, ces mêmes mesures de sécurité ont été appliquées aux analyses effectuées sur les débris et sur les restes humains dès leur rapatriement aux États-Unis.

— Où voulez-vous en venir ?

— Selon ma source au MI 5, le FBI a reçu deux avertissements à propos de l'éventualité d'un attentat terroriste. Le premier, six mois avant le crash, le second, trois semaines avant. L'agence a décidé de ne pas le signaler aux compagnies aériennes.

– Pourquoi ?

– Je ne sais pas. Elle prétendrait probablement qu'elle croule sous les fausses menaces et qu'il faut bien trancher. Peut-être n'était-elle pas convaincue de la sincérité ni de la légitimité de ces avertissements.

Dans l'un des deux dossiers, Proctor avait rangé tous les documents relatifs à l'affaire qu'il avait pu réunir : articles de journaux et de magazines publiés aussitôt après l'accident, comptes rendus des enquêtes menées par le FAA, le FBI et le NTBS. Selon la première hypothèse, le vol NE 027 avait été détruit par une bombe terroriste. Dans les premières quarante-huit heures, tous les suspects habituels furent accusés : organisations terroristes arabes, cartels colombiens de la drogue, milices fanatiques du Midwest. Mais, au cours des mois suivants, chacun des méchants potentiels avait été éliminé de l'équation. Du fond de sa déchéance, Stephanie avait conservé suffisamment de liens avec le monde extérieur pour noter la progression glaciale vers un verdict « en faveur » d'une défaillance mécanique ou structurelle, les experts n'allant jamais plus loin dans la précision.

Des photos accompagnaient les articles. Elle en reconnut certaines ; la partie du fuselage criblée de trous flottant à la surface de l'Atlantique ; les groupes de femmes tentant de se réconforter mutuellement à Heathrow. Elle en découvrit d'autres, comme celle des effets personnels étalés sur le pont d'un des bateaux de sauvetage ; des chaussures, toutes dépareillées, deux passeports détrempés, un lecteur de CD portable, une veste en jean, un collier avec un pendentif en forme de cœur en or, un ours en peluche auquel il manquait une jambe. Une autre série de photos avait été prise dans le vaste hangar où l'on avait réuni et trié les débris. Des montants tordus comme des spaghettis. Un siège carbonisé dont il ne restait plus que l'armature. Des bouts de fuselage noircis. Sur un cliché, un enquêteur examinait, l'air effaré, des fragments de capotage du moteur.

– Il doit bien y avoir une preuve quelque part.

– Oui. Et où qu'elle se trouve à présent, elle est concluante. Les gros explosifs laissent des indices. Une perforation de fuselage est parlante. Elle s'ouvre en forme de corolle dont les pétales s'étalent dans le sens du vol. Le métal est surchauffé par les gaz brûlants créés par l'explosion – nous parlons de température avoisinant les 5 000 °C – pour être aussitôt refroidi par l'air glacial extérieur. La chaleur engendrée par de gros explosifs a une manière bien particulière d'étirer, de fracturer et de cloquer le revêtement d'aluminium d'un appareil, ce qui ne permet aucun doute quant à la cause. De même, ces gaz hyperbrûlants laissent des traces sur ceux qui les inhalent, sous la forme de brûlures graves dans la cavité buccale et dans les poumons.

« Selon ma source, les preuves montrent qu'il y avait une bombe à bord et qu'il s'agissait probablement d'une charge façonnée, c'est-à-dire que, placée contre le fuselage, elle était destinée à exploser vers l'extérieur, à trouer le revêtement de l'appareil.

– Pourquoi viser ce vol ?

– Qui sait…

– Il y avait des gens importants à bord ?

– Pas vraiment. Des hommes d'affaires connus, un sénateur de l'Alabama, un diplomate français, un chirurgien cardiaque suisse. Mais pas de cible potentielle pour une telle opération.

Le ton vaguement dédaigneux de Proctor lui fit d'autant plus mal qu'il sonnait vrai ; sa famille ne méritait aucune considération. Elle était là simplement pour remplir l'avion.

– Et la seconde explosion ?

— Il est à peu près sûr qu'elle est une conséquence des dégâts provoqués par la première et la descente en piqué qui l'a suivie.

— Comment se fait-il que Boeing et North Eastern aient gobé la théorie de la défaillance électrique ?

— Ils n'ont encore rien accepté. Mais cette théorie est techniquement plausible. Le 747 est un avion très sûr. On prend beaucoup de précautions pour éviter qu'une étincelle ou une charge électrique se produise à l'intérieur des réservoirs. Aucun câblage électrique ne traverse le réservoir central dans le ventre de l'appareil. Les pompes sont situées dehors. Mais, sur certains vieux 747, on trouve des câbles dans les réservoirs des ailes. Par précaution, ils sont recouverts d'aluminium et de deux couches protectrices de Teflon.

— Le 747 de la Northern Eastern appartenait à cette génération ?

— Oui. C'était le plus vieil appareil de leur flotte. Encore en opération après vingt-six ans de service. Mais cela n'a rien d'inhabituel.

— Alors quelle est leur théorie ?

— Leur théorie est qu'un câblage défectueux dans un des réservoirs d'aile a provoqué l'apparition de flammes. Lesquelles se sont rapidement propagées jusqu'à la pointe de l'aile pour entrer dans le réservoir central par un tube de mise à l'air censé laisser s'échapper les vapeurs de kérosène. Comme ce n'est qu'une éventualité, il est difficile de désigner un coupable. Pour Boeing et pour NEA, les choses auraient pu tourner plus mal. En outre, comme le défaut incriminé n'existe que sur les anciens 747, les modifications ne coûteront pas trop cher à l'industrie. En fait, les changements sont recommandés, non obligatoires. Le seul impératif est de procéder à une inspection minutieuse, pour voir s'il faut remplacer certains circuits.

– Et comme il n'y a officiellement pas d'implication terroriste, aucune agence de renseignements ne se verra reprocher d'avoir ignoré les avertissements ?

– Exact. Comme compromis, cela arrange tout le monde. Le soupir de soulagement est général.

Le lendemain matin, Stephanie s'aventura dehors pour la première fois depuis que Proctor l'avait ramenée chez lui. Il faisait un froid vif et pénétrant. En voyant son reflet dans le miroir de la salle de bains, elle avait été choquée par sa maigreur. Jamais ni ses côtes ni ses omoplates n'avaient été aussi visibles. Les creux sous ses pommettes étaient aussi profonds et noirs que les cernes au fond desquels se dissimulaient ses yeux. À l'adolescence, ses seins lui avaient valu une certaine popularité auprès de ses condisciples masculins, malgré sa langue acérée ; à présent, ils étaient plats. Seule sa bouche gardait une ombre de volupté. Du moins quand ses lèvres n'étaient ni fendues ni cernées de boutons.

Elle passa devant les vieilles librairies, la Willow Gallery, le marchand de vélos et le magasin d'antiquités. Bell Street semblait figée dans le passé. En arrivant au croisement d'Edgware Road, on avait l'impression de quitter les années 1950 pour entrer dans le présent.

Stephanie but une tasse de thé au Bell's Cafe. Elle s'installa à une petite table près de la vitrine, derrière le rideau de tulle, et joua machinalement avec le trousseau de clés que Proctor lui avait remis au petit déjeuner. Il accordait sa confiance plus facilement qu'elle.

Elle se sentait tiraillée entre l'envie de fuir et la tentation de s'abandonner à son bien-être croissant. Il ne lui ferait aucun mal, elle en était de plus en plus convaincue ; cela faisait six jours qu'elle se trouvait à sa merci et il n'avait rien tenté. En plus, elle n'avait nulle part où aller, ni personne à voir. Aucune véritable raison de partir. Sauf que tôt ou tard il y aurait un prix à payer pour la gentillesse apparente de Proctor. Elle le savait par expérience.

Ils étaient dans la cuisine. L'heure du dîner approchait. Stephanie, assise sur un tabouret en bois, regardait Proctor émincer des blancs de poulet, puis couper délicatement des brocolis et des courgettes avec un couteau propre sur une planche propre.

— Je vous fais rire ?

— Je souris, je ne ris pas.

— Pourquoi ?

— Vous me rappelez mon père. Non que vous lui ressembliez. Mais il aimait cuisiner et il avait du talent. Il m'a initiée.

— Vous aimez faire la cuisine ?

— Je ne me rappelle pas, répondit-elle avec un haussement d'épaules.

— Et votre mère ? Elle cuisinait ?

— Très bien. Mais elle n'y prenait pas autant de plaisir que mon père. Je préférais apprendre avec lui. J'aimais le voir manier le couteau. Il coupait tout très rapidement. Malgré ses mains grandes comme des battoirs, il était très adroit et très précis. Un éclair et soudain tout était débité en rondelles parfaites.

— Il était médecin, cela s'explique.

— Médecin généraliste, pas chirurgien.

Proctor hocha la tête et s'essuya les mains avec un torchon.

— Comment étaient vos parents ?

Le sourire de Stephanie s'évanouit.

— Ils n'avaient rien de particulier. Ils étaient mes parents, c'est tout.

Il était cinq heures et demie du matin. Stephanie n'arrivait pas à fermer l'œil. Elle se leva et s'habilla. La nuit avait été froide, et le chauffage central ne se remettrait en route qu'à six heures. Elle se fit du café à la manière de Proctor. Puis elle rapporta sa tasse dans le salon et alluma une cigarette. Dans la rue, un homme grattait le givre sur le pare-brise de sa Vauxhall, la tête enveloppée d'un nuage de buée.

Proctor avait laissé sur la table en merisier les rapports qu'il étudiait la veille. Stephanie s'assit et feuilleta les photocopies. Sur la couverture d'une chemise en plastique, une date était inscrite en vert fluo. Cela remontait à moins de trois mois.

Elle découvrit les analyses faites sur les cadavres. Vingt-huit passagers restaient portés disparus. Étant donné le lieu de l'accident, ce chiffre paraissait incroyablement bas. Les plongeurs étaient descendus près de quatre mille cinq cents fois pour récupérer les débris et les corps. Leur tâche avait été compliquée par l'éparpillement des restes et la violence des tempêtes qui avaient fondu sur la région vingt-quatre heures après le crash. Une vingtaine de corps environ étaient plus ou moins intacts. Quant aux autres, on qualifiait leur état de « partiellement » à « totalement désintégrés ». De toutes les photos prises, seules huit avaient été jugées dignes d'être communiquées à des fins d'identification – le psychologue chargé d'assurer la liaison entre les autorités et les familles des défunts devait assumer la tâche. En fait, on n'avait utilisé aucune des huit.

Un autre texte décrivait l'impact de la décélération explosive sur les passagers. Nombre d'entre eux étaient morts sur le coup. Les corps avaient été projetés en avant avec une telle violence que certains passagers avaient été décapités, tandis que d'autres étaient morts du décollement violent du tronc cérébral. Les survivants du premier choc avaient alors été soumis à de nombreuses forces contraires. L'air pressurisé s'était enfui par les trous dans le fuselage avec une puissance suffisante pour arracher ses vêtements à un corps, ou des lentilles de contact à des pupilles. Pendant la descente en piqué, certains passagers étaient morts de leurs brûlures, tandis que d'autres avaient été déchiquetés par des débris.

Dans un autre dossier, Stephanie tomba sur une liste des occupants de l'appareil. Proctor en avait fait plusieurs copies dont la plupart étaient annotées. Ses commentaires concernaient surtout les dégâts structurels dus à la première explosion. Stephanie, finalement, tomba sur leurs noms :

siège 49 A : Patrick, Sarah
siège 49 B, Patrick, David
siège 49 C : Douglas, Martin
couloir
siège 49 D : Patrick, Monica
siège 49 E : Patrick, Andrew

Stephanie se figea. Elle se sentait capable d'affronter les émotions ; le désespoir immédiat, le désespoir durable, l'incrédulité et la colère. Mais la froide vérité était moins supportable. Des statistiques, un certificat de décès, des noms sur une liste de passagers.

Elle sentit la présence de Proctor derrière elle.

— Ça va ?

— Je n'arrivais pas à dormir. Je vous ai réveillé ?

— Je vous ai entendue dans la cuisine.

— L'occupant du siège 49 C, Martin Douglas, dit-elle, les yeux fixés sur le nom qui figurait entre celui de son frère et celui de sa mère, vous savez qui c'était ?

— Un architecte originaire d'une ville baptisée Uniondale. Il habitait et travaillait à Manhattan.

— Américain ?

— Oui.

Elle hocha lentement la tête.

— Et voilà un architecte américain condamné par le sale caractère d'une petite Anglaise dont il ignorait jusqu'à l'existence.

— Je ne vous suis pas.

— J'aurais dû occuper ce siège. Il était retenu à mon nom.

— Que s'est-il passé ?

— C'étaient des vacances familiales, mais je n'y suis pas allée. J'ai prétexté que je ne pouvais pas commencer mon trimestre universitaire en retard. Alors que ce n'était qu'une question de quarante-huit heures. Mais ce n'était pas la véritable raison et ils le savaient.

— Et quelle était cette fameuse raison ?

— Je ne me rappelle même pas, fit Stephanie avec un sourire triste. Un truc mesquin et méchant, je présume.

— Pourquoi ?

— Parce que j'étais comme ça à l'époque. Méchante et rebelle. Maintenant je ne suis plus que méchante.

— Martin Douglas aurait obtenu un autre siège, Stephanie.

— Peut-être...

— Le vol était presque plein, mais il restait des places libres. Vous auriez été à bord, il aurait été assis ailleurs et on aurait compté une victime de plus.

— Quel âge avait-il ?

— Si mes souvenirs sont bons, trente-trois ans.

— Marié ?

— Non.

— Tant mieux.

Les occupants de la rangée 49 avaient-ils survécu à la première explosion. Voire à la seconde ? Elle espéra que non lorsqu'elle songea à la vitesse à laquelle les débris enflammés du vol NE 027 étaient tombés dans l'océan : environ huit cents kilomètres à l'heure – la moindre vaguelette aurait pu être en granite.

L'UNIVERS DE STEPHANIE

6

C'est ma dernière cigarette. Je l'allume et j'inhale profondément. Proctor a l'air contrarié, comme chaque fois que je fume, mais il faut dire qu'il ignore que j'arrête. C'est un secret.

Cela fait presque un mois que Proctor est venu me chercher à la station de métro de Warren Street. Depuis, je vis avec lui, et je commence à changer. Arrêter de fumer fait partie de cette mutation. Un symptôme.

Je ne peux pas dire que je sois plus facile qu'avant, mais Proctor a gagné un peu de ma confiance. Il m'a permis de rester avec lui. Il ne m'a pas demandé de contribuer aux frais. Il ne m'a pas fait d'avances. Il ne s'est pas mis en colère devant ma répugnance obstinée à retrouver la trace de celui qui a fait sauter le vol NE 027 ; il n'arrive pas à comprendre ma mauvaise volonté, mais il l'accepte comme un fait. En vérité, je ne la comprends pas pleinement moi-même.

Je n'ai guère vu Proctor ce dernier mois, et son enquête sur l'accident est au point mort. Étant journaliste freelance, il n'a pas de structure derrière lui pour l'aider à financer ses recherches. Il écrit donc des articles de voyage. Pour l'instant, c'est sa seule source de revenus. Dans la mesure du possible, il s'arrange pour grouper ses voyages, afin de bénéficier de longues plages de liberté entre deux déplacements. Depuis mon arrivée, il a passé une semaine en Israël et deux en Indonésie. Et, aujourd'hui, il rentre d'un long week-end à Miami. Il déteste ce travail, mais il en a besoin pour vivre.

Dans cet appartement – et son environnement immédiat – j'ai appris à me sentir en sécurité. C'est nouveau. Mais quand je m'égare au-delà des confins d'Edgware Road ou de Lisson Grove, mon anxiété revient. Je pense à Dean West, à Barry Green. Je pense à l'état dans lequel j'étais quand Proctor est entré dans ma chambre de Brewer Street. Je l'avais pris pour un client…

Puis je pense à la façon dont je le vois maintenant et je me sens perdue. Il a ressuscité ma famille sans rien résoudre. Peut-être que ma répugnance à chercher des réponses n'est pas si extraordinaire. Peut-être que je me sens plus à l'abri dans l'incertitude que dans la vérité. Et si la vérité était pire que l'ignorance ? Je peux m'en tirer sans réponses. Le plus important pour moi, c'est de ne pas être vulnérable. Je ne veux pas rechuter.

Je ne me suis pas droguée depuis que je suis ici. Je bois moins aussi. J'ai terminé les bouteilles d'alcool de Proctor en trois jours et il ne les a pas remplacées. J'aurais pu m'en charger, mais j'avais trop honte pour le faire. Honte ! Vu tout ce que j'ai fait au cours de ces deux dernières années, cela me paraît étrange de ressentir de la honte. Mais c'est ainsi, et je fais avec. Proctor lui-même boit rarement, et mes habitudes ont fini par s'adapter aux siennes. S'il prend un verre de vin et qu'il m'en offre, j'accepte. S'il n'en prend pas, je m'abstiens.

Depuis mon arrivée ici, je n'ai commis qu'un écart grave.

Pour la quatrième fois en cinq minutes Stephanie composa le code et les trois premiers chiffres avant de raccrocher. Sa main hésitait au-dessus du téléphone. Elle savait qu'elle devait le faire, faute de quoi, elle en serait hantée. Une demi-heure plus tard, elle fit le code, puis le numéro complet et pressa le combiné contre son oreille. En entendant la sonnerie, elle espéra qu'on ne répondrait pas. Hélas !

– Allô ?

Elle avait les cordes vocales paralysées.

– Allô ?

– Chris ?

– Lui-même.

Il attendait qu'elle se présente. Elle avait reconnu sa voix tout de suite. Même s'il l'avait appelée à l'improviste, elle aurait aussitôt su que c'était lui. Mais lui n'avait aucune idée de son identité. Elle comprit ce que cela voulait dire.

– C'est Steph.

Il y eut un silence aussi long que prévisible.

– Steph ?

– Oui.

– Je n'en reviens pas. C'est vraiment toi ? reprit-il dans un murmure.

– Oui.

– Mon Dieu. Cela fait combien de temps ? Comment vas-tu ? Où es-tu ? Que fais-tu ?

Stephanie ferma les yeux et le revit. Un mètre quatre-vingt-sept. Un brun avec un début de calvitie et un tour de taille en expansion. Voilà comment elle se le rappelait. Un style vestimentaire qui suivait les saisons, sans imagination. Aujourd'hui, puisque c'était le week-end, il devait porter un jean, une chemise à carreaux, un gros pull en laine – probablement bleu marine – et des chaussures solides. Elle entendit le vent griffer la maison. Leur ferme dominait le petit village de West Woodburn en Northumbrie, non loin de l'endroit où ils avaient grandi. Un paysage morne et superbe, peu peuplé. La vallée comptait quelques établissements agricoles, mais les pentes ne pouvaient accueillir que des moutons.

– Ça va, Steph ?

– Oui. Et toi ?

— Je vais bien.
— Et Jane ?
— Elle va bien, elle aussi.
— Et Polly et James ?
Polly était sa nièce de trois ans. James, son neveu, avait quatorze mois.
— Ils sont tous les deux en pleine forme. Polly a été un peu difficile ces six derniers mois, comme toi à son âge, d'après ce que disait maman.
Le cœur de Stephanie battait la chamade.
— Je voulais juste prendre des nouvelles.
— Ça fait un sacré bout de temps…
— Je sais.
— On a perdu ta trace après ton départ de cet appartement à Holborn. Comment s'appelait cette amie déjà ? Smith ?
— Karen Smith.
— C'est ça. Elle a dit qu'un jour tu es partie sans laisser d'adresse.
Et tu n'as pas fait l'effort d'en savoir plus. C'était un cercle vicieux. Elle n'appelait jamais et, de son côté, son frère avait progressivement renoncé à maintenir le contact. Leur dernière conversation, aigre, remontait à… quand ? Neuf mois ? Dix ?
C'était grâce à Christopher que Proctor avait retrouvé sa trace. Le journaliste l'avait contacté l'été précédent pour solliciter un entretien. Il s'était rendu à West Woodburn dans le courant de l'automne. Leur conversation l'avait laissé penser que Stephanie ferait peut-être un bon sujet d'article. Après la tragédie, les deux survivants de la famille n'avaient pas cherché de réconfort mutuel. L'un avait fait face en menant une vie aussi normale que possible, l'autre s'était évanoui dans la nature. Christopher avait bien un vieux numéro de téléphone – celui de Karen Smith – mais il s'était empressé de souligner que celle-ci ne savait certainement pas où se

trouvait Stephanie, qui, de toute façon, ne lui parlerait pas. Quand Proctor lui avait demandé ce qu'elle faisait, Christopher était resté évasif, avant de répondre, avec un soupçon de mépris :

– Je n'en ai pas la moindre idée. Probablement rien. En fait, probablement moins que rien.

Mais Proctor s'était obstiné, poussé par l'intuition de tenir une histoire. Il avait appelé Karen Smith qui, comme prévu, n'avait aucune idée de l'adresse de Stephanie. Mais elle connaissait des noms, qui l'avaient mis sur la bonne voie. D'une relation louche à une autre, il avait progressivement vu se dessiner l'image d'une fille sans avenir. De l'étudiante prometteuse à la prostituée droguée, la dérive était exemplaire. De tous les proches des victimes du vol NE 027, Stephanie était celle qui avait connu le déclin le plus tragique. Et donc le plus intéressant.

– Qu'est-ce que tu as fabriqué ?

– Des choses et d'autres. Tu sais ce que c'est...

– Quoi, par exemple ?

– Des petits boulots à droite, à gauche. Histoire de payer le loyer.

– Où habites-tu ?

Stephanie sentit la panique la gagner. La conversation prenait déjà le tour habituel. Elle l'entendait au ton de Christopher, qui devenait plus froid. C'était toujours pareil. Au hasard, elle répondit : Wandworth.

– Donne-moi ton numéro.

Elle ne maîtrisait plus la situation. Elle n'avait toujours pas dit ce qu'elle voulait dire et voilà qu'il l'entraînait dans le vortex habituel.

– Chris, j'ai des choses à t'apprendre. À propos de l'accident...

– Attends, je n'arrive pas à trouver de crayon...

– Tu n'as pas besoin de crayon.

Il ne l'écoutait pas. Il ne l'écoutait jamais.

— Bon, ton numéro ? Tu pourrais aussi bien me donner l'adresse.

— Chris, s'il te plaît !

— Quoi ?

Stephanie secoua la tête. Cela ne pourrait pas se faire par téléphone. L'occasion était passée. Les nuages d'orage s'accumulaient à l'horizon.

— Rien.

— Quoi ?

— Peu importe.

— Tu as des ennuis ?

— Non.

— Tu es sûre ? Tu as besoin d'argent ?

Pour Dieu sait quelle raison, c'était la question qui avait toujours fait le plus mal.

— Non.

Silence. Puis Christopher reprit, à la fois critique et soucieux :

— Steph, tu ne fais pas de… bêtises, hein ?

— Plus maintenant.

— Qu'est-ce que tu veux dire ?

— Rien. Aucune importance.

— D'accord, alors donne-moi ton numéro et ton adresse.

Stephanie se tut.

— Steph ?

Elle n'avait plus l'usage de la parole.

— Steph ?

Je me suis soûlée ce soir-là. J'ai bu une grande quantité de vodka au Brazen Head, au bout de Bell Street, et je suis rentrée avec deux bouteilles de mauvais vin rouge. Je les ai descendues aussi vite que je les avais montées, peu avant de m'écrouler, ivre morte. Cela a chassé la conversation de ma mémoire, mais pas pour longtemps.

Pendant deux jours, j'ai eu l'impression d'avoir de nouveau la grippe.

Proctor est un fanatique de la forme. Il mange sainement et fait de l'exercice : il court trois ou quatre fois par semaine. Il fait tout un tas d'étirements chaque matin avant le petit déjeuner. Il prétend que s'étirer est plus important que la course, les haltères, ou toute autre forme de gym. Je l'ai surpris plusieurs fois en pleine action, ce qui nous a embarrassés tous les deux. Non que j'aie détesté le voir ou qu'il ait détesté être vu. Ce qui nous gêne, c'est tout le non-dit, entre nous. Difficile de ne pas remarquer qu'il est en forme. Qu'il est svelte. Et, depuis deux ans, je n'ai jamais vu que des corps flasques.

Je n'ai aucun sentiment pour Proctor, mais il m'est arrivé de m'interroger : faire l'amour avec lui ressemblerait à quoi ? Je ne me rappelle pas comment c'était, avec des vrais hommes. Pour moi, Proctor a une personnalité – sans parler d'une vraie identité – alors que mes clients étaient anonymes. Ils mentaient, s'inventaient des noms, et nous avions des rapports purement physiques. Je haletais de plaisir à la demande. Je n'ai jamais rien ressenti, sinon de la douleur, de temps à autre. Mais ce dernier mois, en apprenant à connaître Proctor, la question m'a traversé l'esprit : comment serions-nous ensemble ? Le fait que je le connaisse affecterait-il mes sensations ? Suis-je vaccinée à jamais contre les plaisirs de l'amour ?

Comment réagirais-je ?

Je sais qu'il y a songé, lui aussi. Je le vois à ses regards en coin, lorsqu'il me croit inattentive. Et peut-être est-ce cela, plus que toute autre chose, qui nourrit ma pudeur toute neuve. Dans mon rôle de putain, je suis prête à me déshabiller pour n'importe qui, si ça paie bien. La nudité ne signifie rien pour moi, ni son exploitation par un inconnu, tant que j'en tire un profit. Mais le regard de Proctor – même quand je suis habillée – peut me mettre mal à l'aise.

Ces deux dernières semaines, j'ai commencé des exercices d'étirement. C'est fou ce que je suis raide et rouillée. Globalement, ce mois a fait merveille pour ma santé ; j'ai commencé à manger sain, à des heures régulières, et je dors bien. J'ai pris un peu de poids. Ma peau est moins marbrée, moins grise. Mes paupières ont un peu dégonflé. Mais je n'ai plus la souplesse de mon adolescence. Ma mauvaise condition physique m'agace et je suis décidée à y remédier.

Noël est passé. Proctor séjournait en Israël. J'étais ici, seule. Cela a été mon meilleur Noël depuis l'accident. Le premier de l'an est passé aussi. Là, Proctor se trouvait en Indonésie. Maintenant nous sommes en janvier. Pour tout le monde, c'est juste une nouvelle année qui commence. Pour moi, c'est une nouvelle vie. Mes premiers changements m'entraînent malgré moi vers d'autres.

Proctor fronçait toujours les sourcils. Stephanie fit tomber deux centimètres de cendre dans une soucoupe. Cela faisait moins d'une heure qu'il était rentré, valise en main, les traits tirés. Maintenant qu'il avait pris une douche, il paraissait revigoré.

— Comment c'était ? lui demanda Stephanie.

— Horrible. Si quelqu'un vous emmène un jour en vacances à Miami, vous pouvez être sûre qu'il vous hait.

— Qu'est-ce que vous allez raconter dans votre article ?

— Que c'est un paradis pour les week-ends en hiver.

Ils étaient dans le salon, Proctor assis sur le canapé, avec Massive Attack en fond sonore.

— Vous avez changé de coupe ?

Stephanie acquiesça en passant une main dans ses cheveux, qu'elle portait maintenant courts, sur la nuque.

— Cela vous plaît ?

— Oui. C'est bien, mais vous les avez fait reteindre. Vous ne vouliez pas retrouver votre couleur naturelle ?

— Je n'ai pas pu.
— Pourquoi ?
— J'ai toujours voulu être blonde. Quand j'étais plus jeune…
— Et maintenant ?
— J'ai moins de mal à me prendre pour une autre, comme ça.
— Je croyais que vous étiez en train de dépasser cette phase.
Stephanie éteignit sa dernière cigarette.
— Je ne la dépasserai jamais.

Un peu plus tard, Stephanie surprit Proctor allongé par terre, dans la salle de bains, sous le lavabo. Il détachait un panneau, à l'extrémité de la baignoire.
— Il y a une fuite ?
— J'espère bien que non. Pas après ce genre de précaution.
Des disquettes d'ordinateur s'entassaient sur le carrelage à côté de lui.
— Qu'est-ce que vous faites ?
— Je prends des mesures de sécurité domestique. C'est là que je conserve mes trucs importants. Les disquettes et mon portable. Mon ordinateur de bureau ne contient que le tout-venant – je copie mes données et ensuite je les efface – et je ne garde rien d'essentiel sur papier. Le plus juteux est ici.
— Ce n'est pas un peu primitif comme méthode ?
— Il vaut parfois mieux être primitif.
— Pourquoi ne vous faites-vous pas installer un système d'alarme, tout simplement ?
— Dans un endroit pareil ? Vous plaisantez ? Ce serait ouvrir la porte aux cambrioleurs.
Il mit les trois disquettes dans un sac en plastique hermétique qui en contenait déjà quatre. Puis il referma le sac et le remit en place en le scotchant sous la baignoire.

Le portable, qui se trouvait dans un étui protecteur, alla se glisser entre deux lattes de plancher sales. Proctor revissa le panneau.

C'était un endroit sans âme, qui ravitaillait la foule des heures de pointe, à la gare Victoria. Des machines à sous le long d'un mur, Sky Sport sur une grande télé suspendue au-dessus du bar et une stéréo assourdissante. Proctor prit un demi de Guinness et commanda un Coca pour Stephanie. Ils prirent place à une petite table ayant une vue imprenable sur le bar.

Proctor retira son manteau en cuir qu'il plia et rangea sur la banquette, à côté de Stephanie. Il portait une chemise en jean. On voyait encore les plis du repassage sur les manches. Stephanie arborait sa tenue presque quotidienne : un jean délavé et un sweat-shirt sur un nombre variable de T-shirts à manches courtes et longues. Elle avait retenu ses cheveux blonds sous une barrette, une coiffure nouvelle. Avant, ses traits étaient trop creusés pour le permettre. Elle ne portait pas de maquillage, autre innovation qu'elle acceptait de plus en plus facilement.

— Vous voyez ce type sur le tabouret, lui dit Proctor, avec les lunettes en demi-lune et la veste anthracite ?

— Oui.

— C'est celui qu'il vient voir. Je ne pense pas que Bradfield soit un habitué des lieux, mais l'homme du tabouret apprécie l'endroit parce qu'il est bondé et bruyant, excellent pour l'anonymat.

— Qui est Bradfield ?

Proctor but une gorgée de bière et essuya d'un revers de main la fine ligne de mousse qui courait sur sa lèvre supérieure.

— Je vous l'ai dit. Un faussaire.

— Je sais. Mais pourquoi est-il important ?

– Il est possible qu'il ait fabriqué un faux passeport pour notre porteur de bombe. Il y a un type à Whitechapel – Ismail Qadiq – un importateur égyptien de T-shirts. Ses frères dirigent l'usine, au Caire, et Qadiq importe le produit qu'il vend ici en gros. Mais ce n'est pas sa seule activité. Il fait également entrer des documents volés à retraiter ou des papiers flambant neufs, prêts à l'usage.

– Flambant neufs ?

– D'authentiques passeports ou permis de conduire de Syrie, d'Iran, d'Irak, d'Égypte, d'Algérie, de n'importe où. On les vole là-bas – ou on les achète sous le manteau – puis on les redistribue dans l'Europe entière. Il y a des dizaines de voies d'entrée dans ce pays. Qadiq n'est guère que l'une d'elles. L'important, c'est qu'il a peut-être effectivement vu notre homme, mais il n'en est pas sûr. C'est du moins ce qu'il prétend, mais c'est un menteur compulsif. Un intermédiaire a amené un inconnu dans son entrepôt de Whitechapel – l'endroit où il stocke sa marchandise – et lui a demandé de faire traiter certains documents le plus vite possible, dont un passeport israélien et un autre au nom de Mustafa Sela. Sans limite de prix. Qadiq prétend qu'il n'a jamais vu distinctement l'inconnu, qui traînait à l'arrière-plan, mais il m'a avoué qu'il avait organisé un rendez-vous entre les deux hommes et Cyril Bradfield.

– Alors pourquoi avons-nous besoin de l'homme sur le tabouret ?

– Parce que le numéro de Cyril Bradfield ne figure pas dans l'annuaire. Parce que personne ne semble vraiment savoir ni à quoi il ressemble ni où il habite. Parce que Cyril Bradfield ne s'appelle probablement même pas Cyril Bradfield.

– C'est une sorte de sympathisant, c'est ça ?

– Bradfield ? Non, il est apolitique. Il ne fait même pas ça pour l'argent. Apparemment, c'est pour l'amour de l'art. Parce que c'est de l'art, à ses yeux. Et une quête de qualité. Ce qui fait qu'il attire automatiquement l'attention de gens de la pire espèce.

— Quelle est la place de l'homme au bar dans ce puzzle ?

— Il sert d'intermédiaire à un minable de Birmingham qui retraite les passeports pour la fraternité criminelle et qui préfère qu'on fasse ici le gros du travail. L'intermédiaire garantit que Bradfield et son client ne seront pas obligés de se rencontrer, ce qui arrange tout le monde.

— Comment avez-vous découvert tout cela ?

— Lentement, répondit Proctor en souriant. (Il vida son demi et se leva.) Je reviens dans une seconde.

Stephanie songea à Barry Green et à son activité parallèle de modification des codes confidentiels de cartes de crédit volées. Elle eut l'impression d'avoir emprunté ce souvenir à quelqu'un d'autre.

— Alors on s'éloigne de son territoire ?

Elle leva les yeux. L'homme qui se tenait devant elle venait d'émerger d'un océan de cols blancs alcoolisés, comptables, fonctionnaires et agents de voyages. Elle vérifia la présence du contact de Bradfield ; il était toujours perché sur son tabouret, avec sa bière blonde et son cigarillo.

— Pardon. Vous disiez ?

— Tu t'es écartée de ton territoire.

Il portait un costume aussi mal coupé que ceux de ses semblables ; un pantalon moulant, un ventre en forme de *medicine-ball*, une veste trop large aux épaules, avec des manches un peu trop courtes. Il avait le teint rose et des traces de rasoir au cou.

— Je ne vois pas de quoi vous parlez. Vous devez me confondre avec une autre.

— Non. Au début, j'ai cru – t'as l'air différente, en tenue – mais plus maintenant. Je n'arrivais plus à savoir où je t'avais vue, et puis ça m'est revenu. Tu bosses dans l'Ouest, pas par ici. Brewer Street, dernier étage, en face du Raymond Revuebar. Exact ?

Stephanie retrouva l'une de ses sensations les moins agréables : l'estomac lourd comme du plomb, si lourd qu'il paraissait traverser ses boyaux puis le plancher pour s'enfoncer dans la terre. Mentalement elle chercha son masque : dureté du regard, fermeté de la bouche, volonté de ne trahir aucun signe de faiblesse. Mais le masque était absent.

– C'est Lisa, non ? reprit l'homme avec un regard mauvais, ravi de son effet. Tu me remets maintenant, non ?

En vérité, pas du tout. Il aurait pu être un sur un millier. N'importe lequel. Le pub parut rétrécir, la foule s'épaissir, les lumières se tamiser, jusqu'à ce qu'il ne reste plus qu'eux deux dans la salle.

– Tu t'es remplumée. Ça te va plutôt bien. T'étais drôlement mince la dernière fois que je t'ai vue. Mais maintenant il y a plus de matière à se mettre sous la main, non ?

Il n'y eut pas de réponse cinglante, pas de réaction du tout.

– T'es en main ?

– Quoi ?

– Tu travailles ou quoi ?

– Vous faites erreur…

Il posa sur ses cuisses des yeux porcins aussi effrontés que le ton de sa voix.

– J'ai quatre-vingts livres dans ma poche qui me disent que tu as quelque chose pour moi entre ces deux-là…

– Je vous ai dit…

– Et j'irai jusqu'à cent pour un service amélioré.

Soudain Proctor était là, à côté de l'homme, regardant Stephanie, conscient de son inquiétude.

– Tout va bien ? Qu'est-ce qui se passe ?

Une fois de plus les mots restèrent bloqués dans sa gorge.

— Qui vous êtes, vous ? lâcha l'autre, agressif, au journaliste.

Ce dernier le toisa en silence. Stephanie vit l'arrogance laisser place à la confusion.

— T'aurais pu me dire que t'étais occupée.

— Je n'ai rien à vous dire.

Il se tourna vers Proctor, en une tentative futile de sauver la face.

— Je vous préviens, elle va vous rouler, celle-là. Vous piquer votre fric sans pratiquement rien offrir en échange. Alors faites gaffe à ce que vous en ayez pour votre pognon, vous voyez ce que je veux dire ?

Sans laisser à Proctor le temps de protester, l'homme disparut dans l'océan de cols blancs. Proctor regarda Stephanie, récupéra son manteau en cuir et la prit par la main.

— Venez, on file d'ici.

— Et Bradfield ?

— Il peut attendre.

Le vent balayait le trottoir de Victoria Street, où ils attendaient un taxi. Stephanie tremblait, ce qui la déconcertait plus encore que l'incident.

— Ça va, maintenant ? demanda Proctor.

— Je crois que j'ai froid. Je tremble, dit-elle en regardant ses mains.

Il lui prit une main. Glacée. Elle leva les yeux. Il traça distraitement des lignes sur sa paume. Puis ses doigts enlacèrent les siens.

— Nous ne devrions pas rater cette occasion.

— Non, dit-il en se rapprochant.

— Je parle de Bradfield.

— Qu'est-ce que vous voulez dire ?

Stephanie sourit devant son léger embarras.

— Je peux rentrer toute seule. Vous devriez rester. S'il y a une chance que vous le trouviez, ce serait de la folie de la laisser passer.

Proctor savait qu'elle avait raison.

— Vous êtes sûre que ça va ?

— Ça va. C'était juste un pauvre type qui tentait sa chance. Cela m'est arrivé un million de fois. Je ne sais pas pourquoi, ce soir, cela m'a bouleversée. Mais c'est fini maintenant.

Ils se tenaient toujours par la main.

7

— Il est près de minuit. Vous m'avez attendu ? Qu'est-ce que vous faites ?

— À votre avis ? La cuisine. Ou du moins, je m'y apprête.

— Qu'est-ce que vous préparez ?

— Des légumes sautés avec des nouilles.

Stephanie éminça des poireaux. Puis elle plaça une casserole d'eau sur le gaz.

— Racontez.

— Eh bien, Bradfield est arrivé environ deux heures après votre départ. Il n'est resté que dix minutes. Je l'ai suivi dans un pub de Longmoore Street, le Gallagher's, non loin de l'endroit où nous nous trouvions, à une dizaine de minutes à pied. Il a fait la fermeture ; apparemment, il y a ses habitudes et il est rentré chez lui. Il habite un peu plus loin dans la rue.

— Et maintenant ?

— Je vais aller le voir.

— Pour lui dire quoi ?

— Je ne sais pas encore, mais je trouverai. Vous voulez un verre de vin ?

— Vous en prenez ?

— Il y a une bouteille ouverte dans le réfrigérateur.

— D'accord.

Il lui tendit un verre, un ballon sur un long pied fin, et le remplit à moitié.

— Je peux vous poser une question personnelle ?

— Demandez toujours.

— Au début, vous m'avez affirmé que vous refuseriez d'évoquer votre famille. Est-ce toujours le cas ? J'aimerais vous voir changer d'avis, non pour un article, mais pour moi. Je vous promets que tout ce que vous me direz restera entre nous.

— Vous pensez qu'une requête personnelle m'impressionnera plus qu'une démarche professionnelle ?

Proctor sourit et secoua la tête, l'air abattu.

— Avec vous, je ne sais jamais où j'en suis. J'ai l'impression qu'on progresse et, chaque fois, vous me sortez un truc qui nous ramène à la case départ.

— Dans ce cas, je m'efforcerai de ne plus vous donner de faux espoirs. Comme ça, vous ne serez plus déçu. Quant à l'histoire de ma famille, elle est très barbante.

— J'en doute. Il y a toujours quelque chose.

Mon père, Andrew Patrick, était médecin à Falstone. Cela se trouve dans le nord du Northumberland, non loin de West Woodburn, là où mon frère Christopher vit actuellement avec sa famille. Mon père couvrait une vaste région, même pour un médecin de campagne. Cet endroit sauvage et rude est peut-être la seule chose pure qui reste en moi. Je ne parviens pas à me défaire de mon attachement pour cette région. En été, elle peut être idyllique ; des journées chaudes et des nuits lumineuses – il m'est arrivé de lire à l'extérieur jusqu'à une heure du matin. Les hivers sont froids et sombres. Pendant ces longs mois, il ne fait jour que de neuf heures du matin à quatre heures de l'après-midi. Mais je n'ai pas de saison préférée quand je suis là-bas ; je les aime toutes également, comme j'aime tout dans cette région.

À cause des tendances très puritaines de mes parents, nous avons eu une vie dure sans être inconfortable. Nous passions surtout notre temps dehors. Ils aimaient la marche et étaient tous les deux de bons grimpeurs, un héritage de la nationalité de ma mère – suisse – et de l'amour de mon père pour les vacances dans les Alpes. Ils nous ont transmis cette passion, à tous. Nous vivions pour la terre et de la terre, nous cultivions la plupart de nos légumes et de nos fruits, nous élevions aussi des poulets et un petit troupeau de moutons. Nous avons toujours eu des chiens à la maison, toujours des boxers ; jamais moins de deux à la fois, souvent quatre. En gros, nous menions une vie qui paraîtrait parfaite aux yeux de beaucoup.

Mais Proctor a raison. Il y a toujours quelque chose. Et dans notre famille, c'était probablement moi.

Le puritanisme de mes parents n'avait d'égal que leur entêtement. Par conséquent, à la maison, cela chauffait. Ils se disputaient, se disputaient avec nous et nous nous disputions. Seul David, le plus jeune d'entre nous, restait en retrait, handicapé par sa timidité. En cas de confrontation, il se repliait encore plus sur lui-même. Mes parents étaient sévères avec nous tous ; ils ne supportaient ni écarts ni échecs, et exprimaient souvent leur déception devant nos fautes de comportement ou nos échecs. Mais la plus grande part de leur exaspération m'était réservée – leur rejeton le plus brillant et leur plus grande frustration, chose dont j'ai toujours été consciente, dès mon plus jeune âge. Je faisais le minimum, avec un plaisir pervers. J'étais l'archétype du « deuxième enfant difficile ».

Je ne pleurais jamais. J'étais maussade et froide. Lorsqu'on me provoquait ou qu'on me mettait en colère, je me taisais, mais je pardonnais rarement. Je n'oubliais jamais. Je préférais ma compagnie à toute autre. Les aspects sociaux de la vie de famille ne présentaient aucun attrait pour moi. J'avais un besoin maladif d'indépendance. Je rêvais d'un avenir libéré des liens familiaux.

Non qu'ils fussent désagréables. C'était moi qui l'étais.

Mon adolescence a dû être une sorte d'enfer pour mes parents. Toutes les occasions étaient bonnes pour les mettre en rage ou les décevoir. J'avais beaucoup plus de facilité pour les études que les autres, mais je ratais souvent mes examens par une absurde volonté de rébellion. Après que mes parents m'ont fait la leçon sur les dangers de l'alcool, je suis passée par une phase où je me soûlais à la première occasion et, de préférence, en public. Même la perte de ma virginité fut un acte de pure malveillance. Rien de plus, vraiment. J'ai traité le garçon qui m'a déflorée avec autant de mépris que mes parents que j'ai avertis de la chose dès le lendemain matin. Ils furent écœurés, puis affolés. Moi, je jubilais.

Je pense à tout cela maintenant – à la vanité de tout cela, à l'irritation inutile et à la tristesse dont j'étais responsable – et j'essaie de me consoler en me disant qu'au moins il y avait une raison, une explication. Mais il n'y en a pas. Et maintenant il est trop tard pour que je leur présente mes excuses. Ils sont partis. Morts. Et si je ne m'étais pas comportée en sale môme pourrie, si je n'avais pas refusé de les accompagner, je serais morte moi aussi.

Il n'y a vraiment pas de justice en ce bas monde.

— Comment avez-vous appris ce qui s'était passé ?

Stephanie prit son verre entre ses mains.

— J'étais à l'université de Durham…

— Vous n'avez donc pas toujours eu des résultats médiocres.

— J'étais suffisamment intelligente pour savoir quand il fallait donner un coup de collier et j'ai toujours fait le nécessaire pour m'en tirer. Et je n'allais pas rater un truc comme l'université. C'était une occasion de partir.

— Qu'est-ce que vous avez étudié ?

Elle sourit :

— L'allemand… que je parlais déjà couramment. Ma mère était une Suisse alémanique. Nous avons tous été élevés dans trois langues. Mon père parlait couramment le français.

— Pourquoi n'avez-vous pas choisi un plus grand défi ?

— Parce que cela ne m'intéressait pas vraiment. Si cela avait été le cas, je me serais arrangée pour entrer à Oxford ou à Cambridge. Mais pour moi, l'université n'était pas un endroit où l'on obtenait des diplômes ouvrant les portes d'une profession libérale. C'était juste une phase à subir.

Stephanie versa un peu d'huile de noix dans le *wok* et le mit sur le gaz. Les légumes étaient sur la planche en bois à côté du couteau. Elle tournait le dos à Proctor et, en l'occurrence, elle n'en était pas mécontente.

— La veille du jour où j'ai appris la nouvelle, j'étais avec un étudiant de deuxième année. Il louait un cottage à Sherburn, un vieux village minier à quelques kilomètres de Durham. Il y avait une soirée, nous avons tous beaucoup bu, je suis restée sur place. Je ne suis rentrée à Hild et Bede – mon collège – que le lendemain matin à onze heures. J'étais dans ma chambre en train de me changer quand on a frappé à ma porte. C'était une autre première année, comme moi. Elle était blême, elle avait l'air très mal. Je n'avais pas écouté les informations ni vu un journal, mais elle, si. Elle m'a avertie que le principal voulait me voir. Je suis allée dans son bureau et il m'a mise au courant. Je me rappelle l'épreuve que cela a été pour lui, ses efforts pour trouver les mots justes.

Elle se retourna.

— Comment avez-vous réagi ?

— D'une manière prévisible. Ni hoquets de surprise ni larmes. Je n'ai commencé à y croire qu'en regardant la télévision. Même à l'enterrement, je n'arrivais pas à admettre. Je m'attendais à tout instant à ce que cela cesse, à ce que quelqu'un dise que ce n'était qu'une blague macabre.

— Et quand vous avez compris ?

— Il a fallu que je m'en aille. Que je m'éloigne de Durham, de Christopher et de sa famille. De moi-même. Si bien que je suis venue ici. Pour le reste… vous êtes déjà à peu près au courant.

— Vous êtes descendue chez des amis au début ?

— Ce n'étaient pas vraiment des amis, plutôt des connaissances. Je passais d'un endroit à un autre – deux nuits ici, deux nuits là. Pour atténuer la douleur, j'ai bu et je me suis droguée. J'avais fait un peu les deux à Durham, mais à mon arrivée à Londres j'ai augmenté les doses. Bientôt, sans en être vraiment consciente, j'ai dérivé vers des gens comme moi, dans le même trip. Au lieu de bière et de vin, je me suis mise à boire du cidre bon marché et des spiritueux volés. Au lieu de partager un ou deux joints, j'ai commencé à fonctionner au Valium, au speed, à la coke et à l'héroïne. N'importe quoi pour planer ou descendre, peu m'importait. Vous savez ce que c'est. On devient accro, on fréquente de plus en plus miteux, le cercle devient encore plus vicieux. Il ne m'a pas fallu longtemps pour me retrouver sans un rond – six semaines, peut-être deux mois, je ne sais plus – c'est là que j'ai commencé à me prostituer.

— Cela a dû être difficile…

— Pas tant que ça. J'étais défoncée la plupart du temps et j'avais déjà baisé avec un vendeur d'héro en échange d'un approvisionnement régulier en tranquillisants. En fait, cela m'a servi de transition. Je m'étais coupée de tout le monde en venant m'installer à Londres et je me suis coupée de moi-même en pétant les plombs. Me vendre était le prix à payer.

— Je n'arrive même pas à imaginer ce à quoi cela peut ressembler.

— Oh ! je suis sûre que vous avez essayé.

— Qu'est-ce que vous voulez dire ?

— Que la réalité n'est pas aussi excitante que vous le voudriez.

Il parut indigné :

— Je n'ai jamais pensé que la prostitution était excitante.

— Non ?

— Non.

Elle eut l'air sceptique.

— Si vous le dites. En vérité, c'est sale, monotone et déprimant. Dangereux, parfois. Mais, la plupart du temps, c'est aussi routinier qu'un emploi de bureau. Sauf qu'on a tendance à faire nos heures la nuit.

— Vous travailliez combien de jours par semaine ?

— Quatre ou cinq, avec en moyenne cinq clients par jour, de trente à quatre-vingts livres la passe. Certains jours, on ne voit pas un chat, d'autres, on ne les compte plus.

— Quel genre de clients ?

— Un mélange de réguliers et de gens de passage.

— Je peux vous poser la question la plus évidente ?

— Comment je fais avec un type répugnant, c'est ça ?

— Oui.

— Je procède comme un avocat ayant affaire à un criminel dont la culpabilité est, selon lui, certaine. Sans émotion et avec professionnalisme.

— Mais c'est votre corps qui est en cause.

— Exactement. Ce n'est ni mon âme ni mon esprit, donc ce n'est pas le vrai moi.

Là c'est Proctor qui parut sceptique.

— Ils sont plutôt comment ?

— Âge moyen, mariés pour la plupart. Il y en a un ou deux d'assez gentils – ils ont tendance à être des réguliers – mais le reste, ce sont des branleurs. Surtout ceux qui essaient de marchander. C'est déjà assez dur comme ça sans avoir à expliquer à un connard qu'on va écarter les cuisses pour quatre-vingts livres mais pas pour quarante. Ensuite vous avez ceux qui ne bandent pas ou qui ne jouissent pas. Ce sont ceux-là qui risquent le plus de devenir violents. Et aussi de fondre en larmes. Mais ceux qui me déplaisent le plus, ce sont les machos qui insistent pour faire la demi-heure pile – pas une minute de moins – et qui sont bien décidés à battre des records d'éjaculation. Une sorte de test de virilité qu'ils doivent réussir. Pathétique.

— Vous étiez obligée d'en voir tant que ça ?

— Pourquoi ? Vous croyez que cela me plaît ?

— Non. Mais cinq clients par jour à raison de quatre-vingts livres la passe, cela fait quatre cents livres à la journée. Cinq jours par semaine, deux mille.

— Laissez-moi vous expliquer quelque chose. D'abord, tous les clients ne veulent pas, ou ne peuvent pas, se permettre la totale, si bien que je ne touche pas quatre-vingts livres chaque fois. Ensuite il y a le loyer. J'en versais un à Dean West, mon propriétaire. Et sa protection n'était pas comprise dans le prix. Sans lui, j'aurais dû payer un loyer commercial complet mais aussi un prête-nom pour la location de l'appartement, puisqu'aucune agence ne va aller louer un appart à quelqu'un qui ne possède même pas de compte en banque.

— Quoi ?

— C'est vrai. Pas de compte en banque, pas de Sécu, rien. Et mon prête-nom aurait probablement prélevé un pourcentage en plus. Ensuite il fallait que je paie la bonne – cinquante livres par jour plus dix pour cent de ce que je touchais. Et là-dessus, il fallait que je finance les cartes : vingt livres le millier et dix livres au distributeur pour chaque centaine qu'il colle dans des cabines téléphoniques. Et maintenant que British Telecom vide certaines d'entre elles jusqu'à quatre fois par jour, ça représente un paquet de cartes.

— Je n'avais jamais vraiment songé aux détails.

— Personne n'y pense jamais. En fait, c'est un sacré boulot.

— Ça a l'air plutôt dur, effectivement.

— Ça l'est.

Voyant que Proctor s'apprêtait à compatir, elle enchaîna :

— Mais pas autant que le vol de la North Eastern Airlines.

Il sortit une nouvelle fois la bouteille du réfrigérateur et remplit leurs verres. Elle vida une partie des légumes dans le wok. L'huile grésilla.

— Vous saviez qu'on n'a jamais retrouvé David ? Tous les autres ont fini par être identifiés - Dieu sait comment - mais David faisait partie des vingt-huit qu'on n'a jamais récupérés.

— Non, je l'ignorais. Je suis désolé.

Stephanie haussa les épaules et parut surprise de ce qu'elle venait de dire.

— Je ne sais même pas pourquoi j'en ai parlé. C'est vrai, quelle différence ça fait ?

Une demi-heure plus tard, leur repas était terminé. Le sujet de conversation avait changé, comme l'atmosphère.

— C'est à mon tour de vous poser une question personnelle.

— Allez-y.

— Vous êtes homo ?

— *Quoi ?*

— Êtes-vous homo ?

— Qu'est-ce qui vous fait croire que cela pourrait être le cas ?

— Je ne vous ai vu avec personne.

— Peut-être ne l'avez-vous pas remarqué, mais j'ai été pas mal absent.

— Je sais. Et personne n'a appelé. Du moins pas de coup de fil personnel et féminin.

Son analyse le fit sourire.

– Pour répondre à votre question, non. Je ne suis pas homo. Seulement très occupé.

Stephanie prit leurs assiettes et les rapporta à la cuisine. Proctor la suivit. Elle mit la vaisselle sale dans l'évier et ouvrit le robinet d'eau froide. Proctor était derrière elle. Elle sut qu'il allait la toucher avant même qu'il ne le fasse. Il posa une main sur sa hanche et l'embrassa sur l'oreille. Un petit baiser accompagné d'un :

– Merci. C'était délicieux.

– Ce n'était rien.

– C'était gentil.

Il n'avait pas bougé. Il s'était attendu à une réaction, à une rebuffade. Ne voyant rien venir, il prit cela pour un encouragement. Il posa la main sur l'épaule de Stephanie et la fit lentement tourner vers lui. Elle ne broncha pas. Cela devait arriver.

En fait, elle était plus curieuse qu'inquiète. Proctor l'embrassa. Avec hésitation, en fermant les yeux. Elle garda les siens ouverts et ne tiqua pas. Elle sentit ses mains descendre sur ses reins. Elle se dégagea.

– Ça va ? murmura-t-il.

Elle reconnut la sensation ; la tension d'une corde de guitare sur le point de céder. Son pouls s'accéléra, ses doigts se raidirent.

Il approcha son visage du sien, prenant son silence pour un accord. Elle l'agrippa par les bras et le repoussa. C'est son expression, plus que la vigueur de son rejet, qui le stupéfia. Un regard furieux. Empli d'une amertume qu'il n'avait encore jamais vue chez elle.

– Qu'est-ce qui se passe ?

– Ne me touchez pas, siffla-t-elle.

– Enfin, Stephanie, qu'est-ce qui se passe ?

– Qu'est-ce que vous croyiez ? (Même sa voix avait changé. Au lieu d'avoir des accents hystériques, ce n'était plus qu'un grognement.) Que j'allais trouver du soulagement en vous laissant me sauter toute la nuit ?

C'est ça ? Moi avec le visage mouillé de larmes, vous avec le sourire ?

– Qu'est-ce que vous allez chercher ? C'était juste un baiser. Je ne voulais pas...

Il avança d'un pas, elle recula d'autant et se retrouva coincée contre l'évier. Du coude, elle heurta un verre de vin qui s'écrasa par terre. Ses yeux ne quittèrent pas Proctor. En rebondissant sur les assiettes, l'eau froide lui éclaboussait les bras. Puis elle sentit le couteau sur la planche. Elle s'en saisit et en menaça Proctor qui se figea.

– Un pas de plus et je vous tue. Je jure que je le ferai.

– Allons, Stephanie, calmez-vous.

– Je ne plaisante pas.

– Écoutez, je suis désolé.

– Désolé ?

– Si j'ai mal interprété les signes, excusez-moi. Je ne voulais pas...

– Les signes ?

– J'ai cru qu'il se passait quelque chose. Entre nous.

– Quoi, par exemple ? Vous voyez un néon au-dessus de ma tête qui annonce : sautez-moi si vous voulez ? Quels signes, nom de Dieu ?

– Stephanie, je vous en prie...

Elle tremblait. De rouge, elle était devenue blême. Il n'avait jamais vu de regard aussi noir ni aussi brillant.

– Si vous me touchez de nouveau...

Proctor tendit lentement sa main droite vers elle.

– Donnez-moi ce couteau.

Le coup partit si vite que ni l'un ni l'autre ne vit le mouvement de la lame.

Stupéfait, Proctor regarda la coupure qui s'étendait de la base de son index à son poignet. Pendant une seconde, ce fut une ligne écarlate parfaite. Puis le sang se mit à couler, à lui dégouliner sur l'avant-bras, mouillant la manche de sa chemise, gouttant sur le carrelage.

Il reprit ses esprits en entendant claquer la porte d'entrée. Stephanie était partie et il avait besoin d'un médecin.

À deux heures du matin, les endroits les plus courus de Londres sont les night-clubs, les commissariats et les urgences des hôpitaux. Proctor descendit du premier étage de St Mary's à Paddington et sortit dans South Wharf Road. On lui avait recousu et bandé la main. Il faisait très froid. Il regarda à droite et à gauche, se demandant où il aurait le plus de chances de trouver un taxi, bien que Bell Street ne fût pas si loin que ça. À droite, il reconnut l'immense toit arrondi de la gare de Paddington. Seule une poignée de lumières brillait dans le gratte-ciel derrière. Il se détachait dans le noir, éclairé par la lueur montant des rues.

Proctor tourna à gauche. Il ne vit pas Stephanie, immobile dans l'ombre de l'hôpital. Et elle ne le revit jamais vivant.

8

J'ai passé la nuit dans la rue. Cela n'a rien de nouveau. Pour moi, toute la ville est un lit. À l'instar de tant d'autres à Londres, j'ai dormi dans des entrées de magasins et sur les bouches d'air chaud du métro. Je me suis furtivement glissée dans des zones de service des hôtels pour y voler quelques heures de chaleur. Parfois, une gare ou une station de bus offrait le seul abri possible. Mais, cette nuit, je ne cherchais pas à dormir. Je cherchais des réponses.

J'ai donc erré dans les rues, à peine consciente de mon environnement, ce qui est inhabituel chez moi. J'ai appris la prudence. En travaillant de nuit dans les quartiers les plus louches, on acquiert très vite un sixième sens. J'ai des yeux dans le dos. Je suis capable de percevoir même l'odeur d'une menace. À moins que je ne sois sous l'emprise de la drogue ou de l'alcool. À ce moment-là, je ne suis bonne à rien, vulnérable – mon état, la nuit dernière. Toutes mes défenses étaient baissées.

Comment ai-je pu faire une chose pareille ? Attaquer Proctor ! Jusqu'à l'aube, j'ai refusé d'admettre la réalité. L'épisode prenait des allures de rêve. Mais le matin tend à éclaircir les idées, sous leurs aspects les plus douloureux.

Je ne comprends pas pourquoi j'ai eu cette réaction. Je savais que Proctor allait me toucher, m'embrasser. Je voulais qu'il le fasse. J'avais eu tout le loisir de l'empêcher, mais j'avais choisi de n'en rien faire. Je savais qu'il serait tendre et compréhensif. Lorsqu'il a posé sa main sur ma hanche, ses lèvres sur les miennes, ce fut comme je l'espérais. Non, mieux que je ne l'espérais. Et puis… j'ai pété les plombs. Comme avec mon dernier client, bien que les situations ne soient guère comparables.

Vers sept heures du matin, je me suis arrêtée dans un snack pour boire un café. J'ai réussi à grand-peine à résister à mon envie de fumer. Pendant une heure, je me suis torturé l'esprit avant de choisir la solution la plus lâche : m'introduire discrètement dans l'appartement de Bell Street, prendre mes affaires et m'enfuir. En priant pour que Proctor soit sorti afin que cela me facilite la tâche. Cela me permettrait de lui laisser son trousseau de clés avec un mot d'excuses griffonné à la hâte. Il y a un mois, je serais partie en embarquant ses objets de valeur. Mais plus maintenant. J'ai une dette envers Proctor. C'est le seul homme en deux ans à m'avoir témoigné un peu de gentillesse. Et comment l'ai-je remercié ? En lui tailladant la main avec un couteau.

Je n'arrive pas à y croire. Quel genre de créature suis-je donc devenue ?

J'ouvre la porte de l'appartement de Proctor avec ma clé – sa clé – et j'en reste le souffle coupé.

Le sol de l'appartement habituellement impeccable de Proctor était jonché de papiers. Ce fut la première chose que vit Stephanie. La tristesse et la honte s'évaporèrent. Elle eut soudain la chair de poule et la gorge sèche. Elle se figea un instant sur le seuil et tendit l'oreille. Rien. Elle entra et referma silencieusement la porte derrière elle.

La traînée de papiers menait au bureau, à droite. Du couloir, Stephanie vit les tiroirs vides renversés par terre, le fauteuil pivotant couché sur le flanc, l'écran de l'ordinateur allumé. Dans la cuisine, on avait fouillé tous les placards, tous les tiroirs. Le réfrigérateur était vide : porte ouverte, contenu répandu sur le carrelage.

Des couverts propres encombraient l'évier en inox. La chambre de Proctor avait perdu sa propreté clinique. On avait retiré le matelas du lit avant de l'éventrer. Les draps s'entassaient dans un coin. On avait passé en revue l'intérieur des placards sans prendre la peine d'en refermer les portes à claire-voie. Dans la salle de bains, tout ce que renfermaient l'armoire à pharmacie et le placard sous le lavabo était en vrac dans la baignoire.

Proctor gisait dans le salon, comme une île dans un océan écarlate.

Stephanie se rendit compte qu'elle était incapable d'appeler à l'aide, de pousser un cri d'horreur, de verser une larme. Ce n'était pas Proctor. Seulement son cadavre. Tout comme elle n'était pas Stephanie quand un inconnu utilisait son corps. Son esprit était parti.

Proctor avait reçu deux balles, une dans le front et une dans la main gauche. De sombres taches luisaient sur sa chemise et sur son pantalon, une sur sa cuisse gauche et deux autour des genoux. Le pansement qu'on lui avait mis à la main droite était en boule sur le canapé. On avait arraché les fils de la blessure que Stephanie lui avait infligée puis agrandi la coupure. Elle compta quatre traces de couteau dans la main blessée et vit qu'on avait cassé l'auriculaire, l'index et le pouce. Proctor avait le regard figé. Une grosse goutte de sang perlait sur sa paupière gauche.

Les souffrances qu'il avait endurées dépassaient l'entendement. Stéphanie se demanda comment son tortionnaire l'avait empêché de crier ; des hurlements auraient certainement alerté les autres résidents de l'immeuble. La mise à sac des lieux suggérait que le tueur cherchait quelque chose de précis. La torture, elle, indiquait qu'il n'avait rien trouvé. Est-ce que c'était ce qui se cachait derrière le panneau de la baignoire ? On n'y avait apparemment pas touché. Ou peut-être le tueur voulait-il autre chose – une chose qu'il avait effectivement récupérée. Un renseignement peut-être ? Un secret enfoui dans l'esprit de Proctor ? L'aurait-il révélé ? Devinant qu'il allait mourir, avait-il choisi de l'emporter dans la tombe ? Quelle résistance avait-il opposée à la douleur ? Quelle résistance aurait été la sienne ?

Stephanie prit le téléphone. Elle composa le numéro de la police. *Réfléchis.* Elle raccrocha. Elle ne pouvait rien faire pour Proctor à présent. Il ne restait plus qu'elle. Était-elle en danger ? L'intrus s'était-il attendu à les trouver tous les deux dans l'appartement, ou bien Proctor était-il l'unique cible ? Et qui était l'intrus ? Bradfield ? Un de ses associés ? Ou quelqu'un d'autre qu'elle ne connaissait pas ?

Elle avait besoin de temps et d'un endroit sûr pour réfléchir.

Comme sur pilote automatique, les émotions provisoirement en suspens, elle erra à travers l'appartement. Son petit sac à dos se trouvait dans un coin du salon, son contenu étalé sur la table en merisier. L'argent volé aux michetons de King's Cross avait disparu, mais le reste était là. Stephanie repoussa la panique qu'elle sentait sourdre en elle. Elle remit ses biens dans son sac et partit en quête du manteau de Proctor. Celui qu'il portait lorsqu'elle l'avait vu sortir de l'hôpital. Il était dans la chambre, par terre, au milieu d'un tas de vêtements. Son portefeuille gisait à côté, béant. L'argent liquide avait disparu. Seules les cartes de crédit restaient. Fouillant dans ses propres poches, elle trouva six livres soixante-dix.

Elle mit le portefeuille de Proctor dans son sac et repassa dans son bureau. Elle examina l'écran de l'ordinateur. Il affichait une lettre à un rédacteur d'un magazine qu'elle ne connaissait pas. Sans intérêt. Elle se souvint alors que Proctor ne gardait rien de précieux dans son ordinateur de bureau. Voilà pourquoi on l'avait torturé.

Le meuble où Proctor rangeait ses dossiers était fracturé, et les papiers jetés à terre. Stephanie s'agenouilla pour les trier.

Il lui fallut trente-cinq minutes pour découvrir le document portant le code de la carte Visa. Ne trouvant pas celui de la Connect Card, elle nota la date de naissance, les numéros de téléphone, de fax, de Sécu et de passeport de Proctor. Un relevé de banque vieux de trois mois révélait un crédit de neuf cent quatre-vingts livres sur son compte courant. Avec un peu de chance, sa carte Visa se portait aussi bien.

Armée d'un tournevis, elle dévissa le panneau de la baignoire et récupéra le portable de Proctor, ainsi que le sac en plastique renfermant les sept disquettes. Son sac à dos étant trop petit, elle fourra le tout dans un sac de voyage trouvé dans la chambre, prit un pull irlandais fatigué, sans doute une relique du passé de Proctor, des chaussettes épaisses, trois T-shirts et un foulard en soie bleu marine qu'elle se noua autour du cou. Sur la table, le téléphone portable de Proctor se rechargeait. Elle l'embarqua.

Sa chasse au trésor terminée, Stephanie voulut faire quelque chose pour Proctor, le couvrir ou le placer dans une position moins bizarre – moins douloureuse – puis alerter quelqu'un. Elle n'en fit rien.

Elle empoigna ses sacs et quitta l'appartement en prenant soin de verrouiller la porte à double tour, point sur lequel Proctor avait toujours insisté.

Il pleuvait lorsqu'elle sortit dans Bell Street. Elle regarda à droite et à gauche, s'attendant vaguement à voir un inconnu lui fondre dessus ou une voiture aux vitres teintées s'arrêter à côté d'elle. Ou bien à ressentir une douleur fulgurante – celle qu'infligerait une lame d'acier trempé tenue par une main surgie de nulle part. Mais il n'y avait rien ni personne. Elle tourna à droite vers Edgware Road. De l'argent liquide d'abord.

Elle essaya la carte Connect au premier distributeur qu'elle trouva, utilisant des variantes du mois et de l'année de naissance de Proctor et les quatre derniers chiffres de son numéro de téléphone. Chou blanc. Au distributeur d'Halifax, à l'angle d'Edgware Road et d'Old Marylebone Road, elle joua la sécurité en se servant de la carte Visa, dont elle connaissait le code. Elle retira deux cents livres et passa à sa priorité suivante : trouver un abri.

Sussex Gardens proposait une gamme d'hôtels miteux, bon marché et anonymes. Elle choisit le Sherburn House pour la plus futile des raisons. Sherburn était le nom du village où elle avait passé la nuit du crash du vol NE 027.

Elle régla en liquide et s'inscrivit sous un faux nom, qu'elle oublia presque aussitôt. Sa chambre était au deuxième étage. Un lit d'une place avec une courtepointe orange, des rideaux marron aux fenêtres, un radiateur électrique fixé au mur. De jaune d'or – si l'on en croyait la trace rectangulaire d'un tableau disparu – la tapisserie avait viré à un crème sale constellé de taches d'humidité. Dans un coin, un lavabo, avec un petit seau vert en dessous, à cause des fuites.

Stephanie lâcha ses sacs et s'assit sur le lit. Les ressorts étaient aussi mous que des sables mouvants. Elle se prit la tête dans les mains.

Et maintenant quoi ?

Une cigarette. Je donnerais n'importe quoi pour une cigarette. Et peut-être un verre. Voire deux. Une vodka ne me ferait pas de mal, surtout si elle était double. La première d'une série peut-être. Avant de passer à un peu plus fort, rien que pour être sûre que ça marche.

Je me trouve à la croisée des chemins. Une fois de plus.

Je sais ce que c'est. Des choix qui s'offrent à moi, j'en connais un, familier, qui m'attire. C'est celui qui permet d'assourdir la douleur. Le chemin qui promet le bonheur de l'ignorance. Celui que j'ai choisi la dernière fois.

Le portable de Proctor marchait avec Windows 98. Elle ne connaissait que Windows 95, le programme en vogue lorsqu'elle faisait ses études. Elle ne s'était jamais trop souciée d'informatique, ni des tristes âmes que cela passionnait, mais elle en avait appris les rudiments. À l'époque, elle avait trouvé cela d'une facilité déconcertante. Deux années corrosives plus tard, elle se sentait moins sûre d'elle. Il lui fallut quelques heures pour se rafraîchir la mémoire.

Proctor avait établi une liste des matériaux stockés dans son ordinateur de bureau : la plupart des dossiers de la première enquête, c'est-à-dire les entretiens avec les familles et les amis des disparus du NE 027. Stephanie se dit que cela devait inclure Christopher et regretta de ne pouvoir lire ce qu'il avait déclaré au journaliste. Comment s'en était-il sorti au cours de ces deux ans ? Stephanie avait tout fait pour vider sa propre mémoire, mais son frère réagissait autrement. Il montrait rarement ses émotions, si bien qu'il était difficile de lire ses pensées.

Dans la deuxième des sept disquettes qu'elle inséra dans l'ordinateur, elle découvrit une sorte de journal. Un compte rendu chronologique de l'enquête de Proctor, donnant l'ordre dans lequel il avait joint les familles et chacune des réactions à sa demande d'entretien. La plupart des gens n'avaient été interviewés qu'une fois, soit par téléphone, soit en personne ; certains l'avaient été deux, voire trois fois. Le document détaillait aussi le programme des déplacements de Proctor et les dates des entretiens. Christopher n'avait été interrogé qu'une fois.

Stephanie apprit ainsi certains détails à propos du contact de Proctor au MI 5. Au début, elle crut que le dénommé Smith faisait partie de la première enquête, qu'il était un proche de l'une des trois cent quarante-huit victimes. Mais le nom apparaissait plus fréquemment qu'un autre et Stephanie comprit son erreur lorsqu'elle tomba sur les entrées suivantes :

10 déc. Essayé Smith. Ligne coupée.
15 déc. Smith a appelé. Utilisera dorénavant des cabines.
6 jan. Smith a appelé. Observant observé.

Observant observé ? Stephanie parcourut les pages du journal, remontant le temps. Elle retrouva la première mention de Smith :

22 juill. Parlé à Beth Marriot, veuve du commandant du NE 027 – demande d'entretien refusée. Contacté par « ami » désireux d'aider. Donnera des renseignements.
25 juill. Contact du 22 laissé un paquet ce matin. Incroyable – visiblement un dingue ! qui signe Smith. Question : comment m'a-t-il trouvé ? Comment a-t-il su ?

Stephanie reconstitua lentement le squelette des renseignements de Proctor. Grâce aux notes en abrégé du journal, elle vit qu'il était progressivement revenu sur sa première impression. Chaque entrée semblait le pousser plus loin sur le chemin de son informateur. Les autres contacts – les parents et amis des morts – faisaient des apparitions de plus en plus rares jusqu'à disparaître complètement après le 30 novembre, à l'exception de Stephanie, mentionnée à la mi-décembre. En passant, elle reconnut deux noms – Bradfield et Qadiq – qui la ramenèrent aux questions essentielles : qui avait tué Proctor ? Pourquoi ? Et elle dans tout cela ? Si l'appartement de

Proctor était sous surveillance, le tueur savait qu'elle y vivait. Peut-être avait-il tué sur une impulsion.

Sur l'étiquette d'une autre disquette, le nom de Smith s'étalait, inscrit au feutre vert. Stephanie la mit dans l'ordinateur. Elle ne contenait que trois dossiers. L'un donnait le détail de l'histoire racontée par Smith à Proctor.

Smith avait pris conscience de l'existence de « César » – le nom que lui ou un autre avait donné au prétendu poseur de bombe du NE 027 – en apprenant le lancement d'une opération de surveillance du MI 5. On ne savait pas très bien si Smith participait à l'opération, s'il la dirigeait ou s'il en avait seulement eu vent. Stephanie se dit que ce flou devait être volontaire. En revanche, il était clair que Smith avait mis en cause la pertinence d'une telle opération, avant de se faire remettre en place par une autorité supérieure. Il prétendait que le SIS était au courant de la présence de César à Londres, ainsi que certaines factions de Scotland Yard. Il affirmait aussi que César se faisait actuellement passer pour un étudiant à l'Imperial College de l'université de Londres et il précisait même le cours qu'il y suivait : un troisième cycle en génie et technologie chimiques.

La colère de Smith, selon les notes de Proctor, avait paru authentique. Et justifiée. Un homme qui avait placé une bombe à bord d'un avion rempli d'innocents – qui les avait tous assassinés – se promenait dans Londres, en toute liberté, au su des institutions mêmes dont la mission était de pourchasser de tels individus afin de les faire juger. Pis, il jouait les étudiants, vivant de bourses d'État payées par le contribuable britannique. Apparemment, Proctor avait été convaincu de l'intégrité de Smith au seul ton de sa voix, puisque les deux hommes ne s'étaient jamais rencontrés.

Lors d'une autre conversation, Smith avait conseillé à Proctor de choisir prudemment ses interlocuteurs. Des questions à la police, par exemple, seraient inévitablement répercutées dans la hiérarchie et, tôt ou tard, quelqu'un de l'intérieur verrait son nom cité. Une requête présentée directement au MI 5 ou au SIS serait manifestement rejetée, et personne ne pouvait dire quelles seraient les conséquences ultimes d'une telle démarche. Le message était clair. Y aller avec précaution, rester dans l'ombre, ne pas faire de vagues.

Je suis couchée, tout habillée, sous les draps, les couvertures et la courtepointe orange. Le radiateur accroché au mur diffuse une chaleur imperceptible. Je frissonne, mais cela n'a rien à voir avec le froid.

Il est minuit moins dix. Une prostituée occupe la chambre de gauche. Elle travaille par intermittence depuis huit heures et demie ce soir. Sa tête de lit cogne contre le mur mitoyen. C'est un miracle qu'elle ne passe pas au travers ; la paroi est si mince que je peux pratiquement entendre tout ce qui se dit entre elle et ses clients. Ces tristes échanges ; les phrases aguichantes sans sincérité, les mensonges. Les murmures et les gémissements d'encouragement ; les grognements d'orgasme feints. Je connais son vocabulaire dans sa déprimante totalité. Je suis elle.

Quant à mes tremblements, qu'en dire ? C'est le choc certainement. Franchement je suis surprise d'avoir résisté aussi longtemps. Mais est-ce bien la seule cause ?

Chaque fois que je ferme les yeux, je vois Proctor, abîmé, vidé, littéralement, de vie. Ou je le vois sous les traits d'un homme bon, quelqu'un qui ne méritait pas de mourir, quelqu'un de très différent de moi. Toute la journée, j'ai fonctionné à l'abri de l'émotion, rationnellement. Mais maintenant je suis trop fatiguée pour résister. Une tristesse irrésistible monte en moi et menace de me noyer. Je pense à ses blessures et à l'enchaînement d'actions écœurantes qui les a produites. Et au fait que, sans une cruelle coïncidence – une coïncidence due à ma brutalité –, j'aurais été là quand le tueur de Proctor a débarqué. Ou nous aurions survécu tous les deux, en équipe, ou j'aurais connu le même sort que lui. Un joyau à ajouter à mon trésor de culpabilité.

Où en suis-je à présent ? La bonté de Proctor m'a donné une chance. Il y a six semaines, mon destin était scellé, comme il l'était depuis deux ans. Un glissement progressif vers une fin inévitable, la conséquence d'une surdose, un client psychopathe ou un suicide. Mais il a changé tout cela. Il m'a offert une autre possibilité. Son attitude a créé une transition entre ce que j'étais et ce que je suis devenue. Il m'a montré que je pouvais choisir. Il était fiable et honnête. J'en étais venue à me reposer sur lui plus que je ne le croyais : à peine est-il mort que je suis déjà sur le point de replonger.

C'est seulement maintenant que je commence à comprendre. Il ne reviendra jamais. Le roc a disparu. Je suis seule. Assommée. Voilà pourquoi je tremble. Je suis terrifiée par moi-même, car je sais ce que je suis capable de m'infliger et il n'y a plus personne pour m'arrêter. Je suis mon propre ennemi.

Au-delà de la peur, couve un autre sentiment. Il se terre dans un petit coin sombre de mon âme. Il se nourrit de lui-même, en attente.

La colère.

9

Nouvelle journée, nouvel état d'esprit. Stephanie ne savait pas trop quand elle avait fini par s'endormir, mais c'était après quatre heures du matin. L'épuisement avait eu raison du choc. Maintenant, trois heures plus tard, elle était réveillée. La peur l'habitait encore, mais pour la première fois depuis le baiser catastrophique de Proctor, elle avait l'impression de se maîtriser de nouveau.

Elle passa trois heures à consulter le reste des disquettes. Puis elle boucla ses deux sacs, quitta le Sherburn House Hotel et déjeuna dans un snack voisin. Ensuite, elle tira deux cents livres de plus avec la carte Visa de Proctor. Elle acheta une boîte de disquettes vierges afin de faire des copies. Il lui fallait une cachette sûre pour les documents de Proctor, et cela posait un problème parce qu'il était hors de question d'aller dans un endroit où on lui réclamerait une pièce d'identité. Elle avait bien une idée, mais cela présentait d'autres risques, plus graves. Finalement, elle conclut qu'elle n'avait guère le choix. Elle se procura donc une petite torche.

Elle s'inscrivit dans un nouvel hôtel, proche de Waterloo Station. Pas plus chic que le précédent et tout aussi anonyme. Elle consacra le reste de la journée à relire les fichiers de Proctor, à en copier une partie, remplissant ainsi deux nouvelles disquettes. En fin d'après-midi, elle était prête à dissimuler le portable et les sept disquettes d'origine.

Elle se dit qu'un bain brûlant l'apaiserait. Pendant une demi-heure, elle laissa l'eau envahir son corps, rosir sa peau. Quand la température baissait, elle rajoutait de l'eau chaude. La vapeur lui enveloppait la tête, lui dessinait des perles de sueur sur le visage. Lorsqu'elle sortit de la baignoire, elle essuya la condensation sur le miroir et s'examina. Sans être voluptueuses, ses formes étaient revenues. Ses seins avaient grossi, ses cuisses s'étaient musclées, ses côtes ne saillaient plus. Quant aux creux de son visage, ils avaient quasiment disparu. Les cernes noirs s'étaient estompés, et sa peau paraissait incomparablement plus saine. C'était une véritable métamorphose qu'elle avait vécue au cours de ces six dernières semaines. Mais cela ne suffisait pas. Elle était encore Stephanie. Ou plutôt, elle restait Lisa.

Attendre la nuit était prudent ; elle risquait moins d'être reconnue. Pour rendre la chose encore plus difficile, elle s'enfonça sur le crâne une casquette de base-ball achetée à un vendeur ambulant de New Coventry Street. Revêtue du pull irlandais de Proctor, le foulard en soie bleu marine autour du cou, elle s'efforça de modifier sa démarche. Puis, le cœur battant, elle longea les rues familières, se dirigeant vers l'endroit au monde où elle s'était juré de ne jamais remettre les pieds.

Maintenant qu'elle escaladait l'échelle de secours, l'obscurité devenait un handicap. Il valait mieux ne pas allumer la torche. Il faudrait se contenter des rais de lumière entre les rideaux mal tirés ou les lamelles de store disjointes.

L'échelle de secours était raide et étroite. Apparemment peu sûre, elle se balançait sous son poids, menaçant de s'arracher de son support de briques effritées. Stephanie avait oublié ce détail. Elle arriva au sommet, sur le petit palier carré avec la porte munie d'un pêne. Sauf que le pêne ne s'engageait dans rien. Le battant finit par céder sous ses coups d'épaule et s'ouvrit en raclant le plancher.

Ce ne fut qu'une fois à l'intérieur et la porte refermée qu'elle osa allumer sa torche. Les combles ressemblaient à ceux du bâtiment voisin. Ce qui n'avait rien d'étonnant puisque, avant d'être divisés pour les besoins de la vente, les deux immeubles n'en formaient qu'un. Elle avait travaillé de l'autre côté, dans un grenier transformé en appartement. Chez Dean West. Elle braqua sa torche sur la porte encastrée dans le mur mitoyen. West n'en avait jamais soupçonné l'existence, parce qu'une armoire la dissimulait depuis des années. Il n'était pas du genre à s'intéresser à l'architecture de ses propriétés ; il ne se souciait que de la rentabilité des activités qu'elles abritaient. Stephanie avait découvert la porte accidentellement en cherchant une boucle d'oreille qui avait roulé sous l'armoire. Ensuite, de Brewer Street, elle avait vu que les fenêtres du grenier voisin étaient bouchées par des planches et remarqué que l'échelle de secours menait à une porte. Et, vérification faite, une porte facile à ouvrir.

À l'intérieur, c'était sombre et poussiéreux. Visiblement, personne n'y avait mis les pieds depuis des années. Seuls demeuraient une vieille citerne désaffectée, des cartons vides et plusieurs piles de journaux des années 1970. Stephanie savait que l'étage d'en dessous abritait une salle de projection porno privée et qu'une fois la pièce insonorisée les ouvriers avaient condamné et dissimulé l'accès au grenier.

Après sa découverte du grenier, elle en avait fait un refuge occasionnel, veillant à ce que personne ne la voie entrer ou sortir. Il lui avait fréquemment servi de chambre pour la nuit, ce qui était loin d'être une expérience agréable. Froid, bourré de courants d'air, grouillant de rats. Mais c'était mieux que de dormir sous la pluie. D'abri, le grenier allait se muer en coffre-fort.

Elle plaça l'ordinateur à l'intérieur de la citerne vide. Puis elle souleva une lame du plancher, sous lequel elle colla le sac en plastique contenant les sept disquettes. Elle remit la lame en place, puis compta les planches qui la séparaient de la porte.

Je me rappelle ce Noël où mon père s'est cassé une cheville. Il avait fait une mauvaise chute en glissant sur la glace. Je me rappelle les béquilles qu'il utilisait et les pauvres lumières de notre arbre de Noël. Je me rappelle la neige qui tomba cette année-là et la visite de nos grands-parents suisses. Ce sont mes premiers souvenirs. C'est du moins mon impression. Ou peut-être n'est-ce qu'une invention rassurante ; je ne serais pas la première à réécrire l'histoire.

Maintenant, en cet instant d'isolement total, les images du passé me reviennent en foule : un chewing-gum collé sous mon pupitre, à l'école ; moi harcelant David pour me le reprocher ensuite, et ma culpabilité se transformant en colère dirigée contre lui, qui en était la source ; la nuit d'hiver où Jimmy Craig – un fermier du coin qui nous vendait de la viande – s'est noyé dans la North Tyne ; nos premières vacances familiales à l'étranger, en Suisse ; Sarah me mordant parce que je m'étais moquée de son acné ; Transformer *de Lou Reed, le premier album que j'aie acheté ; « Perfect Day », la première chanson qui m'ait fait frissonner ; mes parents se disputant dans la cuisine pour autoriser ou non Christopher, seize ans, à passer un week-end à Londres avec un de ses amis ; mon premier renvoi provisoire pour avoir bu de l'alcool à l'école ; la mort de Matilda, notre premier boxer : pendant une semaine, je me suis endormie en larmes ; la varicelle… nous l'avions tous attrapée ; moi buvant du vin pour la première fois et trouvant cela dégueulasse ; la première petite amie de Christopher – Laura, une blonde potelée avec un appareil dentaire ; ma nausée, dans la voiture, par un chaud après-midi au retour de Seahouses ; les courses chez Fenwick, à Newcastle – ma mère n'était jamais aussi irritable que lorsqu'elle se trouvait dans un magasin bondé ; ma première cigarette, une Benson & Hedges, que m'avait donnée Michael Carter, un garçon de treize ans, en échange d'un baiser – ce fut la première fois que je sentis une autre langue sur la mienne ; le parfum du déjeuner du dimanche envahissant toute la maison ; debout, dehors, une nuit de la Saint-Jean, sous un ciel bleu saphir ; ma première leçon de conduite dans une Ford Fiesta, avec un moniteur plus intéressé par mes seins que par la route ; le baptême de Polly – j'avais du mal à me faire à l'idée que Christopher soit devenu papa et moi tante ; mon premier acte sexuel payé : une pipe, pour 20 livres.*

Il est quatre heures du matin, l'heure à laquelle nous sommes le plus vulnérables, l'heure à laquelle nous sommes le plus enclins à réécrire notre histoire, à assurer notre avenir.

Le matin, Stephanie changea de nouveau d'hôtel. Elle prit le métro jusqu'à Queensway. Elle tira encore deux cents livres avant de trouver un hôtel dans Inverness Terrace. Un long câble de TV pendait du toit du King's Court. Il se balançait dans le vent, à cinq mètres du sol. Les portes-fenêtres du premier étage ouvraient sur des balcons décrépis. Des herbes jaillissaient miraculeusement du plâtre écaillé. On avait collé une pancarte manuscrite sur la vitre de la porte d'entrée : « Pas de jobs à pourvoir, pas de clébards ».

Plus tard, Stephanie prit la Central Line jusqu'à Tottenham Court Road, puis descendit Shaftesbury Avenue, jusqu'à l'angle de Wardour Street, où se trouvait la billetterie de Barry Green. L'agence était au premier étage, l'entrée au rez-de-chaussée, prise en sandwich entre un kiosque à journaux et un restaurant.

La veille au soir, Stephanie avait eu peur de retourner dans cette partie du West End. Maintenant, sa détermination prenant le pas sur l'angoisse, elle était prête à affronter le risque.

L'agence était un territoire familier. C'était là que Green vendait de la drogue à ses clients les plus sûrs, même s'il ne stockait jamais rien sur place ; l'agence offrait une couverture trop pratique pour la compromettre de manière aussi évidente. Stephanie ne connaissait que trop bien la façon de procéder. On entrait dans le bureau, on passait commande à Green, qui téléphonait alors pour savoir où et quand la marchandise pourrait être récupérée. Mais il fallait remettre le liquide entre les mains de Green avant de sortir. Cette règle ne souffrait pas d'exceptions. Ceux qui préféraient les transactions directes étaient invités à s'adresser ailleurs.

Stephanie monta jusqu'au premier, consciente de la boule au creux de son estomac. Elle entra dans l'agence, dont les vitres affichaient des lettres dorées peintes à l'envers afin qu'on puisse lire de Shaftesbury Avenue : BARRY GREEN – première billetterie de Londres. Les murs s'ornaient d'affiches de *Chicago* et autres succès du West End. Un tableau posé sur un chevalet en aluminium dressait la liste de concerts pop et rock, avec la date et le prix de la place. Une pancarte, près du canapé en cuir brun, garantissait l'accès à tous les matchs de l'Arsenal, des Spurs ou de Chelsea.

Un couple de blondes oxygénées attendait derrière deux bureaux noir mat. Elles affichaient un maquillage outrancier, des joues poudrées de pêche jurant violemment avec des lèvres roses. Stephanie se sentit soudain affreusement gênée d'avoir porté sur elles un jugement hâtif.

À l'autre bout de la pièce, un homme en chemise kaki et cravate violette lisait le *Sun*. Un client en attente de billets ? Non. Un gorille payé pour empêcher les indésirables d'atteindre le bureau privé de Green ou éjecter ceux qui avaient réussi à franchir le barrage. Quand Stephanie se dirigea droit vers la porte située au-delà des réceptionnistes, il redressa brusquement la tête. Normalement, il l'aurait interceptée avant même qu'elle ne touche la poignée, mais son étonnement avait ralenti ses réflexes. Il l'avait reconnue.

Planté devant une fenêtre donnant sur Shaftesbury Avenue, portable à l'oreille, Green riait d'un rire gras.

– Génial, gloussa-t-il plusieurs fois.

C'était un homme petit et râblé avec un visage empâté, des doubles et des triples mentons et de rares cheveux noirs soigneusement lissés derrière les oreilles. Des sourcils noirs broussailleux, un gros nez, des lèvres épaisses et une langue gonflée. Il portait un pantalon de toile noir, des mocassins imitation Gucci, un sweat-shirt Nike avec écrit « JVC » en travers du dos. Des bagues à cinq de ses doigts boudinés, trois à la main gauche, deux à la droite. Une épaisse gourmette en or cliquetait contre sa montre de plongée Omega.

Il s'interrompit brusquement en la découvrant. Sa bonne humeur s'évanouit aussitôt. Il baissa son portable et la regarda fixement. Stephanie sentit la présence du cerbère, derrière elle.

– Désolé, patron, mais…

Green lui fit signe de se taire et de sortir. La porte se referma. Green éteignit son portable et repassa derrière son bureau, apparemment pas mécontent de mettre quelque chose de solide entre eux. Il repoussa le couvercle d'une boîte à cigarettes en onyx et en tira une Embassy Regal. Stephanie sourit ; cela l'avait toujours amusée, même aux instants les plus sombres. Il alluma sa cigarette avec le briquet Cartier en or que Dean West lui avait offert en gage de reconnaissance, après l'incident Gary Crowther ; Green avait organisé le largage du cadavre dans les docks.

— Tu ne manques pas d'air, hein ? s'exclama-t-il, reprenant enfin ses esprits. Entrer ici comme ça. Où étais-tu fourrée ces deux derniers mois ?

— Loin d'ici mais pas encore assez.

— Qu'est-ce qui t'est arrivé ?

— Plein de trucs.

Green avait l'habitude de la voir au bout du rouleau. Généralement, lorsqu'elle débarquait à l'agence, elle était prête à accepter toutes les insultes pour obtenir de la drogue.

— Pourquoi t'es revenue ?

— Pour te voir, Barry.

Cela le déconcerta visiblement. Dans le confort du terrain connu, Green se comportait en brute épaisse. Devant l'inattendu, il perdait ses moyens. Il était surpris par son assurance.

Il tenta maladroitement de faire la conversation.

— Tu as l'air en forme, Steph. Tu as pris un peu de poids.

— Toi aussi.

— Cela te va bien, continua-t-il, ignorant la vacherie.

— Merci, répondit-elle sans le quitter des yeux.

— On dirait que t'as fait ton chemin dans le monde.

— Quand on touche le fond, on ne peut que remonter.

— Tu baises les porteurs de serpillières de Park Lane maintenant ?

Elle ne releva pas.

Green s'assit, l'air déjà moins inquiet.

— Après ta disparition, West était fou furieux. Le client que tu as assommé avec la bouteille de champ' a fini à l'hosto. Les flics se sont abattus sur le quartier comme des mouches sur de la merde, et West nous est tombé sur le râble en deux fois pire. Alors si tu viens demander un service, tu ferais mieux d'oublier. Tu nous es redevable. Tu m'es redevable. Tu me dois un max.

— Je ne te dois rien du tout.

— Tu aimerais peut-être dire ça à Deano ?

— Et peut-être que tu aimerais être désigné comme complice du malencontreux décès de Gary Crowther ? Ou devrais-je parler de meurtre ?

— Laisse tomber, Steph. Pourquoi tu changes pas de disque, pour une fois ?

— Parce que je n'ai rien à perdre. Contrairement à toi.

Green fronça les sourcils, qui se rejoignirent. Il tira sur sa clope. Son portable sonna, mais il l'ignora.

— Qu'est-ce que tu veux ? Du liquide ? J'espère que non. Je suis raide comme un passe-lacet.

— Ça, j'en doute. Mais pas la peine de mouiller ton Calvin Klein. Je n'en veux pas à ton argent.

Le sourire de Green manqua de conviction.

— Oh ! je vois. Tu cherches de quoi te soigner, c'est ça ? Qu'est-ce que tu veux ?

— Une arme.

— Quoi ?

— Je veux une arme.

— Et pourquoi tu voudrais une arme, bordel ?

— C'est pas tes oignons.

— Tu parles, Charles. Et comment que c'est mes oignons.

— J'ai de l'argent – ce que tu préfères, du liquide – alors qu'est-ce que ça peut te foutre ?

— À ton avis ? Suppose que je te vende un flingue et que tu fasses la peau de mon pote Dean ? Ce serait compréhensible vu les circonstances, d'accord, mais si le bruit circulait que c'est moi qui t'ai fourgué l'engin ? Tu vois où je veux en venir ? Je serais aussi populaire qu'un casse-dalle au bacon à une Bar Mitzvah. Même si tu descendais West – et là je pense pas que t'aies plus de cinquante pour cent de chances d'y arriver – le prochain ticket pour la morgue serait pour ma pomme.

— Il ne s'agit pas de West.

— Et j'ai ta parole, c'est ça ?

— Oui.

— La parole d'une pute sur le retour ? s'écria Green, dans le genre exaspéré. Désolé, mon cœur, mais tu peux aller te faire foutre.

— Je me procurerai une arme, d'une manière ou d'une autre. Si ce n'est pas par toi, ce sera par quelqu'un d'autre.

— Très bien. Tire-toi. Peu m'importe qui te la filera tant que…

— Mais je ne manquerai pas de faire savoir que c'est toi qui me l'as vendue. Tu peux compter là-dessus.

— C'est une menace ?

— Je suis en train de suggérer un marché.

— Je pourrais demander à mon gars de te faire disparaître, comme ça, fit-il en lui claquant des doigts sous le nez.

— Grandis un peu, Barry. Tu ne penses tout de même pas que je viendrais ici au bout de six semaines – après ce qui s'est passé dans Brewer Street – sans avoir pris des précautions, si ?

— Quelles précautions ?

— Ça, c'est mon affaire.

— Conneries. Tu bluffes.

— Bien, fais-moi disparaître alors.

Une heure plus tard, comme convenu, Stephanie attendait devant l'Hippodrome quand la Shogun de Green s'arrêta à sa hauteur. Le gorille conduisait. Assis à l'arrière, Green lui fit signe de monter à côté de lui. Le 4x4 démarra.

— Fais des ronds et te fais pas repérer par les flics, lança Green au chauffeur.

Puis il prit le sac en plastique John Lewis posé entre eux sur la banquette arrière et en tira un vieux sweat-shirt enroulé autour d'une arme.

— Un Browning 9 mm, de l'armée. Tu sais t'en servir ?

— On vise et on appuie sur la détente.

— Arrête ton char. Je suis pas d'humeur.

En prenant soin de ne pas être vu de l'extérieur, Green lui montra le maniement de l'arme, le chargeur, le cran de sûreté.

— Tu le libères comme ça et t'es prête à tirer. Il y a une balle engagée, cinq dans le chargeur, six au total. Si t'as besoin de plus, tu te les dégottes toi-même.

— Il ne m'en faut qu'une, peut-être deux.

— Alors tu n'as pas besoin d'en savoir plus. Mais je vais te filer un tuyau. Essaie de t'approcher le plus possible de ta cible. Ces trucs-là, à distance, c'est de la merde. T'es jamais assez près. Il faut que tu colles à ta cible pour que t'aies plus de mal à la rater qu'à la toucher.

Green essuya le browning avec le sweat-shirt avant de remettre le paquet dans le sac en plastique. Puis il se frotta les mains sur son pantalon et alluma une cigarette. Cette affaire le rendait manifestement nerveux. Voilà pourquoi il s'en occupait personnellement.

Stephanie sortit un rouleau de billets de sa poche.

— Combien ?

Green regarda les billets avec cupidité, faillit lui donner un chiffre, puis se reprit.

— C'est la maison qui offre.

Stephanie n'en crut pas ses oreilles et cela dut se voir.

— Sers-toi de ce fric pour acheter un aller simple pour la Nouvelle-Zélande une fois la chose faite. Après, on est quitte, toi et moi.

— Avec joie.

— Et je veux ta parole que tu ne vas pas faire la peau de West.

— Je croyais que ma parole ne valait rien.

— Arrête de déconner, Steph !

Son malaise lui fit presque plaisir.

— D'accord, je promets. Mais quand tu le verras, tu peux lui dire de ne pas perdre son temps à me chercher. Je vais être injoignable. À vie.

— Oh ! vraiment ? Tu vas nous rendre à tous le putain de service de te faire sauter le caisson, c'est ça ?

Stephanie hocha tristement la tête.

— On ne t'a jamais dit que c'était vilain de jurer ?

Stephanie était dans sa chambre au King's Court lorsqu'elle vit les informations à la télévision. Un journaliste avait été trouvé mort dans son appartement de Marylebone. La police qualifiait les blessures de Proctor de « terrifiantes » et confirmait le bruit qu'on lui avait tiré dessus plusieurs fois. On recherchait une jeune femme vue en compagnie du journaliste ces dernières semaines. Sa description physique n'avait rien de remarquable : blanche, taille moyenne, carrure moyenne, blonde, vingt-cinq ou trente ans. La police souhaitait s'entretenir également avec un homme aperçu dans l'immeuble de Proctor plusieurs soirs avant. Petit, râblé et barbu, d'origine moyen-orientale.

Moyen-orientale. Ce n'était donc pas Bradfield. Le poseur de bombe, peut-être ? Mais comment pouvait-il avoir appris l'existence de Proctor ? S'agissait-il d'un autre encore ? Mais qui ?

Tout l'après-midi, Stephanie avait réfléchi à la manière de procéder. Finalement, elle choisit l'approche directe, faute de mieux.

Elle avait trouvé Gallagher & Sons sans difficulté, à l'angle de Wilton Road et de Longmoore Street. À l'intérieur, il faisait bon. Moquette verte, lambris surmontés d'une peinture moutarde, petites tables. Cyril Bradfield ressemblait trait pour trait à la description que Proctor lui en avait faite ; assis au fond de la salle, sous un miroir, il buvait une Guinness. À une table voisine, trois retraités discutaient, parlant tous en même temps. L'un d'eux était soit simple d'esprit, soit ivre mort. Difficile à dire. Stephanie ressortit, sûre que Bradfield n'avait pas remarqué sa présence.

Son adresse, un peu plus loin dans la même rue, figurait sur une des précieuses disquettes de Proctor. La maison était lugubre, avec une façade de briques noircies et des fenêtres aux cadres pourris. Elle la dépassa avant de tourner à droite dans Guildhouse Street. Elle longea l'arrière d'un immeuble de bureaux en observant les caméras de sécurité braquées sur les entrées de service. Elle fit un tour complet, revint dans Guildhouse Street par Warwick Way, puis s'arrêta au croisement de Longmoore Street. Elle reprit le manège pour se réchauffer autant que pour éviter d'éveiller les soupçons, bien que les rues fussent vides.

Quarante-cinq minutes plus tard, Bradfield apparut.

Stephanie sentit le browning peser dans sa poche. Quand le faussaire approcha de sa porte d'entrée, Stephanie s'avança. Il faisait nuit. Entendant un bruit de pas, Bradfield jeta un coup d'œil par-dessus son épaule. Rassuré par la vue d'une jeune femme, il glissa sa clé dans sa serrure. Sa porte s'ouvrait dans un craquement lorsqu'il entendit un « s'il vous plaît ? ». Il se retourna. La jeune femme attendait, en bas du perron.

— Je suis perdue. Je cherche la gare Victoria.

— Oh, ce n'est pas loin d'ici…

Souriant gentiment, elle franchit une marche, puis deux. Sortit la main de sa poche. Elle attendit qu'il ait remarqué l'arme, qu'elle tenait serrée contre elle, pour continuer :

— Entrons.

Sur le coup, Bradfield fut trop sonné pour réagir – Stephanie elle-même eut un moment de flottement. Puis il hocha la tête et la précéda à l'intérieur. Stephanie referma la porte d'un coup de talon.

— Qu'est-ce que vous voulez ?

Ils se trouvaient dans une entrée étroite éclairée par un globe poussiéreux. Cyril Bradfield devait avoir une cinquantaine d'années. Un peu plus petit que Stephanie, il marchait en traînant les pieds. Ses cheveux argentés rebiquaient de partout. Il avait des yeux bleus larmoyants sous ses sourcils froncés.

— C'est de l'argent que vous voulez ? Je crains de ne pas avoir grand-chose sur moi...

Il va me percer à jour. Comprendre que je suis un imposteur, que je ne sais pas où je vais.

L'arme pesait dans la main de Stephanie, aussi incongrue que les commandes d'un train ou la baguette d'un chef d'orchestre. Bradfield déboutonna son manteau.

— Je ne veux pas d'argent, dit-elle, consciente du tremblement de sa voix. C'est votre travail qui m'intéresse.

Cela parut le désarçonner encore plus que la perspective de se faire voler.

— Mais qui êtes-vous ?

— J'ai besoin de renseignements sur quelqu'un pour qui vous avez travaillé.

Bradfield tiqua.

— Le secret est essentiel dans mon métier. Je ne peux rien vous dire.

Stephanie brandit l'arme.

— Je pense que vous allez découvrir que c'est possible.

Il soupira, renonçant aussitôt à résister. Il prit l'escalier. Stephanie le suivit. Les portes du premier étage étaient fermées. Ils montèrent jusqu'au grenier. L'endroit avait été converti en atelier. Deux établis, un bureau et un tabouret au fond, et trois machines inconnues de Stephanie. Sur les étagères qui couraient le long d'un mur, s'entassaient des bocaux d'encre, des boîtes de solvant, des couleurs – certaines prêtes, d'autres non –, des adhésifs, des couteaux, une multitude de papiers différents, un équipement photographique, des flacons de révélateur, des crayons en tout genre, une machine à affranchir, des rames de feuilles de plastique et une trentaine ou une quarantaine de fichiers étiquetés.

— Voici mon bureau.

— Moi aussi, j'ai travaillé dans un grenier, murmura distraitement Stephanie.

— Qu'y faisiez-vous ?

— C'est moi qui pose les questions, répliqua-t-elle en cherchant du regard un système d'alarme. Vous avez fabriqué un document pour une personne que je recherche. Peut-être un passeport ? Peut-être israélien.

— Cela n'aurait pas été le premier.

— Cet homme vous a été envoyé par un tiers. Il est probablement venu avec un gorille, voire deux.

— Qui l'a envoyé ?

— Ismail Qadiq.

— Jamais entendu parler de lui.

— Faites un petit effort. Un Égyptien. Importateur de T-shirts, entre autres marchandises.

— Peut-être m'a-t-il envoyé cet homme, mais cela ne veut pas dire pour autant que je l'aie rencontré. J'ai quelqu'un qui joue les intermédiaires pour moi.

— Oui, je sais. Il fume des Panatellas.

Bradfield parut secoué.

— Pourquoi cherchez-vous cet homme ?

Stephanie ignora la question.

— Il y a peut-être eu d'autres documents, poursuivit-elle en se rappelant soudain un autre nom figurant dans le dossier de Proctor. Un passeport algérien et un permis de conduire au nom de Mustafa Sela.

Proctor avait soupçonné Sela d'être le nom – ou le nom d'emprunt – du poseur de bombe du NE 027. Stephanie crut voir un éclair passer dans le regard de son interlocuteur.

— Il y a combien de temps ?

— Entre six mois et un an.

Bradfield s'approcha des fichiers et en choisit un. Il le posa sur un établi, l'ouvrit et commença à fouiller, triant documents, factures, photos, notes manuscrites.

Stephanie jeta un coup d'œil autour d'elle.

— Cela me surprend que vous travailliez chez vous. J'aurais pensé qu'il était plus sûr d'avoir un atelier ailleurs.

— Pourquoi s'embêter ? fit Bradfield en haussant les épaules. Si quelqu'un me cherche – comme vous, par exemple –, quelle difficulté cela présente-t-il de trouver mon atelier ? Ou si je suis dans mon atelier, ce ne sera pas difficile de savoir où j'habite.

— Très fataliste.

— C'est mon choix.

— C'est pour cela que vous n'avez pas l'air préoccupé par mon intrusion ?

Il leva les yeux.

— Non, ça, c'est différent.

— En quoi ?

— Laissez-moi vous donner un conseil. Ne portez pas d'arme à moins d'être prête à vous en servir.

Puis il se remit à fouiller, laissant Stephanie ruminer son humiliation. C'était si évident que ça ? Elle laissa retomber son bras. Et comme elle se sentait toujours ridicule avec l'arme à la main, elle la fourra dans sa poche.

— Quoi qu'il en soit, reprit Bradfield, l'air de rien, je dors très mal. Comme je travaille souvent dès l'aube, c'est plus pratique de tout avoir à portée de main.

Stephanie s'efforçait toujours de surmonter son sentiment d'échec.

— Vous avez tout de suite su ?

— Sur le perron, dehors, admit-il tout en poursuivant ses recherches.

— Alors pourquoi faites-vous ça ?

— Parce que je peux me tromper sur votre compte, fit-il avec un nouveau haussement d'épaules. Parce que vous savez où j'habite. Ou peut-être parce que la plupart des gens que je côtoie dans ma profession sont des hommes sans charme, non des femmes séduisantes.

Trois réponses, pas une de vraie, elle l'aurait juré. Il sourit et Stephanie se demanda s'il fallait lui rendre la politesse ou le descendre ; elle était à la fois soulagée et folle de rage. Sans savoir exactement pourquoi.

— Je me souviens que l'homme impliqué – le sujet – n'a pas récupéré les documents lui-même. Quelqu'un d'autre s'en est chargé.

— Qui ?

— Je l'ignore. Je ne l'ai vu que cette fois-là. Mais je sais que les documents étaient destinés à l'homme qui tirait les ficelles. Comment s'appelle-t-il déjà ?

— Ismail Qadiq.

— Qui sait, peut-être est-ce lui qui est venu les chercher ? C'est possible, non ?

Les doigts de Bradfield cessèrent de s'agiter : il tira une planche contact du fichier, s'approcha d'une lampe et l'examina à la lumière.

— Voilà, c'est ça.

Bradfield sortit du placard clos dans un coin du grenier qui lui tenait lieu de chambre noire. Il tendit la photo à Stephanie. Un portrait en noir et blanc. Elle vit un homme d'une trentaine d'années avec une peau brune et lisse, des cheveux noirs coupés court et une barbe bien taillée. Ses yeux aux paupières tombantes fixaient l'objectif, la fixaient, elle, et son passé. Elle sentit le froid l'envahir.

— C'est Mustafa Sela ? murmura-t-elle sans cesser de fixer l'inconnu.

— Non. L'homme qui se fait passer pour Mustafa Sela. Qui sait quel est son vrai nom ?

Stephanie leva les yeux. Cyril Bradfield se roulait une cigarette. Il avait des doigts épais et noueux, cannelés par des années de coupures et d'égratignures, durcis par les solvants et les colles, tordus par l'âge. Mais qui n'avaient rien perdu de leur dextérité. Il roula la cigarette en un éclair, sans regarder, et obtint un résultat parfait : pas l'ombre d'un pli, ni d'unc pointe mal fichue.

— Et qui le sait à votre avis ? demanda Stephanie.

— Votre ami Qadiq, peut-être ? dit-il avec un nouveau haussement d'épaules.

— Pourquoi ?

— C'était un travail urgent. Bien payé mais très urgent. Celui qui a passé la commande devait savoir à quoi s'en tenir. Il est donc probable – mais seulement probable – qu'il connaissait le destinataire.

Stephanie laissa Bradfield allumer sa cigarette. Ils échangèrent un regard, et elle eut l'impression que leurs yeux se parlaient mais que son cerveau était incapable de traduire.

— Votre mémoire paraît soudain fonctionner très bien.

— Certaines expériences sont plus mémorables que d'autres.

— Et celle-ci l'était ?

— À sa manière, oui.

— Plus exactement ?

Bradfield avait visiblement envie de parler, mais quelque chose le retenait, la peur, peut-être, ou un reste de respect pour le secret professionnel. Stephanie ne s'en formalisa pas. Elle savait par expérience qu'il suffisait de faire preuve de patience : il finirait par s'épancher. Ils en passaient tous par là. Le temps d'hésitation atténuait la culpabilité d'être indiscret. Elle avait toujours été ébahie par ce que ses clients lui racontaient. Et qu'ils choisissent de s'adresser à elle. En l'occurrence, c'était pareil.

Bradfield rompit enfin le silence.

– Ils ont refusé mon intermédiaire. Pour moi, c'est une forme de protection importante. En fait, c'est la seule que j'aie, vous en avez eu la preuve. Et, globalement, je dirais que c'est une protection qui profite à tous. Mais ils ont insisté pour passer outre.

– Insisté ?

Bradfield hocha la tête.

– Comme seuls ces gens en sont capables.

Le message sous-jacent était clair : *Je ne serais pas mécontent qu'il leur arrive des ennuis.*

10

Je ne me rappelle que trop bien ce que Cyril Bradfield m'a dit hier soir. Ne portez pas d'arme à moins d'être prête à vous en servir. Je sais que je ne vais pas tuer Ismail Qadiq, mais lui, il l'ignore. En fait, il pense sans doute que la mort le guette. Deux choses m'aident à créer cette illusion. D'abord, Qadiq lui-même. Contrairement à Bradfield, c'est un agressif – du genre misogyne rampant, selon moi – et rien ne m'est plus facile que de le détester. Ensuite, je lui ai déjà tiré dessus. Un accident. Je le menaçais de mon browning quand, pour le convaincre du sérieux de mes intentions, j'ai libéré le cran de sûreté. La détente m'est apparue plus douce que je ne l'aurais cru. Quand le coup est parti, j'étais aussi choquée que Qadiq. Heureusement, il était trop préoccupé par la balle qui est allée se ficher dans le mur de son bureau pour lire mon expression. En vérité, je l'ai raté d'un mètre, mais cette marge restait suffisamment étroite pour le convaincre que je ne plaisantais pas.

Qadiq se retourna. C'était un homme petit dont l'embonpoint tendait la soie de sa chemise beige. Il portait une veste de varappeur matelassée, des lunettes teintées dont les verres lui grossissaient démesurément les yeux, et un minuscule portable accroché à sa ceinture. Il tremblait, ses mains potelées à moitié levées, comme en signe de capitulation. Stephanie reprit rapidement ses esprits, le fixant du regard le plus hostile possible. Tout en priant pour qu'il ne remarque pas qu'elle aussi tremblait.

Avait-on entendu la déflagration à l'extérieur de l'entrepôt ? Appellerait-on la police ?

Elle chercha quelque chose de sinistre à dire :

— La prochaine fera mal.

Il faisait encore nuit à son arrivée à Whitechapel, une heure plus tôt. Elle avait fait la plus grande partie du trajet de métro avec un seul autre passager dans le wagon : un vieil homme poivre et sel mal rasé avec des cernes sous des yeux injectés de sang. Il somnolait, dodelinant de la tête, alors qu'elle restait sur le qui-vive, sous l'emprise de l'adrénaline. Le calme régnait dans le quartier, à part quelques commerçants matinaux qui ouvraient leur boutique ; un chien qui fouillait dans des ordures sur le trottoir. Il flottait un parfum de cuisine indienne dans l'air glacial. L'entrepôt d'Ismail Qadiq se trouvait dans une petite rue latérale. D'un côté s'alignaient les arrières noircis de petits immeubles commerciaux dont les façades donnaient sur la rue parallèle. De l'autre, une rangée de petits entrepôts, chaque porte de garage surmontée d'un grand numéro peint en blanc.

Après avoir repéré le local, Stephanie s'était mise en quête d'un endroit d'où surveiller son arrivée. Elle avait fini par passer une heure accroupie derrière une benne remplie d'éclats de bois et de vitres en morceaux. Au bout de quelques minutes, elle avait eu les mains gelées, les doigts gourds sur la crosse de son pistolet au fond de la poche de son manteau. Elle avait dû serrer les dents pour les empêcher de claquer. La rue était si étroite qu'elle n'apercevait qu'un petit bout de ciel. Lequel vira petit à petit du bleu saphir au turquoise. La journée serait belle mais froide.

À l'arrivée de Qadiq, elle attendit qu'il ait déverrouillé et remonté le rideau de son entrepôt. Elle se glissa hors de sa cachette. Comme Qadiq n'avait pas complètement redescendu son rideau, Stephanie put rouler en dessous. Il faisait humide et froid à l'intérieur. Elle vit un minichariot élévateur près de l'entrée, des caisses encore scellées, arrivées récemment du Caire. À sa gauche, elle aperçut des cartons remplis de T-shirts de toutes les couleurs. D'autres, imprimés de dessins ou de logos, étaient rangés dans des sacs en plastique individuels. Elle passa devant une demi-douzaine de cintres ployant sous le poids de vestes en cuir qui dégageaient une puissante odeur.

Elle suivit Qadiq dans la pénombre jusqu'à ce qu'il pénètre dans un petit bureau à l'arrière de l'entrepôt. C'est là qu'elle toussa, le faisant virer sur lui-même, une main sur la poitrine.

— Qui êtes-vous ?

Stephanie espéra que sa froideur l'impressionnerait. Elle tendit la photo que Bradfield avait développée pour elle la veille.

— Où est-ce que je peux le trouver ?

La surprise choquée de Qadiq fit place à de l'hostilité :

— Sortez d'ici. Dehors.

— Répondez d'abord à ma question.

Il jeta un coup d'œil au téléphone posé sur un bureau couvert de paperasserie.

— Je vais appeler la police.

Stephanie sortit l'arme de sa poche.

— Pas question.

Derrière les verres grossissants, les yeux de Qadiq s'agrandirent comme des balles de golf.

— Qui êtes-vous ?

— Contentez-vous de répondre à ma question, ensuite vous pourrez oublier que vous m'avez vue.

Sous sa maîtrise apparente, Stephanie était une vraie boule de nerfs. Qadiq jeta un coup d'œil à la photo et secoua la tête.

— Je ne l'ai jamais vu. Partez maintenant.

— Il est venu ici. Vous l'avez aidé.

— Je vous l'ai dit, je n'ai jamais vu cet homme de ma vie.

— Il avait besoin de faux papiers. Vous avez tout organisé.

De plus en plus en colère, Qadiq éleva la voix :

— Je suis un importateur de T-shirts !

— Entre autres ?

— Je ne sais pas de quoi vous parlez.

Malgré elle, elle sentit le doute l'envahir :

— Je parle de passeports. Volés ou faux.

— D'accord. Où sont-ils ? dit Qadiq en montrant l'entrepôt. Montrez-moi où ils sont à votre avis.

Devant le silence de Stephanie, il reprit, méprisant :

— Vous devriez ranger votre petite arme stupide et partir.

Il avait l'air d'estimer inconcevable qu'elle, une simple femme, puisse représenter une menace pour lui. Pour sa part, Stephanie se retrouvait renvoyée dans ses buts pour la seconde fois en vingt-quatre heures. C'était elle qui tenait l'arme, mais c'était Qadiq, comme Bradfield avant lui, qui dirigeait les opérations.

— Allez ! Du vent !

C'est alors qu'elle libéra le cran de sûreté, sans avoir l'intention d'aller plus loin. Contrariété, nervosité ? Toujours est-il que son index tremblant pressa la détente.

Le coup parti accidentellement modifia tout. Qadiq était désemparé, partagé entre la peur et un reste de mépris. Il contempla bouche bée le trou dans les factures épinglées au mur, pendant que Stephanie regardait l'arme, terrifiée, comme si cette dernière venait de se muer en une créature vivante dotée d'une volonté propre. Cela ne l'empêcha pas de reprendre son masque familier quand Qadiq se retourna vers elle ; en un instant, elle n'était plus qu'indifférence clinique.

Qadiq clignait les yeux, incrédule, réaction inspirée autant par le changement qui s'était opéré en elle que par le coup de feu. Stephanie lui montra de nouveau la photo.

— Regardez-la bien. Et dites-moi où je peux le trouver.

Qadiq secoua la tête.

— Je ne sais pas.

Stephanie releva son arme.

— Je vous en prie, je ne sais pas où il est. On ne me l'a jamais dit.

— Donnez-moi un nom alors.

— Je ne connais pas son nom, reprit Qadiq après un silence.

Son hésitation le trahit. Ils en furent conscients tous les deux.

— Vous mentez.

— Non, je le jure…

— La prochaine va vous toucher à l'entrejambe, Ismail, dit Stephanie en ajustant son pistolet.

— Mohammed, lâcha Qadiq dans un souffle.

— Mohammed ?

— Oui. C'est son nom. Mohammed.

— Bien, cela réduit le champ des recherches à quelques millions d'individus. Mohammed comment ?

Qadiq souffrait visiblement le martyre.

— Reza Mohammed, finit-il par murmurer.

— C'est son vrai nom ou juste une identité qu'il utilise ici ?

— Je ne sais pas.

— Vous seriez un chat, il ne vous resterait plus que huit vies. Bon, où est-ce que je peux le trouver ?

— Je le jure, je ne le sais pas non plus.

D'après les renseignements de Proctor, Mohammed était étudiant à l'Imperial College.

— Qu'est-ce qu'il fait à Londres ?

— Je ne sais pas.

— Il doit bien avoir un job.

— Probablement, oui…

— Ma patience a des limites, Ismail. Qu'est-ce qu'il fait ?

— Je vous en prie. On ne m'a jamais donné ce genre de détails.

Stephanie le laissa réfléchir ; peut-être un silence prolongé lui délierait la langue. Voyant qu'il n'en était rien, elle reprit :

— Je vais partir, mais écoutez-moi bien. Je vais trouver Reza Mohammed. Vous pouvez y compter. Mais s'il a vent de quoi que ce soit et s'il disparaît, je saurai d'où cela vient. Et je reviendrai vous tirer une balle dans chaque genou. Et ensuite j'irai dire aux autorités ce que vous avez fait, si bien que lorsqu'on vous laissera sortir de l'hôpital après vous avoir rafistolé les jambes, on vous jettera en prison pour vingt ans. Compris ?

Qadiq acquiesça faiblement.

Stephanie leva son arme et visa un point entre ses yeux démesurément grossis.

— Je veux vous l'entendre dire.

À son retour au King's Court, à Bayswater, trois coups de téléphone permirent d'établir deux faits. D'abord, Reza Mohammed était bien étudiant à l'Imperial College. Ensuite, Mustafa Sela l'était encore, dix-huit mois plus tôt. Stephanie tira les conclusions qui s'imposaient. C'était avant que Reza Mohammed se procure les papiers de Mustafa Sela auprès de Bradfield. Mais cela ne signifiait pas nécessairement que le premier Sela et le plus récent n'était pas un seul et même homme, aucun d'eux n'étant Mustafa Sela lui-même. Peut-être que Mohammed avait perdu les originaux, ou se les était fait voler. Ou peut-être y avait-il deux Mustafa Sela, l'un authentique, l'autre un imposteur. Et pendant qu'on y était, ils étaient peut-être plus de deux. Pourquoi pas ?

En allant de Bayswater à South Kensington, Stephanie tenta de retirer 200 livres de plus avec la carte Visa de Proctor, mais le distributeur l'avala. Elle fut prise de panique avant d'admettre la logique de la chose : il fallait s'y attendre ; elle avait eu de la chance d'avoir pu retirer autant de liquide.

Les bâtiments de l'Imperial College de sciences, technologie et médecine de l'université de Londres se situent entre Exhibition Road et Queen's Gate. Stephanie trouva l'administration dans le Sherfield Building, un bloc sans charme, au centre de l'ensemble. Le numéro de dossier de Mustafa Sela – H 402 – figurait sur une des disquettes de Proctor. Grâce à lui, Stephanie put obtenir une brochure sur le cours lui-même : ingénierie aéronautique, avec une année en Europe. Elle prit également une brochure sur les conférences suivies par l'étudiant : un troisième cycle en ingénierie et technologie chimiques.

Reza Mohammed fit son apparition à trois heures et demie de l'après-midi.

Il faisait partie d'un groupe sortant d'une conférence, dont plusieurs avaient l'air d'origine moyen-orientale ou arabe, mais Stephanie le reconnut aussitôt. Il portait les cheveux un peu plus longs que sur la photo, il paraissait plus mal rasé que barbu, mais elle aurait reconnu n'importe où le nez aquilin et les yeux aux paupières tombantes. Il était entouré, mais seul. Les autres bavardaient à deux ou à plusieurs, lui non.

D'une distance discrète, Stephanie le suivit sur Queen's Gate où il tourna à gauche, puis à droite dans Cromwell Road. Pensant qu'il s'apprêtait à prendre le métro à Gloucester Road, elle pressa le pas pour ne pas le perdre de vue mais il passa devant la station, traversa Knaresborough Place et pénétra dans un immeuble à l'angle de Courtfield Gardens et de Barkston Gardens.

Stephanie patienta une minute avant de faire des allées et venues devant le bâtiment. La porte vitrée en haut du perron s'ouvrait visiblement sur une sorte de réception : un jeune homme affalé derrière un comptoir fumait une cigarette. Il avait l'air de s'ennuyer ferme. La plupart des bâtiments voisins abritaient des résidences privées ou des hôtels bon marché. Celui qui l'intéressait ne semblait pas appartenir à ces catégories. Stephanie s'approcha, jeta un coup d'œil au sous-sol, visible depuis une grille : deux grandes pièces séparées par un couloir. Dans l'une, elle aperçut un distributeur de sodas, des chaises en plastique sur un sol couvert de lino, une vieille télé dans un coin. Dans l'autre, un cyclorameur et des haltères sur un tapis en caoutchouc. Dans le couloir, elle remarqua un téléphone public. Il se trouvait juste à côté de la sortie de secours, au bas des marches descendant de la rue.

L'entrée ne comportait aucune indication, mais près d'une petite porte latérale une plaque en cuivre pas très nette annonçait : foyer d'étudiants al-Sharif. Dans l'angle d'une vitre, on voyait un autocollant blanc sur fond vert représentant un croissant et une étoile.

À son troisième passage, elle aperçut Reza Mohammed au sous-sol. Assis, le dos à la fenêtre, il devait regarder la télévision. Un autre jeune homme était installé à côté de lui, mais ils ne se parlaient pas.

Elle appela les renseignements, qui lui donnèrent le numéro du foyer. Elle téléphona. Une voix masculine lui répondit. Elle demanda Reza Mohammed ; on la pria de patienter un instant. Une autre sonnerie retentit. Du trottoir, elle vit un jeune homme sortir de la salle de gym. Il décrocha le téléphone public dans le couloir. Elle eut le temps de l'entendre parler avant d'éteindre le portable de Proctor.

Je brûle d'une rage intraduisible en mots. Ces deux derniers jours, j'avais l'air calme, posée. Rien n'était plus éloigné de la vérité.

Ces deux dernières années, je n'ai ressenti aucune amertume. J'étais trop défoncée, trop soûle ou trop crevée pour trouver l'énergie de me mettre en colère. J'étais incapable de haïr Dean West, Barry Green ou aucun de mes exploiteurs. Je ne ressentais pas de colère à l'encontre de ceux qui m'achetaient. Connaître la cause de la tragédie n'aurait sans doute pas changé grand-chose à mon comportement. C'était moi, et non les événements extérieurs, qui le dictais.

Maintenant c'est différent. Maintenant je vibre de colère. À voir comment celle-ci se manifeste, elle donne l'impression d'être là depuis toujours, enfermée dans quelque compte secret, accumulant des intérêts astronomiques. Je suis en colère contre Christopher pour avoir échappé à la mort, en colère contre le reste de ma famille pour y avoir succombé. Je ressens de la haine contre West, Green et tous mes autres exploiteurs. Proctor n'échappe pas à mon courroux : comment a-t-il pu m'abandonner au moment même où je commençais à dépendre de lui ? Et puis, bien sûr, il y a Reza Mohammed, l'homme à la bombe. Mais surtout, je suis en colère contre moi-même. Je méprise ma déchéance et je déborde d'amertume en songeant à tout ce que j'ai fait ces deux dernières années. Et le pire, c'est de savoir que je ne peux rien y changer, que je ne peux agir qu'à retardement.

C'est donc ce que je vais faire. Demain.

Le cours suivi par Mustafa Sela. Ingénierie aéronautique, une année en Europe. Est-ce que les connaissances glanées à l'Imperial College l'ont aidé à désintégrer le vol NE 027 ? J'examine la brochure. Les domaines déjà étudiés comprennent des sujets tels que la structure des avions, les matériaux, la mécanique du vol et l'architecture de l'appareil. Si Sela et Mohammed ne font qu'un, ce qui me paraît des plus probables, le choix de ce cours n'a rien d'innocent. Celui que suit actuellement Reza Mohammed est potentiellement inquiétant : armé d'un tel savoir, les cauchemars qu'il peut assurément transformer en réalités sont effrayants rien que d'y penser.

J'ouvre une canette de Coca et j'examine la photo de Reza Mohammed. Ses parents sont-ils toujours vivants ? Savent-ils où il est et ce qu'il fait ? A-t-il des frères et des sœurs ? Sont-ils comme lui. Sera-t-il pleuré, regretté ?

Quant à mon propre avenir, seul m'importe ce qui arrivera demain. Je ne succomberai ni à l'alcool ni aux narcotiques, mais mon avenir n'en sera peut-être pas plus brillant pour autant. Mais j'ai l'habitude de vivre dans l'obscurité. La question que je me pose n'a rien à voir avec ce qui suivra demain : à l'instant clé, quand je regarderai Reza Mohammed dans les yeux – les yeux d'un frère humain –, serai-je capable de presser la détente ? Je l'ai fait par accident – et j'ai raté ma cible –, mais puis-je le faire délibérément et viser juste ? Malgré ma fureur, cela va contre tous mes instincts.

Suis-je vraiment capable de tuer de sang-froid ?

Elle ne ferma pas l'œil de la nuit. La télévision ne lui offrit pas la distraction recherchée, pas plus que la dispute du couple dans la chambre voisine, les sirènes dans le lointain ou encore le hurlement occasionnel de freins.

Elle eut envie d'une cigarette, puis d'un paquet entier. De vodka, ensuite d'héroïne, enfin de tout ce qui pourrait l'empêcher de penser. Elle eut envie d'être de nouveau petite fille ; bien au chaud à la maison, à l'abri de la toile protectrice de l'amour parental tissée par les allées et venues de sa mère autour d'elle. Elle souhaita que Mohammed Reza disparaisse. Elle souhaita s'endormir et ne jamais se réveiller ; elle souhaita être quelqu'un d'autre, quelqu'un qui ne serait ni terrifié, ni épuisé.

À l'aube, il bruinait. Parfait pour ce que Stephanie avait à faire. Elle tenta d'avaler quelque chose, pour être aussitôt prise de nausées. La journée avança, tel un glacier. Stephanie s'attendait à tout instant à sentir l'afflux d'adrénaline laisser place à l'effondrement nerveux, mais il n'en fut rien. À huit heures et demie du soir, le ventre vide et les idées en miettes, elle était au bord de l'évanouissement.

Elle repéra aussitôt Reza Mohammed, vision qui accéléra les battements de son cœur. Une demi-douzaine d'étudiants regardaient la télévision. Assis derrière eux, sa chaise tournée dans l'autre sens, un gobelet en plastique à la main, Mohammed parlait avec un homme plus âgé : face à face, penchés en avant, les coudes sur les genoux, ils devaient converser à voix basse, à en croire leurs airs de conspirateurs.

Dans sa tête, son plan était parfaitement au point. Elle ferait venir Reza Mohammed au téléphone public. Puis elle ouvrirait la grille – elle avait vérifié qu'elle n'était pas fermée à clé –, descendrait l'escalier et lui tirerait dessus à travers la vitre de l'issue de secours. En se campant à trois mètres de sa cible. Cette distance lui donnait une chance de s'échapper. En outre, en tirant à travers la vitre, elle n'était pas obligée de pénétrer dans l'immeuble, ce qui réduisait les risques de se faire prendre, voire d'être vue. Et comme les détonations ne manqueraient pas de créer une confusion, elle espérait que sa position et l'obscurité lui offriraient une sorte de couverture pour sa fuite. Avec cinq balles dans le chargeur, elle n'avait aucune raison de rater son coup à moins que l'échec ne vienne d'elle-même : sa propre réaction était la seule inconnue de son plan.

Elle avait l'impression que sa vie entière s'était cristallisée, réduite à un instant décisif. Et il venait d'arriver. Tout ce qui s'était passé avant avait mené à cela et tout ce qui arriverait ensuite en serait une conséquence.

Elle composa le numéro et pressa le portable de Proctor contre son oreille. Il y eut trois sonneries avant qu'on décroche.

— Bonsoir.

C'était la voix du réceptionniste.

— Pourrais-je parler à Reza Mohammed, s'il vous plaît ?

— Qui le demande ?

Elle lâcha un nom au hasard :

— Mary Stuart. Je suis la secrétaire du professeur Pearson de l'Imperial College.

Un silence, puis : « Ne quittez pas. »

Elle était sur le trottoir contre la grille. Elle avait entrebâillé la porte. Elle tenait le portable de la main gauche, l'arme de la droite au fond de sa poche. Une pluie glaciale lui dégoulinait dans le cou. Comme la veille, il y eut une autre sonnerie, celle du téléphone public. Un inconnu décrocha et elle demanda de nouveau Reza Mohammed. Elle vit l'homme disparaître dans le couloir pour réapparaître quelques secondes plus tard dans la pièce voisine. Elle assista alors à un film muet : Reza Mohammed tourna la tête, adressa un mot à son compagnon et se leva de sa chaise en plastique. Il portait un pantalon kaki, des tennis fatiguées et un blouson bleu marine sur un T-shirt blanc. Bientôt tachés de sang.

Stephanie poussa la porte et se posta sur la première marche. Reza Mohammed arriva devant le téléphone et tendit la main vers le combiné qui pendait dans le vide. Elle sortit l'arme de sa poche.

Ne portez pas d'arme à moins d'être prête à vous en servir.

— Allô ? fit une voix grave.

— Reza Mohammed ?

— Oui. Qui est à l'appareil ?

Une main se plaqua sur sa bouche. Elle lâcha tout. Des mains la saisirent, des doigts s'enfoncèrent dans sa chair à travers ses vêtements. Elle se sentit partir à reculons, tirée en arrière, prisonnière de bras musclés, ses talons raclant les marches en pierre. Il y eut un dialogue bref qu'elle ne comprit pas. La pluie l'aveuglait.

Elle se réveilla par terre, dans le noir le plus complet, sur un sol nu, celui d'une camionnette, peut-être. Elle entendit : « Démarre, fonce, mais fonce ! »

Parvenant à tourner un peu la tête, elle mordit la main qui la bâillonnait. Son propriétaire lâcha prise en poussant un hurlement de douleur. Une voix d'homme. Stephanie gigota, libéra une jambe et balança un violent coup de pied qui heurta un corps, lequel recula en grognant. Le véhicule prit un virage sur les chapeaux de roue. Tout glissa à l'intérieur.

Une autre voix marmonna : « Nom de Dieu, mais pique-la ! »

Elle n'eut pas le temps de penser, encore moins de réagir. Vide d'émotion, elle ne trouvait même plus le loisir d'avoir peur. Elle se débattit, puisant dans des réserves de force inattendues, jusqu'à ce qu'un poing gros comme une botte lui écrase l'œil. Deux fois. Une aurait suffi. On lui enveloppa la tête et les épaules d'un tissu rugueux – une couverture ou un sac, un truc humide qui puait la poubelle – tandis que des bras et des jambes invisibles lui immobilisaient le reste du corps. Des doigts d'acier déchirèrent le tissu de sa manche droite. Puis deux mains puissantes lui clouèrent le bras contre le sol froid en métal.

Une voix murmura : « Nous sommes prêts. »

11

Stephanie ouvrit les yeux. Elle ne vit pas plus clair pour autant. Le noir absolu l'entourait. Elle reprenait lentement ses esprits. Elle avait la tête qui tournait, et l'obscurité n'arrangeait rien, puisque son regard ne pouvait s'accrocher nulle part. Elle n'aurait jamais imaginé une absence aussi complète de lumière. Comme on lui avait retiré sa montre, elle ne disposait même plus de la faible lueur éclairant les chiffres pour se guider. Ce devait être l'obscurité totale de la mort.

Elle était étendue sur une surface dure. Dans une pièce, probablement, mais comment en être sûre ? Peut-être gisait-elle sur une corniche à trente mètres de hauteur ? Elle palpa le sol autour d'elle. Frais et lisse.

Découvrir les dimensions de sa prison. Voilà ce qu'il fallait faire avant toute chose. Elle avait besoin de repères. L'obscurité et l'infinité étaient trop terrifiantes. Elle prenait déjà conscience des graines de panique que son cerveau lui plantait dans le ventre. Elle se mit à quatre pattes avec une certaine difficulté ; son équilibre était incertain. L'obscurité était déjà insupportable, mais le produit qui lui coulait dans le sang aggravait encore son malaise. Elle eut un violent haut-le-cœur, qui la plia en deux.

Outre sa montre, on lui avait aussi enlevé son manteau, ses chaussures et sa ceinture. On lui avait vidé les poches. Sur son bras droit, la trace laissée par l'aiguille était tendre au toucher. Elle avait froid. Elle se mit à ramper, lentement, avançant une main après l'autre, de plus en plus nerveuse à l'idée de ce que ses doigts risquaient de rencontrer. Malgré son sens de l'orientation endommagé, elle espérait progresser dans une direction. Rien ne prouvait qu'elle n'était pas en train de tourner en rond dans une petite pièce en croyant tracer une ligne droite dans un espace immense.

Ses doigts heurtèrent une surface dure. Elle tressaillit, retira sa main et retint son souffle. Un mur. Elle s'y appuya et se redressa péniblement. Elle choisit de partir vers la gauche. Un angle, un nouveau mur, un autre angle. Le troisième mur lui fournit un premier indice : un rectangle de lignes extrêmement fines. Une porte. Mais une porte sans poignée. Elle martela le battant de ses poings et s'époumona, tout en ayant l'intuition que personne ne l'entendrait. L'épaisseur en semblait aussi impénétrable que celle du mur. Elle était visiblement faite pour être hermétique, ce qui voulait dire deux choses : ou l'air provenait d'une bouche d'aération hors d'atteinte – impossible de deviner la hauteur sous plafond – ou il n'y avait pas d'ouverture, auquel cas ses réserves d'oxygène étaient limitées. Elle y songerait plus tard. Pas besoin de s'inventer une nouvelle raison de paniquer. Mais cette éventualité se mit à la hanter.

Elle longea le quatrième mur et de nouveau le premier, pour compléter le circuit. D'après ses estimations, chaque mur mesurait environ huit mètres. De quel genre de pièce s'agissait-il ? Une cellule ? Un entrepôt ? Et n'était-ce pas justement la définition d'une cellule ? Un entrepôt pour humains.

Elle revint dans le premier angle et s'assit, les genoux serrés contre elle. Maintenant, au moins, elle disposait de repères, même s'ils restaient invisibles ; elle n'était plus cernée par le vide. Ce dernier, comme l'obscurité, se trouvait entièrement devant elle.

J'urine dans le troisième coin. J'ai retardé cet instant le plus longtemps possible sans avoir la moindre idée de la durée de mon attente. Une heure ? Plusieurs ? L'isolement créé par l'obscurité affecte mon jugement. Sans montre, sans bout de ciel, je suis suspendue dans le temps. Je retourne dans le premier coin, soulagée physiquement, mais honteuse. Je me sens diminuée.

Où suis-je ? Qui m'a amenée ici ?

Voilà les deux questions qui m'obsèdent. La réponse à la première paraît évidente. Je ne suis nulle part. La seconde l'est beaucoup moins. Je n'ai jamais vu un seul de mes ravisseurs. Ils m'ont sauté dessus par-derrière et m'ont entraînée avec eux. Quand j'aurais pu avoir une chance d'apercevoir l'un d'eux, j'étais dans l'obscurité du véhicule, clouée au sol. Ce n'est pas l'œuvre de la police, j'en suis sûre. Une autre agence ? L'informateur de Proctor au MI 5 – alias Smith – avait évoqué l'éventualité de conséquences sinistres si les autorités avaient vent de l'enquête. Est-ce l'œuvre du MI 5, ou du SIS, ou d'un autre service dont je n'ai jamais entendu parler ? Cette perspective me terrifie, mais j'y puise aussi un étrange réconfort parce que les autres sont pires. Supposons que mes ravisseurs soient liés à Reza Mohammed, ou à Ismail Qadiq ? Comment oublier l'état dans lequel j'ai découvert Keith Proctor ?

J'ai vraiment peur. Toute l'agressivité qui m'a aidée à rester concentrée sur mon objectif s'est volatilisée. Je n'ai jamais rien connu de tel, même au cours des deux dernières années. Dans les pires situations, j'ai toujours pensé avoir une chance, un moyen de m'en sortir. Plus maintenant. Je suis seule, sans rien.

L'obscurité se fait encore plus profonde, le vide se referme sur moi. Voilà ce que j'entends par claustrophobie. C'est ma première expérience de la chose et cela me pétrifie. La logique me fuit. Je ne vois strictement rien – quand j'approche la main de mon visage, je sens mon souffle sur ma peau, mais je ne distingue pas le moindre contour –, pourtant je sais que les murs se referment sur moi. L'obscurité se rétrécit. L'air m'écrase les poumons. Je transpire. J'ai de plus en plus de mal à respirer. Est-ce dû à l'angoisse ou à une diminution de l'oxygène ?

La peur d'être piégée, coincée, la terreur des espaces confinés. Le vide et l'obscurité sont à la fois vastes et terriblement proches. Bien que sans substance, ils forment une seconde peau qui m'étouffe. Mon esprit se gauchit sous la pression. Je me désintègre.

Nul besoin de trou dans le fuselage d'un avion : voilà ce qu'on ressent en cas de décompression explosive.

La lumière l'éblouit. Stephanie se tassa dans son coin et se protégea les yeux jusqu'à ce qu'ils s'accoutument au changement. Lorsqu'elle releva enfin la tête, elle vit une silhouette masculine se découper dans l'encadrement de la porte.

– Suivez-moi, lui dit l'homme.

Elle ne songea pas à lui demander où elle était, ni où ils se rendaient. Tout paraissait préférable à l'obscurité. Elle se redressa et, clignant toujours des yeux, s'engagea pieds nus dans un couloir au plafond tapissé de tuyaux rouillés. L'éclairage venait de lampes grillagées.

Au bout du couloir, elle suivit l'homme dans un escalier de béton. Les peintures grise et verte des murs partaient en lambeaux. Les surfaces dures renvoyaient l'écho du claquement des talons de l'inconnu. Ils passèrent sans s'arrêter devant le rez-de-chaussée et le premier étage. Stephanie aperçut à travers des fenêtres sales une zone industrielle et un chantier de construction faisant office de parking. Un environnement urbain. Elle devait encore se trouver à Londres. Au deuxième étage, l'homme franchit une série de portes battantes et traversa un bureau abandonné. Il la fit entrer dans une salle et lui dit d'attendre avant de l'y enfermer. Elle vérifia la poignée, histoire de s'assurer que la porte était bien verrouillée.

Un bureau en bois dominait la pièce. Un vieux téléphone en bakélite était posé dessus. Elle décrocha, mais il n'y avait pas de tonalité. Elle vit alors un Rolodex, qu'elle feuilleta. Les fiches avaient jauni avec le temps ; les numéros de téléphone de Londres étaient encore précédés de 01. Sur une table, à côté, une vieille machine à écrire, une relique de l'ère préélectrique. Pas l'ombre d'un ordinateur ni d'un fax. Stephanie eut l'impression de se trouver dans un musée d'histoire sociale : le bureau d'un cadre moyen des années 1950. La poussière accentuait encore cette impression. La pièce puait le renfermé.

Elle se frotta le creux du bras, puis l'examina : un hématome entourait la trace de l'aiguille.

Quand la clé tourna dans la serrure, elle attendait, assise dans un fauteuil pivotant, les pieds nus sur la table : elle s'était lassée d'inspecter les lieux.

Un homme entra, un gros dossier sous le bras – ce n'était pas celui qui l'avait conduite en ces lieux. Deux autres se tenaient en arrière, dans le couloir. Il ferma la porte. Elle lui donna une cinquantaine d'années, malgré ses cheveux presque blancs. Il était de sa taille, mince, avec des traits fins : un long nez étroit, des pommettes presque slaves et une bouche sévère, avec des lèvres minces et pâles. Le teint rougeaud. Mais elle fut surtout frappée par son regard : aigue-marine. Il portait un vieux pardessus sur une épaisse chemise à carreaux, un pantalon en velours râpé. Ses chaussures de marche semblaient fatiguées.

Il lâcha le dossier sur le bureau à côté de ses pieds, ce qui souleva un nuage de poussière.

— Mlle Stephanie Patrick. Âge ? Vingt-deux ans. Profession ? Prostituée. Domicile ? Partout et nulle part. – Il tira un paquet de Rothmans de sa poche et le pointa vers le dossier : – Votre vie est rassemblée là-dedans, mademoiselle Patrick. Du moins, la vie que vous meniez avant que vous ne vous marginalisiez pour finir par vous dissoudre dans les bas-fonds de la société. Mais maintenant ? *Qui* êtes-vous maintenant ? Vous n'avez ni dossier bancaire, ni dossier médical, ni dossier fiscal. Vous possédez un permis de conduire, apparemment, mais l'adresse est périmée. Votre passeport n'est plus valable et vous ne l'avez pas renouvelé. Vous ne figurez pas sur les listes électorales, vous ne payez pas d'impôts locaux. Vous n'avez pas de numéro de Sécurité sociale. En fait, si, mais ils ignorent si vous êtes vivante ou morte. Et ils ne sont pas les seuls.

Il avait un accent écossais. Pas très prononcé, mais reconnaissable entre tous. Sa voix paraissait presque trop grave pour un homme de sa carrure.

— Où suis-je ?

— Vous avez toujours eu l'art de vous attirer les ennuis, apparemment. Renvoyée de deux écoles, une fois pour tabagie et excès d'alcool, une autre fois pour inconduite sexuelle. À l'université de Durham, il ne vous a pas fallu un mois pour recevoir un avertissement…

— Un prof m'avait fait des avances…

— Ce n'est pas ce qui est écrit dans le dossier.

Stephanie retira ses pieds du bureau.

— Qui êtes-vous ?

— Le dossier dit exactement le contraire. Et il précise que lorsque ce professeur a repoussé vos avances, vous vous êtes vengée en allant raconter des mensonges à sa femme.

— Croyez-moi, mes vengeances sont plus imaginatives que ça.

Il eut un sourire, complètement dénué d'humour. Il sortit une cigarette de son paquet et l'alluma.

— Ce que le dossier ne dit pas, c'est comment vous vous êtes retrouvée à Earls Court avec un pistolet chargé, apparemment prête à tirer dans la nuque d'un homme non armé. Mais permettez-moi de risquer une hypothèse extravagante. Vous êtes la jeune femme que l'on a vue récemment en compagnie de Keith Proctor, le journaliste assassiné.

– Et vous êtes ?

– Je m'appelle Alexander.

– Alexander qui ?

– Monsieur Alexander.

– Qui êtes-vous ? La police ?

– Non.

– Le MI 5, ou un truc dans ce genre ?

– Un truc. Un autre truc.

Un truc dont tu ignorais jusqu'à l'existence.

– Ce dossier, continua-t-il, offre une lecture pleine d'intérêt. Apparemment vous êtes une jeune femme très intelligente avec un don particulier pour les langues. Franchement, j'ai du mal à y croire. En revanche, je crois plus aisément que vous possédez une extraordinaire capacité d'autodestruction. Personnellement, peu m'importe si vous pensez être capable de tuer de sang-froid. Je suis sûr que vous êtes douée. Vous semblez avoir un véritable goût et un talent certain pour ces pratiques que nous autres nous efforçons d'éviter. Tout ce qui m'importe, c'est qu'il n'arrive rien de fâcheux à Reza Mohammed.

Stephanie retrouva un peu de sa colère :

– Où est la justice dans tout cela ?

– Vous êtes prête à tirer dans la nuque d'un homme désarmé et vous estimez pouvoir me donner des leçons en matière de justice ? (Alexander la regarda à travers un nuage de fumée bleue.) Mohammed est plus utile vivant que mort, même légitimement.

– Il serait toujours vivant s'il purgeait une peine de vingt-cinq ans dans le quartier de haute sécurité d'une prison.

— Vivant mais inutile. Il faut qu'il soit libre et… sans entraves.

— Pourquoi ?

— Cela ne vous concerne pas.

— Il a tué mes parents, ma sœur et un de mes frères ; vous le protégez. Et cela ne me concernerait pas ?

— Là, vous marquez un point.

— Cela ne me suffit pas.

— Je crains que cela doive vous suffire.

— Alors dites-moi pourquoi je suis ici. Où qu'on soit.

— Vous êtes ici pour être évaluée. Par moi.

— Sur quel plan ?

— Le risque. Il faut que vous me convainquiez que vous ne représentez plus de danger pour Reza Mohammed et que votre silence est garanti. J'ai besoin de m'assurer que vous êtes capable de faire ces promesses et de les tenir.

— Sinon ?

Alexander haussa les épaules, comme si cela n'avait pas d'importance. Mais Stephanie croisa son regard et des images défilèrent dans son esprit : des débris d'aluminium calcinés dans l'Atlantique, les genoux en miettes de Keith Proctor, Reza Mohammed dans un amphithéâtre.

— Je ne peux pas faire ça.

Alexander leva un sourcil.

— Vous découvrirez que je n'ai aucun humour, mademoiselle Patrick. Alors dites-vous que je ne plaisante pas. (Il regarda sa montre.) Il faut que j'y aille. Peut-être aimeriez-vous disposer d'un peu de temps pour y réfléchir, bien que cela me semble assez simple.

— Vous croyez que je vais laisser tomber juste parce que vous me menacez ?

— Je ne pense pas que vous mesuriez la gravité de votre situation.

Stephanie s'efforça d'oublier la claustrophobie.

— Vous n'avez pas compris, hein ? Je m'en fous. En outre, je me trouve dans une situation de marchandage étrangement forte.

— Vous n'êtes pas en position de marchander.

— Au contraire. Tous les renseignements réunis par Proctor sont sur disquettes.

Alexander eut un nouveau sourire, aussi mort que le précédent.

— Oui, je sais. On les a récupérées avec vos biens au King's Court.

Stephanie s'efforça de poursuivre sur sa lancée :

— Et vous en avez vérifié le contenu ? Bien sûr. Laissez-moi deviner. D'émouvantes histoires d'intérêt humain sur deux disquettes. Des comptes rendus tragiques de la manière dont les familles et les amis des défunts surmontent leur douleur depuis deux ans. En fait, rien de menaçant pour vous, qui que vous soyez.

Alexander fumait en silence. Son expression ne trahissait rien, mais Stephanie sentit instinctivement qu'elle avait intérêt à en dire davantage.

— Il y a sept disquettes. Ou plutôt, il y avait, devrais-je dire. En fait, elles sont à présent au nombre de vingt et une, trois séries complètes. Et il existe également quatre sorties imprimées. Je ne prétendrai pas avoir pris connaissance de tout, ni avoir tout compris, mais j'en ai vu suffisamment pour en connaître la valeur. Le vol NE 027 a explosé à cause d'une charge de semtex. Les débris et les corps des victimes en portaient amplement les preuves, mais on les a éliminées. J'ignore pourquoi. Ce que je sais, c'est que Reza Mohammed – actuellement étudiant de troisième cycle à l'Imperial College – était le responsable. Les disquettes prouvent qu'il est vivant, qu'il habite Londres, et que les autorités compétentes le savent et ne bronchent pas. Peut-être ont-elles d'excellentes raisons pour ce faire, mais je doute que celles-ci tiennent la route le jour où l'histoire s'étalera à la une des journaux. Qu'en pensez-vous ?

— Vous ne croyez tout de même pas qu'on va autoriser un journal à publier des allégations aussi ridicules, et non corroborées de surcroît ?

— Elles sont corroborées, mais je vois où vous voulez en venir. Voilà pourquoi j'en ai envoyé la plus grande partie à l'étranger. J'ai remis une série de disquettes à un cabinet d'avocats ; ils ont des instructions s'il m'arrive quoi que ce soit. Ce qu'ils sauront – grâce à certains indices. Quant au reste ? Bah ! il peut se trouver n'importe où.

Alexander lui adressa un sourire condescendant.

— Bravo !

— En Allemagne, en Argentine, en Afrique du Sud, au Canada – qui sait ? Le reste peut aussi bien être entre les mains d'une grande chaîne de télévision ou d'un petit éditeur indépendant. L'argent n'entre pas en compte. Ou encore être entre celles d'un individu qui aime balancer des infos sur Internet.

— Et qui connaîtriez-vous en Argentine ? Vous mentez, mademoiselle Patrick.

— D'après ce que je comprends, vous m'offrez une chance de m'en sortir indemne à condition que je garde le silence. Pourquoi rejetterais-je une telle offre ? Cela serait un non-sens total. À moins que je ne bénéficie d'une protection sérieuse.

Alexander garda le silence près d'une minute, mais cela parut plus long. Peut-être s'imaginait-il qu'elle finirait par le rompre, mais elle était très douée pour les silences glacials.

Il consulta de nouveau sa montre.

— Vous venez d'obtenir un sursis, c'est tout. (Il tira une dernière fois sur sa cigarette et lâcha le mégot par terre, avant de l'écraser du pied.) Mais il n'a rien d'éternel.

Deux hommes vinrent la chercher dans la soirée. L'un resta dehors, pendant que l'autre entrait dans la pièce pour lui rendre ses biens. Stephanie remit sa montre : il était huit heures moins dix.

– Depuis combien de temps suis-je ici ?

– Depuis hier.

– Où allons-nous ?

– Vous le verrez bien.

Il faisait froid dehors. Une Mercedes bleue attendait, moteur au ralenti, le pot d'échappement crachant des nuages de fumée. Stephanie remarqua un panneau À VENDRE devant le bâtiment. Il avait l'air d'être là depuis un bout de temps.

L'un des deux hommes ouvrit la portière arrière et lui fit signe de monter. Elle regarda autour d'elle, mais il n'y avait pas d'échappatoire possible. Elle obéit à contrecœur. L'homme vint s'asseoir à côté d'elle, tandis que son compagnon s'installait près du chauffeur. Les portes se verrouillèrent automatiquement et la voiture démarra.

Ils glissèrent silencieusement sous les cônes orange des lampadaires, passèrent devant des pavillons jumelés, devant des petites usines, des grandes surfaces dont les noms se détachaient en énormes lettres de néon sur l'obscurité. Stephanie vit une pancarte indiquant Wembley, à moins de deux kilomètres de là. Ils se trouvaient dans le nord de Londres. Et vu l'évolution de l'architecture, ils se dirigeaient vers le centre.

Une demi-heure plus tard, la Mercedes descendait la pente abrupte et sinueuse de Lower Robert Street et passait sous un immeuble situé à l'angle de Robert Street et d'Adelphi Terrace. Au lieu de continuer jusqu'à Savoy Terrace, elle s'arrêta devant une porte. L'un des hommes l'ouvrit en pianotant un code. Stephanie le suivit à l'intérieur et se retrouva dans une petite zone de réception ; un bureau vide avec un moniteur dessus. Son escorte appela l'ascenseur voisin. Ils pénétrèrent dans la cabine, et il appuya sur le bouton « trois ». Stephanie examina le reste des boutons : ils commençaient à un niveau appelé « moins quatre ».

Les portes s'ouvrirent sur un couloir tapissé de crème. Les murs étaient décorés de gravures représentant des scènes rurales idylliques. L'homme la fit entrer dans une chambre. La pièce renfermait un lit à une place contre un mur, un poste de télévision, un bureau, deux fauteuils, une étagère de livres, et disposait apparemment d'une petite salle de bains attenante. Sur le bureau attendait un plateau garni d'un verre et d'une assiette de sandwichs.

— Prenez un peu de repos. Quelqu'un viendra vous chercher demain matin.

L'homme sortit en fermant la porte à clé.

Stephanie vérifia les fenêtres. Scellées. Au-dessus de la cime des arbres de Victoria Embankment, elle aperçut la Tamise et, sur la rive sud, le Royal Festival Hall. Elle laissa les rideaux ouverts.

Elle prit une longue douche chaude, se drapa d'une épaisse serviette blanche et s'assit sur le lit pour manger les sandwichs. Jambon et fromage. Elle alluma la télévision et zappa d'une chaîne à l'autre, sans réussir à se concentrer. Elle examina les livres sur les étagères ; pour la plupart, des romans en éditions de poche, plutôt écornées. Ni la pièce ni son contenu ne lui apprenaient grand-chose. Malgré son épuisement, elle était incapable de se détendre. Elle ne s'endormit que bien après deux heures du matin pour se réveiller juste avant neuf heures. En sortant de la douche, elle jeta un coup d'œil à son reflet dans le miroir et passa une main dans ses cheveux blond clair. Ses racines commençaient à se voir, aussi foncées que sa toison pubienne. Au début, avant qu'elle n'impose à Dean West un respect relatif, ce dernier l'avait obligée à se raser les poils du pubis sous prétexte que c'était mieux pour les affaires. Le sous-entendu était parfaitement écœurant, mais elle avait été trop terrifiée pour protester. Elle avait dû s'exécuter devant lui. Ce souvenir lui donnait toujours la nausée, inévitablement suivie d'un accès de haine.

Drapée d'une serviette, elle rentra dans la chambre où elle trouva une petite femme voûtée qui posait un plateau sur la table. Café, toasts, beurre et confiture. Stephanie se tourna aussitôt vers la porte. Un homme au teint couleur de steak cru bloquait tout espoir de fuite. Un second, plus gras, attendait dans le couloir. Stephanie feignit l'indifférence quand la femme sortit avec son plateau de la veille. Pas un mot ne fut échangé.

Une heure plus tard, la porte s'ouvrit de nouveau. Cette fois sur Alexander. Il était plus élégant, avec son costume à double boutonnage bleu marine à fines rayures. Une chemise blanche, une cravate en soie, des boutons de manchettes en or. Stephanie portait un peignoir en éponge blanc qu'elle avait trouvé derrière la porte de la salle de bains. Un peignoir pour homme ; les manches lui couvraient les mains. Ses vêtements sales reposaient en tas sur la moquette.

— Vous avez bien dormi ?

— Qu'est-ce que je fais ici ?

Il lui offrit une Rothmans – qu'elle refusa – avant d'en allumer une.

— Je vais vous poser une question simple. Laisserez-vous Reza Mohammed tranquille ?

Oui. C'était sa réponse instinctive. Stephanie espéra qu'elle n'était pas trop évidente parce qu'elle savait à présent qu'elle n'avait plus le choix. Cela la rendait folle de rage, mais elle était coincée.

Alexander parut peiné par son silence.

— Je comprends parfaitement votre position. Le problème, c'est que vous ne comprenez pas la mienne. C'est impossible.

— Où sommes-nous ?

— Vous m'écoutez ?

Elle détestait sa nouvelle allure. On aurait dit un banquier d'affaires ou un avocat.

— Qu'est-ce que je suis censée faire ? Essayer d'oublier ? Faire comme s'il n'existait pas, comme si rien ne s'était passé ?

— Honnêtement, je ne sais pas.

— Honnêtement ! Peuh ! En fait, il ne me reste rien.

— Vous avez vingt-deux ans. Votre avenir vous appartient.

— Mon avenir est derrière moi.

— Cela n'a rien d'irréversible. Vous pouvez changer.

— Et pourquoi vous ne changeriez pas, vous, bordel ?

Visiblement Alexander ne s'attendait pas à la repartie.

— C'est votre réponse ?

Devant le mutisme de Stephanie, il poussa un soupir de tristesse.

— Alors nous avons un problème grave. Grave pour vous, j'entends. Parce que je peux résoudre le mien, si besoin est.

— Sans rendre la chose publique, non.

Alexander haussa les épaules.

— Seulement si vous dites la vérité. Personnellement, je pense que vous mentez, mais je ne voudrais pas qu'on m'apporte la preuve que je me suis trompé. Cependant, si le besoin se fait sentir, je prendrai mes risques. Peut-être souhaitez-vous y réfléchir. Vous n'êtes pas irremplaçable, personne ne l'est.

— Personne sauf Reza Mohammed, c'est ça ?

Alexander soutint son regard.

— Vous ne pouvez rien pour votre famille ni pour aucun des passagers de ce vol. Pour Proctor non plus. Mais vous pouvez vous sauver vous-même, mademoiselle Patrick. Il en est encore temps. Seulement, je vous avertis, le temps file.

Stephanie se dit que ce devait être une tactique de laisser entendre que le temps filait et puis de la faire attendre. Elle était prisonnière de sa chambre. La même femme muette lui apportait ses déjeuners et ses dîners. En évitant même de croiser son regard. Son isolement ne démontait pas Stephanie. Elle feuilleta des livres de poche, zappa et dormit. Alexander ne revint pas ce soir-là, ni le lendemain. Le troisième matin, il arriva en même temps que le petit déjeuner : il y avait deux tasses sur le plateau que la femme apporta dans la chambre. Alexander ferma la porte et versa le café.

— Vous êtes ici depuis plus de quarante-huit heures. Voilà plus de soixante-douze heures que vous avez disparu. (Il jeta un coup d'œil à sa montre.) Quatre-vingt-deux heures exactement. Vous devinez la question que je me pose.

Stephanie ne releva pas. Alexander lui tendit une tasse.

— Combien de temps faut-il encore attendre pour que vos fameuses assurances interviennent ?

Elle était assise en tailleur sur le lit. Alexander tourna un des fauteuils vers elle et s'installa. Il but une gorgée de café.

— Superficiellement, on dirait que vous et moi sommes dans une impasse. Mais il existe peut-être un moyen d'en sortir. J'y ai réfléchi, j'ai réfléchi à votre cas. Mais je tiens à ce que vous sachiez que c'est là que s'arrête le compromis que je propose. C'est à prendre ou à laisser, et cela va aussi vous demander d'accepter certaines concessions.

Stephanie en eut la chair de poule. On y était, il révélait ses batteries.

— Vous pourriez travailler pour nous.

Quel genre de travail ? Stephanie réussit tout juste à retenir sa question. Enlever des gens dans les rues, les droguer, les emprisonner ? Comment décrivait-on ce genre d'occupation ? Quel serait l'intitulé du poste ?

— Nous vous formerions. Puis nous vous exploiterions.

Exploiter ? Elle serait encore condamnée à n'être qu'un robot ?

— En échange, vous auriez Reza Mohammed. Mais seulement si vous réussissez, ajouta Alexander comme après réflexion.

— À quoi faire ?

— Ce que l'on attend de vous.

Il précisa, la voyant prête à protester :

— Je vois mal ce que vous pourriez juger infaisable. Pas après ce que vous avez fait ces deux dernières années. Pas après ce que vous vous apprêtiez à faire à Earls Court, l'autre soir.

— C'était différent. Les circonstances étaient particulières.

— Ce qui signifie ?

— Ce qui signifie que ce que je serais prête à faire dépendra toujours des circonstances.

— En l'occurrence, les circonstances seraient *toujours* nos instructions.

— Voilà ma part de concessions, c'est ça ?

Alexander secoua la tête :

— Non, c'est juste une des conditions. Le compromis est le suivant : il vous faudra attendre Mohammed. J'ignore combien de temps exigerait votre formation. Je ne sais même pas si cela appartient au domaine du possible – vous pouvez ne pas vous révéler à la hauteur. Mais si c'était le cas et que vous réussissiez, privant ainsi Mohammed de son importance, nous ne parlerions pas de semaines, ni même de mois. Mais d'une année, voire deux ou plus.

Stephanie se sentit flancher.

— Pouvez-vous être patiente ? Peut-être que votre fureur finira par se consumer d'elle-même…

— Cela vous plairait, hein ?

— Personnellement, cela m'est complètement égal. Je n'en parle que parce que si vous acceptez mon offre, vous vous engagez, et dès lors, vous ne pouvez pas abandonner du jour au lendemain.

— Et si je ne me révèle pas à la hauteur ?

— Alors vous ne serez d'aucune utilité pour nous. Ce qui signifie que nous aurons encore besoin de Reza Mohammed.

— Pourquoi ?

— Pour l'instant, vous n'avez pas à le savoir.

— Mais si je me révèle à la hauteur, je fais de lui ce que je veux ?

— Si vous réussissez, oui. Vous avez ma parole.

Stephanie se demanda ce qu'elle valait.

— Et si j'échoue ? Que se passe-t-il alors ?

La question parut surprendre Alexander. Il n'avait pas de réponse toute prête et il y réfléchit donc un moment.

— Voilà ce que je ferai : si vous abandonnez l'entraînement – ou si vous échouez – je vous autoriserai à partir en échange d'une promesse de garder le silence. En d'autres termes, un marché semblable à celui que je vous ai déjà proposé. Pas plus, pas moins, les règles sont les mêmes. (Il se leva et posa sa tasse sur le plateau.) Nous en reparlerons cet après-midi. Réfléchissez-y en attendant.

— Comment m'avez-vous trouvée ?

— Cela importe-t-il vraiment maintenant ?

— Oui.

— Facilement.

Consciente qu'il s'agissait d'une fin de non-recevoir, Stephanie ne releva pas.

— Combien de temps faudrait-il que je travaille pour vous ?

— Aussi longtemps que nous le déciderons. Vous nous appartiendrez. C'est le prix que vous aurez à payer en échange de Reza Mohammed.

On se croirait dans la Bible. Une vie pour une vie. Quand je projetais de tuer Reza Mohammed, ma vie se résumait aux heures et aux minutes qui me séparaient de l'instant où je presserais la détente. L'avenir n'existait pas. Pourquoi serait-ce différent, en l'occurrence ? Cinq minutes, un an, cinq, la justice a-t-elle une limite dans le temps ? N'existe-t-elle que dans le présent ?

Pour moi, il n'y a pas de délai de prescription. Pendant deux ans, je n'ai eu aucune raison de vivre. Je mourais à petit feu. Mais Keith Proctor a tout changé. Si j'accepte la première offre d'Alexander – sa libération conditionnelle – je sais que je rechuterai. Il faut venger les morts. Cette pensée ne me quitterait pas, je le sais. Elle vivrait en moi, grignotant, rongeant ma dignité jusqu'à ce que je trouve la souffrance intolérable et que je cède au besoin irrésistible de prendre quelque chose – n'importe quoi – pour la faire disparaître. Et les dés en seraient jetés. Un instant de faiblesse et le dommage serait fait. En moins de temps qu'il ne faut pour le dire, je redeviendrais Lisa, sans Proctor pour me sauver. Ce genre d'intervention ne se produit qu'une fois dans une vie, et encore, avec de la chance.

Quant à travailler pour Alexander… Eh bien, on verra. Je n'appartiens à personne et le monde est vaste.

La décision n'est pas difficile à prendre.

— Je, enfin, nous n'appartenons à aucune organisation. Nous n'avons pas de substance, ce qui est la meilleure garantie.

Ils contemplaient la Tamise d'Adelphi Terrace. Alexander avait suggéré à Stephanie de prendre l'air. C'était un après-midi gris ardoise ; un vent froid balayait le fleuve. Derrière eux, à l'angle de Robert Street, minuscule face à l'immense immeuble Adelphi à leur gauche, se trouvait le bâtiment dans lequel Stephanie venait de passer trois nuits. Il s'agissait en fait de deux bâtiments réunis : un ancien, de briques noircies ornées de colonnes, et un autre, plus trapu, devant.

À côté de l'entrée, une plaque de cuivre usée par le temps annonçait : L. L. Herring & Sons Ltd, numismates depuis 1789. Leurs bureaux se situaient dans l'immeuble de façade, une enfilade de salles à l'odeur de renfermé occupées par des hommes et des femmes à l'odeur de renfermé, tous bien au chaud dans leur anachronisme. Dans l'entrée, un panneau dressait la liste des autres entreprises installées dans les bâtiments siamois : deux petites maisons d'investissement, l'une anglaise, l'autre espagnole ; trois sociétés agréées par Galbraith Shipping (R-U) qui s'entassaient dans une unique pièce étroite à l'arrière du plus gros immeuble ; Truro Pacific, une société minière anglo-australienne ; des marchands de biens du nom de Porterhouse Services ; et Adelphi Travel, une agence de voyages sans clients apparents.

– Avant, nous étions installés dans un immeuble d'Edgware Road baptisé Magenta House, expliqua Alexander. Un endroit horrible. De la construction bas de gamme d'après-guerre où rien ne fonctionnait jamais. La plupart des sociétés donnaient dans la vente par téléphone, fourguant des espaces publicitaires pour des magazines de bricolage et l'équivalent. Durée de vie, une semaine en moyenne. On ne savait jamais qui était qui. Ce qui présentait un avantage. Mais finalement l'immeuble a dû être démoli. Ce qu'on appelle de l'obsolescence planifiée : il a tenu moins de quarante ans. C'est à ce moment-là que nous avons emménagé ici. Je vous précise tout cela parce qu'il nous arrive de nous désigner par l'expression de Magenta House ; expression que vous n'entendrez jamais dans la bouche d'un non-initié.

— Vous n'avez pas de vrai nom ?

— Comme nous n'avons ni employés ni archives. Nous ne sommes pas un service d'une organisation plus vaste. Nous n'existons pas. Nous sommes donc agents de voyages, consultants en exploitation minière, marchands de biens, numismates.

— Je ne comprends pas.

Alexander s'accouda au parapet et croisa les mains sur la pierre froide. Sur le fleuve, une péniche luttait contre le courant. Des mouettes hurlantes tournoyaient autour de son chargement d'ordures.

— Nous vivons une époque où le terrorisme se mondialise. Un terrorisme de plus en plus perfectionné et dangereux. Mais nous vivons aussi une époque où l'on réclame des comptes. La fin de la guerre froide a créé une illusion de sécurité. Les politiciens ont réussi à faire voter des réductions de dépenses et une forme d'ouverture. De ce fait, les services secrets ont dû rendre davantage de comptes aux politiques, au moment même où ils avaient besoin de passer plus inaperçus. Je pourrais dire que nous sommes un produit ironique de cette nouvelle culture. L'ère de la responsabilité et de la transparence absolues nous a donné naissance. Chaque nation a besoin de services de renseignements, lesquels ont besoin d'être secrets, sans être des marionnettes aux mains des politiques. La plus grande partie de notre travail est répugnante, mais il faut bien que quelqu'un trempe les mains dans la fange, que quelqu'un prenne la défense des pédophiles au tribunal.

Il se tourna vers Stephanie.

— Ce n'est pas une question de patriotisme, de drapeaux et de monarques. C'est une question d'ordre, il s'agit de préserver les conditions qui permettent à la majorité de vivre en paix. C'est une loterie. Nous le savons, nos ennemis aussi. Le problème est : comment affronter et vaincre ces gens si les solutions ne sont pas politiquement acceptables ?

— Quelles solutions ?

Alexander réfléchit un instant.

— Mettons que vous coinciez un terroriste, que vous le jugiez, que vous le déclariez coupable et que vous le condamniez à la prison à vie. Soudain, il est non seulement un héros, mais aussi un martyr. Son emprisonnement pousse à l'action ceux qui y sont enclins. Son châtiment invite les représailles. Tout à coup votre triomphe – la capture et l'incarcération du terroriste – explose sous les balles et les bombes des disciples.

Stephanie conclut à sa place :

— Donc il vaut mieux le tuer.

— Efficacement et anonymement.

Son indifférence était prévisible. Qu'attendre d'autre d'un homme exerçant ce genre de profession ?

— Si possible, nous essayons de faire passer cette mort pour un accident. Ou d'en rejeter la faute sur quelqu'un d'autre. Tout pour éviter d'en être accusés. Peut-être n'est-ce pas défendable sur le plan moral – tout en étant complètement illégal –, mais cela se révèle de plus en plus la seule solution réaliste à certains problèmes terroristes.

— Et c'est ce que font vos gens ?

Elle connaissait la réponse avant de poser la question. Instinctivement, elle l'avait sue – ou du moins soupçonnée – dès le départ. Elle ne la trouvait ni choquante ni particulièrement surprenante. Elle avait toujours eu une piètre opinion de toutes les formes d'autorité.

— Oui.

— Et cela s'arrête là ?

— Oui.

— Pas étonnant que vous aimiez garder un profil bas.

Alexander eut son premier vrai sourire.

— C'est préférable pour ceux qui agissent dans les bas étages.

— Et c'est ce que vous attendez de moi ?

— Pas exactement. Vous serez différente. Un exemplaire unique, taillé sur mesure, pourrions-nous dire.

Le lendemain matin, une Mercedes bleue descendait Cromwell Road. Stephanie était assise à l'arrière, à côté d'Alexander. Ce dernier téléphonait, elle contemplait par la vitre, à travers un rideau de bruine, les panneaux d'affichage et les hôtels. À l'angle de Knaresborough Place, elle songea à sa filature de Mohammed de l'Imperial College au foyer d'étudiants al-Sharif.

Alexander raccrocha et parut lire ses pensées.

— Reza Mohammed a placé l'engin à bord du vol NE 027, mais nous ne savons pas encore exactement comment il a procédé. En revanche, nous savons que ce n'était pas son idée. Il n'était qu'un garçon de course travaillant pour le compte d'un autre.

— Pourquoi l'a-t-il fait ? Je veux dire, pourquoi ce vol, précisément ?

— Nous l'ignorons.

— Je suppose que cela ne change rien, de toute façon, marmonna Stephanie. C'est tout de même lui qui va payer.

— En dernier ressort, oui. Mais pas avant que vous ayez retrouvé Khalil.

— Khalil ?

— L'homme qui est derrière Mohammed. Le cerveau.

— Khalil qui ?

Alexandra haussa les sourcils.

— Vaste problème. Dans le monde arabe, on dirait que tout le monde ou presque s'appelle Khalil. Son véritable nom, Dieu seul le connaît. Il a endossé tellement d'identités différentes que je ne serais pas surpris qu'il ait oublié qui il est. Et, dans ce cas, c'est certainement délibéré. Personne ne connaît sa véritable nationalité, personne ne sait à quoi il ressemble ; on ne dispose pas de photos officielles de lui. Il doit avoir une petite quarantaine d'années. Je peux dire qu'outre le fait qu'il a organisé la destruction du vol de la North Eastern, il est responsable de trois attentats à Beyrouth, de l'assassinat d'un diplomate français au Tchad, du meurtre d'un homme d'affaires israélien à Anvers et du transfert de gaz sarin de la secte japonaise Aum Shinri Kyo à des séparatistes kurdes au nord de l'Irak. Il a organisé l'enlèvement, la torture et le meurtre de deux agents du Mossad à Athènes en 1995. Il est également soupçonné d'être derrière une tentative avortée d'attentat à la bombe contre la Coupe du monde de 1994 à Pasadena. Pour ne citer que quelques-uns de ses hauts faits.

« Pour ce qu'on en sait, Khalil ne fait partie d'aucun groupe, ce qui le rend plus difficile à pister. Il noue des alliances temporaires par le biais d'intermédiaires qui ont eux-mêmes tendance à rester temporaires. Nous ignorons si son mobile est idéologique ou purement financier ; les deux thèses se défendent. Ce que nous savons, c'est que Reza Mohammed est l'un des rares à entretenir des liens directs et durables avec Khalil, bien que la raison en reste un mystère. Voilà ce qui donne sa valeur à Reza Mohammed.

L'A 4 se transforma en M 4, trois voies encombrées de voitures roulant au pas, dans un nuage de gouttelettes que rougissaient les feux de position. Le chauffeur prit la direction de Heathrow.

— Où allons-nous ? demanda Stephanie.

— Je ne vais nulle part. Mais vous, si. (Alexander tira un billet d'avion d'une poche de veste.) On vous attendra à l'arrivée.

— Et mes affaires ?

— Vous devez faire allusion à ce qu'on a trouvé à votre hôtel ?

— Oui.

— Nous nous en sommes débarrassés.

— Quoi ?

— Vous laissez tout derrière vous. (Alexander laissa planer le doute avant d'ajouter avec cruauté.) De toute façon, il n'y avait apparemment pas grand-chose de précieux.

Stephanie ravala sa colère, bien décidée à ne pas lui donner la satisfaction de la voir. La voiture s'arrêta devant le terminal 1.

— C'est la dernière fois que je vous le dirai : il est encore temps de laisser tomber.

— Ne vous en faites pas, répliqua-t-elle, encore contrariée.

— Je sais ce que c'est. Une vengeance, pure et simple…

— Vous avez trouvé cela tout seul !

— … mais je sais aussi la chose suivante : quand vous aurez votre vengeance, si tel est le cas, vous ne connaîtrez pas de soulagement, vous n'aurez pas de réponses. La douleur sera toujours là. Les morts ne ressusciteront pas. Et cette quête aura pris des années de votre vie. Des années que vous pourriez consacrer à construire un avenir productif et heureux. Je vous demande de ne pas faire ce choix.

— Et je vous l'ai déjà dit, ce n'est pas un choix.

— La vengeance est une chose creuse. Aussi creuse que la promesse d'une putain.

Stephanie lui prit le billet des mains.

— Je suis bien placée pour le savoir, monsieur Alexander. J'ai rompu plus de promesses que vous n'en tiendrez jamais.

12

Stephanie pénétra dans le terminal de l'aéroport d'Inverness, pas mécontente d'échapper aux rafales de vent qui venaient de secouer l'atterrissage. Elle étudia les visages inconnus, espérant que l'un d'eux s'éclairerait en la voyant. Rien. Soudain, derrière elle, quelqu'un prononça son nom.

Elle sursauta et se retourna. Il était grand – environ un mètre quatre-vingt-dix – et mince, sous sa grosse veste doublée de mouton. D'épais cheveux blonds coupés court, ras sur la nuque. Un visage large et plat et de vrais battoirs, avec des doigts presque aussi épais que ses poignets.

– Vous étiez dans l'avion ? s'exclama-t-elle, décontenancée.

– Je vous suis depuis Heathrow, je vous surveille. Je devais m'assurer que vous montiez bien à bord.

Son accent était plus prononcé que celui d'Alexander.

– Et si cela n'avait pas été le cas ?

– Disons seulement qu'il est heureux que vous n'en ayez rien fait. Je m'appelle Iain Boyd. Le véhicule nous attend.

Le « véhicule » était une Land Rover vieille de trente ans. Stephanie s'assit à côté de Boyd. Celui-ci violenta les vitesses et lutta contre le volant, puis s'engagea dans l'A 9, qui traversait l'estuaire de la Moray et la Black Isle en direction du nord. Il leur fallut plus d'une heure et demie pour atteindre Lairg, où Boyd fit le plein. Il n'était pas du genre bavard. Assise en boule, les bras serrés autour des genoux, Stephanie regardait le paysage devenir plus désolé et, à ses yeux, plus beau. Ses parents auraient adoré. Elle eut envie de fumer.

À Lairg, ils empruntèrent l'A 838, une route étroite ponctuée de carrefours, qui serpentait le long des berges du loch Shin, du loch Merkland et du loch More. Plus ils progressaient vers le nord, plus les collines couronnées de neige devenaient abruptes, une suite de pentes déchiquetées et de rochers à nu. Le temps jouait les capricieux ; un instant le soleil brillait, l'instant d'après de gros nuages bas roulaient à travers les ravins, dissimulant les sommets. Un loch était agité ; le suivant était un parfait miroir. Le passage de la lumière à la pénombre s'accompagnait de changements de couleurs. Après un festival d'ors, de saphirs, d'ambre et de rouille, le paysage prenait la teinte des bleus à l'âme et du plomb. Une tache de soleil fila au-dessus d'une colline et d'un loch, illuminant tout sur son passage, au milieu d'une grisaille si uniforme qu'elle en effaçait le relief.

Au pont de Laxford, ils tournèrent pour prendre la route de Durness, un petit village sur la côte du Nord. Quelques kilomètres après le carrefour, ils s'engagèrent sur un chemin, à droite. Au bout d'une heure de lacets s'enroulant autour d'herbages boueux, de blocs de pierres escarpés et de flaques d'eau noire glaciale, ils franchirent un dernier virage et découvrirent un petit loch. Sur la rive la plus éloignée, une pente abrupte jaillissait de l'eau sur plusieurs centaines de mètres. Un groupe de bâtiments s'étalait sur la rive la plus proche, dominé, cinquante mètres en arrière, par une maison de pierre.

Boyd se gara dans un vaste garage, à côté de deux véhicules d'un âge aussi canonique que sa Land Rover. L'un d'eux traînait une petite remorque occupée par un catamaran. Au fond du garage, une douzaine de kayaks s'alignaient contre le mur.

Les bâtiments étaient relativement modernes : de longues cabines en bois, construites de plain-pied, avec des toits en toile goudronnée ou en tôle ondulée. Boyd fit entrer Stephanie dans l'une d'elles. Cela empestait le moisi. Aux trois quarts, le bâtiment était un dortoir, meublé de lits en fer collés aux murs à intervalles réguliers. Sans matelas. Le dernier quart était divisé en six petites chambres. Boyd en désigna une :

– C'est ici que vous dormirez.

Le lit ressemblait à ceux du dortoir, à cela près qu'il était équipé d'un mince matelas défoncé et d'un oreiller bruni par le temps. À un bout attendaient des draps avec une taie usée au point qu'on voyait presque à travers et deux grosses couvertures aussi rêches que du papier de verre. Une armoire, une commode, un minuscule miroir rond et un lavabo. Une petite fenêtre donnait sur le loch.

Boyd l'entraîna dehors et lui enjoignit de l'attendre à côté du garage. Il partit à grands pas vers la maison en pierre. Une fois qu'il fut à l'intérieur, elle jeta un coup d'œil sur les autres bâtiments. Une cantine visiblement fermée, un petit bloc avec deux baignoires, quatre toilettes et une série de douches, une hutte contenant un groupe électrogène au diesel, un grand atelier et un autre bâtiment vide.

Cinq minutes plus tard, Boyd faisait sa réapparition, vêtu d'un pantalon de survêtement, de chaussures de course et d'une chemise de rugby enfilée sur deux T-shirts. Il portait un sac dont il tira deux sweat-shirts, un pantalon de survêtement coupé aux genoux et une paire de bottes de marche. Il jeta le tout par terre aux pieds de Stephanie.

Elle avait les doigts qui commençaient à s'engourdir.

– Enfilez ça. Puis fourrez vos vêtements dans le sac et rangez-le à côté de la Land Rover.

Elle prit les vêtements et partit en direction du garage.

— Où allez-vous ?

— Je vais me changer.

— Vous vous changez ici, nom de Dieu !

Il se mit à pleuvoir.

Stephanie glissa et tomba dans un trou de tourbe. La boue noire amortit sa chute, mais doubla le poids de ses vêtements. Elle se serait crue dans des sables mouvants. Boyd la contemplait du haut d'une saillie herbeuse. Malgré le froid, Stephanie était en feu. Elle avait l'impression que ses poumons saignaient, elle avait les joues brûlantes, et, sur son front, la sueur se mêlait à la pluie qui lui dégoulinait dans les yeux. Humiliée par sa mauvaise forme physique, Stephanie s'efforça de ne pas penser à ce qui l'attendait.

Boyd secoua la tête, dégoûté :

— Mais qu'est-ce que vous fichez ici ? Vous devriez être en ville. À vous limer les ongles en bavassant sur votre portable avec vos petites copines. Je vais vous dire un truc : vous allez abandonner. Si vous atteignez la fin de la semaine, ce sera un vrai miracle. Je vous donne soixante-douze heures.

Stephanie trouva un peu de souffle pour lui rétorquer :

— Je n'abandonnerai pas.

— Non mais vous vous êtes regardée ? Ça fait à peine une demi-heure qu'on a démarré et vous pataugez dans la boue, sans comprendre ce qui se passe. Vous vous noieriez dans une flaque d'eau sur un parking.

Stephanie agrippa les rebords noirs du trou, dérapa sur la terre humide. Elle se hissa tant bien que mal sur un rocher, puis rejoignit Boyd. Il n'était pas essoufflé.

Ils poursuivirent leur chemin, Stephanie titubant entre deux chutes, Boyd trottinant derrière elle, le pied aussi sûr qu'un chamois. Il l'aiguillonnait, en lui marmonnant des menaces obscènes chaque fois qu'elle ralentissait. Quand ses insultes parurent ne plus lui faire aucun effet, il lui donna une bourrade. Elle s'effondra, vomit, et elle vomissait encore lorsqu'il la remit sur ses pieds sans ménagement.

— Foutue comédienne, lui siffla-t-il aux oreilles.

À leur retour au loch, Stephanie tenait à peine debout. Elle avait fait la plus grande partie de la descente à quatre pattes, au mécontentement croissant de Boyd.

Devant le garage, il lui tendit le sac en plastique contenant ses vêtements et désigna du doigt l'une des huttes :

— Il y a une douche là-dedans. Nettoyez-vous et venez à la maison.

Stephanie tituba sous la puissance douloureuse mais bienfaisante du jet brûlant de la douche. Elle trébucha, s'aplatit contre le mur carrelé et se meurtrit l'épaule, avant de glisser par terre. Au lieu de chercher à se redresser, elle se pelotonna, laissant agir l'eau et la vapeur.

La porte claqua contre la cloison, qui en trembla. La lumière s'alluma, une ampoule solitaire faiblarde pendant du plafond, soudain aussi violente que celle d'un projecteur antiaérien.

— Debout !

Elle faisait un mauvais rêve.

— Et que ça saute !

La couche de Stephanie gîtait. Elle ouvrit les yeux. Boyd était en train de redresser son lit. Elle tomba par terre, enchevêtrée dans ses couvertures et ses draps, encore endormie.

— Dehors et prête à courir dans deux minutes. Si vous êtes en retard, ce sera pire.

Là-dessus, il disparut.

Tous ses muscles lui faisaient mal. Certains semblaient s'être solidifiés ; ils étaient durs au toucher, ils n'avaient plus aucune souplesse. L'arthrite avait dû prématurément envahir ses articulations pendant la nuit. Stephanie avait connu d'innombrables matinées sinistres, mais elle ne se rappelait pas s'être jamais sentie aussi mal fichue.

Elle s'habilla dans un froid glacial, aussi vite que son corps le lui permettait. Elle avait beau les avoir mis à sécher, ses vêtements restaient trempés et ils empestaient la tourbe. Dehors, il faisait nuit. Le givre craquait sous ses pas.

— Bon Dieu ! s'exclama-t-elle dans un nuage de buée glacée. Mais quelle heure est-il ?

Cela plut manifestement à Boyd. Elle se jura de ne jamais recommencer.

Ils coururent dans l'obscurité, le long du chemin qui rejoignait la grand-route. Stephanie eut l'impression que Boyd l'avait fait exprès. Pour lui rappeler que c'était par là la sortie – qu'il y en avait une – et qu'il lui suffisait de la prendre.

Ils finirent par rentrer dans la maison de pierre. Là, il faisait bon et sec, grâce à la chaleur diffusée par un poêle à charbon. Un vrai nid douillet. Stephanie était assise à la table en bois. Boyd allait et venait autour d'elle en silence, préparant le petit déjeuner. Il sortit du four le porridge qui s'y était lentement réchauffé et posa le plat devant elle.

— Typiquement écossais, marmonna-t-elle.

— C'est bon pour ce que vous avez. Mangez, lui intima Boyd en lui servant du thé sucré.

— Je n'en veux pas.

— Je m'en doutais. Mais vous allez en avoir besoin.

Un rituel ne tarda pas à se mettre en place : réveil à une heure impossible ; séance d'exercice ; petit déjeuner à la maison ; une heure après, reprise de l'exercice ; déjeuner à la maison ; une heure de conférence sur l'art de la survie en extérieur ; exercice jusqu'à ce que l'obscurité abrège encore les après-midi déjà courts ; une douche ou un bain, selon les instructions de Boyd ; dîner à la maison ; nouveaux trésors de sagesse distillés par le maître, généralement dans la chaleur de la cuisine ; enfin, coucher absurdement tôt, sans que les heures de sommeil, pourtant si longues, donnent à Stephanie le temps de récupérer.

Je n'ai pas la force de me déshabiller. J'arrive juste à me faufiler sous les couvertures. Si je n'étais pas aussi épuisée, je sais que je serais terrifiée. J'ai commis une terrible erreur. Alexander avait raison. Boyd aussi. Je ne suis pas capable de faire ça. Physiquement et émotionnellement, je suis en miettes. Je pensais être immunisée contre la douleur, mais Boyd m'a démontré que j'avais tort.

Mes os craquent, ma peau craque, ma tête craque.

Le sixième matin, Boyd expliqua qu'entre Pâques et la fin septembre il organisait des stages de plein air pour de pâles employés de bureau envoyés dans le nord par leurs patrons afin d'améliorer leur condition physique et leur esprit d'équipe. Globalement, c'était salutaire, prétendait Boyd, bien qu'il y eût toujours un certain pourcentage pour qui l'expérience était non seulement inefficace mais négative. Pendant le long hiver, l'endroit était fermé, mais Boyd y restait. Il vivait dans la maison de pierre, que sa femme et lui avaient rénovée. Elle était morte deux ans auparavant, d'un cancer – un fait qui, en temps normal, aurait incité Stephanie à manifester sa sympathie. Mais pas maintenant qu'elle souffrait le martyre à cause de lui.

Il fit allusion à des antécédents militaires, lui dit que pendant les mois d'hiver on lui envoyait de petites unités de l'armée pour un entraînement « discret ». Il était également toujours disponible pour des varappeurs, quelle que soit la saison. Ils venaient le voir pour des préparations taillées sur mesure.

Les courtes journées paraissaient sans fin, les nuits incroyablement courtes. Ses muscles, comme son cerveau, passaient alternativement de crises d'inconfort extrême à une torpeur totale. La plupart du temps, elle était branchée sur une forme d'autopilotage infernal, réagissant mécaniquement aux ordres aboyés par Boyd.

Le septième jour, Stephanie eut ses règles. Les signes avant-coureurs habituels en avaient été masqués par les crampes et l'épuisement.

Elle trouva Boyd en train d'entrer du charbon dans la cuisine.

— Il me faut des tampons.

— Quoi ? fit-il en fronçant les sourcils.

— J'ai besoin de tampons. J'ai mes règles.

— Cela ne me concerne pas.

— Ce sera le cas quand votre joli matelas sera taché.

— Vous saignez dessus et je vous le fais bouffer.

— Qu'est-ce que je suis censée faire ?

— Qu'est-ce que vous croyez ? Dormez par terre jusqu'à ce que ce soit fini.

Elle soutint son regard furibond.

— Très bien.

Le lendemain matin leur course les conduisit sur la rive d'un petit loch. Boyd s'arrêta et entreprit de se déshabiller. Stephanie crut à une hallucination. Boyd se tourna pour baisser son pantalon.

— Déshabillez-vous.

Ses épaules dégageaient de la vapeur.

Stephanie secoua la tête lorsqu'il retira son caleçon.

— Pourquoi ?

— Pourquoi ? Parce que c'est comme ça. Allez, on se bouge.

Stephanie obtempéra. Elle ruisselait de sueur, mais dès que sa peau entra en contact avec l'air, elle frissonna de froid.

Ils étaient nus dans l'herbe drue. Boyd avait une expression que Lisa ne connaissait que trop bien. Cela la mit sur le qui-vive. Il semblait encourager le silence, peut-être pour permettre aux pires éléments de son imagination de se mettre en branle.

Elle le regarda droit dans les yeux.

— Vous allez me sauter ou quoi ?

Boyd se hérissa devant ce qu'il prit pour un défi.

— Vous ne m'en croyez pas capable ?

Ils se mesurèrent du regard, figés l'un et l'autre. Ce n'était plus seulement le corps de Stephanie qui s'engourdissait.

— J'ai connu plus salaud que vous. Plus laid aussi. Ce n'est pas le pire que vous puissiez me faire.

Baissant les yeux, elle vit le sang entre ses cuisses et les taches sur ses vêtements. Elle comprit que cela n'avait pas pu échapper à Boyd. Il fallait être aveugle pour ne pas remarquer ce rouge cramoisi – presque pourpre – sur sa peau blanche.

Boyd s'accroupit brusquement, étala son pantalon par terre, puis roula ses chaussures et le reste de ses vêtements dedans.

— Roulez tout en paquet comme ça, lui dit-il sans la regarder, pour pouvoir le tenir au-dessus de votre tête en nageant.

Stephanie jeta un coup d'œil au petit loch. Il paraissait noir. Heureusement qu'elle était déjà gelée. Elle s'efforça de ne pas penser à la température de l'eau.

— Effectivement, reprit Boyd, encouragé par son silence. Nous prenons un raccourci.

— Très bien, répondit-elle simplement, espérant masquer son angoisse. Un petit lavage ne me fera pas de mal.

Le vent giflait le flanc de la maison. Les fenêtres tremblaient. C'était la nuit. Assise à la table de la cuisine, Stephanie regardait Boyd mettre les assiettes dans l'évier. S'il lui faisait subir un entraînement impitoyable à l'extérieur de la maison, il ne lui permettait jamais de lever un doigt à l'intérieur. Son agressivité s'arrêtait à la porte. Chez lui, elle se contentait donc de manger en l'écoutant disserter. Les choses se passaient-elles ainsi quand sa femme était encore vivante ?

Il disparut un instant et revint avec un échiquier en bois, une boîte et un gros livre.

— Vous jouez aux échecs ?

— Je sais comment on joue. Les règles de base…

Il posa l'échiquier sur la table et ouvrit la boîte, révélant trente-deux pièces crème et noires. Stephanie se demanda si c'était là le premier signe d'un radoucissement.

— Le cerveau est un muscle. Le vôtre s'est étiolé. Comme n'importe quel muscle, il a besoin d'exercices quotidiens pour rester en forme. Il faut que vous appreniez à absorber rapidement et à retenir de vastes quantités de données. Il faut que vous appreniez à conserver une certaine souplesse à ces données afin d'être en mesure de les adapter à toutes les situations que vous rencontrerez. Il faut que vous appreniez à réfléchir en termes de tactique. Les échecs peuvent contribuer à préparer votre esprit à ces techniques.

Boyd poussa le livre vers elle. Elle le prit : plus de mille cinq cents pages de coups commentés en corps minuscule.

— Ça m'a l'air passionnant.

— Vous allez apprendre les défenses que je sélectionnerai pour vous. Mémoriser toutes les variations que je vous indiquerai.

— D'accord.

— D'accord ? – Boyd eut un sourire froid. – Toute erreur sera punie. Chaque oubli aussi. Et quelles que soient les punitions, soyez sûre qu'elles seront suffisamment désagréables pour que vous ayez envie d'y couper.

Stephanie se mordit la langue une seconde.

— Et quand suis-je censée apprendre tout cela ?

— La nuit. Vous n'avez pas besoin de dormir pendant toutes les heures que je vous accorde.

Je suis éveillée. Je me glisse à l'extérieur des couvertures et pose les pieds par terre. Je ne sens plus le froid, seulement mes ampoules et mes hématomes. Ma première série d'ampoules ensanglantées a guéri en formant des croûtes dures. La seconde série est encore à vif, mais cela s'arrangera aussi.

Le phénomène s'applique à moi tout entière. Chaque lacération et chaque articulation abîmée servent non à m'estropier, mais à me fortifier. L'incident sur la rive du loch s'est révélé crucial. Il m'a ramenée à une autre époque, celle où Dean West s'imposait à moi avec une violence toujours croissante et un succès toujours décroissant. Expériences dont il sortait chaque fois plus faible et moi chaque fois plus puissante. Boyd et moi vivons une expérience semblable, bien qu'il n'en soit pas conscient à mon avis.

Je ne lâcherai jamais. Pas maintenant. Je préférerais mourir.

Les crampes se calment. Je me rappelle une chose que Proctor m'a dite. L'étirement était le meilleur exercice que l'on puisse faire. Quand Boyd et moi rentrons d'une course et qu'il m'envoie sous la douche, je fais des étirements en secret. Cela fait parfois un mal de chien sur le coup, mais la récompense est incomparable ; mes muscles commencent à retrouver leur souplesse.

Je mets mes vêtements et entreprends un petit rituel d'étirements que j'ai mis au point toute seule. Au départ, je suis raide, mais progressivement je sens le flot de sang me réchauffer. Je m'assouplis. Je m'emplis d'énergie et de force. Pour cela, je remercie Proctor, que je me rappelle avec tendresse chaque fois que je fais un de ses exercices.

Et, à son tour, chaque exercice agit comme un aiguillon, me rappelant pourquoi je suis ici et ce que je dois faire.

C'est le premier matin depuis mon arrivée que je suis réveillée avant l'entrée fracassante de Boyd. C'est un jalon important pour moi. Je continue à m'étirer jusqu'à ce que j'entende ses pas dehors.

Lorsqu'il fait claquer la porte de ma chambre contre la cloison, il me trouve debout sous l'ampoule, habillée de pied en cap, prête à courir. Il s'efforce de masquer sa surprise, mais trop tard, je l'ai vue. Comme la colère qui y succède. Nos regards se croisent, un duel de volontés s'ensuit.

— Vous abandonnerez. Croyez-moi, finit-il par murmurer.

— On verra, dis-je avec un haussement d'épaules indifférent.

La quatrième semaine, le blizzard se déchaîna cinq jours durant. Poussée par un vent hurlant, la neige volait à l'horizontale à travers les cols. Les journées semblaient passer sans transition de l'aube au crépuscule ; la température resta en dessous de zéro pendant près d'une semaine.

Limité à la maison et aux dépendances, Boyd réussit à maintenir le rituel. Le premier jour, ils tournèrent en rond autour du loch, en restant près du bord. Le deuxième matin, comme ils avaient de la neige jusqu'aux genoux, Boyd emmena Stephanie dans une cabine vide voisine de la cantine. Il y faisait à peine plus chaud qu'à l'extérieur ; une épaisse couche de glace couvrait toutes les vitres. La cabine était une salle de réunion à usages multiples. À une extrémité, des chaises s'empilaient sous des bâches. Stephanie fit ses exercices sur le plancher verni pendant quatre jours. Durant les après-midi sombres et les soirées, ils jouaient aux échecs. Boyd continuait à gagner, mais Stephanie commençait à lui rendre la tâche plus difficile, à l'aide d'une sélection des variations Najdorf, et d'un choix de défenses siciliennes qu'elle avait mémorisées à son insu.

Vers la fin de la cinquième semaine, Boyd lui annonça qu'un petit groupe de soldats allait arriver pour un entraînement spécialisé et qu'elle ne devait pas avoir de contacts avec eux. Cet après-midi-là, lorsqu'elle rentra dans sa cabine après leur course, il y avait des matelas sur une douzaine de lits du dortoir.

Ils arrivèrent de nuit. Il pleuvait fort. Stephanie écoutait le tambourinement des gouttes sur le toit lorsqu'elle entendit des grondements de moteurs. Des faisceaux de lumière s'entrecroisèrent sur son plafond. Pendant une demi-heure, elle entendit des va-et-vient, des conversations étouffées dans le dortoir, puis plus rien, que le bruit de la pluie.

Quand Boyd vint la chercher le lendemain matin, les hommes étaient déjà partis ; elle les avait vus courir sur l'autre rive du loch. Deux hommes s'activaient dans la cantine. Boyd lui précisa qu'elle continuerait à prendre ses repas avec lui, à la maison.

Au cours des douze jours suivants, Stephanie vit à peine ses voisins. Elle aurait aussi bien pu être seule avec Boyd. De temps à autre, elle les entendait partir ou rentrer, ou les entr'apercevait à la cantine. Parfois ils partaient en camion et revenaient à pied, parfois l'inverse. À une occasion, ils restèrent absents trois jours. Du moins c'est que crut Stephanie ; il n'y avait pas moyen d'en être sûr.

La veille du treizième matin, Boyd lui apprit qu'elle courrait le lendemain avec les soldats : « Ils n'ont pas eu l'air ravis quand on leur a dit que vous vous joindriez à eux. »

Le lendemain, au moment des présentations, elle remarqua qu'ils semblaient être dans le même état d'esprit. Un mur de dureté. Il n'y avait rien de truqué dans leur aspect menaçant. Stephanie avait connu des tas de types qui se prenaient pour des durs, surtout des petits malfrats. Mais même les vrais durs n'auraient pas fait le poids devant l'un des douze hommes réunis devant elle. Seul Dean West possédait cette même aura de brutalité, mais lui, c'était parce qu'il était psychopathe.

L'un des douze ne courait pas. On répartit les onze restants en groupes de deux et Stephanie fut associée à l'homme en trop. Chaque groupe se vit attribuer un itinéraire différent.

Stephanie partit comme d'habitude en baskets légères, épais pantalon de survêtement, deux T-shirts larges sous un gros sweat-shirt et une veste en Gore-Tex. Les hommes, en treillis et lourdes bottes, avaient un paquetage sur le dos. Mais le partenaire de Stephanie aurait aussi bien pu être nu : malgré le poids, il avait l'air de survoler le terrain. Stephanie fit de son mieux pour garder le rythme en se disant qu'il devait être mû par l'amour-propre du mâle doublé par celui du militaire, qu'il finirait par se fatiguer et qu'elle le rattraperait. Mais cela n'arriva jamais.

Ce furent les conditions atmosphériques qui la sauvèrent : un brouillard, qui se leva en quelques secondes. Ils longeaient alors une crête entre deux pics. Des nuages encombraient le col en contrebas, ce qui n'avait rien d'inhabituel. Puis, apparemment de nulle part, le brouillard les enveloppa comme de la fumée. En un instant, le soldat devant elle disparut et elle se retrouva seule dans un monde de coton gris.

Son univers se limitait soudain à une surface de trois mètres sur trois.

Le soldat lui cria de s'immobiliser, puis d'appeler. Il revint vers elle. Un vent violent soufflait, les martelant de pluie.

— Il va falloir qu'on attende que ça passe, reprit-il.

Elle abonda dans son sens ; Boyd avait souvent souligné l'importance de ne pas se déplacer dans la purée de pois. Pour les non-initiés, la désorientation était presque instantanée. Même avec l'aide d'une boussole, il était impossible d'évaluer correctement les distances.

Le soldat l'incita à s'éloigner de la crête pour échapper aux bourrasques. Ils progressèrent avec précaution jusqu'à ce qu'ils trouvent un abri partiel derrière une haie de rochers déchiquetés, au bord d'un trou de tourbe. Ils s'accroupirent, le dos collé au rebord qui, bien que détrempé, restait un inconfort relatif par comparaison à la violence du vent et de la pluie.

— Vous voulez une clope ?

Elle secoua la tête. Il sortit une petite boîte en métal dont il tira une cigarette. Il l'alluma avec une allumette. Puis il éteignit l'allumette entre son pouce et son index et la glissa dans une poche de son pantalon.

— Comment vous appelez-vous ? demanda Stephanie.

Il secoua la tête :

— Pas de nom.

— Inventez-en un.

— Geordie.

Cela allait avec son accent.

— Moi aussi, je suis du Nord.

— Ça ne s'entend pas.

— J'en suis partie.

— Rejoindre les gars du Sud à l'accent pointu, je parie.

— C'est ça.

— Quelle tragédie ! sourit-il.

Il faisait quelques centimètres de moins qu'elle, mais il avait une carrure étonnante. Il ne devait pas être beaucoup plus âgé qu'elle. Son visage avait une expression renfrognée qui ne disparaissait même pas lorsqu'il souriait. À travers ses cheveux courts et blonds aplatis par la pluie, on voyait les cicatrices sillonner son crâne. Il gardait le bout incandescent de sa cigarette à l'intérieur de son poing.

— Qu'est-ce que vous faites ici ?

— J'en sais rien. Et vous ?

— Des choses et d'autres.

— À quel corps d'armée appartenez-vous ?

— Qui sait ?

— Vous faites partie de l'armée, non ?

— Peut-être.

La pluie tombait de plus en plus dru. De l'eau glaciale leur dégoulinait dessus. Le brouillard ne se dissipait pas. L'humidité et le froid commencèrent à engourdir Stephanie ; elle s'efforça de les oublier. Elle se revit en haut des marches du foyer d'étudiants al-Sharif, avec Reza Mohammed de l'autre côté de la vitre. L'aurait-elle fait ? En aurait-elle été capable ?

— Vous avez déjà tué quelqu'un ? Pas en position de légitime défense, j'entends.

Geordie lui jeta un regard soupçonneux.

— Pourquoi cette question ?

— Simple curiosité.

— Ce n'est pas avec des mots que vous comprendrez ce que ça fait.

— Je ne veux pas savoir l'effet que cela fait. Je veux juste savoir comment on franchit le pas entre le projet et l'instant où l'on presse la détente.

— Ça, je ne saurais pas vous dire.

Geordie fumait et paraissait presque satisfait d'être assis par ce temps détestable. Lorsqu'il termina sa cigarette, il l'éteignit en l'écrasant de sa semelle et plaça le mégot dans la même poche que l'allumette.

Au bout d'une ou deux minutes de silence, il reprit :

— C'est une question de maîtrise de soi. Tout est une question de maîtrise de soi.

Stephanie le regarda : il fixait le brouillard.

— Dans une situation difficile, on ne peut pas s'offrir le luxe de paniquer. Il faut garder son sang-froid.

— Et comment on y arrive ?

— En surveillant sa section rythmique.

— Quoi ?

— Quand on panique, il faut réguler sa respiration. Une fois qu'on a réussi ça, on se maîtrise de nouveau. Sinon, vous êtes foutu, de la viande de boucherie.

— Je ne comprends pas.

— C'est comme en musique. La batterie et la basse forment la section rythmique, d'accord ? Votre cœur, c'est la batterie, votre respiration, la basse. Vous régulez les deux, vous êtes sauvée. Vous ne pouvez pas paniquer quand vous contrôlez votre respiration et votre pouls. C'est physiquement impossible. Voilà ce qu'il faut se rappeler. On contrôle la section rythmique et la chanson se joue toute seule.

À son réveil le lendemain matin, Stephanie était de nouveau seule avec Boyd.

Ils coururent quarante minutes avant d'arriver au pied du rocher. Les muscles des jambes de Stephanie travaillaient en parfaite harmonie, s'adaptant au terrain. Ses mouvements ne ressemblaient plus à une série d'embardées spasmodiques ou de chutes suivies de surcompensations maladroites. Son corps possédait à présent une fluidité qui lui donnait de l'assurance. Elle appréciait l'amélioration de sa condition physique, et aussi la sensation nouvelle de ne faire qu'une avec son environnement – un environnement qui, pourtant, lui avait paru si cruel à son arrivée.

Stephanie contempla le mur de pierre qui se dressait devant elle. Elle s'était déjà demandé si Boyd l'amènerait ici. Ils étaient passés devant, en avaient longé le sommet, après avoir emprunté l'autre versant, à la pente plus douce. L'escalade était un nouvel élément du rituel qu'elle avait adopté instinctivement, surprenant Boyd, provoquant en elle-même un conflit d'émotions. Pour la première fois de sa vie, elle se sentait fortement liée à sa mère. Et, comme d'habitude, cette irruption de sentiments chaleureux dans sa vie la déconcertait.

Monica Patrick – alors encore Monica Schneider – avait été une jeune alpiniste suisse parmi les plus admirées. Lorsqu'elle avait rencontré Andrew Patrick, lui aussi fou de montagne, elle avait atteint le sommet de l'Everest (à sa seconde tentative), celui du K2, et fait la plupart des grandes ascensions européennes. Mais l'amour, le mariage et les enfants mirent un terme à sa carrière, même si, avec son mari, il lui arriva souvent d'escalader une falaise. Stephanie se souvenait que sa mère considérait l'Eiger comme son unique vraie défaite. Ses deux tentatives s'étaient soldées par des échecs. Chaque fois, elle avait eu de la chance de s'en tirer vivante.

— Je passe la première, dit Stephanie.

Boyd secoua la tête.

— Non. Après moi.

Elle sourit *in petto* en le voyant escalader une voie creusée par un ruisseau. En prenant la tête, il lui refusait l'occasion de le distancer. Lors de leur première sortie de ce genre, Boyd était passé derrière, probablement pour la soutenir en cas de besoin. Il était vite apparu que ce n'était pas la peine ; Stephanie semblait voir les fissures et les crevasses plus vite que lui. Elle découvrit qu'elle était capable de lire un rocher, que les voies se dessinaient sous ses yeux aussi sûrement que si elles étaient peintes sur la surface.

Ce qui les attendait ne nécessiterait ni cordes ni crampons. La paroi n'était pas verticale, à quelques passages près. Globalement, c'était une combinaison de roches, de saillies, de racines de bruyère et d'arbres. Ceux-ci, rares, étaient laids et rabougris, mais, dans le paysage désolé, leur existence même les rendait impressionnants.

Stephanie leva le nez et vit les trois saillies qu'elle avait déjà identifiées comme des failles naturelles. Boyd se dirigeait vers la première. Elle le suivit, et atteignit la saillie peu après lui, en remarquant qu'il était légèrement plus essoufflé qu'elle. Entre la première et la deuxième saillie, les attendait un écran rocheux délicat, haut de neuf mètres seulement mais pratiquement lisse. La deuxième saillie se trouvait à quinze mètres sur leur gauche.

– Passez devant jusqu'à la prochaine saillie, lui dit Boyd, et je prendrai la tête pour la dernière.

Ne voyant pas de voie directe, Stephanie se déplaça prudemment en travers de la paroi, le long de sa base, où il y avait davantage de prises. Ses mains et ses pieds se mouvaient rapidement et avec assurance, ses doigts trouvant des fissures pour s'y glisser, des nodules de roche à agripper. Elle testait chaque appui avant de se lancer. À l'extrémité de la face, elle découvrit des rainures plus profondes, formant une sorte d'échelle inégale jusqu'à la deuxième saillie, qu'elle atteignit rapidement. Elle se retourna pour observer Boyd. Il fut moins rapide qu'elle. Il paraissait moins agile. Était-ce vraiment le cas ou s'agissait-il de confiance en soi ?

Boyd la rejoignit et continua sans un mot à l'assaut de la phase suivante, une section plus longue faite de deux parois verticales de neuf à douze mètres chacune, séparées d'environ dix-huit mètres. Stephanie leva le nez. Entre la troisième saillie et le sommet, il n'y avait que six mètres de pente abrupte. De loin, elle avait vu des cerfs et des biches franchir ce cap, d'un pied parfaitement sûr. Quand Boyd atteignit la troisième saillie, Stephanie lui emboîta le pas, utilisant la même voie. Après la première paroi, elle longea l'entaille qui courait sur la face en montant vers la gauche. Elle passa sous une petite cascade dont l'eau était glacée. Elle offrit son visage à ce ruisselet de fraîcheur et en profita pour boire, avant de s'attaquer à la seconde paroi qui s'élevait jusqu'à la troisième saillie.

Stephanie savait à présent ce qui coulait dans les veines de sa mère. Monica Patrick avait certes atteint les sommets les plus prestigieux du monde, mais c'était bien avant qu'elle avait connu le frisson élémentaire. L'important était moins la hauteur ou la magnitude du vide qu'on dominait, mais la manière dont on adhérait aux surfaces. Sentir la souplesse de muscles en action, connaître l'association d'équilibre et de puissance, d'économie physique. Le sentiment d'accepter un défi et de le relever.

Voilà les pensées qui l'agitaient quand l'incident se produisit.

S'étant impatienté, Boyd avait décidé de terminer l'ascension sans attendre qu'elle le rejoigne. En quittant la saillie, il glissa et délogea plusieurs pierres avant de se rétablir.

Stephanie reçut d'abord une pluie de terre sur la tête. Elle leva les yeux et, voyant ce qui suivait, tenta de s'aplatir contre la paroi. En vain. La plus grosse pierre heurta son épaule droite, lui faisant perdre prise. Son corps oscilla, son pied droit glissa. Elle tenta de se rattraper quand un gros caillou ricocha sur sa joue gauche.

Elle ne tenait plus à rien.

Pendant une demi-seconde, elle resta suspendue en l'air. Puis de ses quatre membres elle chercha un appui avant que l'accélération de la gravité ne se révèle fatale. Elle eut de la chance : sa main droite saisit un minuscule affleurement déchiqueté. Cela ne suffit pas à arrêter sa chute, mais cela la ralentit et elle réussit à enfoncer la main gauche dans une fissure en V avant que sa main droite ne se détache brutalement de sa prise, y laissant la peau de l'intérieur de la paume. Le reste de son corps oscillait comme un pendule. Elle sentit ses doigts claquer.

Sa botte droite trouva un petit creux, ce qui arrêta l'oscillation et lui permit de soulager un peu son bras gauche de l'effort qu'il fournissait. Du sang lui coulait dans l'œil gauche, troublant sa vision. Elle fit glisser sa main droite le plus loin possible sur le rocher jusqu'à ce qu'elle trouve un piton auquel se raccrocher. Puis une corniche accueillit son pied gauche.

Elle était provisoirement en sécurité.

— Stephanie ?

Elle ferma les yeux et pressa la joue contre la roche froide et dure. Elle tremblait.

— Stephanie ?

Boyd ne l'avait encore jamais appelée par son prénom.

À plat ventre sur la saillie, penché au-dessus du vide, il la regardait.

— Vous êtes blessée ?

Elle ouvrit les yeux. Du droit, elle vit ce qui s'étalait sous ses pieds. De la roche, des arbres, de la roche. Et un vide de soixante mètres.

— Il faut que vous redescendiez sur la deuxième saillie.

Il avait raison. Malgré sa main gauche abîmée, une retraite était possible. Elle pourrait franchir la paroi lisse entre la première et la deuxième saillie. Elle tenta de libérer sa main gauche pour se rendre compte qu'elle était coincée. Il fallait qu'elle remonte pour se dégager. Elle avait des fourmillements dans les doigts.

Lentement, Stephanie trouva de nouvelles prises pour ses pieds et se hissa plus haut.

— Qu'est-ce que vous faites ? lui cria Boyd. Redescendez. Redescendez !

Elle libéra sa main gauche de la fissure en V et la douleur la fit crier. L'index et le majeur étaient cassés.

— Nom de Dieu, redescendez sur la deuxième saillie !

Son épaule gauche était meurtrie, mais elle ne paraissait pas avoir perdu sa mobilité.

Centimètre par centimètre, heure par heure – le temps lui parut infiniment long – elle continua à grimper, à se rapprocher de Boyd qui, lui, continuait à lui hurler de descendre. Au bout de dix minutes épouvantables, elle se retrouva à un mètre quatre-vingts de la saillie.

Visiblement Boyd n'en revenait pas.

— Vous n'êtes plus très loin. Prenez ma main.

— Je n'ai pas besoin de votre main, marmonna Stephanie entre deux respirations staccato.

— Nom de Dieu, ne soyez pas idiote. Prenez ma main.

— Je suis arrivée jusqu'ici sans vous. Je ferai le reste toute seule.

Sous le double choc de la peur et de la culpabilité, Boyd craqua :

— Croyez-moi, petite, vous aurez plein d'occasions de vous tuer, alors débrouillez-vous pour que cela en vaille la peine. Ce serait stupide de tomber pour rien d'un rocher au milieu de nulle part !

Stephanie ignora sa main.

— Je n'abandonne pas.

— Très bien. Maintenant donnez-moi votre main.

— J'ai dit que je n'abandonne pas.

— J'avais entendu.

Elle leva son visage pour qu'il puisse voir la coupure au-dessus de son œil gauche et le sang qui en coulait.

— Jamais.

Boyd finit par détourner le regard en disant calmement : « Je sais. » Stephanie savait reconnaître un acte de soumission lorsqu'elle en voyait un.

— Bon maintenant, s'il vous plaît, reprit-il, donnez-moi votre main.

13

Les nuages s'écartèrent, révélant des champs rocailleux dans un paysage vallonné, des bois, de rares bâtiments de ferme et un réseau de petites routes sinueuses. Des bourrasques de vent ballottèrent l'hélicoptère lorsqu'il effectua une descente presque verticale dans un pré au coin duquel se dressaient les ruines d'une grange. Sur le chemin voisin, une voiture attendait.

La journée de Stephanie avait rituellement commencé par une séance d'échauffement, suivie du petit déjeuner. Ensuite, Boyd l'avait conduite à Durness, où ils avaient couru, sur la plage et dans les dunes. Par cette belle matinée froide et lumineuse, un soleil étincelant transformait l'Atlantique en une étendue de joyaux liquides. Stephanie avait aimé sentir le sable froid entre ses orteils et le sel sur ses lèvres. Elle avait été ravie qu'un jeune golden retriever l'accompagne sur une bonne partie de son parcours. Et elle n'avait pas détesté voir Boyd lutter pour rester à sa hauteur.

À leur retour au loch, un hélicoptère attendait dans l'herbe, au bord de l'eau. Boyd ne parut pas surpris de le voir. Il laissa Stephanie dans la Land Rover pour aller parler au pilote.

– Vous avez dix minutes pour prendre une douche et vous habiller, lui dit-il en revenant.

Stephanie n'était jamais montée à bord d'un hélicoptère. Quand l'appareil s'éleva dans le ciel avant de virer en direction du sud, elle se sentit grisée. Elle resta le visage collé à la vitre, absorbant tout ce qu'ils survolaient jusqu'à ce qu'ils rencontrent un banc de nuages au-dessus des monts Grampians. Ils prirent de l'altitude. Quand Stéphanie s'enquit de leur destination, le pilote répondit qu'il avait l'ordre de ne pas la lui révéler.

L'hélicoptère venait de se poser. Le pilote se tourna vers Stephanie pour lui faire signe de descendre. Elle fut immédiatement assaillie et écrasée par la puissance de l'air déplacé. L'herbe s'aplatissait sous ses pieds. Elle claqua la portière et s'éloigna tant bien que mal de l'appareil, courbée en deux. Le gémissement s'intensifia ; elle n'était pas sortie de la circonférence des pales que l'hélicoptère redécollait. Elle le regarda prendre de la hauteur.

Lorsqu'elle se retourna, elle vit Alexander debout près de la grange, tapotant ses cheveux blancs décoiffés par le souffle de l'engin. Il arborait un pantalon de flanelle grise, un polo en cachemire bleu marine et un pardessus anthracite. Il n'y eut pas d'échange de civilités. Stephanie le suivit dans la Rover noire. Ils s'assirent tous les deux à l'arrière.

— Nous arriverons à temps ? demanda Alexander au chauffeur.

— Cela devrait aller. Nous sommes un peu en retard. Mais pas trop.

Stephanie comprit vite où elle se trouvait dès qu'ils s'engagèrent sur l'A 6088, au sud de Hawick. Elle surprit le regard d'Alexander posé sur son œil au beurre noir, puis sur ses cheveux. Leurs racines noires attiraient plus que jamais l'attention après six semaines sans décoloration. Elle les portait tirés en queue-de-cheval.

— Comment vont vos doigts ?

Ils étaient collés l'un à l'autre, depuis qu'on les avait remis d'aplomb à Lairg. Le médecin avait également recousu la coupure au-dessus de son sourcil droit et désinfecté sa paume à vif avant de la bander.

– Il vaut mieux que j'oublie le point de croix pendant un moment, sinon ça va.

– Iain dit que vous progressez de manière satisfaisante.

Elle se permit un petit sourire moqueur.

– Ah ! il dit ça ?

– Selon lui, votre forme physique s'améliore.

– J'imagine, oui. Il a certainement fait son possible pour me briser. Sur vos instructions, je n'en doute pas. Je n'arrive encore pas à déterminer s'il m'a sous-estimée ou s'il s'est surestimé.

– Vous l'avez réellement surpris.

– Et je vous ai réellement déçu ?

Un instant, Alexander donna l'impression d'être à deux doigts de nier. Puis son expression se mua en résignation.

– Ce n'est pas la première fois et ce ne sera certainement pas la dernière.

Ils tournèrent vers Saughtree, traversèrent Deadwater et Kielder avant de redescendre la rive ouest du Kielder. Plus ils approchaient, plus le paysage devenait familier, plus le malaise de Stephanie s'accentuait.

Le chauffeur freina. Devant eux, une autre voiture – une Jeep Cherokee éclaboussée de boue – était garée sur le côté gauche de la route. La Rover s'arrêta derrière elle, sous un panneau indiquant que Jedburgh se trouvait à cinquante-deux kilomètres au nord.

À gauche, en contrebas, des chevaux paissaient dans un champ d'herbes folles. À droite, le terrain s'élevait à pic. Stephanie aperçut des moutons à l'orée d'une plantation d'arbres. À cinq cents mètres de là, après un virage à gauche, on passait devant le cimetière de Falstone avant de pénétrer dans le village lui-même, celui où Stephanie avait grandi. Tout cela était visible de l'endroit où ils se trouvaient.

Il y avait trois hommes dans la Jeep. L'un d'eux en descendit.

— Nous arrivons trop tard ?

— Non, monsieur. Vous êtes pile à l'heure.

Les gouttes de pluie avaient la force de minuscules fléchettes. Les nuages qui filaient vers l'est offraient une gamme de gris. Le vent faisait larmoyer Stephanie mais, malgré sa vision trouble, elle remarqua soudain la rangée de voitures noires garées le long du mur du cimetière. Elle vit deux personnes franchir les grilles et se diriger vers l'accotement couvert de gravillons qui servait de parking. De cette distance, et dans cette lumière, les silhouettes, en noir pour la plupart, se confondaient avec l'arrière-plan.

Alexander regarda dans les jumelles que venait de lui tendre le chauffeur de la Cherokee, puis les passa à Stephanie qui les leva, prise d'un sentiment de terreur. Des visages blêmes, des cheveux décoiffés par le vent, des vêtements noirs. D'autres gens sortaient du cimetière, mais Stephanie ne reconnut personne. C'est alors qu'elle vit Jane, sa belle-sœur, son aînée de trois ans seulement. Portant James, son neveu, sur la hanche, elle guidait Polly, sa nièce, vers l'une des voitures noires. Elle aperçut alors l'éclair blanc d'un mouchoir sur ses yeux.

Elle chercha son frère parmi la foule, mais en vain.

— Oh, mon Dieu, non… Christopher !

Poursuivant son observation, elle reconnut d'autres visages familiers. Karl et Claudia Schneider, les parents de sa mère. Les cheveux blancs de Karl tranchaient sur son hâle alpin, le faisant paraître vingt ans plus jeune que ses quatre-vingts ans. Stephanie se souvint du chocolat chaud qu'il lui préparait quand, petite, elle séjournait chez eux en Suisse. Ils le buvaient au petit déjeuner dans des bols en terre vernissée bleu vif. Karl y ajoutait toujours de la cannelle. Stephanie en sentait encore le parfum quinze ans après. Claudia, à présent âgée de soixante-quinze ans, se cachait derrière des lunettes noires et un foulard de même couleur. Isabelle Fouchard, la tante de Stephanie, avait fait le voyage de Paris. Sa chevelure cuivrée se détachait de la grisaille ambiante. Les parents du père de Stephanie étaient là, eux aussi ; à soixante-dix-sept ans, Richard Patrick se tenait encore droit comme un i du haut de son mètre quatre-vingt-dix-sept, alors qu'à côté de lui Angela s'aidait d'une canne.

Stephanie baissa les jumelles et se tourna vers Alexander :

– Qu'est-ce qui lui est arrivé ?

– À qui ?

– À mon frère, Christopher.

– Rien. Il doit être par là.

Les mains en coupe, Alexander essayait d'allumer une Rothmans malgré le vent.

– Ce n'est pas son enterrement. C'est le vôtre, ajouta-t-il du coin de la bouche.

Elle se sentit prise de nausées.

– Quoi ?

Ayant enfin réussi à allumer sa cigarette, Alexander tira dessus et acquiesça :

– Il le fallait.

– Pourquoi ?

– Vous savez pourquoi.

Elle reprit les jumelles et finit par repérer Christopher. Elle garda pour elle son soulagement.

– Comment avez-vous fait ?

– Un accident de voiture. Un *vilain* accident de voiture. Collision de plein fouet. L'une des voitures – volée, à propos – a pris feu. Les deux occupants ont été carbonisés.

– Qui étaient-ils ?

– Cela a-t-il de l'importance ?

– Pour quelqu'un, certainement.

Alexander parut déçu.

— La voiture volée était conduite par un gamin de quinze ans en virée. Il était seul dans la voiture. Vous avez été ajoutée plus tard.

— Ma famille est au courant ?

— Des circonstances ? Que vous étiez en compagnie d'un voleur de voiture âgé de quinze ans qui était ivre lorsqu'il traversa la route pour s'écraser contre la voiture arrivant en sens inverse ? Oui.

— Pourquoi ?

— Question de cohérence. On a jugé prudent de vous faire mourir comme vous aviez vécu. Vous avez été identifiée grâce à votre dossier dentaire. Vos funérailles ont eu lieu tout à l'heure, à St Peter, votre paroisse à Falstone. Et vous êtes enterrée dans ce cimetière.

Stephanie resta un instant sans voix.

— C'est ce que vous avez choisi, rappelez-vous, dit Alexander.

— Je n'ai jamais choisi cela pour Christopher.

— Indirectement, si.

— Et c'est pour ça que vous m'avez amenée ici ? Pour me montrer ça ?

— Non. Vous êtes ici pour autre chose. Mais j'ai pensé que vous voudriez peut-être avoir une dernière occasion de voir votre famille. Même de loin. (Impossible de dire si Alexander pensait ce qu'il disait ou s'il était simplement cruel. Il avait l'air sincère. Puis il remua le couteau dans la plaie, avec désinvolture.) À propos, votre belle-sœur est de nouveau enceinte.

— Comment le savez-vous ? riposta-t-elle instinctivement.

C'était une question à laquelle Alexander ne répondrait pas et que, finalement, Stephanie souhaitait voir rester sans réponse. Elle reprit les jumelles.

— C'est pour quand ?

— Dans six mois.

Christopher pleurait. Il s'essuyait les yeux. Jane s'occupait des enfants visiblement perplexes. Stephanie sentit son cœur se briser.

C'était trop douloureux de voir les larmes de son frère, de se rappeler leurs terribles disputes, leur incapacité à tous les deux de se réconforter mutuellement après la mort des autres. Et, à présent qu'elle pouvait pleurer, la présence d'Alexander l'obligeait au stoïcisme. Les yeux fixés sur Christopher, elle tenta de se convaincre qu'elle suivait cette voie pour eux deux, mais elle savait que c'était un mensonge. Elle comprenait qu'en dépit de leurs différends, sa présence avait beaucoup compté pour son frère. Voir son chagrin – en être la cause – était insupportable. N'avait-il pas déjà suffisamment souffert ?

Pendant un instant, elle pensa qu'elle pouvait réparer les dégâts, dévaler la colline, leur dire qu'elle était vivante, que tout allait bien. Puis la réalité reprit le dessus, et elle comprit que c'était impossible. Ni maintenant ni jamais. Ce serait les mettre en danger. Alexander n'avait même pas besoin de le préciser.

Elle se détourna et rendit les jumelles au chauffeur de la Cherokee pendant qu'on transférait quatre gros dossiers de l'arrière de la Jeep dans la Rover. Alexander et Stephanie remontèrent en voiture. Le chauffeur effectua un demi-tour sur place.

Pendant un moment, ils roulèrent en silence. Puis Alexander tapota les dossiers posés entre eux :

— Tout ça, c'est pour vous.

— De quoi s'agit-il ?

— De renseignements. À mémoriser jusqu'au moindre détail. À absorber.

— Quel genre de renseignements ?

— Ils concernent une terroriste allemande qui a commencé par être anarchiste avant de renoncer à ses idéaux pour des considérations commerciales. On pourrait dire qu'il s'agit d'une terroriste *professionnelle*. Elle s'appelle Reuter. Petra Reuter.

Stephanie prit le premier dossier et se mit à le feuilleter, glanant au passage des fragments d'information. Petra Reuter était née à Hambourg en 1968. Pendant la Seconde Guerre mondiale, son père Karl Reuter, encore adolescent, avait combattu à Stalingrad, sous les ordres du général de corps d'armée Stempel, dans la 37e division d'infanterie – une partie de l'armée maudite de von Paulus. Après la guerre, il était entré dans la police et s'était installé à Stuttgart, en 1959. En 1965, à l'âge de quarante-deux ans, il avait épousé Rosa Holl, de vingt ans sa cadette. Petra était leur fille unique. Rosa était morte dans un accident de voiture en 1985. À l'époque, elle était archiviste à la *Bibliothek für Zeitgeschichte* à Stuttgart. Fumeur de longue date, Karl Reuter avait succombé à un cancer du poumon en 1987.

La fin du dossier contenait des détails sur l'éducation reçue par Petra Reuter, une photocopie de ses empreintes, des données sur son histoire sexuelle, des photographies d'une femme brune dont les traits étaient flous au point d'en devenir anonymes. Chaque photo s'accompagnait d'une étiquette précisant une date et un lieu.

— Je n'ai jamais entendu parler d'elle, dit Stephanie en replaçant le dossier sur la banquette entre eux.

— C'est normal. Mais au cours de ces deux dernières années, et notamment la dernière, des tas de gens ont entendu parler d'elle.

— Elle a des liens avec Khalil ? Ou Reza Mohammed ?

— Non.

— Alors qu'est-ce qu'elle a à voir avec moi ?

— Tout. Stephanie Patrick est morte. Vous êtes Petra Reuter.

L'UNIVERS DE PETRA

14

Avec la climatisation en panne, la chambre d'hôtel du cinquième étage était une vraie fournaise. Et la fenêtre ouverte n'y changeait pas grand-chose. Encore une journée étouffante, sans le moindre brin d'air. Au centre de la pièce, une femme nue s'étirait, concentrée sur sa respiration, la peau luisante de sueur. Elle jeta un coup d'œil à la montre posée sur la table de nuit, à côté d'un verre d'eau.

Elle termina ses exercices et ferma les yeux une minute, plus consciente de la chaleur dégagée par son corps que de la touffeur ambiante. Ses cheveux courts et drus, presque noirs, étaient trempés. Le vacarme incessant de la circulation montait de la rue – sirènes, moteurs et avertisseurs se livrant une lutte sans merci –, accompagné de l'odeur asphyxiante des gaz d'échappement qui contribuaient à entretenir une brume moutarde au-dessus de la ville. En se redressant, la femme aperçut son reflet dans le miroir. Elle vit les muscles et les tendons – les câbles humains – bouger sous sa peau, elle vit l'absence de graisse. Elle vit sa puissance animale.

À neuf heures trente du matin, la température dépassait les 35 °C – elle rattraperait sans doute les 40 °C de la veille – et l'humidité avoisinait les 100 %. À Rio de Janeiro, l'hiver venait d'arriver sous sa forme caniculaire.

Le chauffeur du taxi louvoyait entre les voitures comme un Ayrton Senna ivre. Assise sur la banquette arrière au tissu déchiré, Petra Reuter contemplait la baie de Guanabara en s'efforçant d'ignorer le tintamarre qui l'entourait. Le taxi passa devant Santos-Dumont, l'aéroport du centre de la ville. La veille, du Pain de Sucre, elle avait regardé les avions en décoller. Elle avait contemplé le coucher du soleil derrière les montagnes, vu les lampadaires de la plage s'allumer dans le crépuscule, la silhouette du Christ se dessiner sur un ciel de sang au sommet de Corcovado. La veille, elle était une touriste américaine.

Au bout de Flamengo Beach, le taxi prit la direction de Centro, le quartier financier et commercial de Rio. Elle pria le chauffeur de la déposer sur l'Avenida Presidente Antonio Carlos. De là, la Rua Araujo de Porto Alegre se trouvait à quelques minutes de marche. Les trottoirs étaient aussi encombrés que la chaussée : des hommes d'affaires en sueur sous leur costume léger ; des vendeurs des rues ; des cireurs de chaussures racolant le chaland ; des policiers en armes, dont le ventre tombait sur la ceinture ; des jeunes filles vendant des cigarettes à l'unité ou des plaques de chewing-gum. L'air brûlant empestait le diesel.

L'immeuble abritait quinze sociétés différentes. Petra emprunta un ascenseur poussif jusqu'au sixième étage. On se gelait dans la réception des bureaux de Boa Vista Internacional. Petra demanda Eduardo Monteiro ; on la fit entrer dans un grand bureau dont le mur du fond n'était que vitres teintées. Au-delà, elle voyait l'intérieur de l'immeuble délabré d'en face. L'homme qui pénétra dans la pièce était petit et desséché ; sa peau ressemblait à du papier kraft ; son nez était crochu comme un bec d'aigle, perchoir idéal pour de petites lunettes cerclées de métal. Son costume beige était aussi fripé que son front. Petra lui demanda s'il était bien le Senhor Monteiro.

Il sourit et secoua la tête.

— Non. Senhor Monteiro est occupé. Il m'a prié de vous recevoir en son nom.

— Et Marin ?

— Il n'est pas en ville. Il se trouve dans sa maison de Buzios avec sa famille et des amis.

— Je suis ici parce qu'il était convenu que nous nous rencontrerions.

— Si tout se passe bien, ce sera le cas. Il possède un hélicoptère qui peut l'amener en ville. Mais seulement si c'est nécessaire. Voilà pourquoi le Senhor Monteiro et lui voulaient que je vous parle.

— Et qui êtes-vous ?

— Je m'appelle Ferreira. (Il s'assit au bureau devant la fenêtre.) Voulez-vous un *cafézinho* ? (Petra secoua la tête.) Un Coca ? De l'eau minérale ?

— Rien.

Elle prit place en face de lui.

— Je suis sûr que vous appréciez la prudence de Senhor Marin, reprit Ferreira. Il n'était pas conscient d'être en affaires avec vous. Et il n'a aucune envie de finir comme Lehmans.

— Lionel Lehmans est mort d'une crise cardiaque.

— C'est effectivement ce que nous avons entendu dire. Mais dans ce monde, vous ne pouvez jamais être sûr de rien.

— Vérifiez auprès de son médecin. Pour un homme au cœur faible, il ne prenait guère de précautions Trop de nourriture riche, trop de jeunes éphèbes – tôt ou tard, l'un ou l'autre de ces excès devait causer sa perte. Finalement c'est un Grec de quinze ans – et non le foie gras – qui l'a tué.

Ferreira haussa les épaules.

— Pourquoi avez-vous insisté pour venir ici ? Vous auriez pu attendre le retour de Senhor Marin en Europe.

— J'ai un programme serré. Je croyais que Lehmans vous l'avait expliqué.

— Non. Cela n'a jamais été évoqué.

Petra savait qu'il mentait.

— Eh bien, c'est fait.

— Il a parlé d'une livraison dans deux ou trois mois. Cela n'a rien d'urgent. Pas pour nous.

— Mais j'ai besoin de garanties. Et tout de suite. Comme ça, s'il y a un problème, j'aurai le temps de m'adresser ailleurs.

— Et pour cela, vous sortez à découvert ?

Petra se rembrunit.

— Je vous déconseille d'essayer de percer mes motivations.

Ferreira eut un faible sourire.

— Bien entendu.

— J'ai cru comprendre que je pourrais inspecter toute la commande. Comme Lehmans l'aurait fait, s'il avait été là.

— C'est exact.

— Bien. Allons-y.

— Aujourd'hui ?

— Maintenant.

— Tout de suite ?

L'occasion qu'Alexander ne pouvait pas rater fut le produit de deux événements distincts, l'un voulu, l'autre non. En fait, ce fut une question de circonstances : le second eut lieu soixante heures après le premier.

En 1967, à l'âge de vingt et un ans, Lionel Lehmans déserta l'armée belge pour devenir mercenaire. Il suivit alors le couple maléfique argent-guerre au Congo, en Angola, en Éthiopie, en Somalie et au Tchad. Mais, en 1987, il fut las de répandre son sang et celui des autres. La liste de ses blessures s'allongeait, son endurance diminuait et sa soif de conflit céda bientôt la place au goût du confort. Lassé des bars et des putains de l'Afrique profonde, Lehmans décida d'abandonner la branche dure de son domaine pour celle, plus douce, des finances. Exploitant les contacts noués en vingt ans de baroud, il entra dans le commerce des armes. Contrairement à Gustavo Marin, un Brésilien qu'il rencontra en 1994, Lehmans n'entretenait aucun rapport direct avec les fabricants. Ses sources étaient toutes des acheteurs. En revanche, Marin connaissait tout le monde et, à condition qu'on y mette le prix, était prêt à endosser n'importe quel rôle : fournisseur, livreur à l'utilisateur final, intermédiaire, garant. Voire fabricant, disait-on.

Lehmans rentra à Bruxelles, sa ville d'origine, et entreprit d'organiser des transactions rémunérées. Sa réputation grandissant, son travail l'entraîna dans des contrées plus lointaines, mais c'est à Bruxelles qu'il rencontra pour la première fois Grigory Ismailov. Ismailov était un Géorgien qui avait servi dans l'Armée rouge pendant la campagne d'Afghanistan. Rendu à la vie civile après la retraite de Kaboul, Ismailov versa dans la criminalité, tuer étant la seule profession à laquelle l'avait parfaitement formé son expérience afghane. Il travailla pour des organisations criminelles à Sverdlovsk et à Perm, dans l'Oural, avant de regagner sa Géorgie natale en 1994. À Tbilissi, il se fit une réputation d'homme à ne reculer devant aucune mission à condition que la paie soit bonne. En 1996, il commença à travailler sporadiquement pour des gangs tchétchènes opérant à Moscou et désireux de se venger anonymement des atrocités infligées par les Russes à Groznyï. Sans charges de famille, sans conscience pour le miner, Ismailov était le choix idéal. La plupart de ses interventions consistaient simplement à tuer – des policiers, des politiques, des journalistes, les cibles habituelles. Puis, peu à peu, on confia à Ismailov un plus vaste programme de terreur. C'est ce qui l'amena à Bruxelles et finit par attirer l'attention d'Alexander à Londres.

Lehmans était surveillé par Magenta House à cause de ses liens d'affaires avec Gustavo Marin. Marin était surveillé parce qu'on savait qu'il entretenait des rapports avec Marc Serra, un Français soupçonné de travailler pour Khalil. Quand Grigory Ismailov vint voir Lionel Lehmans avec une liste de « requêtes particulières », ce dernier s'adressa à Marin, connu pour fournir des armes sur mesure. Cette ligne de communication établie, Alexander put remonter à la source de la commande. À l'époque, Ismailov préparait une campagne intérieure – c'est-à-dire strictement russe – d'attentats à la bombe contre des bureaux de l'Aeroflot.

Ce qui intéressait Alexander, ce n'était pas les attentats contre l'Aeroflot, mais le nouveau programme d'assassinats qu'Ismailov avait également en projet. Trois des noms y figurant avaient Londres pour base, dont l'ambassadeur russe lui-même. C'est ce dernier détail qui incita Alexander à donner le feu vert à l'exécution d'Ismailov, dont se chargea un opérateur de Magenta House. Celui-ci se rendit à Groznyï, où Ismailov avait rendez-vous avec ses employeurs. Il plaça dans la voiture une bombe activée par un détonateur basculant au mercure. L'engin tua sur le coup Ismailov et son chauffeur tchétchène. Comme prévu et souhaité, une bande tchétchène rivale fut accusée ; des représailles sanglantes suivirent presque aussitôt, la confusion ainsi créée couvrant toute trace du vrai coupable.

Voilà pour le premier événement. Le second fut la crise cardiaque qui envoya Lionel Lehmans *ad patres*.

Lehmans apprit la mort d'Ismailov dans les six heures suivant l'événement. Désireux de mettre un terme au marché qu'Ismailov avait initié, Lehmans tenta de contacter Marin sans y parvenir parce que le Brésilien, en séjour sur son yacht, avait délibérément coupé toutes les communications avec le monde extérieur. Sentimental à tout crin sur certains sujets, Marin ne tolérait pas qu'on le dérange lorsqu'il se trouvait en famille. Contrarié, Lehmans se consola avec un lot de plaisirs grecs. Deux jours plus tard, il gisait mort sur le sol de sa chambre, sa crise cardiaque étant le seul indice qu'il eût jamais possédé un cœur.

Alexander vit là une occasion à saisir. Il savait que la transaction se passait entre Lehmans et Marin, que la finalité de la commande concernait le Belge, et connaissait le montant de la commission. Alexander savait aussi que Lehmans opérait seul ; le risque que quelqu'un d'autre soit au courant de son marché avec Ismailov était négligeable. Quand Marin apprendrait la mort de Lehmans, il chercherait quelqu'un qui puisse hériter du marché. Ou bien il abandonnerait et essuierait les pertes.

Par instinct, Alexander était un homme prudent. L'organisation qu'il dirigeait était petite et il n'avait jamais eu le désir de l'agrandir. Il faisait agir ses agents en dernier ressort. Quant à Petra, il n'avait cessé d'être réticent à son égard. Il n'en avait pas voulu au départ. Ayant été obligé de l'accepter, il n'avait pas souhaité lui donner une formation d'assassin, ce qui l'avait forcé à la traiter en franc-tireur, en opérateur clandestin. Il était donc confronté au plus grand dilemme qu'il eût jamais connu. Avec les morts d'Ismailov et de Lehmans, s'était créé un vide qui pouvait être comblé par Petra, mais il fallait opérer vite, la marge de manœuvre étant étroite. Marin n'attendrait pas longtemps. S'il ne trouvait personne pour mener l'affaire à bien, il laisserait tomber. D'un autre côté, Petra n'était pas encore parfaitement entraînée.

Dans des circonstances normales, Alexander n'aurait rien fait. S'il n'avait tenu qu'à lui, Petra aurait passé une autre année – voire plus – à voyager de ville en ville, suivant les rituels qu'il concoctait, offrant des images d'elle-même soigneusement mises en scène. Mais là se présentait une chance de pénétrer dans le cercle de

Gustavo Marin et d'établir un contact direct avec Marc Serra. Les deux hommes se faisaient confiance, comme Marin avait fait confiance à Lehmans. C'était l'occasion de s'insinuer par procuration, chose infaisable de l'extérieur. Et ce fut cette considération qui finit par prendre le pas sur ses inquiétudes au sujet de Petra.

De Londres, via Bruxelles, Alexander orchestra le contact avec Marin, au nom de Petra, révélant ainsi son identité – ce qui ne manquerait pas de retenir l'attention du Brésilien – et l'informa qu'elle remplaçait Lehmans. Marin découvrirait que Petra était désireuse de boucler rapidement la chose et qu'elle était prête à le rencontrer en personne au Brésil. Alexander pensait que l'appât serait suffisant – le nom de Petra Reuter était connu, son visage, non – et les circonstances lui donnèrent raison. Marin accepta de la recevoir à Rio de Janeiro pour conclure le marché à demi négocié.

La mission de Petra était claire : se rendre au Brésil et négocier un prix avec Marin. Puis rentrer et laisser Alexander s'occuper du reste. L'important était de se lier avec le Brésilien. À partir de là, on pourrait organiser un rapprochement avec Marc Serra.

Physiquement, Petra était non seulement en excellente condition, mais elle maîtrisait un large éventail de techniques d'autodéfense que lui avait enseignées Iain Boyd. Sur le plan mental, elle paraissait plus solide que jamais – en tout cas, Alexander n'avait détecté aucun signe de faiblesse en elle. Ce qui lui manquait, c'était un passé ; sa légende restait mince, ses connaissances, lacunaires. Quant à son sang-froid, on ne pourrait le juger qu'au pied du mur. Voilà ce qui préoccupait Alexander à la veille d'autoriser la terroriste de papier à devenir réalité.

Ils se garèrent sur la jetée et descendirent de voiture sous un soleil au zénith, si brûlant qu'il aurait pu réduire leurs ombres en cendres. Petra jeta un coup d'œil à l'eau qui battait contre les piliers ; sale, avec des flaques d'écume noire flottant sur la nappe de pétrole qui léchait les coques rouillées des bateaux à quai. Elle regarda le nom de leurs ports d'attache : Osaka, Vancouver, Rotterdam, Magadan. Les grues étaient oisives. Un gros pétrolier passa sous la partie surélevée du pont de Niteroi. À l'autre extrémité de la baie de Guanabara, Niteroi lui-même disparaissait dans la brume.

Ferreira la conduisit dans un entrepôt caverneux dont l'entrée était surmontée du nom de Boa Vista Internacional inscrit en lettres écaillées jaunes et vertes. À l'intérieur, il régnait une chaleur étouffante. De vieux rails couraient par terre, dominés par des portiques grinçants. À gauche, des hommes empilaient des caisses, d'autres tuaient le temps, affalés contre des cartons, cigarette au bec. Petra sentit leurs regards et comprit aussitôt le sens de leurs pensées.

Dans un bureau au fond du bâtiment, deux hommes les attendaient. Vêtus de costumes mal coupés, des auréoles de sueur sous les aisselles, mal rasés, les yeux masqués par des lunettes de soleil. Un bout de toile goudronnée s'étalait sur le bureau. On y avait disposé différents éléments de plastique blanc cassé et une petite boîte métallique noire. Après avoir fermé la porte, un des hommes tendit à Ferreira un épais dossier.

– Vous comprendrez que nous n'avons pas encore assemblé ni fabriqué les produits réclamés par le Senhor Lehmans.

– Bien sûr.

– Mais nous pouvons vous montrer quelque chose qui y ressemble. Et là, dit-il en tapotant le dossier, des solutions de rechange, avec leurs caractéristiques.

Ce qu'offrait Gustavo Marin était une corne d'abondance de la destruction. Des explosifs et des armes de toute sorte dans toutes les quantités imaginables, livraison garantie. Ferreira précisa que rien ne leur était impossible. Et que si un client avait des besoins plus précis – un genre de noirs besoins non spécifiés dans le catalogue – on pouvait également les satisfaire. Tout récemment, par exemple, l'un des laboratoires de Marin avait transformé pour un client irakien deux paquets de Camel en enrobant les filtres de spores d'anthrax, une méthode achetée au programme de guerre biologique sud-africain. Même des armes nucléaires étaient disponibles, affirmait Ferreira.

— Mais d'abord, dit-il en tendant une feuille de papier à Petra, voici la liste que nous a envoyée Lehmans.

Petra prit son temps pour étudier l'énumération imprimée en anglais : vingt-cinq détonateurs Memopark avec dispositifs de sûreté, cent kilos d'ammonal (un explosif fabriqué par les Russes), cent kilos de semtex de fabrication tchèque, quinze détonateurs Iraco, vingt carabines Heckler & Koch, dix détecteurs à infrarouge. Bref, de quoi semer le chaos à Moscou et ailleurs. En fin de liste, séparées du reste, figuraient deux commandes qu'elle ne reconnut pas : six série-410/5 et trois CBT.

— Ces deux noms en bas de liste, dit-elle en choisissant prudemment ses termes, ils ne me disent rien.

Ferreira sourit et se tourna vers les objets étalés sur la toile goudronnée.

— La série-410 est une gamme d'armes sur mesure que nous fabriquons à partir d'une chaîne de production industrielle plus vaste dans une de nos usines de Sao Paulo. Une sorte de produit dérivé. Fabriquées en résine de plastique et en céramique, ces armes sont conçues pour passer au travers de contrôles de sécurité automatiques.

Du genre de ce qui pourrait exister dans les maisons ou les bureaux des cibles d'Ismailov, pensa Petra.

— Comme elles sont faciles à assembler, continua Ferreira, on peut les transporter en vrac s'il existe un risque de fouille physique. On peut les maquiller en objets du quotidien : un étui à lunettes, un portable ou un pageur, un baladeur, un stylo, un briquet, un porte-clés. À première vue, ces composants n'ont l'air de rien, mais je vais vous donner une idée de leur fonctionnement en les assemblant. Voici le prototype de la série-410, une unité à un coup. Un modèle expérimental, en fait. Le 410/5 que vous avez commandé est un automatique, qui peut accepter jusqu'à quinze cartouches de 9 mm.

Reconstitué, le fusil ressemblait davantage à une poignée de caméra en plastique affublée d'un vilain moignon de cylindre, mais le principe était clair. Petra hocha la tête pour marquer son approbation, puis désigna la boîte noire en métal :

– Et là-dedans ?

– C'est un CBT. Un détonateur barométrique fait sur mesure. Une véritable œuvre d'art.

Ferreira ouvrit la boîte. Sur un coussin de mousse grise reposait une mince capsule de verre, presque ovale, d'environ quatre centimètres de long. Il la saisit entre le pouce et l'index avant de la tendre à Petra. La surface était parfaitement lisse, à part un point minuscule au milieu. Ferreira remarqua le froncement de sourcils de son interlocutrice.

– C'est un clapet de pression.

– Comment ça marche ?

Il se retourna et prit, au sommet d'un fichier, une boîte dont il tira un petit interrupteur à ressort dans un coffret en verre. Il retira le ressort, ce qui créa un vide.

– On place la capsule ici, puis on attache le détonateur au dispositif. Dès que la pression voulue est atteinte, la capsule se désintègre, le ressort est libéré, et l'engin explose. Si le détonateur est fixé à un minuteur, c'est ce dernier qui se déclenche.

– Je ne vois toujours pas comment ça marche.

Ferreira sourit.

— Parce que c'est impossible – on ne peut pas le voir. En vérité, il y a deux capsules et non une. Une seconde capsule se niche à l'intérieur de la première. Il y a un différentiel de pression entre les deux et, dès que la pression extérieure change, les lignes de fracture intégrées cèdent, et la capsule se désintègre, libérant le ressort. Le détonateur est alors activé.

— Ingénieux.

— Du beau travail. Toutes ces pièces ont été individuellement fabriquées pour nous à Minas Gerais. Chacune est précisément calibrée pour se déclencher à une pression présélectionnée. Lehmans disait que les trois vôtres devaient être utilisés dans des hélicoptères. C'est vrai ?

Elle n'en avait pas la moindre idée. Elle le regarda et lui adressa un sourire froid.

— C'est exact, oui.

— Opéreront-ils à partir du niveau de la mer ?

Il valait mieux une réponse qu'un silence.

— Oui.

— Ils sont pressurisés ?

— Non.

Petra caressa du doigt la surface lisse. Il était difficile de ne pas faire le rapprochement avec le vol NE 027. Un minuteur présentait des risques. Les vols commerciaux décollaient rarement à l'heure. En outre, si l'on tenait à ce qu'un appareil explose au-dessus d'un endroit précis – le milieu de l'Atlantique, par exemple, où il serait le plus difficile de récupérer corps et débris – un déclencheur barométrique associé à un minuteur était l'idéal : le minuteur ne serait activé qu'une fois l'appareil en l'air et qu'une fois que la pression de la cabine aurait dépassé un niveau préétabli. En outre, un détonateur barométrique en verre frisait la perfection, les preuves étant totalement détruites par l'explosion, de sorte que, si les restes s'éparpillaient sur la terre ferme, l'enquêteur le plus doué devrait s'avouer vaincu.

Petra ne savait pas trop bien si elle voulait écraser la capsule ou la garder à jamais contre son cœur. Elle regarda Ferreira.

– Cela ferait un détonateur parfait pour un engin placé à bord d'un vol commercial.

– Cela a déjà été fait.

15

Ça roulait lentement sur l'Avenida Niemeyer qui serpentait au pied du Morro Dois Irmaos, la montagne à deux bosses séparant Leblon de Sao Conrado. À droite de la route, s'élevait à pic Vidigal, l'une des tristement célèbres *favelas* de Rio. À gauche, symbole de l'insensibilité brésilienne, se dressait l'hôtel Sheraton. Vidigal était un assemblage d'étroits escaliers et de passages en béton, de parpaings cimentés à la hâte et de toits en tôle ondulée, de chiens et d'enfants errants. La voiture vira à gauche vers l'entrée de l'hôtel, contournant la guérite de police installée sur le rond-point.

Le hall de l'hôtel apporta à Petra un rafraîchissement instantané. Elle passa devant un groupe de touristes américains que tentait de retenir un responsable de voyages organisés passablement énervé. À la réception, elle demanda Eduardo Monteiro. On lui répondit qu'il l'attendait chambre 1625, au seizième étage.

Dans le hall, en plein dans l'axe de la réception, était assis un homme en costume de lin et chemise bleu ciel à col ouvert. Il repliait un exemplaire du *Jornal do Brasil*. Petra ne remarqua pas sa présence – elle n'avait aucune raison de le faire – mais il ne la quitta pas du regard.

Seule dans un des six ascenseurs, elle vérifia son reflet dans le métal cuivré qui l'entourait. Une simple robe en coton – bleu marine à pois blancs – et des chaussures de gym blanches Superga. Elle portait un sac de toile en bandoulière contenant une serviette de plage, un livre de poche gonflé par l'humidité et deux flacons de crème solaire. Ordinaire, une touriste en vacances. Elle garda ses lunettes de soleil sur le nez.

En sortant de l'ascenseur, elle tourna à droite. Le numéro 1625 se trouvait au bout du couloir. Elle frappa à la porte qui s'ouvrit sur un homme de haute taille au crâne rasé avec une peau salement marquée par la petite vérole. Deux autres hommes attendaient à l'intérieur. Mais d'Eduardo Monteiro point. L'un était Ferreira, l'autre Gustavo Marin. Elle reconnut ce dernier grâce à la photo qu'Alexander lui avait montrée, à Londres. Elle balaya la pièce du regard : deux lits une place à sa droite, une table et un meuble contre le mur de gauche, avec un poste de télévision dessus. Au bout de la pièce, des portes vitrées coulissantes s'ouvraient sur un balcon étroit avec vue sur l'Atlantique.

Marin congédia Ferreira. Ce dernier sortit ; une seconde plus tard, Petra entendit la porte de la chambre voisine se refermer. Gras, Marin avait des cheveux gris bouclés clairsemés, gominés et lissés en arrière sur un crâne constellé de fleurs de cimetière. Il portait une large chemise de tennis Fila et un pantalon de survêtement noir Adidas.

— Petra Reuter, la femme sans visage. (Il inspira et souffla lentement.) Vous voulez bien qu'on parle anglais ? Contrairement à ce qu'on aurait pu espérer, vivre en Suisse n'a amélioré ni mon français ni mon allemand

— Vous ne devez pas y passer beaucoup de temps.

— Non, c'est vrai, gloussa Marin, qui adressa un signe de la tête à l'homme debout au côté de Petra : vous me pardonnerez, mais il faut que je vérifie que vous n'êtes pas armée.

Elle tendit son sac au garde du corps. Il l'inspecta soigneusement, allant jusqu'à déplier la serviette. Il la rangea, puis secoua la tête en regardant Marin :

— Vous ne voyez pas d'inconvénient à ce qu'il vous fouille, n'est-ce pas ? continua ce dernier.

— C'est la raison pour laquelle j'ai choisi cette robe. Pour que vous puissiez voir que je ne porte pas d'arme.

— J'ai entendu tant de choses à votre sujet. Sur votre ingéniosité. Luiso fera ça rapidement.

Luiso prit son temps. Il s'attarda notamment sur ses cuisses. Marin apprécia visiblement le spectacle :

— J'aime que mes hommes soient méticuleux.

Petra soutint son regard, le visage vide d'expression.

— Moi aussi.

Quand Luiso en eut terminé, Marin proposa à boire à Petra, qui refusa. Il s'extirpa de son fauteuil, rejoignit d'un pas traînant le minibar dans le meuble à gauche de Petra et se prépara une vodka orange.

— Je rentre au pays un mois par an. Pour voir ma famille, mes amis. Quand je suis ici, je ne travaille guère. Et dans ma maison de Buzios, je ne travaille pas du tout. Ce rendez-vous sort donc de l'ordinaire. Mais apparemment vous êtes une femme pressée.

— C'est exact.

— Montrez-moi la cicatrice, s'il vous plaît.

Cette demande n'avait rien d'inattendu. Petra descendit un peu la fermeture Éclair de sa robe et dénuda son épaule gauche afin d'exposer la cicatrice. Puis elle se tourna pour montrer l'orifice de sortie avant de se recouvrir.

— Qui vous a fait ça ?

— La police belge.

— Où ?

— À Mechelen.

Où qu'il soit, Marin aimait bien régler ses affaires dans des chambres d'hôtel choisies au hasard et à la dernière seconde ; il ne rencontrait jamais de clients dans des propriétés privées. Les chambres d'hôtel n'étaient jamais louées à son nom, mais à celui de l'un de ses hommes. Généralement, la chambre était retenue à peine une heure ou deux avant le rendez-vous et celui qui s'en chargeait l'occupait jusqu'à l'arrivée de Marin et de son entourage. En l'occurrence, la chambre avait été retenue par Eduardo Monteiro, l'homme que Petra aurait dû rencontrer à Centro, plus tôt dans la journée. Âgé de quarante-quatre ans, cet avocat diplômé de Harvard était un employé fort bien payé de Marin. Elle se demanda où il pouvait bien être. À côté, peut-être, avec Ferreira ?

Après l'entrevue à l'entrepôt, Ferreira avait conduit Petra à Flamengo, où il l'avait laissée. Elle s'était déclarée satisfaite de l'inventaire, et il avait promis de contacter Marin pour organiser un rendez-vous afin d'arriver à un accord sur les prix. Il lui avait donné deux numéros de téléphone. Le premier, appelé à trois heures, lui avait permis d'apprendre que le rendez-vous aurait lieu entre six et sept heures du soir. À cinq heures, comme convenu, elle avait appelé le second numéro : on lui avait alors annoncé que cela se passerait au Sheraton où elle devrait demander Eduardo Monteiro. Voilà comment elle s'était retrouvée dans la chambre 1625.

— Regardez-moi ça, lui dit Marin, debout près des baies vitrées. Magnifique, non ?

Petra s'avança pour admirer la vue. Par la baie ouverte, un vent de mer chaud pénétrait dans la pièce. Les rideaux se gonflaient, prolongements textiles des vagues de l'océan. Le crépuscule envahissait l'Atlantique. À gauche, la plage de Lebon-Ipanema s'incurvait, ponctuée des taches incandescentes des lampadaires. Dans la lumière de fin de journée, les hôtels et les immeubles semblaient s'embraser.

— Ici, on raconte que Dieu a créé le monde et tout ce qu'il y a dedans en six jours et que, au septième, il a créé Rio de Janeiro. C'est vraisemblable, non ?

— De cette distance, peut-être. Mais pas de près.

Marin se retourna, l'air irrité.

— Parlez-moi de Mechelen.

— Je croyais que nous devions discuter affaires.

— C'est vrai. Mais je suis curieux. Les deux qui vous accompagnaient – qui ont été tués –, qui étaient-ils ? Dans les journaux, on parlait de trafiquants de drogue.

— Alors c'est ce qu'ils étaient.

Marin ouvrit un paquet de cigarettes Hollywood.

— Vous saviez que les armes étaient destinées à des terroristes irlandais ?

— Je sais qu'ils n'auraient jamais réussi. Ils étaient sous surveillance.

— Mais vous l'ignoriez à l'époque.

— Où voulez-vous en venir ?

Marin haussa les épaules.

— Que pensez-vous des Irlandais ?

— Nous ne fréquentons pas les mêmes sphères. Je n'ai aucun contact avec eux. Républicains ou loyalistes, c'est du pareil au même pour moi. Ce ne sont ni des terroristes ni des politiques, mais des criminels.

— Je suis d'accord avec vous, enchaîna Marin après un instant de réflexion. Par le passé, j'ai vendu aux deux bords et c'est l'impression que j'en ai retirée. Tout se résume à une question d'argent.

— Exactement.

— Et, dans ce cas précis, le mien.

Marin braquait une arme sur Petra qui comprit aussitôt que Luiso en faisait autant dans son dos. Pendant quelques secondes, elle fut complètement perdue. Marin était censé lui fixer un prix. Ils devaient conclure le marché. C'était la raison de sa venue au Brésil. Le contrat avec Lehmans existait. Que se passait-il ?

Elle se brancha sur pilote automatique.

Ses lunettes de soleil étaient rondes. Complètement plats, ses verres lui permettaient d'avoir une perception périphérique des mouvements derrière elle. Au premier indice, elle attaquerait. Luiso ne tirerait pas de crainte de toucher son maître, mais Marin n'aurait pas de semblables scrupules. Petra plongea donc en avant, feintant à gauche avant de s'aplatir à droite. Marin tira, mais la rata. La balle se ficha dans la porte.

Luiso resta immobile une seconde, ébahi par ce qu'il voyait et ne sachant pas comment réagir. Petra saisit le poignet de la main armée de Marin et le brisa d'un mouvement bref et précis. Marin s'effondra à genoux en hurlant. Un nouveau coup partit. Petra lui arracha l'arme des doigts et vira sur elle-même pour faire face à Luiso. Mais il ne se trouvait pas dans sa ligne de mire. Il chancelait ; la main gauche qui tenait toujours son arme s'appuyait sur le meuble. Il serrait sa main droite contre sa poitrine. Bouche béante, les yeux écarquillés de surprise. Le sang commençait à lui couler entre les doigts.

Au plus profond de Petra, un ordinateur tournait, évaluant les priorités. Il calculait les secondes écoulées depuis le premier coup de feu, interprétait les bruits de pas précipités dans la chambre voisine. Petra braqua le Colt de Marin sur Luiso, puis sur Marin, qui gémit.

Pivotant sur son pied gauche, elle lança le droit, qui atteignit Luiso à l'endroit où il était blessé. Il s'effondra, le souffle coupé. Elle lui arracha son Beretta qu'elle balança sur la moquette entre les deux lits. Puis elle l'attrapa par le col de sa chemise et tira dessus, l'étranglant, l'affaiblissant encore. Elle se pressa contre son dos et l'obligea à se relever. Il allait lui servir de bouclier. Après un rapide coup d'œil à Marin qui battait en retraite vers le balcon, mû par un besoin désespéré de s'éloigner d'elle, elle pointa le Colt sur la porte de la chambre.

Cette dernière s'ouvrit sur Ferreira dans une pluie d'éclats de bois. Comme prévu, celui-ci fut distrait par la vision de Marin recroquevillé devant la fenêtre, serrant son poignet fracturé. Petra tira plusieurs fois de suite. Ferreira tomba, mort avant de toucher le sol, mais non sans avoir réussi à tirer trois coups. Une balle alla se ficher dans l'épaule de Luiso, lequel hurla comme un gamin, d'une voix haut perchée et hystérique. Une deuxième balle troua une baie vitrée. La troisième érafla Petra. Elle ressentit une douleur fulgurante au côté droit. Luiso et elle s'écroulèrent en tas par terre.

Elle se dégagea de ce poids qui l'étouffait. Marin, qui geignait près de la fenêtre, fut incapable de s'empêcher d'uriner dans son pantalon de survêtement. Luiso, en état de choc, ouvrait et refermait la bouche ; on aurait dit un poisson hors de l'eau. Ses jambes tressautèrent. Les verres de lunettes de Ferreira étaient en miettes. Son orbite gauche n'était plus qu'une larme cramoisie. Pressant sa main contre son flanc, Petra sentit la chaleur de son sang à travers le coton de sa robe. L'écho des coups de feu résonnait à ses oreilles, leur odeur lui emplissait les narines.

Elle fourra le Colt de Marin dans son sac et récupéra le Beretta de Luiso sur la moquette. Elle vérifia le chargeur – il restait huit balles. Puis elle visa Marin.

— Pourquoi ?

— Je vous en prie. Ne tirez pas ! geignit-il.

— Pourquoi ?

Il était trop bouleversé pour être cohérent :

— Je vous en supplie. Non, j'ai de l'argent. On peut…

Elle songea au détonateur barométrique. Et à des corps fumants s'abîmant dans l'océan noir.

Il pleurait lorsqu'elle l'acheva.

L'ascenseur mit une éternité à arriver. Elle contrôla de nouveau le couloir. Rien. Les portes s'ouvrirent sur cinq personnes, trois hommes et deux femmes. Elle vit des épaules bronzées, des serviettes de plage, une casquette des Dallas Cowboys, cinq bouches qui s'ouvraient. Elle leva le Beretta.

– Sortez !

Ils hésitèrent, et elle lut leurs pensées : *peut-être que les portes vont nous sauver en se refermant.* Elle visa la femme la plus proche d'elle, une créature maigrichonne dont les coups de soleil avaient viré au rouge betterave.

– Allez !

Ils réagirent en vrais moutons ; l'un des hommes prit timidement l'initiative, sortit en l'effleurant au passage avant de se mettre à courir, suivi aveuglément par les autres. Petra sauta dans l'ascenseur. Les portes se refermèrent. Elle fourra le Beretta dans son sac, à côté du Colt. Puis elle examina son reflet cuivré. Il n'y avait rien à faire pour la tache sur sa robe et c'était une chance qu'il s'agît de coton bleu marine. Elle sortit la serviette vert bouteille de son sac et essuya le sang de Luiso sur ses cuisses et son épaule gauche. Elle regarda clignoter les numéros des étages. L'ascenseur ralentit.

À l'ouverture des portes, des gens attendaient. Elle sortit et passa à côté d'eux, sans un regard en arrière. *Déplace-toi avec assurance, n'attire pas l'attention sur toi.* Le hall lui parut plus vaste. Les touristes américains étaient toujours là, le teint rose et le ventre mou, mettant les nerfs de leur guide à rude épreuve. Dehors, la chaleur lui fit l'effet d'une gifle. Un homme en uniforme lui demanda si elle désirait un taxi. Elle l'ignora et tourna à droite. Quelques mètres plus loin, une porte menait au parking souterrain. Comme l'ascenseur était en panne, elle emprunta l'escalier.

Elle descendit au niveau quatre. La chaleur était pire qu'à l'extérieur, incroyable, elle n'avait jamais rien connu de tel. Les odeurs d'essence et de gaz d'échappement la prirent à la gorge. Entendant des voix, elle tira le Beretta de son sac.

Combien de temps faudrait-il à la panique pour devenir générale ? Combien étaient-ils à avoir entendu l'échange de coups de feu ? À présent, ceux qu'elle avait éjectés de l'ascenseur devaient être pendus au téléphone. Les services de sécurité, la police, dans combien de temps l'hôtel serait-il cerné ?

Elle entra dans le parking dont le plafond déjà bas était encombré d'un réseau de tuyaux qui fuyaient pour la plupart. Elle traversa sur la pointe des pieds les flaques stagnantes d'eau huileuse. Les propriétaires des voix restaient invisibles.

L'Omega noire était garée près d'un pilier. Elle s'agenouilla pour examiner le dessous de la voiture, mais ne vit rien d'inquiétant : elle monta à bord, mit sa ceinture et démarra. Elle avança au pas jusqu'à la barrière, son ticket sur le siège du passager, dont la vitre était entrouverte. Quand l'employé leva une main pour l'arrêter, elle entendit des hurlements de pneus sur le béton lisse. Elle regarda autour d'elle mais ne vit rien. L'employé lui fit signe de passer. Elle tourna à droite et remonta la rampe, tripotant les boutons du tableau de bord, en quête des codes. Elle ne réussit qu'à mettre les essuie-glaces en marche. Au niveau de la rue, elle dépassa en accélérant les trois cars garés devant l'entrée de l'hôtel. Sur Avenida Niemeyer, elle tourna à droite, impatiente de rentrer à Leblon.

Normalement, l'Avenida Niemeyer est à deux voies, mais pas aux heures de pointe. Les encombrements légendaires de Rio de Janeiro avaient incité les autorités à prendre des mesures radicales pour réduire les pires bouchons. L'une de leurs solutions avait été de transformer l'Avenida Niemeyer en rue à une voie en direction du centre le matin, pour inverser le sens le soir. Ignorant ce détail, Petra virait à droite lorsqu'elle vit les voitures lui foncer dessus. Elle écrasa le frein et tourna le volant. La voiture dérapa. Une Volkswagen blanche fit une embardée pour l'éviter et grimpa sur le trottoir. Une vieille Ford heurta l'arrière de l'Omega.

Hurlements de pneus, avertisseurs, poings brandis. Le conducteur de la Ford ouvrit sa portière. Pas le temps de faire des politesses. D'une seconde à l'autre, l'alerte serait donnée à l'hôtel. Peut-être était-ce déjà le cas. Tournant le volant, Petra partit en marche arrière dans le flanc d'une Fiat pourpre, avança vers la paroi rocheuse bordant la route et recula de nouveau dans la Fiat. Le policier ébahi qui réglait la circulation de sa cabine sur l'îlot central marchait vers elle en tendant la main vers l'étui accroché sur sa hanche. Petra passa la première et écrasa l'accélérateur.

Elle jeta un coup d'œil dans le rétroviseur. Le policier venait de dégainer, mais il était distrait par la fureur des conducteurs qu'elle avait laissés derrière elle. Petra savait que quelqu'un avait dû noter son numéro. Il fallait qu'elle se débarrasse de la voiture le plus vite possible. Le coffre et l'avant enfoncés ne la rendaient que plus repérable. La rue sinueuse partit en pente. Petra vit la plage de Sao Conrado s'incurver devant elle sur un kilomètre. La route s'élargit lorsqu'elle passa à fond devant l'Inter-Continental et la tour de verre cylindrique du Nacional. Elle se retrouva coincée derrière un bus. Surchargé, sa suspension en miettes, il avançait cahin-caha, fortement incliné d'un côté. La route virait à gauche quand Petra aperçut un panneau indiquant Retorno à sa droite. Elle pila, braqua et mordit le trottoir, évitant de justesse un groupe de piétons. Elle réussit à prendre la rampe de Retorno qui rejoignait la route à deux voies s'enfonçant dans le tunnel de Leblon.

C'est seulement à ce moment-là qu'elle se rendit compte qu'elle tremblait violemment. Chacun de ses muscles semblait palpiter. Elle ne cessait de regarder dans les rétroviseurs, guettant du coin de l'œil l'apparition d'une voiture de police. Elle se maudissait. Elle aurait conduit un peu moins vite, elle aurait eu le temps de remarquer l'inversion du sens de la circulation. Mais, vu les circonstances, conduire plus lentement aurait paru être une invitation aux ennuis. Elle vérifia de nouveau le rétroviseur ; toujours pas de voiture de police en vue. Elle aperçut une lueur blême au bout du tunnel et commença à se calmer. Une fois le tunnel franchi, elle aurait toute une ville à sa disposition pour s'y perdre.

Petra regarda l'eau tourbillonner autour du trou d'évacuation. Elle était rose. Le bras serré contre ses côtes, elle se rinça avant de refermer le robinet de la douche. Elle avait étalé sur une serviette en papier le contenu de sa trousse de premier secours. Elle désinfecta la coupure, serra les dents sous la morsure de l'alcool puis, rapprochant les lèvres de la plaie, appliqua les agrafes du mieux possible. Elle avait eu de la chance. La balle avait frôlé le bas de sa cage thoracique. Elle ignorait si la côte elle-même avait été touchée – toute la zone était douloureuse. À quelques centimètres près, la blessure aurait été fatale.

Drapée d'une serviette, elle passa dans la chambre. L'air conditionné rafraîchissait l'atmosphère et les vitres fermées assourdissaient le bruit de la rue. Sans rien avoir d'un établissement élégant, l'hôtel Plaza, sur la rue Joana Angélica, entre la rue Visconde de Piraja et la rue Prudente de Morais, était bien plus confortable que l'hôtel de Copacabana où elle avait passé les trois nuits précédentes. Mais il fallait dire que Marina Gaudenzi jouissait d'un train de vie beaucoup plus agréable que Susan Branch.

Susan Branch était une étudiante de troisième cycle à l'université de New York en visite de quatre jours à Rio pour le mariage d'une de ses vieilles amies. Marina Gaudenzi était suisse, originaire de Genève, et elle ne passait qu'une nuit à Rio, pour affaires.

L'identité de Susan Branch avait servi à Petra pour venir de New York à Rio à bord d'un vol United – le plus abordable. L'identité de Marina Gaudenzi avait été endossée par une inconnue – une opératrice qu'elle n'avait jamais rencontrée, arrivée à Rio la veille en fin de soirée en provenance de Buenos Aires. Celle-ci avait quitté l'hôtel au petit matin après un petit déjeuner servi dans sa chambre. Petra se demanda où elle pouvait bien être à présent.

L'opératrice avait laissé un peu d'argent – des reis et des dollars – et tous les documents de Marina Gaudenzi dans une poche intérieure de la valise, munie d'une serrure à combinaison dont Petra connaissait les chiffres. Sur le bureau, elle trouva un assortiment de son faux courrier d'affaires. Son billet d'avion révélait son itinéraire : Genève-Buenos Aires-Rio de Janeiro-Londres-Genève. Une semaine en tout, à cela près que le dernier parcours ne serait jamais utilisé.

Après avoir franchi le tunnel menant à Leblon, Petra avait dû se débarrasser rapidement de la voiture endommagée. Soulagée qu'il fasse nuit, elle s'était garée dans la Rua General Venancio Flores, avait rangé le sac contenant les armes dans le coffre avant de rejoindre l'hôtel Plaza à pied. Elle était entrée dans le hall, l'épaule droite drapée de sa serviette de bain vert bouteille – un peu tachée – pour dissimuler la blessure ensanglantée.

Elle examinait à présent les vêtements étalés sur le lit. Un corsage de soie blanche, une veste bleu marine, un pantalon Armani au pli impeccable. Une paire de lunettes ovales Calvin Klein complétait le tableau. Si Susan Branch était du genre jean et T-shirt, Marina Gaudenzi arborait l'uniforme de la femme d'affaires élégante.

Assise à l'arrière de la voiture, Petra regardait l'Avenida Brasil défiler par la vitre. La *zona norte* était surtout industrielle. Le long de la route à plusieurs voies, on voyait des poches d'habitation disséminées entre de grandes usines tombant en ruine. Des maisons branlantes y avaient poussé de manière aussi aléatoire que les mauvaises herbes. Des carcasses de voitures rouillaient à côté de semblants de trottoirs. Des enfants dormaient sous des pancartes vantant les mérites des Chevrolet et de la bière Brahma.

Ils franchirent le pont menant à Ilha do Governador et Galeao, l'aéroport international de Rio. Il faisait frais à l'intérieur du terminal bondé : la grande majorité des vols pour l'Europe et l'Amérique du Nord décollaient sur une période de quatre heures, le soir. Et les Brésiliens aimaient se déplacer en foule pour prendre congé de leurs parents ou amis. Petra eut le sentiment que l'affluence jouerait en sa faveur.

Elle traversa une deuxième fois le terminal ; son impression se trouva confirmée : il y avait plus d'uniformes autour des bureaux d'United qu'ailleurs. Marin était mort mais pas son organisation ; quelqu'un avait dit à la police qui chercher – Susan Branch était censée rentrer à New York ce soir-là. La police et la sécurité de l'aéroport se tenaient à distance, attendant un signal du personnel de la compagnie. Mais, à la réception du Sheraton, Petra avait pris garde de ne pas utiliser son nom – enfin, celui de Susan Branch.

Sous l'identité de Marina Gaudenzi, Petra se présenta à l'enregistrement du comptoir de la classe affaires de la Varig, puis fit la queue au contrôle. Le fonctionnaire prit son temps pour examiner son passeport suisse et le bordereau de l'immigration que l'opératrice y avait glissé. Une fois passée, Petra ignora le salon privé, préférant aller et venir jusqu'à l'annonce du vol. Par les baies du terminal, elle vit son Varig MD-11Z sous un portique d'embarquement attaché à l'appareil tel un immense cordon ombilical. Elle déambula entre les boutiques duty-free et les éventaires de cafés brésiliens et de *cachaça.*

Le vol United pour New York fut retardé d'une heure, ce qui ne surprit pas Petra. Quand les autres départs prévus se furent déroulés, le nombre de passagers en attente diminua. À minuit moins le quart, le vol Varig fut enfin annoncé. Une hôtesse prit sa carte d'embarquement et l'escorta jusqu'au siège 9 L. Pendant que les autres passagers embarquaient, Petra se plongea dans le *Frankfurter Allgemeine*. Par le hublot, elle voyait le 747 United pour New York. Même quand elle sentit l'avion commencer à rouler, elle resta tendue, attendant à tout instant qu'on l'arrête. La sensation ne disparut qu'une fois le train d'atterrissage du MD-11 rentré.

Le visage pressé contre le hublot, elle regarda s'évanouir les lumières étincelantes de Rio de Janeiro.

Au milieu de la nuit, Petra se réveilla. Sa blessure au côté lui faisait mal, mais sa migraine était encore plus douloureuse. Obscurité, bruits ; il lui fallut un moment pour se rappeler où elle se trouvait. Elle serrait les accoudoirs, le corps entier tendu comme un arc, soudain au bord de la panique. Elle s'obligea à respirer profondément, afin de ralentir son souffle. Une fois les yeux accoutumés à la pénombre, elle regarda autour d'elle. La cabine était presque vide ; elle était la seule passagère de la rangée 9.

Sentant une tache humide s'étendre sur son flanc, Petra prit la petite trousse médicale dans son bagage à main et se rendit aux toilettes. Elle déboutonna son corsage de soie blanche. Le pansement était taché de sang. L'arrachant, elle vit que les agrafes n'avaient pas convenablement fermé la blessure. Elle essuya le sang et mit un pansement propre.

En regardant dans la glace, elle se vit telle qu'elle était vraiment, non telle qu'elle était programmée ; un imposteur terrifié et perdu. Pendant quelques secondes elle cessa d'être Petra Reuter. Elle redevint Stephanie. Et, sous ses paupières closes, elle vit Marin pleurer, Ferreira tomber, sentit le poids de l'arme dans sa main. Lorsqu'elle rouvrit les yeux, elle ne reconnut pas les pupilles qui la fixaient dans la glace.

Dans l'office, elle trouva une hôtesse à qui elle demanda un café. Blottie sur son siège, elle releva un peu le store et la lumière du jour s'étala sur ses genoux. Elle s'émerveilla devant le ciel, devant la courbe de l'horizon où le saphir vira au pourpre, puis au noir, avant de s'illuminer des premiers rayons du soleil.

16

À Heathrow, Petra appela d'une cabine téléphonique. Une voix familière, réconfortante, lui répondit.

– Oui ?

– C'est... Qui était-elle pour lui ? Il lui fallut un moment pour se rappeler : c'est Stephanie.

– Ah ! oui. Et comment allez-vous ?

– C'est à vous de me le dire. Je peux venir ?

– Où êtes-vous ?

– À Heathrow.

– Très bien. Je vous attends dans une heure.

Elle prit le métro et, le visage appuyé contre la vitre sale, regarda défiler la banlieue ouest. Le doute persistait. Qu'est-ce qui avait cloché ? Pourquoi Marin l'avait-il soudain menacée de son arme ? À cause de Mechelen ? Peu vraisemblable. Après tout, c'était Alexander qui, au nom de Petra, avait contacté Marin, et non l'inverse. Peut-être avait-elle commis une erreur qui l'avait trahie. Elle s'efforça de se rappeler sa conversation avec Marin, mais elle ne se souvenait que de bribes sans suite.

Marin était un monstre, un homme responsable d'un nombre incalculable de morts. Mais il avait également été un mari. Trois fois, même. Il était aussi père de cinq enfants. Et Ferreira ? Était-il également un mari et un père ? Du moins avait-il été un fils et peut-être un frère. La douleur était une réaction en chaîne ; à travers Marin et Ferreira, Petra avait bouleversé de nombreuses vies.

Elle avait l'impression d'être en suspens entre deux états ; la femme qu'elle avait été et celle qu'elle était censée être à présent. À Rio, elle était Petra. Maintenant, provisoirement du moins, elle avait l'impression de redevenir Stephanie ; perdue, isolée, vulnérable – des traits qu'on n'aurait jamais associés à Petra. Ce qui l'alarmait le plus, c'était la facilité, le naturel avec lesquels elle avait incarné l'autre femme. Elle avait eu des réactions automatiques, exactes et cliniques, comme Boyd le lui avait appris, comme Alexander l'exigeait d'elle. C'était seulement maintenant, après, qu'elle ressentait le contrecoup de ses actes. Sa fuite périlleuse terrifiait la part d'elle-même qui était Stephanie aussi sûrement qu'elle devait exciter Petra.

Elle changea à Green Park, prit la ligne Jubilee et descendit à Bond Street. De là, elle marcha jusqu'à George Street. Le Dr Brian Rutherford l'accueillit chaleureusement, comme d'habitude. Homme mince aux cheveux poivre et sel et au teint cireux, il portait un costume en gros tweed, le genre de vêtement mal coupé si apprécié du cinéma britannique dans les années 1950. Il l'escorta dans son cabinet où elle se dénuda jusqu'à la taille.

— Qui a fait cela ? dit-il en découvrant ses agrafes.

— Moi.

— Heureusement. J'aurais frémi à l'idée qu'un confrère en soit responsable, quel que soit son pays d'origine.

— C'est moche à ce point-là ?

— De la part d'un néophyte, cela pourrait être pire. D'autant que la blessure est mal placée. Mais il va falloir les retirer.

— C'est bien ce que je pensais.

Rutherford se redressa.

— Il faut que je sache d'où vous venez.

— Du Brésil.

— L'Amazone ?

— Non, Rio.

Il rouvrit la coupure, la désinfecta à fond avec des antiseptiques et la referma proprement avec de nouvelles agrafes. Puis il examina les hématomes marbrant ses côtes.

— Ça va aller. Rien de cassé. L'hématome devrait commencer à se résorber dans un jour ou deux. Je vais vous donner des antibiotiques pour la blessure. Poursuivez le traitement jusqu'au bout. Vous avez besoin d'analgésiques ?

Stephanie raccrocha son soutien-gorge.

— Rien de trop fort.

Rutherford acquiesça et jeta un coup d'œil à la cicatrice sur son épaule.

— Pas mal comme résultat, je dois dire. Très réaliste.

Mechelen. Quelle triste suite d'erreurs cela avait été : un envoi d'armes destinées à Belfast ; une opération policière corrompue ; des renseignements truqués vendus fort cher par un policier à un gang croyant intercepter de la cocaïne, et persuadé d'être sur le point de réussir le coup le plus facile de sa carrière criminelle.

Au départ, le plan était simple : quand le camion arriverait dans l'entrepôt de Mechelen, les malfrats régleraient son affaire au chauffeur seul et sans méfiance – il était censé ignorer la présence du fret illégal caché au milieu des TV et des VCR –, puis ils conduiraient le camion en dehors de la ville, dans un lieu fixé à l'avance où toute la marchandise serait transbordée dans un véhicule à eux. Le policier français qui avait vendu le renseignement avait assuré que la cocaïne était dissimulée dans les fentes des VCR destinées à accueillir les cassettes vidéo.

En quatre ans, le gang avait réussi six cambriolages à main armée en Belgique. Des trois membres du groupe, Anna Gerets fut la seule à survivre à Mechelen. En fait, loin d'ignorer la nature de sa cargaison, le conducteur du camion était armé et accompagné d'un complice, qui tua Guy, le petit ami d'Anna. Cette dernière riposta en abattant le complice. C'est là qu'intervint la police belge, qui avait pris le relais de la police française. Dans la fusillade qui s'ensuivit, Jean, le troisième membre du gang, le conducteur et un policier trouvèrent la mort ; quatre autres policiers furent blessés. Anna s'échappa par l'arrière de l'entrepôt, non sans avoir été touchée à l'épaule gauche.

Quinze jours plus tard, le policier français qui avait vendu le renseignement passait de vie à trépas. Un suicide apparemment – il savait que l'étau des enquêtes se refermait sur lui et qu'il serait incapable d'en affronter les conséquences. Une semaine après, Anna Gerets se noyait. Sans témoins. Son corps sombra dans la Manche, sans que personne remarque et pleure sa disparition. Mais, pour la police, elle courait toujours.

Trois mois plus tard, une rumeur commença à circuler : le gang savait pertinemment qu'il n'y avait pas de cocaïne à bord du camion. Il connaissait l'existence des armes. C'est après elles qu'il en avait, mais dans quel but ? On murmura que, si les deux morts avaient fait partie du gang initial, la femme n'était pas Anna Gerets. Aussitôt, un autre bruit courut : Anna Gerets était bien vivante et habitait en Thaïlande. Ou en Indonésie, peut-être. Personne n'aurait su le certifier, mais elle se trouvait dans cette partie du monde, c'était sûr. En fait, elle s'y trouvait déjà quand l'affaire de Mechelen avait éclaté. On racontait qu'elle avait rompu avec Guy un an auparavant et qu'elle vivait à présent sur sa part des casses précédents. Elle se promenait, songeant à commencer une nouvelle vie dans un nouveau pays, sous une nouvelle identité. Quelqu'un qui avait rencontré, dans un bar de Manille, quelqu'un qui l'avait rencontrée le certifiait. Finalement, les rumeurs acquirent une masse critique suffisante pour passer pour des faits avérés.

Une question qui avait paru réglée depuis longtemps devint alors sans réponse : qui était la femme que la police belge avait blessée à l'épaule gauche ? La femme qui s'était miraculeusement échappée ?

Une saison passa ; une inquiétante hypothèse fut alors formulée. On commença à murmurer un nom. Celui de Petra Reuter, la peste humaine. Les descriptions physiques correspondaient – bien qu'avec Reuter, on ne fût jamais sûr de rien ; elle s'y entendait en camouflages – et sa fuite était typique du personnage. En fait, un détournement d'armes opéré par Reuter paraissait une explication beaucoup plus plausible de l'affaire que celle qui présentait le gang d'Anna Gerets fourvoyé dans un vol de cocaïne inexistante.

Voilà comment la fiction enfonça la vérité.

Tout comme elle n'avait jamais remis en cause la nécessité de subir une opération pour fabriquer les cicatrices, Petra n'avait jamais demandé à Alexander si le policier français s'était bien suicidé. Ni comment on avait retrouvé la trace d'Anna Gerets ni qui l'avait tuée. Elle préférait ne pas savoir comment on lançait et alimentait les rumeurs. Elle acceptait les choses telles qu'elles étaient : une tranche de vraie vie à ajouter à la fausse, fabriquée pour elle. Elle était un collage d'identités usurpées, créé lorsqu'elle était encore Stephanie ou, plutôt, une prostituée du nom de Lisa.

Au départ, on avait bâti la légende Petra Reuter dans le but de l'utiliser un jour, en option. Elle faisait partie d'un lot de quatre identités fabriquées de toutes pièces, deux masculines et deux féminines. Stephanie devint Petra pour la seule raison que, physiquement, c'est à elle qu'elle ressemblait le plus. Des quatre légendes, Petra fut la seule à être activée. Pendant que Stephanie se détruisait à petit feu, Magenta House créait progressivement et laborieusement sa prochaine vie. L'incident de Mechelen s'était produit six mois avant que Keith Proctor n'entre dans sa chambre, à Brewer Street.

Voilà à quoi elle pensait lorsqu'elle s'engagea dans Robert Street. Elle s'arrêta un instant devant la plaque : L. L. Herring & Sons Ltd, numismates depuis 1789. Des collectionneurs de pièces. Ils ne collectionnaient pas seulement des pièces, dans l'immeuble : des vies, aussi, y étaient amassées, triées et rangées. Des morts aussi.

La secrétaire d'Alexander, Margaret, était une grande femme à la nature généreuse, comme pour compenser la frugalité de son maître. Elle avait eu un époux, jadis. Maintenant, elle était professionnellement mariée à Alexander et à ses horaires incroyables. Petra se demanda si elle réussissait à avoir une vie sociale.

— Contente de vous revoir, Stephanie. (Margaret était l'une des rares à continuer à utiliser ce prénom.) Il vous attend. Vous pouvez entrer.

L'antre d'Alexander était au dernier étage du plus petit des deux bâtiments, le plus proche du fleuve. Un cadre démodé, les deux ordinateurs posés sur un bureau en acajou étant les seules véritables concessions à la modernité. On se serait cru dans une bibliothèque ; étagères du sol au plafond, lampes de lecture... Un endroit figé dans le temps. Dans le reste des bâtiments jumeaux, s'entassait toute la technologie passée, présente et à venir, si bien que l'antre d'Alexander ressemblait à un sanctuaire, un lieu où laisser travailler un esprit protégé de l'invasion des puces électroniques.

Petra trouva Alexander devant l'un des ordinateurs, près de la fenêtre en saillie. Elle traversa la pièce et s'assit.

— Vous avez été blessée ? demanda-t-il sans quitter l'écran des yeux.

— Pas gravement. J'ai eu de la chance.

Il réfléchit un instant.

— Avec le temps, vous vous rendrez compte qu'il est aussi important d'avoir de la chance que d'être compétent.

— J'ai failli y rester.

— Failli seulement. Dans ce cas, cela aurait simplement prouvé que nous nous étions trompés à votre sujet et que vous ne possédiez pas le niveau de compétence voulu. Peut-être cela vous intéressera-t-il d'apprendre que le garde du corps de Marin – Luiso, je crois – a survécu.

Petra haussa les épaules.

— Apparemment vous vous en êtes servie comme bouclier humain.

— J'applique les leçons de Boyd.

Alexander acquiesça, abandonna l'ordinateur et s'approcha de son bureau où attendait un plateau avec une cafetière, deux tasses, un sucrier en argent et un petit pot de lait. Il servit.

— Marin avait un lien avec Mechelen. C'était lui, le vendeur d'armes.

Alexander se raidit.

— Vraiment ?

Elle se demanda si sa réaction était due au renseignement lui-même ou au fait qu'elle le connaissait. Elle attendit qu'il ajoute quelque chose, mais il n'en fit rien.

— J'aimerais bien savoir comment cela a pu vous échapper.

Il lui tendit une tasse.

— Nous ne pouvons pas tout savoir. Les plus grosses organisations ont aussi des lacunes.

— Vous vous êtes approprié l'histoire de Mechelen pour mon usage mais vous ignoriez l'implication de Marin ? J'ai du mal à le croire.

— Nous avons appris l'existence de Marin par une autre source.

— Même si vous n'en saviez pas si long à propos de Marin, vous deviez savoir tout ce qu'il fallait sur

Mechelen. Sinon comment auriez-vous su que m'attribuer le rôle ne poserait pas de problème ?

— Il a dû se servir d'un intermédiaire.

— Comme Lehmans ?

— Possible. Tout ce que nous pouvons dire, c'est que le nom de Marin n'a pas été cité.

— Qui était la source d'origine ?

— Marc Serra.

Cela tenait debout.

— Vous m'avez envoyée à Rio pour convenir d'un prix avec Marin. Vous m'avez dit que tout se passerait comme une lettre à la poste.

— Cela aurait dû être le cas.

— Les gens de Marin étaient surpris que je fasse le voyage rien que pour conclure le marché. Et maintenant que j'y pense, moi aussi. Cela aurait pu se régler par téléphone.

— Où voulez-vous en venir ?

— Il y a quelque chose qui cloche.

— Marin n'était absolument pas digne de confiance. Il a peut-être décidé de vous tuer rien que pour pouvoir se vanter de s'être débarrassé de la tristement célèbre Petra Reuter. C'était le genre.

Petra s'y connaissait en matière de mensonges. À côté d'elle, Alexander était un amateur et cela se voyait. L'explication la moins acceptable de ce qui était arrivé à Rio commençait à paraître la plus plausible.

— Et maintenant, qu'est-ce qui se passe ?

— Vous attendez. Serra fait partie du même groupe. Il est plus loin dans la chaîne, c'est tout.

Instinctivement, Petra se garda de commenter. Quelque chose lui échappait, mais elle n'arrivait pas à mettre le doigt dessus.

— Je vous conseille de vous détendre pendant un jour ou deux. De récupérer. Vos sites fonctionnent, n'est-ce pas ?

– Oui.

– Il ne vous reste donc qu'à les vérifier de temps à autre. Attendons la suite des événements.

– Vous pensez vraiment qu'il va venir me chercher ?

– Qui sait ? Une chose est sûre. Vous n'êtes plus dans l'ombre, vous avez cessé d'être une légende. Vous êtes identifiable à présent, un mythe en chair et en os.

Petra rentra chez elle, un deux-pièces dans un immeuble entre Half Moon Street et Clarges Street : son appartement donnait sur la première, l'entrée de l'immeuble sur la seconde. Cela faisait pile six jours qu'elle était partie pour New York afin d'y incarner Susan Branch. Et à peine quinze jours qu'elle avait emménagé.

Comme elle avait baissé le chauffage en partant, il faisait froid. Elle régla le thermostat ; la chaudière se remit en route. Comparé à la plupart des locations qu'elle avait connues ces derniers mois, son nouveau logis n'était pas mal. Petit mais confortable, même s'il manquait un peu d'âme ; typique, en d'autres termes, des appartements de fonction. Le sien appartenait à Brillex-Martins, la société chimique et pharmaceutique belge pour laquelle travaillait Marina Gaudenzi.

Elle ne conservait pas un souvenir ému de ses précédents logements. À Ostende, elle avait occupé un trois-pièces glacial au-dessus d'un café. En mars. Des journées qui n'en finissaient pas. Elle avait passé des heures à attendre que le téléphone sonne, fixant d'un air absent la tache métallique que formaient la mer et le ciel. Trois mois plus tard, le propriétaire du café – celui qui lui avait loué l'appartement – confirmerait son signalement à la police, en restant soigneusement vague. Après tout, que pouvait-il raconter ? Il ne l'avait vue qu'à trois ou quatre occasions. Il leur dirait ce qu'il savait d'elle, mais qu'est-ce que cela représenterait ? Elle ne semblait pas être beaucoup sortie. Elle avait payé le loyer en liquide, d'avance, et n'avait causé aucun problème. Avait-elle précisé la raison de sa présence à Ostende ? Non, pas à son souvenir.

Après Ostende, elle était partie pour Berlin passer un mois minable dans un immeuble délabré, peuplé presque exclusivement d'immigrants turcs. Ensuite, elle avait séjourné quinze jours à Zurich, à traîner avec des héroïnomanes et des petits délinquants.

Barcelone, Sarajevo, Marseille, Bucarest. Les villes devenaient déjà floues dans son souvenir, avec pour seul point commun son désir d'en partir. Non qu'il se fût agi d'endroits désagréables. C'était plutôt la vie qu'elle était obligée d'y mener qui l'était. Il fallait qu'on l'entr'aperçoive, non qu'on la voie, qu'elle soit une présence, non une personne en chair et en os. Isolée, elle attendait les instructions. *Rendez-vous à l'aéroport. Vous attendrez un passager descendant du vol Lufthansa en provenance de Francfort. Comme il n'y sera pas, vous appellerez le numéro suivant de la cabine la plus proche dans le terminal. Quand on répondra, raccrochez. Puis rentrez chez vous*. Elle ne contesta jamais le bien-fondé de ces ordres. S'il y avait une méthode dans la folie, elle n'avait pas envie de le savoir. Il arriva que ses missions l'envoient plus loin. À Oslo, par exemple, pour un week-end, ou encore à Milan, pour un voyage de trois jours. Mais les destinations ne comptaient guère parce que la réalité restait immanquablement la même ; une chambre d'hôtel, un téléphone, une longue attente à tuer en regardant la télévision dans une langue incompréhensible.

Souvent, la gymnastique la sauvait, en lui tonifiant à la fois le corps et l'esprit. Elle y gagna en force et en souplesse et s'inventa de nouveaux exercices pour combler les heures vides et s'empêcher de sombrer dans les pensées négatives. Elle n'y réussissait que partiellement. Elle s'était transformée en solitaire nomade et, malgré ses efforts, il y avait des moments où l'ennui la déprimait. Notamment lorsqu'elle songeait à l'avenir. Alexander l'avait prévenue qu'il lui faudrait vivre ainsi pendant au moins un an, voire plus. C'était nécessaire pour construire une Petra convaincante. Cela ne suffisait pas que Stephanie se fasse passer pour Petra ; il fallait qu'elle devienne Petra, et cela prenait du temps. Finalement, le processus de mutation ne dura que six mois. Les morts de Grigory Ismailov et de Lionel Lehmans avaient précipité le mouvement.

– Ça va ?

La question la fit sursauter. Il lui fallut un moment pour s'ajuster au réel. Ce visage lui était familier. Comme l'endroit où elle se trouvait : le supermarché Europa qui pratiquait des prix exorbitants à l'angle de Curzon Street et de Clarges Street. Elle se souvenait maintenant. Il n'y avait plus rien à se mettre sous la dent, dans l'appartement.

– Vous êtes mademoiselle Gaudenzi, n'est-ce pas ? enchaîna son interlocuteur.

– Oui.

– Vous venez de faire tomber ça, dit-il en lui tendant un sac de pommes.

– Moi ?

– Vous êtes sûre que ça va ? Vous avez l'air un peu… perdue.

– Ça va.

– Vous tremblez.

C'était vrai, mais cette évidence n'empêcha pas Petra d'affirmer avec hostilité qu'elle allait bien.

Un mensonge. Une seconde, elle faisait des courses, celle d'après, elle tirait sur des gens dans une chambre d'hôtel. La pensée l'avait submergée. On aurait dit un rêve, mais il s'agissait bien d'un souvenir, la trace d'un acte qu'elle avait commis.

Son interlocuteur portait un jean et un gros pull noir sur un T-shirt blanc. Il devait mesurer environ un mètre quatre-vingt-cinq. Il avait les cheveux aussi foncés que les siens – presque noirs – et tout aussi épais. Un grand nez aquilin et des yeux bleus perçants, aussi clairs que le ciel aperçu du hublot le matin même. Comment s'appelait-il déjà ?

— Je suis désolée, j'ai oublié…

— Je m'appelle Frank, dit-il en lui rendant ses pommes.

Frank White. C'était ça. Ils vivaient dans le même immeuble. Ils s'étaient croisés dans l'entrée à deux ou trois reprises pendant la semaine qui avait précédé le départ pour New York. Ils avaient échangé quelques mots ; bonjour, au revoir, un commentaire sur le temps.

— Je ne voulais pas être grossière.

— Ce n'est rien.

— Je suis fatiguée. Le décalage horaire sans doute.

— Vous étiez à l'étranger ?

— Oui.

— Où cela ?

Les questions s'enchaînaient, trop rapides, trop directes.

— Voyage d'affaires. Ici et là.

Il parut sentir sa réticence. Ils réglèrent leurs achats et sortirent dans Curzon Street.

— Ce magasin ressemble au triangle des Bermudes, dit-il en examinant la monnaie au creux de sa main. L'argent s'y volatilise littéralement.

Sur le trottoir d'en face se dressait la Troisième Église du Christ, scientiste. Trois phrases étaient gravées dans la pierre au-dessus de l'entrée : SOIGNER LES MALADES ; LAVER LES LÉPREUX ; RESSUSCITER LES MORTS. Petra revit Marin debout près des baies vitrées, pleurant comme un enfant, touché à la gorge par la première balle. Un père de cinq enfants. Elle ferma les yeux un instant dans l'espoir de chasser cette image.

Frank White lui faisait toujours la conversation. Ils pénétrèrent dans l'immeuble, attendirent l'ascenseur. Sur la table de l'entrée, une grosse enveloppe matelassée portait son adresse. Elle regarda au dos et reconnut le tampon un peu baveux. Cela venait d'Adelphi Travel. Ou plutôt de Magenta House. Encore des renseignements à traiter, certainement.

Elle jeta un coup d'œil à sa montre. Au Brésil, le crépuscule approchait. Elle se demanda à quoi ressemblait la villa de Marin, à Buzios. Là où se trouvaient les enfants pendant qu'elle tuait leur père. Elle avait mal à la tête. Elle se frotta la tempe.

– Vous êtes sûre que ça va ?

– Oui, merci.

– Je pourrais peut-être vous offrir une tasse de café ?

Petra se raidit.

– Du café ?

– Ou du thé, si vous préférez.

Frank White la mettait en colère. Elle ignorait pourquoi, mais la sensation était familière.

– Je ne crois pas, monsieur White. Je ne pense pas vouloir quoi que ce soit de vous.

Il gelait à l'extérieur. Il y avait du givre sur les pare-brise des voitures garées sous les lampadaires. Il faisait encore nuit à sept heures moins dix du matin. Sirotant du thé vert, Petra s'assit devant le portable Compaq posé sur la table en verre fumé. Le modem grinça tandis que s'étendaient ses tentacules électroniques. Elle entra en contact avec Adelphi Travel. L'ordinateur d'Adelphi Travel chercha alors un hôte et proposa une sélection : Bank of America, RTZ, Nike, Finnair, Renault, DuPont, Crédit Suisse, Marriott. Par aversion, elle choisit Nike. Chaque jour, la sélection variait, entre cinq à dix sociétés prises au hasard. De là, la société élue établissait le lien. Si on cherchait à remonter à la source, c'est chez elle qu'on aboutirait.

Elle rendit visite au premier de ses sites Internet, Heavens Above, qui était dédié aux observateurs d'ovnis et autres chasseurs d'extraterrestres. Ken et Bryon, les deux hommes – des garçons, peut-être ? – qui dirigeaient le site et rédigeaient l'édito émettaient d'Urbana, dans l'Illinois. Ils proposaient un forum de discussion, chaque message s'affichant dans l'ordre chronologique, suivi du nom de l'expéditeur et de l'heure de l'envoi. Quand la liste devenait trop longue, Ken et Bryon opéraient un tri, ce qu'ils avaient fait pendant le séjour de Petra à l'étranger. Elle rédigea un nouveau message, insignifiant ; ce qui comptait, c'était sa signature.

Quelqu'un peut-il me dire s'il a vu une étrange lumière au-dessus de Hambourg le 3 décembre ?

Cela s'est produit vers 2 h 45 du matin.

Il s'agissait d'un disque blanc mesurant environ deux fois la longueur d'un avion de ligne.

V. Libensky.

Elle avait deux adresses électroniques, l'une par le biais d'AOL, sous le nom de Rosario Alcon, l'autre sous le nom d'Andrew Smith, par le biais de MSN. Elle les ouvrit. Rien. Rien non plus sur les trois autres sites qu'elle utilisait.

Elle éteignit l'écran.

Je ne suis plus censée être un être humain. Cela se résume à ça. Hier, j'étais un robot sans faille. Conçue par des spécialistes, construite en accord avec le cahier des charges et programmée à la perfection, j'ai fonctionné exactement comme j'étais censée le faire. J'ai suivi des instructions tellement enracinées en moi qu'elles en deviennent instinctives. J'étais une machine mortelle, une entité sans conscience.

Je bois une autre gorgée de thé vert en espérant que ma gueule de bois va se dissiper rapidement. Hier soir, seule dans cet appartement déprimant, j'ai bu de la vodka. Non pour apaiser l'angoisse, plutôt pour apaiser son absence. J'ai été choquée par ce que j'ai fait, mais je n'ai ressenti aucun regret. J'ai étudié les conséquences de mes actes et conclu que toutes mes initiatives étaient bonnes. Et j'ai pensé aux amis et parents de mes deux victimes et je sais qu'ils sont fous de douleur, bien que je n'éprouve aucun chagrin pour eux. Je suis capable d'analyser n'importe quoi mais, sur le plan émotionnel, c'est la paralysie. Si mes créateurs pouvaient me voir à présent, ils seraient absolument ravis.

J'ai le cœur d'un ordinateur.

17

Il y avait plusieurs photos de lui, certaines en couleur, d'autres en noir et blanc. D'épais cheveux bruns qui s'argentaient sur les tempes. Un visage bronzé et ridé, combinaison qui suggérait un abus de soleil. Sur ce masque, ses yeux bleus paraissaient plus pâles qu'ils ne devaient l'être en réalité. Petra vérifia son âge. Quarante-quatre ans. Pour un financier – c'était ainsi qu'il se désignait – il avait l'air en relativement bonne forme.

Son père, Paul Serra, avait été dentiste à Marseille ; sa mère, Claudette, venait d'une petite ferme provençale. Marc était l'aîné de trois enfants : Luc, son frère – le puîné – était mort d'une leucémie à l'âge de treize ans. Françoise, sa sœur, avait épousé un médecin de Lyon. Brillant élève mais d'un caractère difficile, Marc s'était fait renvoyer de deux écoles, détail qui fit vibrer une corde de solidarité chez Petra. Malgré tout, grâce à ses bons résultats scolaires, il avait fréquenté l'Institut national polytechnique de Grenoble avant de décider d'entreprendre le tour du monde. Son absence de France n'aurait duré qu'un an, mais le dossier restait muet sur ses activités jusqu'à son embauche par le Crédit Lyonnais, à l'âge de vingt-neuf ans. À trente-trois ans, il entrait dans la banque Henri Lauder, un petit établissement privé avec un unique bureau à Zurich. À première vue, le choix n'était pas très glorieux, à moins qu'il n'ait envisagé de mener une carrière parallèle.

Il était resté à la banque Henri Lauder en qualité de directeur – une fonction honoraire, plus que réelle. Des cinq dernières années, il en avait passé deux en congé sabbatique. Le dossier soulignait qu'il voyageait beaucoup, séjournant moins d'un mois par an en Suisse. Le fait était très ordinaire ; on ne comptait plus les hommes d'affaires qui passaient plus de nuits dans l'avion que dans le lit de leur femme. Sauf que l'établissement pour lequel il travaillait n'était pas une multinationale.

Petra étala le contenu de l'enveloppe matelassée sur le sol du salon. Comme c'était souvent le cas avec ce genre de dossier, les informations manquantes présentaient plus d'intérêt que les faits établis. Qu'avait fait Serra entre l'Institut de Grenoble et le Crédit Lyonnais ? Où était-il allé pendant ses deux années sabbatiques ? Le dossier ne le précisait pas. Il ne suggérait même aucune hypothèse.

Serra vivait à présent à Paris. Il avait un petit cercle d'amis, dont deux appartenaient au parti communiste, comme lui pendant ses études à Grenoble. Célibataire, hétérosexuel jusqu'à preuve du contraire ; on fournissait une liste d'anciennes maîtresses. Petra tressaillit. Ces noms cités signifiaient que quelqu'un avait jugé que les femmes en question étaient susceptibles d'être utiles, un jour ou l'autre. Elle était bien placée pour savoir quel mal pouvaient faire les indiscrétions de cette nature.

Le cours de troisième cycle de Reza Mohammed avait été payé par la Société franco-arabe d'attribution de bourses. Celle-ci avait également financé ses dépenses courantes au moyen de petits versements mensuels faits au foyer d'étudiants al-Sharif et de virements sur un compte courant ouvert dans une succursale de Nat West, à Earls court. L'origine des financements était la banque Henri Lauder pour les frais de scolarité de Mohammed, mais le compte courant à la Nat West était alimenté par la succursale à Londres de l'Islamic Industrial Bank.

Mustafa Sela avait bénéficié des mêmes dispositions pendant sa scolarité à l'Imperial.

La Société franco-arabe d'attribution de bourses, dont le siège se trouvait à Paris, avait été fondée par Marc Serra en 1991. Son but était de « promouvoir une plus grande compréhension entre les peuples arabes et français, un espoir favorisé par un échange d'étudiants prometteurs ». Le dossier précisait que l'échange était un peu bancal ; quatre-vingt-dix pour cent des étudiants étaient des Arabes venant en Europe, dix pour cent faisant le trajet inverse. Bien que la société fût française, les étudiants arabes étaient dispersés dans toute l'Europe. On ignorait le montant des avoirs de la société, mais on savait qu'elle parrainait actuellement quelque cent trente-cinq étudiants dans l'Union européenne.

Petra passa en revue le reste du dossier. Elle vit des photos de Serra en compagnie de directeurs de Telegenex, une entreprise française spécialisée dans la conception de systèmes de téléguidage de missiles. Un cliché flou le montrait à l'arrière d'un bateau baigné de soleil, un barracuda ensanglanté gisant sur le pont, entouré d'hommes bronzés et joyeux. Il s'agissait de cadres de Murray-Gardyne, un fabricant d'armes canadien cachant une production illégale de mines terrestres dans l'usine d'une de ses filiales, à Guadalajara, au Mexique. Sur une autre photo, prise à un gala de collecte de fonds à Dallas, Serra serrait la main de Jim Buchanan, une figure connue de la National Rifle Association.

Petra commençait à deviner le personnage. Brillant et cultivé, il se mouvait en société comme un poisson dans l'eau et savait établir des contacts sans être jamais obligé de sortir de l'ombre. Même sur les photos, il n'attirait pas l'attention. La liste de ses associés connus avait de quoi impressionner, mais son art de s'adapter était bien plus intéressant. Serra mentait à tout le monde. Comme

Petra. Par conséquent, ce n'était pas en lisant un dossier qu'elle aurait une chance de le connaître.

Allongée sur le canapé, je regarde la télévision en zappant d'une chaîne à l'autre. Un jeu télévisé où les participants essaient de gagner un coupé bleu vif. Un match de football où des adolescents millionnaires aux coupes de cheveux hideuses roulent dans le gazon en s'embrassant. La météo de demain. East Enders. Un débat ; une jeune artiste parle avec arrogance des femmes capables de prendre leur destin en main. Elle se sert de son esprit comme d'une arme dirigée contre le sexe masculin. Elle parle beaucoup de dignité et de pouvoir, et je ne vois pas où elle veut en venir.

Les femmes de mon âge font des journées de huit heures pour des salaires de misère. Elles subissent le métro ou le bus deux fois par jour. Elles font les courses, crevées et frigorifiées, avant de rentrer chez elles. Chaque matin, elles cherchent à tâtons des vêtements propres. Elles sont mères et filles. Elles font bouillir la marmite, s'occupent de leur intérieur, redoutent le chômage. Elles se maintiennent en forme, fument trente clopes par jour. Elles rêvent de lézarder deux semaines au soleil et de décrocher le gros lot au loto. Elles vont au cinéma et dans des clubs avec leurs copines. Elles se tirent dans les pattes, titubent d'un homme lamentable à l'autre. Elles ne sont pas en quête de Brad Pitt – elles cherchent un homme gentil, honnête, capable de les faire rire. Ou elles ne cherchent pas du tout parce que la vie est trop courte pour qu'on perde son temps à séparer le bon grain de l'ivraie. Elles sont fragiles et mesquines, résistantes et généreuses, elles sont tout ce qu'on peut imaginer. Elles sont normales.

Pas comme moi. Et cela me rend triste parce qu'en cet instant je ne souhaiterais rien de plus au monde.

Les trottoirs de Piccadilly étaient bondés, mais un visage émergeait de l'océan. Petra l'aperçut la première et pria pour qu'il ne se tourne pas vers elle, contre tout espoir.

Frank White.

Les premiers mots furent une danse maladroite. *Bonjour, comment ça va ? Content de vous voir. Qu'est-ce que vous faites ? Quelques courses. Vous avez vu ce temps ! Oui, mais il paraît que cela devrait se réchauffer ce week-end.* Les mots semblaient encore plus creux que d'habitude, surtout avec le non-dit qui se cachait derrière.

Petra finit par mettre un terme à cette conversation vaine.

– Écoutez, monsieur White, dit-elle en détournant le regard.

– Frank.

– Frank. Écoutez, Frank, pour hier, je suis…

– Quoi ?

– Je suis désolée d'avoir été aussi sèche. C'est juste que…

– Cela n'a pas d'importance.

Petra se frotta les yeux.

– En fait, si. Cela en a pour moi.

– Ce n'était guère qu'un café.

– Non, insista Petra qui aperçut un fast-food. Et si je vous offrais un café ? Pour m'excuser.

– Quoi ? Maintenant ?

– Pourquoi pas ?

Malgré la foule qui se pressait dans l'établissement, ils réussirent à trouver deux tabourets dans la vitrine donnant sur la rue. Il commanda un *latte*, elle un *mocha*. Il sortait de la librairie Hatchards. Il posa son emplette à côté de sa tasse.

– Qu'est-ce que vous lisez ?

– Une histoire de la Namibie.

– De la Namibie ?

— Il est possible que j'y aille le mois prochain. J'essaie toujours de me documenter sur les endroits que je visite.

— Pourquoi vous y rendez-vous ?

— Pour mon travail. Je suis géologue.

— Vraiment ?

— Je travaille pour une petite société de consultants en exploitation minière. Quand un client veut savoir ce qu'il a sous les pieds, on m'envoie vérifier.

— Vous voyagez donc beaucoup ?

— Oui.

— Cela vous plaît ?

— En fait, oui. Beaucoup de gens s'en plaignent, mais pas moi. Je ne tarde pas à ne plus tenir en place si je reste trop longtemps au même endroit. Et vous ?

Petra ne savait plus l'impression que cela donnait d'avoir un vrai chez-soi.

— Je me déplace plus que je ne le voudrais, mais c'est le boulot.

— Pour qui travaillez-vous ?

— Brillex-Martins.

Devant son air interrogatif, elle précisa :

— Un laboratoire pharmaceutique et chimique belge.

— Qu'est-ce que vous faites pour eux ?

Un silence.

— Expert en cas de problème. Une sorte de médiateur.

— Et cela vous occupe à plein temps ?

— Ça, oui.

— Depuis quand êtes-vous à Londres ?

— Deux semaines environ. La première fois que nous nous sommes croisés dans l'entrée – je crois bien que je venais d'emménager. Et j'étais absente la semaine dernière.

Il but une longue gorgée de *latte*.

— J'ai rencontré votre prédécesseur.

Petra sentit son pouls s'emballer.

— Mon prédécesseur ?

— L'homme qui vivait dans l'appartement avant vous. Comment s'appelait-il déjà ?

Petra espéra ne pas avoir l'air trop troublé. *Respire profondément. Aie l'air perdue dans tes pensées.*

— Franchement, je ne sais pas trop. J'ignore qui était là avant moi.

Frank White haussa les épaules, compréhensif.

— C'est comme ça avec ce genre d'endroits. Les gens vont et viennent, les meubles restent.

Il avait une expression chaleureuse. Vraiment amicale. Elle avait été furieuse contre lui, lors de leur dernière rencontre. À présent, elle ressentait quelque chose de tout aussi inexplicable. De la tristesse.

Elle eut un sourire sincère.

— C'est vrai. Où que j'aille, je suis toujours au même endroit.

Six jours après son retour de Rio, à quatre heures du matin, Petra découvrit qu'elle était incapable de fermer l'œil. Elle mourait successivement de chaleur et de froid. Elle se releva pour faire les cent pas, dans l'espoir que l'ennui la fatiguerait. Finalement, elle alluma son ordinateur. Un message l'attendait sur le site Heavens Above.

À V. Libensky

Ma sœur Nancy a vu la lumière du 3 décembre de chez moi, à Zeven. Le journal a dit que c'était dû aux conditions atmosphériques, mais je n'en crois rien.

Qu'en pensez-vous ?

R. Julius.

Julius était l'un des trois noms que Petra avait choisis comme codes. À sa vue elle frissonna. Les premières lettres des trois premiers mots du message indiquaient le serveur – dans ce cas, MSN – et les lettres entre la virgule et le point de la première phrase, le nom, àzeven.

Visiblement une adresse électronique créée pour un échange unique. Qui que fût Julius, il ou elle pouvait à présent être contacté à azeven@MSN.com.

Utilisant son adresse Andrew Smith, également sur MSN, Petra répondit.

À R. Julius.
Eu votre message. Attends réponse.
V. Libensky.

Elle savait qu'elle ne risquait guère de recevoir une réponse à cette heure, mais elle se sentait trop fébrile pour abandonner l'écran. De toute façon, ce n'était plus la peine d'espérer trouver le sommeil, à présent. Après un moment, elle se coula un bain chaud et fit une heure d'étirements. Puis elle prépara son petit déjeuner. À huit heures vingt, elle avait un message à l'adresse électronique d'Andrew Smith.

À V. Libensky/Andrew Smith
J'ai cru comprendre que nous nous intéressions tous les deux à l'Amérique du Sud. Nous devrions nous rencontrer pour en parler. Et évoquer l'avenir. Est-ce possible ?
R. Julius.

C'est ainsi que commença un dialogue qui dura toute la matinée. Échange de messages obliques, analyse prudente de leur contenu, réaction. Proposition, contre-proposition et, finalement, accord. On prit rendez-vous deux jours plus tard à Paris, au cœur du 8e arrondissement, à l'angle du boulevard Haussmann et de l'avenue Matignon. Après avoir tapé une réponse affirmative, Petra fixa les mots pendant une longue minute. La machine demanda si elle voulait ou non envoyer le message. Oui.

Ensuite elle appela Alexander. Deux heures plus tard, ils se retrouvaient à la Round Pond, dans les jardins de Kensington. Ils prirent la direction des fontaines, près de Marlborough Gate, sur Bayswater Road. C'était une matinée froide avec un ciel bas et gris, et des rafales de vent qui secouaient arbres et buissons. Ils croisèrent quelques courageux joggeurs, la tête dans un nuage de buée, les joues de la couleur du chou rouge. Une ou deux personnes promenaient leur chien. Sinon, les jardins étaient quasiment vides.

– J'ai étudié les documents que vous m'avez donnés et je me demande ce que les autres agences possèdent sur Serra.

– Pas grand-chose. Il n'est pas fiché chez les Français. Malgré deux enquêtes pour évasion fiscale, qui n'ont rien donné. En Allemagne, le BKA l'a soupçonné d'association avec un groupe de trafiquants ukrainiens qui essayaient de vendre du matériel nucléaire à des militants musulmans pakistanais. Mais Serra n'avait rien à voir là-dedans.

– Donc personne d'autre ne sait ce que contient ce dossier.

– On a réuni la plupart des données en puisant dans diverses archives publiques. Quant au reste, peut-être une agence connaît-elle un détail et pas l'autre, et l'inverse. Ou encore les agences connaissent-elles la plupart des informations mais ne leur accordent aucune importance. Qui sait ? En outre, il ne nous est guère possible de partager nos renseignements, n'est-ce pas ? Nous n'existons même pas. Et même dans le cas contraire, je ne suis pas sûr que nous choisirions de les propager.

– Je ne vois pas pourquoi.

– Parce qu'on ne sait jamais où ce genre de renseignements va échouer. Par le passé, n'importe quel renseignement irlandais partagé par le MI 5 ou le SIS avec la CIA ou le FBI revenait aux oreilles de l'IRA en moins de quarante-huit heures. Contrairement aux Américains, nous pensons que des psychopathes capables de faire exploser une bombe dans un centre commercial bourré d'enfants ne peuvent, en aucun cas, être considérés comme des héros romantiques. C'est pourquoi nous gardons pour nous nos renseignements irlandais. Le même principe s'applique à tout ce qui est lié à Khalil, Marc Serra inclus. Nous n'avons surtout pas envie de le voir prendre peur et s'évanouir dans la nature, comme Reza Mohammed.

– Quoi ? s'exclama Petra en s'arrêtant net.

– N'ayez pas l'air aussi choquée, dit Alexander que le vent décoiffait. Vous deviez bien vous douter que cela appartenait au domaine du possible.

Sa réaction instinctive fut de colère. Mais elle se contint. La désinvolture d'Alexander était voulue, nul doute là-dessus. Il ne laissait rien au hasard. Il faisait de la provocation ; elle décida donc de ne pas réagir.

– Où a-t-on perdu sa trace ?

– À Athènes.

– Qu'est-ce qu'il fichait là-bas ?

– Nous l'ignorons. Nous supposons qu'il jouait les messagers.

– Il a abandonné ses études ?

– Non. Nous avons interrogé le collège la semaine suivante et on nous a dit qu'il était malade. Quelqu'un du foyer avait appelé pour signaler qu'il souffrait d'une grippe.

– Et c'est tout ?

– Nous l'avons suivi jusqu'à Heathrow où il a pris un avion pour Athènes. Je me suis organisé pour le placer sous surveillance à l'arrivée, mais notre équipe l'a perdu.

– Quand cela s'est-il produit ?

Alexander alluma une Rothmans.

– Il y a quelque temps.

– C'est-à-dire ?

– Six semaines.

– Pourquoi ne m'avez-vous pas prévenue ?

Alexander haussa les épaules.

– Cela ne paraissait pas indispensable. Khalil est celui qui compte, pour nous tous. Sans lui, il n'y a pas de Mohammed. Du moins, pas pour vous. Et Mohammed refera surface. Cela ne manque jamais de se produire avec ces types-là. Vous avez encore vos chances, si vous les méritez.

Je ne crois pas vraiment à l'intuition féminine. Selon moi, certaines personnes ont de l'intuition, d'autres non et la différence n'a rien à voir avec le sexe. Alexander franchit Marlborough Gate ; les alarmes se déclenchent dans ma tête comme un feu d'artifice.

Je sais que je ne reste en vie que parce qu'Alexander a investi les ressources de son organisation dans ma formation et qu'il n'est pas pressé de mettre une croix dessus. Mes fameuses assurances fictives ont perdu toute crédibilité. En effet, pendant mon entraînement, mes liens avec le monde extérieur ont été coupés sans que cela ait eu de conséquences désastreuses ; pas de journaux allemands à gros tirage pour annoncer une exclusivité mondiale ; pas de chaîne malaysienne pour révéler une nouvelle sensationnelle ; pas de théories de complot circulant sur l'Internet. En revanche, je soupçonne Alexander de croire encore que je détiens quelque chose qui présente un danger potentiel pour lui, et il n'a pas tort. Mais nous avons conclu un accord tacite : je l'ai forcé à l'accepter par la ruse ; il n'a ni oublié ni pardonné, si bien que je n'ai pas intérêt à le laisser tomber.

Maintenant je soupçonne l'existence d'un autre programme. Un sous-programme dont j'ignore tout. Je sais que je n'ai rien d'irremplaçable – c'est un risque inhérent à cette vie – mais je ne suis pas prête à être sacrifiée. Je n'ai aucune preuve venant étayer mes soupçons, mais je n'en ai pas besoin. C'est l'instinct qui parle : il faut que je protège mes arrières.

– Monsieur Bradfield ?

Il se retourna. Ils se trouvaient devant Victoria Arcade, au milieu de la foule des passants.

– Qui êtes-vous ? demanda-t-il d'une voix grinçante.

– Vous ne me reconnaissez pas ?

Il l'examina. Elle crut voir une lueur dans son regard, mais il secoua la tête :

– Non... pas vraiment. Non, je ne crois pas.

Petra trouva cela intéressant. Les visages étaient son métier. Des vrais, des faux, ceux qu'il était heureux de se rappeler et ceux qu'il ne pouvait pas oublier. Il la dévisagea, s'efforçant de la situer.

– J'étais blonde la dernière fois que nous nous sommes vus. J'étais plus mince aussi. J'avais une arme. Vous m'avez dit que je ne devrais pas en porter une à moins d'être prête à m'en servir.

Les sourcils broussailleux de Cyril Bradfield se haussèrent.

– Vous ?

– Oui. Moi.

– C'est vous qui m'avez envoyé la lettre ?

Petra acquiesça. L'après-midi précédent, elle avait glissé une enveloppe dans la boîte à lettres de la maison de Bradfield, dans Longmoore Street. À l'intérieur, une seule feuille. Un message court et simple : *J'aimerais vous parler. Demain, Victoria Arcade, à onze heures du matin. Amicalement.* À onze heures moins dix, il était sorti de son domicile de Longmoore Street pour remonter Wilton Road. Petra l'avait discrètement suivi. Une fois Bradfield à l'intérieur de la galerie marchande, elle l'avait surveillé tout en s'assurant que personne d'autre n'en faisait autant. À onze heures et quart, il sortit, jugeant qu'il n'avait que trop patienté. C'est là que Petra le héla.

Bradfield portait une vieille veste avec des ronds de cuir aux coudes, boutonnée jusqu'au cou, col relevé. Pour se protéger du froid. Il avait les mains enfoncées dans les poches d'un pantalon usé en velours vert bouteille.

— Qu'est-ce que vous voulez ?

— Que vous fassiez un travail pour moi.

Il parut d'abord surpris, puis soulagé et enfin soupçonneux.

— Quel genre de travail ?

Petra regarda autour d'elle, à l'affût d'oreilles indiscrètes.

— Celui dans lequel vous excellez. Si on prenait un café ? On se gèle ici.

Ils s'assirent dans un endroit dont les vitres dégoulinaient de condensation. Cyril Bradfield mit deux cuillerées de sucre dans son thé au lait.

— Qu'est-ce qu'il vous faudrait ?

— Des permis de conduire. Des cartes d'identité, aussi, quand c'est nécessaire.

Bradfield ouvrit sa boîte de tabac rouillée et tira une feuille d'un paquet de Rizlas.

— Quelle nationalité ?

Ils conversaient à voix basse, dans un murmure inaudible couvert par la radio allumée près de la caisse, sur le comptoir en Formica.

— Il me faut trois jeux complets d'identité, non britanniques. Ils peuvent être anglophones ou francophones, ou germanophones, au choix.

— Et les trois ont besoin de passeports ? Ou juste de pièces d'identité nationale ?

— Chacun doit avoir un passeport. C'est le plus important.

— Et votre apparence physique ? L'actuel ou quelque chose de différent ?

— Proche de l'actuel.

Il la regarda par-dessus ses lunettes en demi-lune.

— En d'autres termes, quelque chose à utiliser au pied levé ?

Petra soutint son regard. Elle comprit en un éclair qu'il ne cherchait pas à la coincer, mais à savoir si elle lui accordait sa confiance.

— Oui. Si je souhaite quelque chose de radicalement différent, je vous le demanderai par la suite.

Bradfield acquiesça, appréciant sa franchise et sa concision. Il lécha la feuille et scella la cigarette.

— Vous voulez des identités complètement inédites ou des identités volées et maquillées ?

— Quel est le pour et quel est le contre ?

— Eh bien, avec une identité volée, vous prenez l'identité d'un vrai individu. Cela vous permet de vous servir de sa solvabilité pour ouvrir des comptes bancaires, obtenir des prêts et des cartes de crédit, ce qui veut dire que vous disposez d'argent. Vous pouvez demander un vrai permis de conduire au lieu d'en acheter un faux. (Bradfield alluma sa cigarette et en examina le bout incandescent.) Le vol d'identité est une industrie en pleine expansion dans ce pays.

Si Petra avait besoin d'utiliser une de ces identités, elle n'aurait pas le temps de solliciter des prêts bancaires. Elle se servirait de liquide.

— Inédites, je crois que ce serait préférable.

— Vous allez me fournir les documents en blanc ou vous voulez que je m'en charge ?

— Je veux que vous vous en chargiez.

— Vous voulez des tampons sur les passeports ?

— Quelques-uns, ce serait bien.

— Alors il faut que vous me donniez une liste des endroits que je peux inclure ou non.

— D'accord.

Petra but une gorgée de son café. De la vraie lavasse. Bradfield semblait apprécier son thé.

— Je me souviens de vous maintenant. Cela me revient par bribes. Vous avez changé.

Si vous saviez.

— Un peu, peut-être.

Bradfield secoua la tête :

— Beaucoup, oui. En vous regardant maintenant – vos gestes, votre regard – je vois quelqu'un de nouveau.

— Je suis la même à l'intérieur.

— J'en doute. À vous voir, vous avez l'air vide.

Elle attendait sur le boulevard Haussmann, où soufflait un vent mordant. Elle n'était plus que chair de poule. Le climat la changeait de Rio.

Elle regarda sa montre. La voiture arriva de l'avenue Matignon, une Golf noire avec une trace de choc sur le côté droit. Petra s'était attendue à plus chic. Elle avait cru également que Serra se déplacerait avec des gardes du corps, mais il était seul. Il se pencha pour lui ouvrir la portière du passager.

— *Fraülein* Libensky ? fit-il sur un ton légèrement railleur.

— *Herr* Julius ? répliqua-t-elle plus sèchement.

Elle monta dans la voiture, et Serra redémarra sans jeter de coup d'œil dans son rétroviseur. Un klaxon retentit derrière eux.

— Des lumières dans le ciel de Hambourg ?

— C'est le premier truc qui me soit passé par la tête.

— J'ai pensé que nous pourrions discuter en déjeunant. Cela vous convient ?

— J'ai déjà mangé, mais je vous tiendrai compagnie.

— Dans ce cas, nous nous contenterons d'un café. Vous restez à Paris ?

— Non. Je repars aujourd'hui.

Petra avait pris l'Eurostar. Les cartes de crédit en sa possession avaient été émises à Londres au nom de Susan Branch. Son passeport était au même nom, mais ce n'était pas celui qu'elle avait présenté au Brésil. Celui-ci était canadien.

Ils allèrent à Montmartre. Serra se gara sur un trottoir en ignorant les protestations d'une femme chétive et grisonnante plantée sur un pas de porte. Il emmena Petra dans un café en contrebas, à l'angle d'une rue étroite. Il y faisait sombre ; murs vert foncé, plancher nu et usé, plafond taché par des années de nicotine. Serra choisit une table au fond, s'assit et alluma une cigarette.

— Vous êtes sûre de ne pas vouloir grignoter un truc ?

— Sûre.

— Vous voulez boire quelque chose ? Du vin ? Un café ?

— Je vais prendre une canette de Coca, non ouverte, précisa-t-elle au serveur qui venait de se traîner jusqu'à leur table.

Serra sourit.

— Pas de cigarettes, rien à manger ? On exige des canettes non ouvertes ? Vous n'êtes pas obligée d'être aussi prudente, vous savez.

Petra avait déjà repéré trois portes de sortie possible en cas de nécessité. Quant aux armes, elle disposait de fourchettes et de couteaux, de verres bon marché, d'un cendrier avec un étui d'allumettes dedans, d'un bougeoir, d'une salière et d'une poivrière, de cure-dents dans un distributeur en verre, du crayon coincé derrière l'oreille du garçon et du tire-bouchon pendant à sa ceinture. Elle regarda autour d'elle. Le personnel, typiquement parisien, semblait souhaiter la mort de ses clients plus que leur bien-être.

Petra voulait conclure rapidement.

— Pourquoi ce rendez-vous ?

— La curiosité, en partie. Je voulais rencontrer la femme qui m'avait coûté si cher. Marin et moi faisions pas mal d'affaires lucratives ensemble. Tout a disparu avec lui.

— Désolée.

— Pas autant que moi.

Petra eut un haussement d'épaules désinvolte.

— L'entente que vous aviez avec Marin était strictement professionnelle ?

— Oui.

— Eh bien, la mienne aussi. En tant que confrère, je suis sûre que vous pouvez comprendre. Je n'avais pas de grief personnel.

Le serveur revint avec leurs consommations. Il y eut un silence gêné jusqu'à ce qu'il s'éloigne.

— Il faut que vous sachiez que je vous parle au nom d'un client.

— Qui ?

— Je ne peux pas le révéler. Vous savez ce que c'est.

— Continuez.

— Il souhaite faire appel à vos services.

— Quels services ?

— Il a entendu parler de vous, de ce que vous avez fait à Marin – pas de ma bouche, devrais-je ajouter – et il a aussi entendu dire que vous étiez – comment dire – disponible ?

Disponible ? Petra avait une longue histoire de disponibilité. Notamment pour les clients souhaitant garder l'anonymat.

— Il y a un homme, à New York. Un homme éminent qui est devenu un problème pour mon client.

— Je ne crois pas, dit Petra en ouvrant sa canette de Coca.

Serra eut l'air surpris, ce qu'elle trouva étrange. À quoi s'attendait-il ?

— Vous ne voulez même pas entendre l'offre ?

— Ce n'est pas une question d'argent. De toute façon, je ne négocie jamais. Je fixe un prix et voilà.

— D'accord, alors quel est votre prix ?

— Je ne travaille pas pour des clients anonymes.

— Il serait généreux.

— Je vous l'ai dit, ce n'est pas une question d'argent. Je suis sûre que vous trouverez quelqu'un d'autre pour ce travail. Maintenant si vous n'avez rien à ajouter, nous en avons terminé.

— Et si je parlais à mon client pour voir si je peux le faire changer d'avis ?

Petra haussa les épaules.

— Si vous voulez. Qui est la cible ?

— Je crois que cela devrait attendre, non ?

— Si j'ai une objection contre la cible, nous ne ferons pas affaire. Auquel cas, consulter de nouveau votre client serait une perte de temps.

Serra écrasa sa cigarette en réfléchissant. Puis il hocha la tête.

— D'accord. C'est un dénommé Giler. Leon Giler.

18

Margaret, la secrétaire d'Alexander, enveloppait une petite boîte de papier rose. En silence, Petra la regarda nouer un ruban vert autour du paquet. Margaret rougit en la voyant, les joues de la couleur de son corsage.

— C'est pour ma nièce. Un cadeau d'anniversaire. Sa première montre.

C'est à travers des jumelles que Petra avait vu sa nièce pour la dernière fois. Au bord d'une route dominant Falstone, elle avait regardé sa famille la pleurer. Elle se souvint alors qu'Alexander lui avait dit que Jane était de nouveau enceinte. La boule au creux de son estomac était sûrement provoquée par la culpabilité ; elle avait oublié cette grossesse. Était-elle de nouveau tante, à vingt-trois ans ? Et si oui, d'un garçon ou d'une fille ? De jumeaux peut-être.

Margaret, qui parut sentir son trouble, lui pressa gentiment la main :

— Prenez soin de vous, Stephanie.

L'expression de son regard en disait beaucoup plus long. Petra la remercia et pénétra dans le bureau d'Alexander.

Depuis son retour de Paris, elle avait vécu trois jours de vraie détente. Elle avait fait de la gym et s'était changé les idées. Sans coups de téléphone à attendre, elle avait pleinement profité de ses journées. Elle avait lu deux livres pour le plaisir, un loisir depuis longtemps oublié. Par une matinée de crachin insistant, elle avait traversé Regent's Park, visité le British Museum et la Tate Gallery, qu'elle ne connaissait pas encore. Elle faisait du tourisme dans sa ville et cela ne lui déplaisait pas.

Quand Alexander leva enfin les yeux vers elle, il tiqua. Ses vêtements certainement. Sous la veste de velours défraîchie, elle arborait un sweat-shirt barré d'un slogan vert fluo :

LES FEMMES QUI RECHERCHENT L'ÉGALITÉ AVEC LES HOMMES MANQUENT D'AMBITION.

Ou peut-être était-ce les bottes noires qu'il n'appréciait pas. Ou le pantalon en treillis. Difficile à dire. Alexander était pimpant dans son costume Paul Smith et son polo chocolat.

– Nous avons un problème, lui dit-il. Vous voulez vous asseoir ?

– Je vais en avoir besoin ?

Alexander s'assit.

– Il y a deux semaines, une équipe du Mossad a enlevé un jeune musulman – un Iranien – dans les rues de Rome. Quarante-huit heures plus tard, ils le ramenaient en Israël pour interrogatoire.

– Déplaisant. Qui est-ce ?

– Abbas Karim Kassir. Il fait partie de l'aile militaire du Hezbollah qui dépend directement du haut commandement. Ces deux dernières années, il était en poste à Rome en tant que représentant de l'Association culturelle islamique à l'ambassade de la République islamique. Mais, le mois dernier, il a pris l'avion pour Zurich et devinez qui il a rencontré là-bas ?

Petra haussa les épaules :

– À vous de me le dire.

– Gustavo Marin. Juste avant le retour de ce dernier au Brésil pour ses vacances d'hiver. Inutile de préciser que les Israéliens avaient envie de savoir ce dont ils avaient discuté et, sur ce plan au moins, ils sont arrivés à leurs fins. Kassir avait commandé à Marin une livraison de missiles antiaériens SAM-7. Le problème des Israéliens, c'est qu'ils n'ont pas pu découvrir où et quand la livraison devait se faire, ni son ampleur. Ils ont donc décidé d'enlever Kassir pour le lui demander directement. Comme cela fait des années qu'il est leur bête noire, ils se sont dit qu'ils allaient se rendre service à eux-mêmes, ainsi qu'au reste du monde. Et une fois que leurs spécialistes se sont mis à le travailler, il s'est révélé assez productif.

— Vous parlez de Kassir au passé.

Alexander ouvrit les mains.

— Eh bien, ce n'est un secret pour personne que les méthodes d'interrogatoire israéliennes sont parfois un peu… vigoureuses.

— J'adore les euphémismes.

— Les gens du Mossad sont ravis que Marin ait été, lui aussi, exclu de l'équation, mais ils n'ont pas été vraiment bavards sur les résultats de leur interrogatoire. Nous avons tout de même appris qu'il avait des liens avec Khalil. Il ne l'a jamais rencontré personnellement, mais Kassir était sous les ordres du cheikh Ismail Mahmud Hussayn, qui chapeautait aussi Khalil, jusqu'à ce que ce dernier décide de prendre son indépendance. Malgré tout, les communications ont continué entre Khalil et Hussayn, comme entre Hussayn et Kassir. Peu avant sa mort, Kassir a révélé que Khalil organisait actuellement un attentat terroriste spectaculaire contre l'Occident, mais il ignorait quand, où et comment.

— C'était peut-être du bluff.

— Ce n'est pas l'avis des Israéliens. Ils ont réussi à faire parler Kassir en recourant à des procédés chimiques plutôt radicaux, mais ils ont également vu des éléments de sa déclaration confirmés par des sources indépendantes, dont un, que Kassir a révélé à la toute dernière extrémité. Une expression est associée au projet de

Nous n'en sommes pas sûrs. Mais j'ai de forts soup-
Khalil a un contentieux avec Leon Giler. Et il est
itement logique qu'il fasse un appel d'offres pour
. Giler passe le plus clair de son temps aux États-
et Khalil ne prendrait pas le risque de se rendre
afin de régler cette affaire lui-même.
ra jeta un nouveau coup d'œil sur l'écran. Comme
savait qu'il n'était pas question de rembarrer
nder – ni ici, ni maintenant – elle accepta d'un
ment de tête.
Rosie a réuni des renseignements qu'elle va vous
er. Vous aurez un compte rendu plus circonstancié
iler après que vous aurez confirmé le contrat avec
. (Il se leva.) Une dernière chose. Je ne connais
efficacité du réseau de Serra, mais il est possible
vous ait mise sous surveillance. Conclusion, il est
le question que vous reveniez ici. À moins d'avoir
vert. Plus nos contacts restent rares, mieux c'est.
ez les canaux habituels et attendez les instructions.

*egarde l'écran dans l'obscurité. Une salle plus vaste,
ran plus vaste, et une obscurité plus prononcée ;
dans un cinéma. Frank White est assis à côté de
À mon retour de Magenta House, j'ai trouvé un mot
sous ma porte.* Marina, je me demandais si vous
iez m'accompagner au cinéma en fin de journée.
lez-moi dès votre retour. Amicalement, Frank. *Le
ge paraissait timide et maladroit. Cela m'a plu. En
à l'époque des portables et des pageurs, c'est plutôt
ble de trouver un bout de papier glissé sous sa porte.
vu Frank une fois depuis notre café à Piccadilly.
Nous nous sommes croisés dans l'entrée. Je sortais,
rait. Nous aurions dû avoir la conversation de deux
nnes qui se croisent ; quelques phrases banales et
es conclues par un « bon, il faut que j'y aille ». En
ous avons bavardé un quart d'heure, entre deux*

Khalil. Nous ignorons si elle se réfère aux opérateurs qui seront utilisés ou s'il s'agit du nom du projet lui-même. Toujours est-il qu'il s'agit de Fils de Sabah.

— Fils de Sabah ?

Alexander se leva et escorta Petra. Ils passèrent devant Margaret et longèrent le couloir jusqu'au palier. Alexander poussa le bouton de laiton ; la vieille cage d'ascenseur revint à la vie en hoquetant.

— Les Fils de Sabah, reprit-il, tiennent leur nom d'Hassan Sabah que beaucoup considèrent comme le premier à avoir fait du meurtre politique l'arme privilégiée de la conquête et de la conservation du pouvoir.

— Je ne crois pas avoir entendu parler de lui.

— Il faut être étudiant en histoire islamique pour cela. Il vivait au XIe siècle.

L'ascenseur arriva. Alexander ouvrit la porte et repoussa les câbles en laiton. Il pressa le bouton cinq – il n'y avait pas de cinquième étage. Au lieu de monter, l'ascenseur commença à descendre.

— Hassan Sabah occupe une place particulière dans nos cœurs puisqu'il nous a donné le mot « assassin ».

— Comment cela ?

— Assassin vient du mot *hashasheen*, qui signifie, littéralement, fumeurs de haschisch. Les disciples de Sabah – les *Fedayin* – fumaient du haschisch. Ne comprenant pas les propriétés chimiques impliquées, ils prirent à tort leurs hallucinations pour des aperçus du paradis, ce qui leur facilitait grandement la tâche lorsqu'il s'agissait de tuer au nom d'Allah.

L'ascenseur s'immobilisa au sous-sol. Alexander fit suivre à Petra un long couloir étroit. Le sol était en pierre, les murs, peints en crème mat. Ils franchirent une porte qui donnait dans une petite salle de conférences avec une table ovale en son centre, un écran au fond et neuf moniteurs de télévision le long du mur de gauche. Une Indienne que Petra connaissait exclusivement sous le nom de Rosie les attendait. Elle portait un pantalon noir, une chemise pourpre et un châle en soie. Ses lunettes avaient la monture Calvin Klein que Petra avait arborée sous l'identité de Marina le soir de son départ de Rio.

Rosie tamisa la lumière et, sur le grand écran, l'image d'un homme apparut. Un homme velu aux traits lourds. Ses cheveux rares étaient coupés de près, mais une touffe de poils noirs débordait de sa chemise. Il devait être obligé de se raser toutes les soixante minutes.

Petra se tourna vers Alexander dans la pénombre :

– Abbas Karim Kassir ?

– Non. Leon Giler.

– Je ne vous suis plus.

Alexander alluma une Rothmans.

– Kassir avait des liens avec Marc Serra, mais le Mossad ne le sait pas. Ils cherchent un Danois du nom de Preben Olsen. Kassir a révélé qu'il avait appris l'existence des Fils de Sabah par le cheikh Ismail Mahmuh Hussayn. Le Mossad a essayé de savoir qui d'autre les connaissait. Kassir n'a pu citer qu'un nom : Preben Olsen. Kassir savait qu'Olsen avait rendu deux fois visite à Hussayn, à Téhéran, et qu'il avait quelque chose à voir avec les Fils de Sabah.

– Comment l'a-t-il su ?

– Je l'ignore. Peut-être Hussayn lui a-t-il dit. Ou peut-être qu'Olsen a rencontré Kassir et le lui a dit lui-même. Qui sait ? L'important, c'est que nous savons que Preben Olsen est en fait Marc Serra. C'est l'une des identités qu'il utilise. Le Mossad l'ignore. Nous sommes les seuls à être au courant.

Petra regarda l'image sur l'écran.

– Je ne comprends toujours pas.

– Il va falloir que vous acceptiez le contrat sur Leon Giler.

Elle le regarda fixement ; un silence pesant s'abattit sur eux.

– Vous plaisantez, finit-elle par arti

– Vous devriez mieux me connaître

– J'étais censée me rapprocher de S
cela menait quelque part. J'étais censée
visager de travailler pour lui – ce que
refuser sous prétexte d'engagements an
truc aussi vague.

– Les circonstances ont changé.

– Peut-être, mais je ne suis pas en
organisation pour tuer des tiers qui n'
avec Khalil ou Reza Mohammed.

– Vous êtes entrée dans l'organisa
à ses instructions. C'étaient les conditio
ment, après ce que vous avez fait à Ma
à Rio, je trouve votre répugnance peu

– C'était de l'autodéfense.

– Vraiment ? Selon la déclaration de
du corps incompétent de Marin, à la po
avez tué son patron de sang-froid.

– C'était dans le feu de l'action.

L'irritation d'Alexander commençait

– Nous nous éloignons de l'essentie
êtes entrée en contact avec Serra et ma
liens avec Khalil sont confirmés, il faut
assurions que vous ne le lâchez plus.

– En tuant un innocent ?

– Leon Giler n'est pas vraiment un

– Attendez que je devine. Des PV

Alexander tira longuement sur sa ciga
fumée s'attarder dans ses poumons, et
der dans sa gorge. Rosie gardait obstiné
au dossier posé sur ses genoux.

– Vous allez accepter ce contrat. Je
remplissiez dès que possible. Je veux q
sionniez Serra, ou plutôt son client.

– Vous ne savez pas si le client est

portes. Je ne me rappelle pas un mot de ce que nous nous sommes dit. Mais je me souviens que, lorsque nous avons pris conscience du temps que nous venions de passer ensemble, nous nous sommes sentis gênés.

Nous sommes au Curzon Mayfair, dans Curzon Street, qui organise une rétrospective Kieslowski. Trois couleurs : rouge. *Assise, là, dans le noir, je me retrouve dans la peau d'une lycéenne en train de faire l'école buissonnière. Cela me rappelle des garçons au dernier rang, des langues avides, des doigts gourds et des cigarettes volées. À mon époque Lisa, je fréquentais les cinémas du West End, l'après-midi. C'était moins cher, les salles étaient moins bondées, et c'est là que je trouvais la solitude quand le besoin s'en faisait sentir. Parfois, j'allais au cinéma pour me cacher, pour soigner mes bleus, pour fixer le vide dans un endroit où personne ne me remarquerait.*

Ensuite, Frank suggère qu'on dîne quelque part et nous allons dans un petit bistrot de Shepherd Market où je mange du bar en croûte de sel et Frank, du thon grillé. Nous buvons un robuste vin rouge sicilien. Je suis assez froide avec lui, mais il n'a pas l'air d'y voir un inconvénient ; on dirait vraiment qu'il n'attend rien. Je suis un peu vexée tout en étant soulagée. Je ne sens pas de pression et lui non plus, je crois. Nous bavardons facilement, en sachant que cela ne mène à rien. Sur le chemin du retour, il me demande s'il peut cuisiner pour moi un soir. Oui, j'aimerais bien.

Ils se rencontrèrent au jardin du Luxembourg par un après-midi glacial, dans un air si gris et si humide qu'il évoquait de la neige salie. Marc Serra arborait un long manteau de cachemire fauve que Petra détesta aussitôt. Elle portait une veste de ski et un jean délavé fourré dans d'épaisses chaussettes grises elles-mêmes fourrées dans de grosses bottes. Ils marchèrent sous les marronniers et arpentèrent les terrasses. Le froid créa un certain degré d'intimité entre eux.

— Je peux vous poser une question personnelle ? demanda Serra.

— Essayez toujours.

— Quel âge avez-vous ?

— Quel âge me donnez-vous ?

— Je ne suis pas sûr. J'hésite. C'est-à-dire que mes sources ne sont pas sûres. Dans les trente-deux ans ? Certaines disent trente, d'autres trente-cinq…

— Mais vous diriez trente-deux ?

— Je ne sais pas. Vous faites jeune pour trente-deux ans.

— Et vous faites un peu vieux pour quarante-quatre ans, mais je ne vais pas vous le reprocher.

Petra nota avec plaisir que la remarque le blessait et qu'il était surpris qu'elle ait pris la peine de se renseigner. Elle l'avait soupçonné de vanité dès leur première rencontre. Elle se demandait quel âge il lui donnait. Vingt-sept, vingt-huit ans ? Lorsqu'elle se regardait dans la glace, elle n'avait pas le sentiment d'avoir vingt-trois ans. Il s'était produit trop de choses au cours des quatre dernières années.

Ils étaient près du grand bassin, au centre du jardin. Petra regarda des nuages de pigeons jaillir des arbres. Les oiseaux tournèrent au-dessus d'eux avant de foncer vers le palais du Luxembourg, qui semblait flotter dans la brume.

— Votre client a changé d'avis ?

Serra alluma une cigarette.

— Non, à mon grand regret. Et vous ?

— Oui.

Serra parut perplexe.

— Vraiment ?

Petra acquiesça :

— Mais j'ai besoin de savoir quand. Il y a un calendrier ?

— Dès que possible.
— L'endroit où cela se passera a de l'importance ?
— Non. D'après nos renseignements, il sera à New York dans les deux semaines à venir. Si c'était possible à ce moment-là, ce serait parfait.
— On verra.
— Comment allez-vous procéder ?
— Je l'ignore encore.
Serra souffla lentement un nuage de fumée.
— Mon client va être très content d'apprendre la nouvelle.
— J'en doute. Sa décision de rester anonyme va lui coûter un paquet.
— Combien ?
— Un million de dollars américains. La moitié maintenant, l'autre après.
— Un million de dollars ? Pour Giler ?
— Exact.
— C'est ridicule. C'est… c'est de l'extorsion !
— Intentez-moi un procès.
Serra se mit à gesticuler.
— Mais vous pourriez le surprendre dans la rue. N'importe où. Son garde du corps est pratiquement aussi mal en point que lui.
— J'en suis parfaitement consciente.
— C'est un homme d'affaires, pas le président d'Israël. Soyez raisonnable.
— Ce n'est pas une affaire raisonnable.
— Un junkie me ferait le boulot pour cent dollars. Ce n'est pas un assassinat, mais une simple course.
— Alors engagez un garçon de course. Mon prix est d'un million de dollars. Et c'est définitif.
L'air inconsolable, Serra secoua la tête. Il marmonna quelque chose que Petra ne comprit pas. Ils s'éloignèrent du bassin et prirent la direction de la sortie la plus proche, à côté du RER. Quand Serra donna enfin sa

réponse, Petra resta silencieuse un moment. Elle s'était attendue à un refus – elle l'avait espéré. La capitulation de Serra ne pouvait signifier qu'une chose : il était obligé de l'engager. Elle aurait demandé deux millions qu'il aurait accepté.

— Comment pouvez-vous justifier un million ? voulut-il savoir.

— Facilement. C'est un job dont je n'ai pas besoin, que je ne veux pas. Considérez-moi comme ces avocats qui défendent des clients riches tout en faisant aussi beaucoup de travail *pro bono*. Les gros honoraires que je réclame à mes clients riches subventionnent l'assistance bénévole. En l'occurrence, vous jouez le rôle du client riche. Cela ne devrait pas vous être trop difficile. Vous en avez déjà l'apparence.

Serra la regarda fixement un moment et sourit. Peut-être pensait-il qu'elle le taquinait – ce qui n'était pas le cas – ou peut-être appréciait-il les femmes qui répliquaient.

— Et où voudriez-vous qu'on dépose votre argent ?

Là elle eut un trou. Elle n'y avait même pas réfléchi.

— Quoi ?

— La banque ? Le numéro de compte ? Pour la première partie du paiement ?

J'achète des vêtements chez Joseph et je n'en tire aucun plaisir parce que ces achats sont destinés à Marina. Elle porte des vêtements bien coupés, beaucoup de noir, des tailleurs, des modèles griffés. Stephanie et Petra ne feraient pas ce genre de choix vestimentaire. Leur préférence pour le débraillé est peut-être leur seul point commun. À part le corps qu'elles partagent.

Une vendeuse squelettique introduit une Gold Amex au nom de Marina Gaudenzi dans la machine. Le total s'élève à 1 418 livres. Absurde, carrément absurde. Un peu comme de réclamer un million de dollars pour tuer un homme d'affaires. Ou 80 livres pour se faire sauter.

Quand je suis Marina, je suis une célibataire catholique suisse de trente et un ans, bien que mon comportement puisse laisser penser que je frise plutôt les quarante. J'ai deux sœurs, une aînée, une cadette. Je possède un diplôme de chimie et je voue une passion à la musique classique, notamment à Sibelius. J'aime la voile à laquelle mon père m'a initiée sur le lac Léman. Quand je parle anglais, c'est avec le même accent que Petra. Contrairement à cette dernière, j'aime porter du parfum – toujours du Chanel.

La vendeuse met mes acquisitions dans deux sacs. Visiblement, elle ne m'aime pas. C'est réciproque. C'est une snob, elle pense que je n'ai pas le genre de la boutique malgré l'argent que je viens d'y laisser. Cela m'est égal parce qu'elle a raison. C'est strictement le territoire de Marina. L'incarner me demande des efforts ; j'ai commencé à ignorer certains de ses traits de caractère. Elle ne touche jamais à une goutte d'alcool, alors qu'il m'arrive d'en boire. Mon humeur trahit souvent sa maîtrise de soi. Et quant à Sibelius, j'aime bien l'écouter de temps en temps, mais pas aussi souvent que Radiohead ou Manic Street Preachers, une chose que Marina Gaudenzi ne ferait jamais.

Je sors du magasin avec un sac dans chaque main. Je ne sais pas trop qui je suis en longeant le trottoir, mais j'ai la certitude que les vêtements pliés dans les sacs appartiennent à une autre.

Selon la liste des 500 de *Fortune*, Leon Giler pesait 3,5 milliards de dollars. Assise en tailleur sur la moquette de son salon, Petra étala les documents devant elle. La presse était l'origine de la fortune de Giler ; en 1977, il avait acheté son premier quotidien à Baltimore. D'autres n'avaient pas tardé à suivre, à Washington, à Pittsburgh, à Philadelphie et à New York. Dans les années 1980,

Giler s'était attaqué à la radio, à la télévision et, en 1989, il avait réalisé un rêve d'enfant en achetant un studio de Hollywood en perte de vitesse. Quoique l'investissement fût surtout sentimental, il y employa des méthodes de travail notoirement dures qui lui valurent l'entrée de son patronyme dans le vocabulaire : ceux qui se faisaient virer sans ménagement se disaient « gilerifiés ». À présent, il se constituait une nouvelle fortune dans la communication par satellite.

Outre une propriété à Long Island et deux appartements à Manhattan, il possédait également un pied-à-terre à Paris, une petite île grecque, une suite permanente au Dorchester de Londres et un ranch au Nouveau-Mexique, où il ne se montrait jamais. Giler était prétentieux tout en haïssant la publicité. Extrêmement généreux dans ses dons à des causes charitables, il était d'une radinerie notoire dans ses rôles de chef d'entreprise et de chef de famille, par exemple lorsqu'il s'agissait de l'argent de poche de ses gamins. Il aimait bien se présenter comme un homme respectable, mari aimant et père idéal, sans cesser de se repaître de putains. Petra en conclut que Giler était en guerre avec lui-même.

Ce conflit intérieur paraissait s'étendre à sa judéité. Il n'observait pas la *halacha*, les coutumes propres à la loi juive, ce qui semblait entretenir en lui une culpabilité indéracinable. Il faisait des dons à l'université Yeshiva de New York et finançait de nombreux appartements dans des immeubles de Borough Park. Il était un sponsor actif des *loubavitch hassidim* de New York et parrainait le musée juif.

Giler soutenait également le programme de construction de colonies juives du gouvernement israélien dans les Territoires occupés. Ceux qui avaient constitué son dossier suggéraient que c'était peut-être la raison pour laquelle Khalil voulait sa mort. Petra s'interrompit dans sa lecture. Était-ce un mobile suffisant ? Il s'agissait, certes, d'un sujet litigieux, mais elle avait du mal à croire que quelqu'un comme Khalil commande l'exécution d'un Giler sous un pareil prétexte. Mais cela n'avait pas d'importance. Serra avait engagé Petra pour exécuter un travail. Les mobiles du commanditaire étaient son affaire. Elle n'était qu'un prestataire de services.

Elle tomba ensuite sur une photo de la femme de Giler et de leurs cinq enfants, quatre garçons et une fille. Elle les retourna.

Évaporé, le bagou de la putain, songea Petra dans le salon de Frank White. Ce dernier lui versait un verre de saint-véran glacé. Il ne parlait pas non plus, mais cela ne paraissait pas le mettre mal à l'aise, ce qui était étrange parce que Petra croyait être la seule à posséder l'art des silences embarrassants.

Elle jeta un coup d'œil à sa montre. Cela faisait quatre jours qu'elle avait rencontré Serra à Paris. À la même heure le lendemain, elle serait à Manhattan. Cette pensée lui donna la chair de poule.

Sur la table basse, au centre du salon étaient disposés plusieurs échantillons de roches. Elle en prit un. De couleur turquoise veinée de rouille. Le spécimen était étonnamment léger, avec des bords déchiquetés.

– Du béryl, lui dit Frank en lui tendant son verre.

– Quoi ?

– C'est du béryl. L'un des minerais du béryllium que l'on utilise dans des alliages de cuivre, de nickel et d'aluminium. On s'en sert dans les rayons X et dans les réacteurs nucléaires. L'émeraude et l'aigue-marine en sont les gemmes, mais le béryl est la source commerciale de béryllium, bien que, s'il est clair et transparent, il puisse aussi être une gemme. J'ai trouvé ça au Mozambique.

– Ah oui, le géologue. L'homme qui vérifie ce qu'il y a sous nos pieds.

– Très en dessous, en général.

Elle reposa le béryl et prit un autre échantillon, jaune sale, d'une forme vaguement cylindrique.

– Qu'est-ce que c'est ?

– De l'apatite.

– Je suis sûre qu'on pourrait faire de mauvais jeux de mots avec un nom pareil.

– Vous le trouveriez plus utile si vous deviez fabriquer des engrais, des pesticides ou des produits de nettoyage. Voire des obus fumigènes. Cela vient de la péninsule de Kola, au nord de la Russie, près de la frontière avec la Finlande.

– Vous êtes aussi allé là-bas ?

– J'ai réuni toutes ces pièces moi-même.

Petra reposa l'échantillon sur la table.

– C'est une sorte d'album photo, alors ? Sauf que là, c'est en relief. Ce doit être agréable de pouvoir toucher les endroits qu'on a vus.

Frank portait un jean noir, une chemise vert bouteille, des chaussures noires. À l'encontre des habitudes de Marina, Petra était elle aussi en jean. Pas d'efforts, pas d'encouragements et, en définitive, pas de vilaines surprises. Elle n'arborait donc ni petite jupe, ni haut moulant, ni bijoux, ni même de maquillage. Elle avait débarqué en jean et en pull bleu marine, après s'être donné un vigoureux coup de brosse dans les cheveux. Elle était Petra faisant mine d'être Marina habillée dans le style Petra.

Frank mit de la musique qu'elle ne reconnut pas, mais qui lui plut. Elle regarda la boîte du CD. John Martyn, *Solid Air*, sorti en 1973, avant sa naissance. Mais pas avant celle de Marina. C'était dans de pareils moments que Petra devait se rappeler que, pour Frank, il fallait qu'elle soit Marina.

Dans la cuisine, elle découvrit un spectacle qui rappelait des souvenirs douloureux : Frank aux fourneaux. Éclairs d'acier, tambourinements staccato de la lame sur la planche où les légumes finissaient en rondelles. Elle aurait aussi bien pu observer son père. Ou Keith Proctor. Elle serra son verre de vin contre elle. Frank surprit son regard perdu dans le vague.

– Tout va bien ?

– J'étais ailleurs. *(Et quelqu'un d'autre.)*

L'appartement de Frank était un peu plus grand – et plus vivant – que le sien. À part les échantillons de roches, il renfermait de vrais meubles, comme la table en chêne sur laquelle ils dînèrent. Les murs étaient décorés d'agrandissements de photos prises par Frank dans le monde entier ; des cieux étonnants sur les étendues désertiques de Patagonie, des vagues de sable doré au Sahara, une hémorragie de soleil sur la Sibérie. Petra remarqua que personne ne figurait sur aucun cliché. Elle songea à son propre cadre, à tous les autres endroits où elle avait vécu et trouva la comparaison déprimante. Mais ce n'était pas le moment de s'apitoyer.

Les heures s'écoulèrent lentement.

Frank apporta les plats sur la table et desservit. Il refusa gentiment l'aide qu'elle lui proposa. Elle resta donc assise pendant qu'il s'activait. Ils terminèrent le saint-véran, et il ouvrit une bouteille de nuits-saint-georges. Ensuite, il plaça un plateau de fromages entre eux, à côté d'une coupe de fruits. Ils mangèrent pratiquement sans échanger une parole ; même leurs conversations étaient ponctuées de silences. Plus la soirée avança, plus les silences s'allongèrent et s'allégèrent.

Frank avait été père. Jeune homme, il était tombé amoureux d'une étudiante en art dramatique du nom de Karen Cornwell. Son antithèse. Elle se distinguait par un caractère impulsif, lui par son sérieux et son équilibre. Mais comme ils s'aimaient, ils n'en tinrent pas compte. Six mois plus tard, Karen était enceinte. Elle était aux anges, lui, choqué. Pourtant, après un moment, il éprouva de la joie. Non d'être père, mais de rendre Karen heureuse. Il la demanda en mariage ; elle refusa. Pas avant la naissance du bébé. Elle voulait être sûre qu'il l'épousait pour elle, non parce qu'elle était enceinte. Il accepta d'être patient. Trois mois après la naissance du bébé, la petite Rosa, il la redemanda en mariage. Trop tôt. Il valait mieux attendre, passer le cap des nuits sans sommeil, adopter des habitudes. Une fois encore, il céda. Six mois plus tard, Karen décrochait son premier rôle important dans un feuilleton. Un mois après, elle partait s'installer avec un des scénaristes de la série.

— Depuis, conclut Frank, je n'ai jamais pu regarder de feuilletons à la télévision.

— Vraiment ? fit Petra en fronçant les sourcils.

Frank eut un large sourire ; c'était la première fois qu'elle le voyait ainsi.

— Non, bien sûr. Je ne les regarde pas parce que cela ne vaut rien.

Petra sourit à son tour.

Elle prit une orange dans la coupe de fruits et entreprit de la peler.

— Vous la voyez toujours ?

— Karen ?

— Oui.

— Non. Elle vit à Paris maintenant. Elle est mariée à un producteur français. Je suis assez content de préciser que cela n'a pas marché, avec son scénariste.

— Et Rosa ? demanda Petra, se rappelant soudain que c'était le prénom d'une de ses mères – Rosa Holl, future Rosa Reuter. Petra se demanda si cette femme avait vraiment existé ou si, comme le reste, elle n'était qu'une illusion de plus, un autre mensonge de Magenta House.

— Rosa est morte il y a trois ans.

Pas un tressaillement. Une réponse aussi plate que l'annonce était violente.

— Oh non ! Je suis désolée…

Il haussa les épaules.

— Un accident de voiture, à Paris. Elle était dans un bus Une sortie scolaire. Le chauffeur a perdu le contrôle de son véhicule et a provoqué un carambolage. Aucun des enfants ne portait sa ceinture de sécurité. Vous savez comment c'est, dans les bus. – Frank remplit son verre. - C'était il y a cinq ans.

— Cinq ans ?

— Elle est restée deux ans dans le coma. Au début, les médecins français ont cru qu'il y avait une chance qu'elle connaisse une sorte de guérison. Mais, finalement, il ne s'est rien produit. État végétatif persistant, c'est comme ça qu'ils appellent ça, je crois. Karen et moi avons dû prendre la décision de la débrancher.

— Mon Dieu !

Nouveau haussement d'épaules de Frank.

— On prend ce genre de décision avec le temps, pas sur l'instant.

Petra mit une main sur la sienne.

— Je ne voulais pas être indiscrète.

— Vous ne l'avez pas été. Vous avez posé une question, c'est tout. Je ne vois pas d'inconvénient à en parler si mon interlocuteur ne voit pas d'inconvénient à m'écouter.

Frank était plus carré que Keith Proctor. Son visage racontait les endroits qu'il avait visités aussi sûrement que les échantillons de roches qu'il en avait rapportés. Fouetté par le vent, brûlé par le soleil, rongé par le sel, craquelé par la glace, modelé, gravé par ses voyages. Lorsqu'il bougeait, il dégageait à la fois puissance et maladresse, ce qui ne l'empêchait pas, si nécessaire, d'avoir des gestes aussi précis que ceux de Keith Proctor. Malgré les apparences, les deux hommes se ressemblaient énormément. Quand Frank prépara le café, elle eut une impression de déjà vu. Il respectait les phases du rituel avec la même minutie.

Elle jeta un coup d'œil à sa montre pour la seconde fois depuis son arrivée : deux heures dix du matin. En levant le nez, elle croisa le regard de son hôte.

— Il faut que j'y aille. Je n'ai même pas encore bouclé mon sac.

Il acquiesça. Elle se leva, serrant toujours son verre. Le vin avait allumé une petite flamme en elle. Elle était agréablement engourdie, pas ivre : la sensation lui semblait infiniment plus agréable que l'ivresse ; elle n'arrivait pas à se souvenir que l'alcool ait jamais été aussi bon.

À la porte, elle remercia Frank pour la soirée.

C'est alors qu'il posa la question :

— Marina, puis-je vous embrasser ?

Embrasser qui ?

— J'ai besoin de renseignements.

— Sexe et niveau ?

— Homme. Profil de niveau deux.

— Nom ?

— White. Première initiale, F comme Frank. C'est tout ce que j'ai comme prénom.

La voix masculine à l'autre bout du fil voulut savoir ce qu'elle savait d'autre sur lui. À part le fait qu'il était géologue – ou du moins le prétendait – et qu'ils habitaient le même immeuble, rien. À la fin de l'appel, elle raccrocha et resta dans l'obscurité. Il était trois heures et demie.

Elle prit une photo encadrée sur la table et alla l'examiner près de la fenêtre, à la lueur de la lune. Qui étaient ces gens ? Des acteurs ? Un homme tenait une femme par la taille. Ils souriaient à l'objectif. L'arrière-plan était flou : une maison entourée de pins. Ses parents. Les parents faits sur mesure de Marina Gaudenzi. Leur photo l'attendait quand elle s'était installée dans l'appartement. Elle connaissait déjà leurs noms – Alberto et Francine – mais découvrir leur visage avait été une surprise.

Petra vira sur elle-même et balança le cadre en travers de la pièce. Il heurta le mur et se brisa en morceaux. Puis, toujours dans le noir, elle fit le tour de l'appartement pour récupérer les autres photos de famille qu'on lui avait laissées. Elle en fit des confettis qu'elle jeta à la poubelle.

Marina, puis-je vous embrasser ?

Elle aurait voulu que Frank lui dise « Petra, puis-je vous embrasser ? », voire mieux, « Stephanie, puis-je vous embrasser ? » Et, bien entendu, elle aurait voulu lui dire oui. Mais elle avait été terrifiée. Dans les yeux de Frank, elle avait vu le baiser, puis le couteau, le sang coulant en travers de la paume de Proctor, et l'hôpital dont il était sorti, dans la nuit.

Elle avait senti son cœur se glacer, son regard se pétrifier. C'était plus facile de réagir ainsi, de repousser toute émotion. Maintenant, seule dans son appartement froid, elle comprenait qu'elle avait traité Frank comme elle avait traité Proctor. Et maintenant, comme alors, elle frissonna à ce souvenir, ayant peine à croire qu'elle avait laissé les mots franchir ses lèvres.

— Un vin délicieux, Frank. Mais pas à ce point-là.

Et lorsqu'il avait ouvert la bouche, pour protester peut-être ou simplement dire quelque chose de gentil – elle lui avait coupé la parole :

— Qu'est-ce que vous imaginiez ? Que vous me soûleriez pour me sauter ? C'est ce que vous avez cru ?

Elle était incapable de pleurer. Sa froideur aurait transformé ses larmes en glace.

À quatre heures moins le quart, elle téléphona à Magenta House pour annuler sa demande de profil.

19

Petra décrocha.

– Mademoiselle Shepherd ? dit une voix féminine.

– Oui.

– Ici, la réception. M. Brewster vous demande.

– Merci. Faites-le monter, s'il vous plaît.

Petra passa de la chambre au salon et jeta un coup d'œil par la fenêtre sur la 63e Rue Est. Les automobilistes jouaient du Klaxon derrière un camion poubelle à l'arrêt.

Andrew Wilson portait un anorak gris sur un costume gris élimé. Une chemise en polyester marron, une cravate écarlate impression cachemire et un pull bleu ciel à col en V. Un Anglais à New York ; il n'aurait pu avoir l'air plus déplacé.

Il était immense, un mètre quatre-vingt-quatorze, et maigre, avec une stature sans grâce. Ses épais cheveux bouclés châtains viraient à l'argenté. Petra se demanda s'ils avaient vu un peigne depuis son arrivée à New York. Des lunettes à monture en écaille aux verres épais déformaient des yeux injectés de sang. Wilson avait le teint aussi gris que son costume et ses dents étaient droit sorties d'un film d'horreur américain.

– Vous devriez voir où je crèche, marmonna-t-il, englobant d'un œil jaloux les meubles, les antiquités, le tapis persan, les deux vases de roses, la taille même de la pièce. Qui êtes-vous ?

— Elizabeth Shepherd. Consultante en management.

— Consultante en management, hein ?

— Oui. Se gorgeant de frais de représentation juteux et de graisse corporatiste. Et vous ?

— Simon Brewster, professeur du secondaire à Brent, en courtes vacances d'hiver.

— Eh bien voilà pourquoi je suis au Lowell et vous dans un cul de basse-fosse. Café ?

— Thé, s'il vous plaît.

Bien sûr. Il suffisait de le regarder pour le savoir. Petra appela le service des chambres.

— Giler possède une immense propriété à Long Island près de Centerport, dit Wilson, donnant sur le Long Island Sound. C'est là que sa famille passe le plus clair de son temps ; un endroit très protégé. Il a deux trucs ici, à New York. L'appartement familial, sur Park Avenue – je dis appartement mais il s'agit en fait des deux derniers étages de l'immeuble – et un autre sur la 5e Avenue. C'est là que vous agirez.

— Pourquoi ?

— Parce que c'est là qu'il batifole. Sa femme ne connaît même pas l'existence de l'endroit.

— Il a une maîtresse ?

— Non. Il recourt à des call-girls. C'est par ce biais qu'on vous fera entrer dans la place.

L'estomac de Petra se révulsa. Wilson était-il au courant de son passé ?

— Comment ?

— Facile. Giler fait appel à la même agence, Premier International. On va bidouiller la ligne téléphonique de son appartement de la 5e Avenue afin de détourner l'appel lorsqu'il les contactera.

— Et s'il appelle d'ailleurs ?

— Impossible. C'est un homme d'habitudes. Il se rend à l'appartement en début d'après-midi. Dès son arrivée, il téléphone à l'agence. Ensuite il prend une douche et un verre pour se détendre. Une heure après, la call-girl débarque.

– Comment allez-vous bidouiller le téléphone ?

– Grâce à quelqu'un de NYNEX.

– Et dans l'appartement ? Quel genre de protection puis-je m'attendre à trouver ?

– C'est là le plus beau. Giler privilégie l'intimité. Il n'aime ni être vu ni être entendu. Son garde du corps reste en bas et contrôle la call-girl dans le hall avant qu'elle ne prenne l'ascenseur. Ensuite il bavarde avec le portier ou attend Giler dans la limousine.

Petra réfléchit une seconde.

– Giler a un type de femme préféré ?

– Blonde et plantureuse.

Ben voyons, pensa Petra. Ayant vu quelques photos de lui, elle l'aurait deviné. Un stéréotype n'en devenait un que lorsqu'il s'ancrait dans la réalité.

– Comme il n'est pas question que je me teigne les cheveux, je vais avoir besoin d'une perruque. Vous pouvez m'organiser ça ?

– Oui.

– Quant au côté plantureux, il faudra qu'il se contente de ce que j'ai. (Wilson rougit violemment.) En plus, il ne s'approchera pas d'assez près pour se rendre compte qu'ils ne sont pas très gros. Il y a quel genre de système de sécurité dans l'immeuble ?

Petra se réveilla en sursaut. Elle chercha la lumière à tâtons et il lui fallut plusieurs secondes pour se rappeler où elle était, qui elle était et ce qu'elle faisait. Puis elle songea à Frank, à la manière dont elle l'avait traité. Elle en eut froid dans le dos. Elle se retourna dans le vaste lit deux places. Il était quatre heures et demie du matin. Son horloge interne ne s'était pas encore adaptée à New York.

À six heures, elle fit une séance d'étirements avant de se détendre dans un bain brûlant, puis enfila un immense peignoir et commanda le petit déjeuner. En attendant qu'on le lui apporte, elle s'assit en tailleur sur son lit avec le téléphone devant elle. Il était près de sept heures à New York et environ midi à Londres. L'appel défiait toutes les règles – elle aurait dû au moins se servir d'une cabine publique – mais elle s'en fichait. Elle composa le numéro. À la première sonnerie, elle raccrocha. Elle n'était pas encore prête. Il fallait qu'elle réfléchisse à ce qu'elle allait dire. Oui, il fallait qu'elle présente des excuses, mais aussi plus que ça. Il fallait une explication, sinon comment espérer réparer les dégâts ? Le pourrait-elle jamais ? Et quelle explication donner ?

Le petit déjeuner arriva. En mangeant des fruits, du yaourt et des petits pains tout frais, elle s'efforça d'inventer une excuse plausible sans rien trouver. Après le petit déjeuner, elle téléphona de nouveau et cette fois laissa sonner. Pas de réponse. Que faisait Frank ? Était-il avec une autre femme ? Cette éventualité lui donna la nausée.

Jusqu'à ce qu'on bidouille le téléphone de Giler, elle n'avait rien de précis à faire. Pendant une journée, elle joua les touristes. Elle monta au sommet de l'Empire State Building, arpenta le Village et SoHo, visita le Moma et le Guggenheim. Le soir, elle resta dans sa chambre, où elle se laissa abrutir par la télévision américaine. Après une nuit blanche, elle se leva tôt et appela Wilson à son hôtel. Ils convinrent de se rencontrer à onze heures. Elle décida d'aller à pied au rendez-vous.

Elle descendit la 7e Avenue, vers Times Square. Le dicton semblait être fait pour elle : on n'est jamais plus seul que dans une foule. Elle marcha dans la ville – Manhattan dans une ambiance de Noël – sans s'en émouvoir. En revanche, elle était sensible au froid. Il lui semblait avoir une température intérieure identique à celle de l'air.

L'hôtel de Wilson se trouvait près du terminal de bus de Port Authority. Sa chambre n'était guère plus vaste que sa salle de bains au Lowell. Cette image qui lui rappelait son passé la décontenança : l'unique tableau minable au mur, le poste de télévision des années 1970, l'armoire avec un rideau orange en guise de porte. Quand Wilson suggéra qu'ils sortent, Petra accepta avec empressement.

Ils trouvèrent un petit snack à deux rues de là. Petra commanda un café. Wilson, un petit déjeuner complet. La serveuse leur apporta deux énormes verres d'eau glacée.

– Le bidouillage est fait.

– Il ne nous reste donc plus qu'à attendre.

– Pas longtemps. Giler est occupé aujourd'hui, mais il s'est réservé deux heures demain après-midi. Il y a des chances que ce soit pour ce qu'on pense.

– Je ne serai pas mécontente d'en terminer.

– Oui. Comme ça, on pourra se tirer d'ici.

– Vous n'aimcz pas ?

– Je ne suis pas vraiment un gars de la ville.

– Et New York est plus une ville que la plupart…

– Exactement.

– Vous n'aimez pas vivre à Londres ?

– Je ne vis pas à Londres. Nous en sommes partis il y a dix ans.

– Nous ?

– Ma femme, nos trois enfants et moi. Nous avons acheté une maison dans le Surrey. (Wilson regarda la foule sur le trottoir. Il parut s'échapper.) Bien sûr, notre aîné ne vit plus avec nous maintenant. Il a son propre appartement, à Ealing.

Petra tenta de deviner l'âge de Wilson. Cinquante-cinq ans, dans ces eaux-là. Puis elle s'efforça de concilier cette image de banlieusard moyen avec celle d'Alexander.

— Comment vous faites ?

— Quoi ? dit Wilson, revenant à la réalité.

— Pour travailler pour Alexander. Je veux dire avec une femme, une famille, j'avoue que j'ai du mal à comprendre.

— C'est un boulot, c'est tout.

Petra secoua la tête.

— Non. C'est un… un… (Elle n'arrivait pas à trouver le terme approprié.) C'est vrai, qu'est-ce que vous racontez à votre femme ? Quand vous rentrez le soir et qu'elle vous demande comment s'est passée votre journée, qu'est-ce que vous dites ? Oh ! couci-couça. On a liquidé un groupe de mafieux russes.

— Ma femme n'est pas au courant. Elle me croit comptable. Ce que je suis, à bien des égards.

— Cela ne vous gêne pas ? D'être obligé de constamment mentir à ceux que vous aimez ?

— Si. Mais c'est comme ça. Je ne peux pas faire autrement.

— Vous pourriez démissionner. Prendre un travail normal.

Wilson eut l'air réellement perplexe :

— Démissionner ? Qu'est-ce que vous voulez dire ?

Son petit déjeuner arriva, servi sur une assiette grande comme un plateau. Une portion d'œufs au bacon capable de rassasier quatre personnes. Avec des gaufres, en plus. Lorsqu'elle était Lisa, elle n'avalait même pas ça en une semaine.

Un dais noir protégeait l'entrée sur la 5e Avenue. Un portier en manteau long et gants de cuir noir lui sourit en lui ouvrant la porte. Le hall d'entrée était vaste. Un tapis persan sur un sol de marbre veiné. Trois lustres entre la porte et les ascenseurs. Derrière le comptoir étaient plantés deux hommes en uniforme gris foncé avec des boutons en laiton et des épaulettes écarlates.

— J'ai rendez-vous avec M. Giler.

Le plus gros acquiesça et pressa un bouton. Une porte s'ouvrit de l'autre côté du hall sur un homme qui lui fit signe d'approcher. Petra le reconnut grâce à la photo que Wilson lui avait montrée. Ken Randall, ancien joueur de ligne des Cleveland Brown, à présent garde du corps de Leon Giler. D'après Wilson, une grave blessure au genou droit l'avait obligé à abandonner le football ; il était utile de connaître les talons d'Achille des gens. Il la fit entrer dans une petite pièce meublée d'une table et de deux chaises, sous une caméra fixée haut dans un angle.

— Je ne vous ai jamais vue.

— Madeleine est malade. Je la remplace.

— Il faut que je vous contrôle.

— Je vous en prie.

Il la fouilla minutieusement, mais pas gratuitement, comme Luiso. Puis il examina le contenu de son sac : portefeuille, clés, rouge à lèvres, eye-liner, tampons, un slip en dentelle noire. Leurs regards se croisèrent lorsqu'il prit le slip. Petra sourit :

— On peut avoir besoin de se changer.

Randall tomba sur un petit flacon dont il tenta de déchiffrer l'étiquette.

— Qu'est-ce que c'est que ça ? Sal… Salbamol… Salbumol… non… Salbu…

— Salbutamol.

— Qu'est-ce que c'est ?

— Je suis asthmatique. – Petra sortit du sac l'aérosol en plastique : – Vous enfoncez le flacon dans l'inhalateur, puis vous aspirez.

Randall entreprit de remettre ses affaires dans le sac.

— Asthmatique, hein ?

— Oui.

Il lui adressa un grand sourire.

— C'est à force de haleter, c'est ça ?

Petra prit l'ascenseur jusqu'au quatrième étage, où les portes s'ouvrirent sur un petit atrium en arc de cercle, qui menait à une vaste entrée ovale entourée de colonnes creusées de cannelures. Le sol figurait un échiquier blanc et noir. Au centre, dans un petit bassin, un dauphin en bronze crachait de l'eau.

Une voix retentit :

– Fermez la porte, tournez à gauche et continuez jusqu'au bout.

Les fenêtres du salon offraient un panorama étonnant sur Central Park, seul détail réellement élégant. Plancher ouvragé, canapés de cuir blanc, des Picasso aux murs et de l'or partout : la pièce était un monument de mauvais goût.

Leon Giler portait une simple chemise blanche. Il avait enlevé sa cravate, remonté ses manches, révélant des avant-bras puissants couverts d'épais poils noirs. Il avait un verre à la main gauche : des cubes de glace tintaient dans le liquide ambré tandis que sa montre Cartier cliquetait contre un gros bracelet en or.

– Je m'appelle Eva.

– Où est Madeleine, bordel ?

– Elle a la grippe.

– La bonne femme de Premier ne m'a rien dit.

– Elle ne l'a appris qu'en appelant Madeleine. Ensuite Madeleine m'a téléphoné.

– Vous êtes une de ses amies ?

– Nous nous donnons un coup de main de temps en temps.

– Qu'est-ce que c'est que ce putain d'accent ?

Bonne question, se dit Petra.

– Suédois.

Il leva les sourcils et Petra sut qu'elle avait touché juste – elle connaissait par cœur la liste des préjugés les plus éculés.

– Suédoise, hein ?

Elle acquiesça. Giler la déshabilla du regard et renifla.

— Il y a un problème ?

— Oui, un foutu problème.

— Quoi ?

— Quatre-vingt-quinze. Voilà ce que c'est. Vous ne faites pas quatre-vingt-quinze. Vous faites quoi ? Quatre-vingt-cinq maximum.

— Au moins, ils sont authentiques.

Cela ne parut ni amuser ni impressionner Giler.

— Je lui ai dit, à cette bonne femme de Premier, que je voulais quatre-vingt-quinze minimum. Quatre-vingt-quinze, blonde et sachant se servir de sa bouche.

Avec l'impression d'être morte, Petra tenta de flirter.

— Deux sur trois, ce n'est pas mal. Mais peut-être ne voulez-vous pas de moi. Vous voulez que je m'en aille ?

Giler avala une longue rasade en réfléchissant.

— Je ne sais pas. Vous faites tout ce que fait Madeleine ?

— Nous ne comparons pas nos listes. Quoi, par exemple ?

— Je la baise comme je veux. Et elle me laisse la frapper, quelquefois.

Pas une requête inhabituelle, dans l'expérience de Lisa, se rappela Petra. Notamment chez les hommes d'affaires qui passaient leurs journées dans des bureaux stériles entourés de costumes cravates. Cela ne leur suffisait pas de donner des ordres par notes interposées. Pour se sentir vraiment puissants, il leur fallait dominer, et quel meilleur moyen que l'humiliation physique ? Un comportement qu'ils n'avaient pas avec ceux qui comptaient dans leur vie. Ils ne traitaient pas ainsi leurs femmes en porcelaine, seulement les professionnelles anonymes payées pour gémir sous les coups sans rien ressentir.

— Ça vous pose un problème ? demanda Giler.

Cause toujours, tu seras mort dans cinq minutes. Elle sourit.

– Non.

– Alors montrez-moi votre camelote.

– Ici ?

– Bien sûr, ici. Quoi, c'est pas assez grand pour toi ?

La brutalité de langage était prévisible. Trop de temps passé dans les conseils d'administration avait laissé Giler avec un trop-plein de frustration à évacuer. C'était sa façon d'être. Petra connaissait. Le langage cru et l'agressivité précédaient les pincements et les tapes, lesquels annonçaient les coups de poing.

– Il faut que j'aille dans la salle de bains d'abord.

– Tu iras après.

Petra se raidit.

– Il faut que j'y aille maintenant.

Giler se renfrogna, puis grommela :

– Au fond du couloir, à gauche, traverse la pièce octogonale et c'est la deuxième porte à droite.

Cette petite capitulation lui confirma ce qu'elle savait déjà. Elle tenait les rênes. Les hommes comme Giler n'en prenaient jamais conscience, ce qui était aussi bien pour des femmes comme elle.

Elle s'enferma dans la salle de bains et se débarrassa de son manteau noir. Elle vida le contenu de son sac sur l'inévitable plaque de marbre dans laquelle s'encastraient les lavabos. Le compartiment dissimulé au fond de son sac était trop petit pour contenir une arme, mais assez grand pour une lame à double tranchant et une poignée en inox. Petra emboîta les deux pièces de métal. Puis elle remit le panneau en place et tout le contenu du sac, sauf le flacon, qu'elle inséra dans l'inhalateur. Une ingénieuse invention de Magenta House. On pouvait remplir le flacon de gaz ou de spray, transformant un instrument de salut en une arme capable de passer au travers de tous les contrôles de sécurité.

Petra se déshabilla ensuite entièrement avant de remettre ses talons hauts et son manteau. Elle glissa l'inhalateur dans sa poche gauche, et le couteau dans sa poche droite. La lame traversa la doublure jusqu'à la garde. Ce serait facile. Un homme comme Giler apprécierait certainement de la voir entrer dans la pièce seulement vêtue d'un manteau et de talons hauts. Il ne détesterait pas entrevoir de la peau nue à chacun de ses pas. Et cela le distrairait le temps qu'elle s'approche suffisamment pour être sûre de lui envoyer une giclée de gaz lacrymogène en pleine figure. Aveuglé, le souffle coupé, il serait sans défense. À ce moment-là, Petra sortirait le couteau, enlèverait ses chaussures et son manteau. Pour un travail sanglant, il valait mieux être nue ; comme elle aurait besoin du manteau pour sortir de l'immeuble, il n'était pas question de le tacher. Elle frapperait d'abord Giler à la gorge, après lui avoir immobilisé la tête de son bras gauche. Elle veillerait à enfoncer profondément la lame, comme Boyd le lui avait enseigné, pour être sûre de couper la trachée et les cordes vocales. Le second coup, exclusivement destiné à accélérer la mort, partirait du haut de la cuisse pour remonter vers l'aine afin de trancher l'artère fémorale. Une fois que sa victime serait morte, Petra trouverait une douche pour se nettoyer avant de se rhabiller et partir.

Je longe le couloir et je sens l'air sur ma peau nue. J'ai les mains dans les poches de mon manteau. La gauche effleure l'inhalateur, la droite serre le manche en acier du couteau, dont les croisillons s'enfoncent dans ma paume. J'entre dans la pièce octogonale que je dois traverser, mais je m'arrête. Je vois mon reflet dans les miroirs fumés qui couvrent les murs. Sous tous les angles, je vois mon allure extraordinaire : manteau, hauts talons, peau. Je suis de nouveau une putain, retour à la case départ. Cela ne me paraît pas si étrange, ce qui me déprime. Puis quelque chose claque en moi. Fin de l'illusion.

Depuis que j'ai accepté de tuer Giler, la question me ronge : serai-je capable d'aller jusqu'au bout ? Je me suis efforcée de ne pas y penser. Mon entraînement m'a préparée à ce genre de travail et je me suis plus ou moins convaincue que cet acte est un mal nécessaire qui me permettra de progresser dans ma quête de justice. Quel incroyable non-sens ! Je regarde les reflets de mes sœurs et je vois le mensonge dans chacune d'elles. Proctor était un homme courageux qui a payé son courage de sa vie mais je sais qu'il n'aurait jamais fait ce que je vais faire, même pour que justice soit rendue. Si répugnant que soit Giler, je ne peux pas le tuer dans le seul but de découvrir qui a tué ma famille. Je n'appartiens pas à ce monde-là.

Ce qui me stupéfie, c'est d'être allée aussi loin. Me voilà, nue, à New York, prête à vider ma victime comme un poisson. Pourquoi n'ai-je pas dit non tout de suite ? Une part de moi savait que j'en serais incapable. Le Brésil était différent. Ferreira, c'était de l'autodéfense. Marin non, mais j'étais encore sous le choc. Ai-je jamais cru sérieusement que j'atteindrais le stade du sang-froid ? Peut-être n'ai-je jamais cru qu'on en arriverait là, j'ai dû me dire que la situation changerait par miracle, que je ne serais pas obligée d'aller au bout.

Je me revois dans Brewer Street. En regardant mes reflets, je me rends compte que je n'ai pas tant progressé que ça. Je pourrais y retourner très vite et très facilement.

Leon Giler n'a rien à craindre de moi. Mon échec me libère.

Quatorze heures plus tard, Petra était de retour à Londres. Elle descendit du métro à Embankment, à quelques minutes de Magenta House. Depuis qu'elle avait quitté l'appartement de Leon Giler, elle s'attendait à tout instant à ce que quelqu'un intervienne. Pendant qu'elle se rhabillait dans la salle de bains, elle s'attendait à moitié à ce que Giler lui crie de se dépêcher. Une fois vêtue, elle s'était silencieusement glissée jusqu'à l'ascenseur. Les secondes d'attente lui avaient paru une éternité. Dans l'entrée, Randall avait eu l'air surpris ; elle avait coupé court à ses questions en affichant un sourire lugubre : « Manque de silicone. » Il avait paru comprendre. Dehors, elle avait pris à gauche, et non à droite comme Wilson le lui avait dit, et s'était mise à courir. Elle perdit la perruque avant d'arriver au Lowell, où elle s'était empressée de rassembler ses affaires avant de payer et de sauter dans un taxi pour JFK. Il n'y avait toujours personne à ses trousses. À l'aéroport, elle était en avance pour l'enregistrement et craignit que l'attente ne permette qu'on la rattrape. Mais non. Après le décollage, sa peur laissa place à un sentiment d'euphorie. Elle était trop à cran pour fermer l'œil. Il y avait trop d'éventualités à envisager, l'une étant de simplement disparaître. Elle l'écarta. Il fallait qu'elle affronte Alexander en tête à tête, pour lui montrer que ses menaces ne lui faisaient plus peur, pour lui montrer qu'elle ne plaisantait pas, pour lui montrer que, s'il ne lui fichait pas la paix, elle était capable de mordre.

Elle se sentait emplie du frisson de sa libération imminente. Elle était épuisée, ce qui ne faisait qu'accroître le léger vertige que son euphorie avait fait naître en elle.

Elle entra par la porte de Lower Robert Street en composant son code personnel sur le clavier. Elle emprunta l'escalier et longea le couloir menant au bureau d'Alexander. Margaret fut surprise de la voir.

— Stephanie. Qu'est-ce que vous faites ici ? Vous ne pouvez pas entrer…

Petra ouvrit la porte en grand. Le bureau était vide.

— Où est-il ?

— En bas. Dans la salle de conférences.

Alexander fumait. Il était assis au bout de la table ovale. Il n'avait pas de documents devant lui, juste un cendrier et une commande à distance pour les neuf téléviseurs placés à sa droite. Mais ils étaient éteints. Il n'y avait rien non plus sur le grand écran derrière lui. L'éclairage était tamisé.

Petra avait projeté de débiter son discours sans lui laisser une chance d'en placer une. Mais le cadre la décontenança. Elle regarda autour d'elle, attendant que quelqu'un se matérialise dans son dos. Mais non.

– Pourquoi ne fermez-vous pas la porte ? dit Alexander.

– Parce que je ne reste pas.

Il haussa les épaules.

– Franchement, je suis surpris que vous ayez pris la peine de venir ici. Personne ne pensait que vous viendriez, sauf moi.

– Je voulais que vous l'appreniez de ma bouche.

– C'est bien ce que je pensais.

Ne voulant pas que leur conversation – ou plutôt ses menaces – soit entendue, Petra ferma la porte et s'approcha de la table.

– Je suppose que vous avez appris ce qui s'est passé. Wilson a dû vous contacter.

– Effectivement. Et il semble que des félicitations soient à l'ordre du jour.

Petra fronça les sourcils.

– Quoi ?

Alexander tira longuement sur sa cigarette, dessinant des rubans de fumée devant son visage :

– Un boulot brutal mais bien fait.

Il saisit la commande à distance et la pointa vers les neuf téléviseurs. Sans quitter Petra des yeux. Les écrans revinrent à la vie, mais un seul afficha une image. Les autres virèrent au bleu.

Alexander coupa le son. Le logo de CNN apparut dans un coin de l'écran. Derrière, des pompiers et des ambulanciers allaient et venaient autour d'une carcasse fumante. Des civils hébétés erraient entre des voitures abandonnées, leurs visages livides éclairés par les clignotants des véhicules de secours. Apparut une vue prise d'hélicoptère. Un pont. Des panaches de fumée noire s'élevant en son centre. L'hélicoptère vira, révélant les gratte-ciel de Manhattan. Puis la mention flash spécial s'inscrivit sur l'écran suivie de ce titre : CINQ MORTS DANS UN ATTENTAT À LA BOMBE SUR QUEENSBORO BRIDGE.

Petra se tourna vers Alexander :

— Je ne comprends pas. Qu'est-ce que cela signifie ?

— Vous ne devinez pas ?

— Une bombe sur Queensboro Bridge ? Non.

— Ce que vous voyez a été enregistré cette nuit. Voici ce qui se passe à présent.

Alexander pressa un bouton et un autre écran s'anima. Il mit le son. Toujours CNN. Cette fois, on voyait deux journalistes assis derrière un bureau, dans un studio d'Atlanta. La femme parlait, l'air grave, tandis que le mannequin masculin affichait une mine de circonstance.

« Le FBI a rejoint la police de New York dans la recherche des responsables de l'attentat de Queensboro Bridge d'hier soir qui a tué le magnat des médias Leon Giler et trois de ses cinq enfants. Le chauffeur et garde du corps de Giler, l'ancien joueur de ligne des Cleveland Browns Ken Randall, a également péri dans l'explosion qui a provoqué un carambolage faisant treize blessés. Quatre d'entre eux sont dans un état grave. S'exprimant plus tôt sur CNN, le capitaine Richard Ross, de la police de New York, a déclaré que c'était un miracle que le nombre des victimes soit limité à cinq. »

On vit alors Ross hurler dans un micro pour se faire entendre au milieu des sirènes et du bruit des hélicoptères :

— On aurait facilement pu relever vingt ou trente morts.

Alexander coupa de nouveau le son – inutilement : Petra était sans voix.

— Vous vous attendiez à quoi ? Qu'on laisse passer cette occasion ? Qu'on vous laisse compromettre toute l'affaire ?

Il prit sa Rothmans dans le cendrier.

— Comment ? murmura-t-elle.

— La même méthode que pour Grigory Ismailov. Une bombe activée par un détonateur basculant à mercure. En l'occurrence, associé à un minuteur.

— Wilson ?

Alexander acquiesça.

— Comme il vous soupçonnait de ne pas être capable d'aller jusqu'au bout, nous avons mis au point un plan de secours, au cas où.

Andrew Wilson, avec son vilain costume et ses dents pourries. Elle imagina sa maison dans le Surrey, sa femme laide et ses trois enfants timorés, des rideaux jurant avec le canapé, la famille mangeant le rôti au déjeuner du dimanche.

Elle fixait toujours les écrans de télé.

— Trois enfants...

— Je sais.

Elle se tourna vers Alexander, consciente de l'amertume qui commençait à l'envahir :

— Qu'est-ce que vous voulez dire, vous savez ?

— Je veux dire qu'ils n'étaient pas censés se trouver dans la voiture. Ils étaient à New York, avec leur mère. Giler se rendait dans sa propriété de Long Island. Sur une impulsion, il a décidé de prendre les trois aînés avec lui. Nous ne l'avons su qu'après.

— Et c'est là votre excuse ?

— Je ne cherche pas d'excuses. Je vous dis ce qui s'est passé. Ce fut un concours de circonstances tragique. Les bombes ne font pas de quartier. Elles touchent aussi les innocents, si bien que nous nous retrouvons avec cinq morts au lieu d'un.

— Salaud.

— Ne rejetez pas la responsabilité sur moi. (Les pâles yeux larmoyants d'Alexander étaient totalement dénués de compassion.) Si vous aviez fait votre boulot, Giler serait mort, mais ses trois enfants seraient vivants. Réfléchissez-y.

— Allez vous faire foutre.

— Vous pouvez dire ce que vous voulez, c'est la vérité et vous le savez.

Petra lutta pour retenir sa fureur.

— Je laisse tomber.

Alexander déposa un rouleau de cendres dans le cendrier.

— Vous savez que c'est impossible.

— Oh ! je vois. Vous croyez que vos menaces vont me faire rentrer dans le rang ? Essayez un peu. Vous verrez. Je m'en fiche, je vivrai avec ce risque. Peut-être même que je me servirai contre vous de ce merveilleux entraînement que vous m'avez donné. Vous ne pouvez pas me menacer. Plus maintenant.

— On n'est pas dans un club de golf. Vous ne pouvez pas vous contenter de démissionner parce que vous ne voulez plus jouer. Vous êtes Petra Reuter.

— Dès que j'aurai franchi cette porte, vous ne me reverrez jamais plus.

Alexander la regarda droit dans les yeux.

— Comme je l'ai dit, les bombes ne font pas de quartier. Des innocents meurent, des familles sont détruites. Vous êtes bien placée pour le savoir. Après tout, vous l'avez vécu.

La réflexion lui fit mal. Comment Alexander pouvait-il être aussi cruel en ayant l'air aussi calme ?

— Vous êtes une vraie œuvre d'art.

— Cela peut se reproduire.

Petra se sentit vidée.

— Quoi ?

— Votre frère. Sa femme. Leurs trois enfants.

Il lui fallut quelques secondes pour prendre la mesure de la menace.

— Vous ne vous abaisseriez pas aussi bas.

Alexander éteignit sa cigarette.

— Vous croyez ? Vous devriez regarder plus souvent la télévision.

20

Petra était trempée jusqu'aux os, frigorifiée. Elle cogna du poing plusieurs fois à la robuste porte en bois. Toujours pas de réponse. Elle passa à la fenêtre de droite. Elle essuya la vitre de ses doigts gourds et jeta un coup d'œil à l'intérieur par la fente entre les rideaux. Une lampe posée sur la table, à côté du fauteuil, enveloppait la pièce apparemment vide d'une lueur lugubre. Ce rai de lumière était le premier signe de chaleur qu'elle rencontrait depuis des heures. Elle gratta à la fenêtre et voulut appeler, mais les muscles de ses mâchoires ne répondaient plus. La pluie et les rafales de vent noyaient ses faibles efforts pour se faire entendre.

Elle prit conscience d'une présence derrière elle avant même d'entendre le bruit des bottes sur les dalles. Elle se retourna lentement. Elle reconnut immédiatement l'arme qu'on pointait sur elle : un Sig Sauer P 210-6.

— Je n'ai jamais de visiteurs au milieu de la nuit, lui dit Iain Boyd qui plissait les yeux sous la pluie. Qu'est-ce que vous faites ici ?

Au chaud et au sec, elle frissonnait encore. L'engourdissement s'était dissipé, mais Petra restait glacée. Une heure venait de s'écouler. Ils étaient assis dans la cuisine de Boyd. Ce dernier lui préparait une autre tasse de thé au lait sucré. Emmitouflée dans des couvertures, elle fixait le poêle sans le voir.

Boyd posa la tasse devant elle et s'assit. Elle appréciait la chaleur humide qui montait du liquide brûlant.

– Que s'est-il passé ?

Petra croisa son regard, mais resta muette. Il cessa de l'interroger, mais continua à parler, lui raconta la saison estivale, décrivit ses dernières escalades, évoqua celles qu'ils avaient faites ensemble, parla du climat… Elle l'entendait sans l'écouter.

Lorsqu'elle se réveilla, il faisait sombre et froid. Elle se sentait nauséeuse et ses crampes l'obligeaient à rester en position fœtale. Elle contempla l'obscurité, absente.

Elle avait conscience d'être la seule responsable de la situation critique où elle se trouvait. Alexander avait tenu sa parole. Il avait essayé de la dissuader de suivre cette voie. Il l'avait avertie des horreurs qui l'attendaient, prévenue qu'il n'y aurait pas d'échappatoire. Il avait même insisté pour qu'elle choisisse une vraie vie plutôt que celle-ci. Mais elle était restée sourde à ses arguments. Elle était prête à tout, n'est-ce pas ? Quelle arrogance ! La crise était sans issue. Elle resterait prisonnière d'Alexander jusqu'à ce que Khalil meure ; il n'y avait pas d'autre solution.

Pendant deux jours, elle divagua. Parfois la dépression qui l'écrasait pesait physiquement sur elle : il lui était difficile de tenir debout, et même de respirer. Alors elle se recroquevillait sur elle-même, se coupait du monde.

Le troisième jour, l'aube apporta plus de pluie encore. Féroce et glacée, presque horizontale, comme elle pouvait l'être dans ces régions en cette saison. Petra mit les vêtements de rechange que Boyd avait laissés dans sa chambre : un vieux jean un peu grand pour elle – mais trop petit pour lui – un T-shirt, une épaisse chemise de laine et un gros pull à col roulé. Sans doute, ceux de sa femme.

En ouvrant l'œil, le premier matin, elle avait été surprise de se retrouver là. Il avait fallu du temps pour que les détails de la veille lui reviennent en mémoire : la panique, le besoin irrépressible de fuir, le choix qu'elle avait fait. Boyd. Un choix étrange, peut-être, puisque Boyd était l'un d'entre eux. Mais aussi un homme en qui on pouvait avoir confiance. Elle avait pris l'avion pour Inverness, un train jusqu'à Lairg, et ensuite un car pour Durness. Le chauffeur s'était inquiété lorsqu'elle avait insisté pour qu'il la laisse sur le bord de la route. Il avait évoqué le temps, l'obscurité, mais elle n'avait rien voulu entendre. Elle avait attendu que les feux arrière disparaissent dans la nuit avant de s'engager dans le sentier menant au loch. Dans son souvenir, ces détails, bien que frais, restaient flous.

Les deux premiers jours qu'elle passa aux soins de Boyd, la confusion persista. Il lui était impossible de se concentrer. Elle se surprit à passer de l'agitation extrême à une léthargie totale. Boyd parut reconnaître les signes ; il ne l'abrutit ni de questions ni d'instructions. Il semblait au contraire se contenter d'être patient.

En ce troisième matin, ils étaient de nouveau dans la cuisine. Boyd préparait le porridge qu'elle avait jadis trouvé si répugnant, mais pour lequel elle nourrissait à présent une nostalgie vorace. Il lui tournait le dos.

— J'ai cru que je pourrais vivre comme ça, mais je me suis trompée.

— Que s'est-il passé ?

— Vous êtes au courant pour New York ?

— Non.

— Vous le serez.

— Pas sûr.

Elle vit que ses mains tremblaient.

— Je n'ai pas le cran nécessaire. Pas quand c'est important.

Boyd se tourna et posa un bol devant elle.

— Allez. Avalez ça.

Elle leva les yeux vers lui.

— Il faut que je disparaisse.

— Mangez.

Comme elle l'avait toujours fait, elle obéit à Boyd, qui la regardait. Il leur prépara du thé et, quand elle eut fini son porridge, il reprit :

— Bon, maintenant, parlez-moi de New York.

Elle décrivit l'opération en détail, commençant par Serra, terminant par Alexander. Boyd l'écouta en silence ; quand elle eut terminé, une demi-heure s'était écoulée.

— Vous ne pouvez pas disparaître comme ça, Stephanie.

— Pourquoi pas ? Le monde est assez grand.

— Vous savez pourquoi. Votre frère, sa famille.

— Mais Alexander irait-il vraiment aussi loin ?

— Il en serait capable.

Petra enfouit son visage dans ses mains.

— Mon Dieu, quel gâchis.

— Vous n'êtes pas la première à vous trouver dans cette position.

— Cela ne me réconforte pas.

— Ce n'est pas le but. Je dis simplement que nous n'êtes pas toute seule. Perdre les pédales était normal. Dans ces circonstances, il le fallait. Cela montre que vous êtes humaine.

— Je ne savais pas que j'étais censée être humaine.

— Non, vous ne le saviez pas. Mais si j'étais vous, je ne considérerais pas cela comme un échec.

Petra fronça les sourcils.

— Mais de quel côté êtes-vous ?

Ils étaient dans la Land Rover, sur la route entre Durness et le pont de Laxford. En début d'après-midi, peu avant le crépuscule. Petra contemplait par la vitre la rouille et le plomb des pics et des cols environnants.

— Mes parents auraient adoré ce coin.

Boyd émit un bruit de doute.

— Qu'est-ce que c'est censé vouloir dire ? demanda-t-elle.

— Qu'ils auraient peut-être aimé, mais une semaine ou deux par an.

Cela irrita Petra.

— Qu'en savez-vous ?

— Parce que vivre ici cinquante-deux semaines par an, ce n'est pas pareil.

— Vous avez trouvé ça tout seul, hein ?

— J'ai entendu ce refrain des milliers de fois...

— Mais vous n'avez pas connu mes parents. Je vous le dis, ils auraient aimé vivre ici toute l'année, sans problème. Eux, la terre et les éléments, c'était la perfection.

Il y eut un silence, puis Boyd sourit, ce qui ne lui allait pas du tout.

— C'est ce que nous pensions.

— Nous ?

— Rachel et moi.

— Votre femme ?

Il acquiesça.

— Nous étions égoïstes à cet égard. Peu nous importait le reste du monde. Nous n'avons jamais voulu en faire partie. Nous étions parfaitement assortis.

— Et maintenant ?

— Maintenant quoi ?

— Maintenant qu'elle n'est plus là.

Il y réfléchit une minute, puis haussa les épaules.

— Maintenant, cela n'a pas d'importance. Rien n'en a. (Il parut oublier sa présence.) Quand Rachel est morte, le meilleur de moi est mort avec elle. Je ne le retrouverai jamais. Je ne le souhaite même pas. Je vais simplement rester ici – l'endroit où nous avons été heureux – et cela suffira.

Sa douleur frappa Petra de plein fouet. Voir Boyd mettre son âme à nu était déprimant. Sa confession semblait aggraver son chagrin et sa perte, non les alléger. Puis cet aperçu intime de ses pensées s'évanouit en un éclair.

— Il va falloir que vous y retourniez.

— Je sais, murmura-t-elle.

L'après-midi suivant, Petra ouvrait la porte de son appartement. Dans le courrier, parmi les enveloppes par terre, elle trouva une feuille de papier pliée en deux. Elle l'ouvrit.

Marina,

je ne sais pas ce qui s'est passé hier soir. Si j'ai fait quelque chose qui vous a ennuyée, alors acceptez mes excuses. Si vous pensez pouvoir le faire, téléphonez-moi.

Frank.

Elle froissa la feuille dans son poing et ferma la porte d'un coup de talon.

Avant de prendre un bain, elle laissa un message pour Marc Serra sur le site Internet Heavens Above, signé, comme d'habitude, V. Libensky. Serra répondit trois heures plus tard en lui donnant un numéro à Paris où le rappeler. Elle sortit, pas mécontente d'avoir l'occasion de marcher.

Elle acheta une carte téléphonique et appela Paris d'une cabine.

— Mon client est très content du tournant qu'ont pris les événements. Cela envoie le bon message.

Petra ferma les yeux.

— J'en suis heureuse.

— Le reste de votre argent sera viré sur le même compte à la fin de la semaine.

— Bien.

— Il m'a prié de vous dire qu'il tient absolument à travailler de nouveau avec vous. Je me demandais si nous pourrions nous rencontrer pour en parler.

— Je ne crée pas de relations suivies. Si nous devons collaborer de nouveau, il va falloir que j'en sache plus long sur lui.

— Je pense que cela devrait être possible, à présent. Je ne peux pas vous garantir une transparence totale, mais j'ai le sentiment qu'il pourrait être plus loquace.

— Dans ce cas, nous pouvons parler. Où et quand ?

— Je serai à Amsterdam la semaine prochaine.

— Je voulais vous présenter mes excuses, vous faire un cadeau pour me faire pardonner. Je ne savais pas quoi vous donner. C'est alors que je les ai vus. Je ne sais pas s'ils conviennent, mais ils sont si beaux…

Frank regarda les lis que Petra tenait dans ses bras.

— Je ne crois pas qu'on m'ait jamais offert de bouquet.

— Alors, au moins, c'est original.

— Vous avez raison, ils sont superbes. Merci. Vous voulez entrer ?

— Non.

Frank parut un peu surpris.

— Très bien.

Petra réussit à lui sourire.

— Bientôt, mais pas maintenant. Je ne me suis pas encore pardonné.

Cyril Bradfield portait des mitaines.

— Le chauffage central est en panne, expliqua-t-il.

Elle lui tendit une enveloppe et le suivit dans l'escalier. Plus ils montaient, plus il faisait froid. Sur un établi, attendaient trois groupes de documents, un pour chaque identité. Pendant que Bradfield ouvrait l'enveloppe et comptait les billets, Petra prit un passeport canadien appartenant à Jennifer Sommers, née à Toronto. Elle le feuilleta, vit sa photo plastifiée, puis des tampons de Malaisie, de Thaïlande, d'Australie, de Nouvelle-Zélande et de plusieurs pays européens.

– Je me suis dit qu'elle pourrait être une journaliste spécialisée dans les voyages, expliqua Bradfield, anticipant la question de Petra.

– En fait, non. Mais merci d'y avoir pensé.

Petra examina les deux autres passeports : Martha Connor, une Irlandaise de Dublin, et Claudia Neumann, une Allemande. Elle passa en revue le reste des papiers, parmi lesquels figurait même une carte de la bibliothèque de Dublin.

– Quand seront-ils complets ?

– Ils en sont tous à différents stades.

– Vous pouvez en avoir un jeu prêt pour la semaine prochaine ?

– Claudia Neumann, je crois. Cela irait ?

– Très bien. Je téléphonerai pour convenir d'une heure.

– À propos, vous m'avez donné cinq cents de trop.

– Non.

Bradfield eut un sourire sincère.

– Ma discrétion fait partie de mon travail. Vous n'avez pas à payer un supplément pour ça.

– Alors considérez-les comme un cadeau. C'est de saison.

La veille de Noël, Petra se retrouva dans Oxford Street à quatre heures de l'après-midi. Elle s'émerveilla de la laideur des décorations et de l'ampleur des embouteillages. Il y avait des vendeurs de marrons chauds à tous les coins de rue. Les portes des grands magasins béaient telles d'énormes mâchoires, prêtes à se nourrir de l'acheteur qui les franchissait. Lentement, Petra se fraya un chemin dans la foule. Noël. Depuis l'accident, c'était la pire période de l'année. Dans le passé, ses clients réguliers lui apportaient parfois des cadeaux, généralement de ces parfums bon marché qui encombraient les pubs à la télé. Mais cette année, il n'y aurait rien, et elle en était heureuse parce qu'il ne subsistait plus un gramme de sentimentalité en elle.

La journée du 25 décembre fut agréable. Petra se réveilla tôt et fit sa séance d'étirements avant de sortir se promener. Londres était vide. Un vide presque irréel. Elle n'avait vu la ville aussi déserte qu'au cinéma. Elle déjeuna de pâtes et de thé vert. L'après-midi, elle traversa Hyde Park et ne rentra chez elle qu'au crépuscule.

Frank White descendait de sa voiture lorsqu'elle s'engagea dans Clarges Street. Elle songea à battre en retraite. Trop tard, il l'avait vue.

— Marina ! Comment ça va ? Joyeux Noël.

— Joyeux Noël. Où étiez-vous ?

— Avec mes parents, comme chaque année.

— Où ?

— Près de Marlow. Comme ma sœur et sa famille y séjournent en ce moment, je les ai rejoints pour le déjeuner.

— Cela a dû être agréable.

— Effectivement. Et vous ? J'ai pensé que vous rentreriez en Belgique, ou je ne sais où.

Où ? Bonne question.

— En Suisse, le corrigea-t-elle. Non. Pas cette année.

— Pourquoi ?

Elle réagit avec un temps de retard.

— Euh, parce que… parce que j'avais des réunions, hier. Et demain.

Frank leva un sourcil.

— Demain ? Un jour férié ?

— Avec des Japonais. C'est très important. Cela ne peut pas attendre.

Il claqua sa portière et la verrouilla.

— Alors qu'est-ce que vous avez fait aujourd'hui ?

— Oh, rien de spécial. Un peu de travail…

— Du travail un jour de Noël ?

— Cela n'a pas d'importance.

Ils pénétrèrent dans l'entrée de leur immeuble.

— Vous vous êtes pardonné ?

— Quoi ?

— Rappelez-vous ce que vous avez dit l'autre jour en m'apportant ces fleurs.

— Oh, ça, fit-elle, gênée.

— Oui, ça. Alors ?

— Eh bien…

— Que diriez-vous d'un verre ? J'en prendrais bien un.

— Ne vous sentez pas obligé…

— Cela me ferait plaisir.

— Dans ce cas, oui.

C'était étrange d'être de nouveau dans son appartement. Elle retrouva les échantillons de béryl et d'apatite. Elle caressa la table en chêne où ils avaient dîné. Dans une carafe verte, les lis pendaient lamentablement. Frank jeta un coup d'œil dans le réfrigérateur.

— Nous avons de la chance, dit-il en sortant une bouteille de champagne. On m'en a donné deux cette semaine, à mon travail. Je voulais les apporter à mes parents, mais j'ai oublié.

— Cela fait des siècles que je n'ai pas bu de champagne. Pas depuis le baptême de ma nièce, je crois. C'était quand j'étais à l'université.

— Vous avez beaucoup de neveux et de nièces ?

— Non. Seulement deux. Je veux dire trois. En fait…

Le cœur de Petra eut un raté. Elle venait de se tromper de vie. Stephanie était celle qui avait une nièce, un neveu et un inconnu. Sa gaffe lui causa un choc. Elle vit que Frank attendait qu'elle termine sa phrase.

Des nièces. Des neveux. Elle choisit des fichiers mentaux et ouvrit celui de Petra. Mais elle était Marina, et non Petra. Elle reprit sa recherche, trouva Marina et ouvrit le fichier. Il était vide. Comme une actrice oubliant son texte, Petra se rendit compte qu'elle n'avait rien à dire dans son incarnation de Marina, son rôle dans cette pièce. Elle improvisa donc.

— Cela n'a pas d'importance.

— Si, ça m'intéresse.

— En fait, c'est barbant à souhait. Je n'ai pas beaucoup de contacts avec eux. Vous savez ce que c'est.

Frank parut comprendre qu'il s'aventurait en terrain sensible et changea de sujet.

— Vous êtes allée à l'université ?

Elle acquiesça en tentant de se rappeler si elle faisait bien.

— Où cela ?

Durham. Ça, c'était la réponse de Stephanie. Mais quelle était celle de Marina ? Cela s'aggravait. Tout devenait flou. Alberto et Francine étaient ses parents, mais où vivaient-ils ? Quel âge avaient-ils ? Lui avaient-ils donné des frères et des sœurs ?

Petra connaissait les réponses, mais n'arrivait pas à s'en souvenir. Elle sentit la panique lui serrer la gorge.

— À Rome, dit-elle parce que ce fut la première ville qui lui vint à l'esprit quand le silence se fit trop pesant. Il devait bien y avoir une université là-bas.

— Cela n'a pas dû être trop pénible.

Elle aurait bien soupiré de soulagement, mais la prochaine question embarrassante arrivait déjà. Quels cours avait-elle suivis ?

— Comment se fait-il que cela vous intéresse ?

— Comment se fait-il que vous détestiez tant parler de vous-même ?

— C'est faux.

— L'autre soir, je n'ai rien tiré de vous.

— Ni moi de vous. D'après mes souvenirs, nous n'avons pas abordé beaucoup de sujets intimes.

— Exact. Mais chaque fois que vous m'avez posé une question, je vous ai donné une réponse. Alors que, dans le cas inverse, vous changiez systématiquement de sujet.

— Vous exagérez.

Frank secoua la tête.

— Vous feriez une grande femme politique. Mais si vous ne voulez pas en parler, cela ne fait rien…

— Non, j'y tiens. Vraiment. C'est juste que… Je ne trouve pas ça toujours facile, c'est tout. Mais vous pouvez me demander ce que vous voulez.

Frank lui posa donc des questions, et elle inventa les réponses au fur et à mesure, sans se soucier du risque qu'elle les oublie si on les lui reposait. Elle trouvait ces mensonges déprimants, ce qui était une nouveauté pour elle. Mentir était devenu si naturel qu'elle s'y adonnait habituellement sans remords.

Pour oublier sa tristesse, elle but rapidement son champagne. Et quand la conversation aborda des terrains plus sûrs et plus neutres, elle but encore du champagne, cette fois par soulagement. Ils vidèrent les deux bouteilles. Le lendemain, elle se réveilla avec une gueule de bois et se rappela ce qu'elle s'était dit, après le baptême de sa nièce : elle n'aimait pas le champagne.

Le matin du 26 décembre, Petra alluma son ordinateur et trouva un mail pour Andrew Smith.

Andrew,

Comment vas-tu ? Il y a un bout de temps que je ne t'ai pas vu.

Appelle-moi dès que possible.

M.

Petra enfila un manteau et sortit. Elle choisit l'une des cabines de Curzon Street, près du carrefour avec Berkeley Square. Par le biais du réceptionniste d'Adelphi Travel, elle finit par avoir Margaret en ligne.

— Comment allez-vous, Stephanie ?

— Je me suis déjà sentie mieux.

— Je sais. Je suis désolée pour vous, vraiment. C'est affreux...

— Ne vous inquiétez pas, Margaret. Je sais que cela n'avait rien à voir avec vous.

— Bien, vous savez où me trouver en cas de besoin.

— Merci. Il est là ?

— Non. Mais il m'a demandé de vous transmettre un message. L'Empire, à Leicester Square. La séance de onze heures cinquante.

— Ce soir ?

— Ce matin. Asseyez-vous tout au fond à droite quand on regarde l'écran.

Petra arriva avec cinq minutes d'avance. Alexander l'attendait, son manteau plié sur le dossier du siège, devant lui, une serviette posée à sa gauche. La vaste salle était presque vide. Petra s'assit à côté de lui. Après leur rencontre précédente, il y avait matière à échanger des propos banals et gênés, mais Alexander choisit de passer outre.

— Vous partez voir Serra à Amsterdam demain, c'est ça ?

— Oui.

— Il y a autre chose que vous devez savoir, à propos des Fils de Sabah. Une chose qui est l'œuvre de Kassir, et dont nous venons juste d'apprendre l'existence.

— Quoi ?

— C'est la liste des Trois Gras.

— La liste des Trois Gras ? Qu'est-ce que ça veut dire ?

— Je ne sais pas. Il s'agit peut-être d'un fichier informatique. Ou juste d'une liste, mémorisée, ou sur papier, ou enregistrée d'une autre manière. Ce que nous savons, c'est qu'elle contient des détails sur des éléments essentiels des Fils de Sabah.

Les lumières se tamisèrent et les énormes rideaux s'écartèrent lentement. L'écran s'anima de pubs. Elle demanda :

— Celui qui a constitué pour moi le dossier Giler suggérait que son soutien au programme israélien de construction de colonies juives en Territoires occupés pourrait être la raison pour laquelle Khalil voulait sa mort.

— Et ?

— Et je sais que ce n'est pas ça. Je ne veux pas rencontrer Serra sans connaître la véritable raison, sinon j'aurai l'air d'une gourde. J'ai besoin d'en savoir plus sur les rapports de Giler et de Khalil. Vous m'avez parlé d'un contentieux.

— Qu'avez-vous besoin de savoir à votre avis ?

— C'est une réflexion que Serra a faite en passant. En parlant des événements de New York, il a dit qu'ils envoyaient le bon message.

Alexander réfléchit un instant.

— Oui, cela tient debout.

— Comment ?

— Eh bien, il est difficile de connaître les détails précis sans savoir qui est précisément Khalil, mais son problème avec Giler tourne certainement autour du cheikh Abdul Kamal Qassam. Après l'attentat du World Trade Center, en 1993, et la condamnation par les États-Unis des suspects arrêtés, Qassam a orchestré une campagne de représailles.

— L'imam aveugle ?

— C'est ça. Le cheikh Omar Abdel Rahman était l'un d'eux.

— Alors qui est Qassam ?

— Un disciple de Rahman. Du moins, c'est ainsi qu'il a pris de l'importance.

— Où se place-t-il dans tout cela ?

— Outre sa volonté de venger l'emprisonnement de Rahman, il a aussi des liens directs avec Khalil ; Khalil a déjà agi au nom de Qassam. Quoi qu'il en soit, des attentats ont été perpétrés contre des ambassades des États-Unis à Madrid, Manille et Kuala Lumpur ; d'autres, prévus, n'ont pas eu lieu. Mais la plus grosse opération que Qassam ait approuvée, c'était un attentat contre New York, où Rahman était jugé. Le projet était relativement simple, mais il aurait causé une catastrophe en cas de succès et nous sommes pratiquement sûrs qu'il a été mis au point par Khalil lui-même. Cela devait commencer par un détournement. L'avion aurait appartenu à Alitalia ou à Olympic, Rome et Athènes possédant certainement les aéroports d'Europe les moins sûrs. La destination devait être New York. Mais il ne devait pas s'agir d'un détournement ordinaire. C'était une mission suicide, pour laquelle cinq hommes se portèrent volontaires.

— Comment devaient-ils procéder ?

— Ils devaient attendre que l'avion entame sa descente sur JFK, ne donnant ainsi pas le temps aux autorités au sol de réagir. Deux membres de l'équipe de terroristes étaient d'anciens pilotes de ligne à la PIA. Après avoir assassiné l'équipage, ils auraient pris les commandes pour s'écraser au beau milieu de Manhattan. En fait, l'un des pilotes s'est dégonflé. Il n'était pas si enchanté que ça de retrouver son créateur. À Athènes, il a déserté pour demander asile à l'ambassade américaine, ce qu'on lui a accordé en échange de renseignements.

— Khalil était-il censé être l'un des cinq ?

— Non. Faire partie d'une mission suicide n'est pas son genre. Mais il a mis le plan au point, que l'on a laissé tomber après la défection du pilote. Seulement, aux États-Unis, le FBI craignait sérieusement que Khalil et Qassam ne concoctent une horreur de proportions semblables. Ne sachant pas qui était Khalil, ils ont décidé d'éliminer Qassam. Giler a fourni des renseignements pour aider les Américains à le repérer.

— Comment ?

Alexander haussa les épaules.

— Je ne sais pas exactement, bien que ce ne soit un secret pour personne qu'il possédait un bon réseau de relations en Israël. Il n'y avait pas de portes closes pour lui là-bas. En outre, Giler a fourni le Gulfstream qui a permis aux Américains d'enlever Qassam en Grèce afin de l'emmener dans une base américaine en Allemagne, où on l'a placé dans un avion militaire qui l'a ramené à New York pour qu'il y soit jugé.

— Où Rahman a aussi été condamné ?

— Oui.

— Et où Giler était basé.

— Exactement.

— Je suppose que cela tient debout.

La pub laissa place à une série de bandes annonces. Tendant la main vers son manteau, Alexander se préparait à partir.

— À propos, j'ai cru comprendre que vous aviez réclamé un profil de niveau deux la veille de votre départ pour New York.

Le sang de Petra se figea dans ses veines. Heureusement qu'il ne pouvait pas la voir distinctement dans l'obscurité.

— Je l'ai annulé.

— L'opérateur a tout de même vérifié. Frank White. C'est son nom, n'est-ce pas ? (Petra haussa les épaules.) Qui est-ce ?

— Personne. Juste quelqu'un que je n'arrête pas de croiser. Il vit dans mon immeuble, c'est tout.

— Alors pourquoi avoir demandé un profil ?

— J'ai commis une erreur. J'étais fatiguée.

— Vous n'êtes pas curieuse de savoir ce que nous avons découvert ?

Elle n'en était pas sûre. S'il y avait du négatif, elle préférait l'ignorer.

— Quoi ?

Elle vit Alexander sourire dans le noir.

— Il n'y avait rien. C'est juste un géologue qui travaille pour une société de consultants en opérations minières. Il est célibataire, mais il a eu une petite fille qui est morte il y a trois ans. C'est tout.

— C'est bien ce que je disais…

— Évitez-le. Je ne veux pas que vous tissiez des liens.

— Je ne tisse pas de liens. Ni avec lui ni avec personne. Je vous l'ai dit, je n'arrêtais pas de lui tomber dessus et je commençais à me dire que cela faisait beaucoup de coïncidences. C'est tout.

Alexander enfila son manteau, tira une enveloppe d'une de ses poches et la tendit à Petra.

— Voici le rapport complet, si cela vous intéresse.

Elle était assise sur son lit, les genoux serrés contre elle. Le document comptait cinq pages. Date de naissance, lieu de naissance, nom, noms des parents, une copie de l'extrait d'acte de naissance, adresses, écoles fréquentées, université, expérience professionnelle, dossier bancaire, dossier fiscal, dossiers médicaux, numéros de Sécurité sociale, de passeport, de permis de conduire, extrait de casier judiciaire – vierge –, numéro d'immatriculation de sa voiture, cartes de crédit avec numéros de compte et codes d'accès, cinq ans de détails sur ses déplacements, situation conjugale – célibataire. C'était donc ce que l'on appelait un profil de niveau deux. Petra se demanda ce qu'un niveau un pourrait bien comprendre de plus.

Faire la demande avait été une erreur, mais l'annuler, en fait, avait été pire. Elle avait éveillé les soupçons d'Alexander, ce qui était bien la dernière chose qu'elle souhaitait. La honte aurait dû l'empêcher de feuilleter le document, mais elle avait oublié jusqu'au sens du mot.

Elle se surprit à lire les détails sur sa famille. Les parents, à Marlow. Sa sœur, mariée à un agent de change, et leurs quatre enfants. Elle imagina le déjeuner de Noël, une scène traditionnelle. Voir les faits se vérifier un à un sous ses yeux lui paraissait étrange ; c'était d'avoir trop menti ; il lui devenait difficile, et même impossible, de croire ce qu'on lui disait. C'était un sentiment inattendu de découvrir qu'il existait encore un être qui disait simplement la vérité.

Il était onze heures moins dix. Elle sortit de chez elle et frappa à la porte de Frank. Lorsqu'il ouvrit, il ne tenta pas de masquer sa surprise.

– Marina ?

– Je sais qu'il est tard. Désolée.

– Ça va. Je ne suis pas couché.

– Je peux entrer ?

– Bien sûr. (Il s'écarta pour la laisser passer, ferma la porte et la suivit dans le salon.) Vous voulez boire quelque chose ?

Elle secoua la tête.

– Quelque chose ne va pas ?

– Pas exactement. Mais quelque chose me tarabuste et il faut que je règle ce problème.

– Ça m'a l'air grave. Qu'est-ce que c'est ?

– Ce baiser.

– Quel baiser ?

– Ce baiser que nous n'avons jamais échangé.

Avec raison, Frank eut l'air soupçonneux :

– Et alors ?

– J'ai fait une erreur.

21

Frank est allongé à côté de moi. Il dort. Les chiffres rouges du réveil électronique annoncent quatre heures vingt-sept. Je n'ai pas encore fermé l'œil et il va bientôt falloir que je me lève. J'écoute le bruit de sa respiration. Lente et paisible.

J'ai été nerveuse parce que je suis redevenue Stephanie. C'est du moins ce que je crois. En tout cas, je ne ressemblais guère à la Marina que je suis censée être. Ou peut-être étais-je effectivement Marina et le changement s'est-il produit en elle ? Qui sait ? Qui s'en soucie ? Pas moi, ça c'est sûr.

Frank est le premier homme que j'embrasse, à part Proctor, depuis que j'ai quitté l'université – je n'autorisais jamais mes clients à le faire – et il est le premier avec qui j'ai eu envie de faire l'amour depuis… Cela me fait mal d'admettre que je n'arrive pas à me rappeler qui était le dernier. Un étudiant, sans aucun doute, mais lequel ? Je me demande ce qu'il fait maintenant. Diplôme en poche, il travaille probablement dans la City comme banquier d'affaires, avec femme et enfants, une Mercedes et un penchant pour l'alcool.

L'épisode entier m'a paru étrange : pas de coercition, pas d'argent changeant de mains. Aucun catalyseur artificiel d'aucune sorte. Rien que nous deux et le désir. Je ne peux pas dire que nous ayons fait l'amour – nous avons eu un rapport sexuel – et je ne peux pas dire que j'y ai pris plaisir.

J'étais trop angoissée pour ça. J'ai oublié comment accepter l'affection. Pour moi, le sexe est une activité que j'ai appris à endurer dans un état de vide émotionnel total. Si bien que, lorsque les doigts de Frank ont touché mes seins durcis, le choc a été presque douloureux, une surprise intellectuelle autant qu'une sensation physique. Moi qui suis prête à me déshabiller devant un parfait inconnu, je me suis trouvée pudique… Je me suis rendu compte que mes doigts tremblaient, que j'étais incapable de déboutonner sa chemise. Lorsque nous nous sommes allongés sur son lit, je n'étais plus qu'une boule de trac. Quand sa main s'est glissée entre mes cuisses et que sa peau a effleuré ma toison pubienne, je lui ai saisi le poignet pour l'arrêter. Il m'a demandé si tout allait bien et je me suis trouvée au bord de la panique. Seule la volonté m'a empêchée de fuir. Alors j'ai menti, j'ai dit oui et j'ai lâché sa main.

En fait, j'avais peur de redevenir putain.

Je ne voulais pas lui faire ce que je faisais à ceux qui me payaient. Je ne voulais pas éprouver de sensations identiques. Et cette démence se nourrissant d'elle-même, j'en suis même arrivée à redouter de faire un geste qui trahirait mon passé, qu'il ne voie à travers moi.

Nous avons eu deux rapports ; chaque fois, j'étais glacée et terrifiée. Je n'ai jamais été aussi nue. Il aurait eu plus de bon temps s'il avait été un client payant. Je me suis dit que j'avais peut-être oublié comment être humaine ; je ne sais toujours pas si c'est vrai ou non. Ce que je sais, c'est que dans quelques heures, à Amsterdam, je serai un robot sans âme.

Ce sera un soulagement d'être de nouveau normale.

Elle regarda une fois encore le réveil électronique. Cinq heures cinq. Elle se glissa hors du lit et rassembla ses vêtements en silence. Elle s'habilla dans l'entrée, puis rentra chez elle pour prendre une douche rapide et boucler un petit sac de voyage. À cinq heures quarante, elle hélait un taxi qui l'amena à Heathrow juste après six heures. Son vol décolla sans retard à sept heures et atterrit à neuf heures dix à Schipol d'où elle prit un train pour la Centraal Station. À dix heures dix, elle s'était inscrite à l'hôtel Ambassade, sur Herengracht. À onze heures moins cinq, avec cinq minutes d'avance, elle remerciait le garçon qui lui apportait une tasse de chocolat chaud. Sa table se trouvait près d'une grande baie vitrée. Elle contempla la Nieuwe Kerk de l'autre côté de la place. Quelques touristes trempés par le crachin se pelotonnaient sous des parapluies, devant le parvis de l'église.

Serra arriva avec dix minutes de retard. Comme le café était bondé, il lui fallut un moment pour la repérer. Lorsqu'il se fraya un chemin entre les tables, elle remarqua qu'il boitait. Il retira son manteau de laine noire avec difficulté, son épaule droite lui posant visiblement un problème.

— Qu'est-ce qui vous arrive ?

— Vous êtes déjà allée à Amman ?

— Peut-être bien que oui, peut-être bien que non.

Sa réponse fit sourire Serra.

— Eh bien, si c'est le cas, vous savez combien il est facile d'y avoir un accident de voiture.

Il commanda un café et s'installa en face d'elle. Le ciel de plomb s'ouvrit ; de grosses gouttes de pluie s'écrasèrent en diagonale contre la vitre. La place grise luisait.

— Le complément de vos honoraires devrait être sur votre compte à présent.

— Effectivement.

— Bien. Cela nous amène à la chose suivante. Mon client souhaite à présent discuter avec vous de l'éventualité d'une nouvelle mission.

En parlant de son client, Serra avait l'air d'un avocat, impression encore renforcée par sa chemise de coton crème et ses boutons de manchettes dorés, sa cravate Hermès, son costume à double boutonnage bleu marine et ses chaussures noires bien cirées. Par contraste, Petra portait un vieux jean, des bottes éculées, un vieux T-shirt rose fluo et un pull brun. Sa veste en cuir était pliée sur la chaise.

Elle passa plusieurs fois la main dans sa courte chevelure brune.

— Qu'est-ce qu'il a en tête ?

— Quelque chose de plus – comment dire ? – *significatif.*

— Vous pourriez être plus précis ?

— Pas avant de m'être assuré qu'il existe une éventualité que vous envisagiez de retravailler pour lui. Il est bien connu que vous ne travaillez jamais deux fois pour ou avec les mêmes.

— C'est vrai. Mais ce n'est pas exclu. En l'occurrence, cela dépend.

— De quoi ?

— De l'argent. De mon sentiment sur la perspective de travailler pour Khalil.

Serra se raidit. Du regard, Petra le défia de lui dire qu'elle se trompait. Mais il ne pouvait nier l'évidence.

— Et que savez-vous de Khalil ?

— Je sais qu'il aime rédiger de gros chèques.

Serra était blême. Il tira une cigarette de son paquet et se mit à la tapoter sur la table. Petra avait espéré provoquer une réaction, mais elle n'avait jamais imaginé qu'elle pût être aussi violente.

— Le savoir est d'or.

— Toujours. Dans ma position, comment pourrait-il en être autrement ? Je vous ai dit lors de notre première rencontre que j'aime savoir qui me paie. Surtout quand on me paie trop. Cela éveille les soupçons.

— Mon client avait beaucoup insisté.

— Manifestement. Et cela m'amène à conclure – ou du moins à soupçonner – qu'il voulait que je découvre son identité. Pour voir si j'en serais capable. Et dans ce cas, si j'irais au bout du contrat.

De retour à l'hôtel Ambassade, Petra sortit une enveloppe kraft de sa valise, en vida le contenu sur son lit et vérifia que tout était bien là : le passeport allemand de Claudia Neumann, son permis de conduire, des cartes de crédit et un petit portefeuille en plastique contenant du liquide – 2 000 DM et 1 000 dollars américains. Elle remit le tout dans l'enveloppe et quitta immédiatement l'hôtel.

Dans une succursale d'ABN-AMRO, elle loua un coffre afin d'y déposer l'enveloppe. Ensuite, elle trouva une cabine et, avec une carte de crédit au nom de Marina Gaudenzi, appela Magenta House pour réclamer un complément d'information. Enfin, elle téléphona à Frank sans obtenir de réponse.

Elle rentra à son hôtel où elle dormit plusieurs heures, avant de se réveiller au crépuscule. Elle fit sa séance d'étirements, prit une douche et décida de marcher un peu avant son deuxième rendez-vous avec Serra. D'Oude Kerk, elle se trouva inexorablement attirée par le quartier chaud comme un ivrogne par la bouteille. Les putains sortaient pour la nuit, s'installaient dans leurs vitrines. C'était une variante des cartes que Petra affichait jadis dans les cabines téléphoniques de Londres. L'une de ces cartes avait conduit Proctor dans sa chambre de Brewer Street. Sans elle, il n'y aurait pas eu d'intervention, pas de Petra, pas d'échappatoire à son déclin inéluctable.

En regardant les putains dans leurs vitrines, Petra s'imagina dans la peau de l'une d'elles, un morceau de bidoche un peu rassis accroché à l'esse d'une boucherie. *Frank passe dans la rue. Il me voit et s'arrête pour m'étudier derrière ma vitre. Puis il repart et choisit la putain voisine.*

— Je peux vous poser une question à propos de Mechelen ?

— Quoi ?

— Comment avez-vous mis cela au point ? Je veux dire, comment avez-vous connu les deux qui sont morts ?

— Par Anna Gerets.

Serra fronça les sourcils.

— Mais elle n'avait aucune part là-dedans. J'ai cru comprendre qu'elle se trouvait en Extrême-Orient.

— Effectivement. Je l'ai rencontrée à Bangkok.

Il leva un sourcil et acquiesça. Apparemment, la réponse lui semblait logique.

— Tant de rumeurs ont couru à son sujet. Qu'elle était en Malaisie, ou aux Philippines. Voire qu'elle était morte.

— Quand je l'ai rencontrée, elle était en Thaïlande depuis un mois et s'apprêtait à gagner la Nouvelle-Zélande.

— Et elle a tout simplement décidé de vous raconter ce qu'elle avait fait en Belgique ?

— Pas d'emblée.

— C'est-à-dire ?

— Il a fallu un peu de temps, c'est tout.

— Vous l'avez torturée ?

— Torturée ?

— Je vous en crois capable. Avec votre réputation.

— Si vous tenez à le savoir, j'ai couché avec elle.

La réponse désarçonna Serra. Ce fut le tour de Petra d'ironiser :

— Cela vous choque ?

— Bien sûr que non, protesta-t-il, jouant l'indignation. (Puis il rectifia, se rendant compte qu'il avait un peu forcé le trait.) Cela surprend, mais il faut ce qu'il faut, n'est-ce pas ?

— Anna était une coriace. La force n'aurait mené à rien. Mais comme tout le monde, elle avait ses faiblesses.

— Vous employez l'imparfait.

— Oui, mais restons-en là, ajouta-t-elle en le voyant prêt à poser la question suivante.

Ils dînaient au Speciaal, un restaurant indonésien de Nieuwe Liliestraat dans le Jordaan district. Serra avait commandé pour eux deux un *Tafel Speciaal*, un assortiment de plats. Il portait une tenue plus décontractée, la panoplie de l'homme d'affaires en week-end : chemise Ralph Lauren jaune pâle, veste bleu marine, pantalon de flanelle grise et mocassins en cuir noir. Petra arborait les mêmes vêtements miteux qu'à Londres.

— Pourquoi avez-vous eu besoin de ces hommes ?

— J'étais au courant de la livraison de Marin et je me suis dit que la Belgique serait l'endroit idéal pour l'intercepter. Je voulais des gens du cru capables de réussir ce type de boulot, qui se fichaient d'être aux ordres d'une femme et qui soient sacrifiables. Ils étaient parfaits sur tous les plans.

Les mensonges sortaient facilement de la bouche de Petra – c'était toujours ainsi – et cela les rendait d'autant plus convaincants. Lorsqu'elle demanda à Serra quel était le programme de Khalil, la question parut ne susciter en lui que l'ennui. Il agita la main comme si la requête était une mouche collante.

— Oh ! le truc islamique militant habituel. Haine d'Israël, haine des États-Unis, notamment pour leur soutien à Israël, haine de toute nation amie des États-Unis, haine de l'Occident en général. Et, quand ça l'arrange, haine de tout ce qui n'est pas islamique. La merde habituelle qui entretient le chaos dans une partie du monde et me fait vivre.

— Ce que c'est que d'être banquier ! commenta Petra, le plus sérieusement du monde.

— Je me suis diversifié.

— Comme nous tous.

— Vous plus que tout autre. Anarchiste en herbe à Stuttgart, puis à Berlin, et maintenant quoi ?

— Je me suis rendu compte que j'avais viré à l'anarchiste anachronique.

— Cela ne répond pas à ma question.

— Il faudra vous en contenter. Mon programme n'appartient qu'à moi. Ce qui se passe entre nous n'a aucun retentissement sur ce que je choisis de faire indépendamment, quelle que soit la provenance de l'argent.

Ils parlaient à voix basse, penchés l'un vers l'autre. On aurait pu les prendre pour des amants. Serra devait avoir l'air d'un homme riche et marié avec sa jeune maîtresse, une célibataire qui, bien que probablement convaincue d'être un esprit libre et indomptable, avait néanmoins consenti à se laisser acheter par son charme, son élégance et son argent. Surtout son argent.

— Pourtant, il semble que vous partagiez des territoires, mon client et vous.

— Par exemple ?

— L'assassinat d'Elaine Freemantle, l'ambassadrice des États-Unis en Ouganda. Nous pensons que c'était votre œuvre.

La voiture piégée de Kampala sortait tout droit de l'imagination de Magenta House. L'assassinat n'avait jamais été revendiqué de manière convaincante. Plusieurs mois étaient passés, puis des rumeurs avaient commencé à circuler dans la communauté du renseignement, selon lesquelles Petra Reuter avait fait le coup. Bien entendu, la fausse information avait été vigoureusement niée, mais elle était lancée et cela suffisait pour que tout le monde y croie.

— Et alors ? demanda Petra, impassible.

— Ensuite il y a eu Bruno Kuhlman, le diplomate américain dépêché en Bosnie, tué dans sa chambre d'hôtel, à Genève, par une femme non identifiée.

La mort de Kuhlman avait été un accident étrange. La cible visée était un homme d'affaires russe installé dans la suite voisine. La tueuse avait réussi à s'échapper pour se faire abattre moins d'une semaine plus tard par ses commanditaires moscovites désireux de se protéger. La vérité, lorsqu'on la révéla, fut sérieusement mise en doute. Plus on divulguait de nouveaux détails pourtant authentiques, moins elle paraissait plausible, si bien que Magenta House n'avait pas eu trop de difficultés pour répandre tranquillement le bruit que cette prétendue « vérité » avait été une tentative ratée pour brouiller les pistes.

— Où voulez-vous en venir ? demanda Petra.

— Mon client propose une alliance.

— Je vous l'ai dit, je ne noue pas d'alliances.

Mais Serra avait un baratin tout préparé et il était bien décidé à le débiter jusqu'au bout, si difficile cela fût-il. Leur conversation à voix basse fut donc parsemée de renseignements distillés au compte-gouttes. Petra n'était pas dupe. Dans sa période Lisa, elle avait rencontré des tas d'hommes désireux, au-delà de l'acte purement physique, de vider leur sac. La plupart de leurs confidences étaient dénuées d'intérêt – des épouses qui ne les attiraient plus, ou qui avaient perdu leur appétit sexuel – mais leur évocation se faisait toujours selon un processus tortueux. Avec Serra, c'était pareil. Il aurait aimé lui délivrer un message concis, mais il ne pouvait se résoudre à le faire.

Petra tenta donc de rassembler les morceaux. Il y avait un plan, qui faisait partie d'un grand projet, et Serra voulait l'assistance de Petra. Devait-elle participer à ce plan ? Peut-être pas. Peut-être pouvait-elle avoir un rôle de consultant pour… pour qui ? Khalil ? Serra rechignait toujours à prononcer le nom, même dans un murmure. En outre, il semblait que Serra lui-même dirigeait l'opération. Mais de quoi s'agissait-il ? C'était difficile à dire. En outre, on sentait derrière Serra une présence cachée, une ombre. Petra avait l'impression qu'une main invisible le guidait. Khalil. Elle en était sûre.

Elle resta aussi vague que lui. Oui, elle y réfléchirait mais elle ne pouvait rien lui promettre. Comment pourrait-il en être autrement ? Comment pouvait-elle s'enthousiasmer pour une proposition aussi floue ?

Après le dîner, ils remontèrent Nieuwe Liliestraat vers le centre-ville. Ils franchirent des canaux et, au carrefour de Herengracht, Petra annonça qu'elle tournait à droite pour rentrer à son hôtel.

— Pourquoi ne viendriez-vous pas chez moi ? demanda Serra.

— Vous avez un pied-à-terre ici ?

— Cela fait vingt ans que je viens dans cette ville. J'y ai beaucoup d'amis. La maison ne m'appartient pas. On me la prête.

— Comme c'est pratique !

Petra savait qu'elle devait accepter, ne serait-ce que pour que Magenta House ait l'adresse en question, et puisse remonter jusqu'au propriétaire.

— Non, je ne crois pas.

— Pas même pour un verre ?

Elle eut un sourire froid :

— Surtout pas pour un verre.

Serra eut un haussement d'épaules de regret.

— À bientôt, alors.

Petra le regarda s'engager sur le pont et ne put s'empêcher de lancer un petit coup de sonde :

— À propos, j'ignore tout de la façon de conduire à Amman, mais il paraît qu'Al Mafraq est un endroit dangereux en ce moment.

Serra se figea, et Petra sut que Magenta House ne s'était pas trompé. Elle avait bien fait d'appeler. Il y avait eu une triple fusillade près de la ville jordanienne qui se trouvait à dix kilomètres de la frontière avec la Syrie. C'est le meilleur rapprochement que les enquêteurs avaient pu faire. À trois kilomètres en dehors de la ville, une fusillade qui avait tué trois Syriens dans une Mercedes et un Irakien sur la route. Des rapports non confirmés parlaient d'une

Toyota fuyant la scène avec quatre hommes à bord, dont l'un aurait été légèrement blessé.

Serra se retourna et siffla :

– Qu'avez-vous dit ?

– Al Mafraq.

Il la fixa, horrifié ou furieux. Difficile à dire. Peut-être les deux.

Petra haussa les épaules.

– Comme vous l'avez dit, le savoir est d'or.

Le soir de la Saint-Sylvestre, ils retrouvèrent des amis à lui dans un restaurant italien du West End. Cela parut extraordinaire à Petra d'être entourée de gens normaux, heureux de partager une bonne soirée. Elle rit avec ces inconnus qu'étaient les amis de Frank : un médecin, deux journalistes, un sculpteur, trois mères à plein temps, un mari à la maison, un comptable, un prof d'université, un réalisateur de cinéma, et un autre géologue. Dans sa tête, elle avait trouvé le moyen de créer un univers seulement occupé par Frank et elle, mais ces intrus furent un choc délicieux. Elle savait que c'était ainsi que vivaient les autres et elle n'en revenait pas de découvrir qu'elle y avait sa place. Qu'elle pouvait y avoir sa place. Finalement, elle conclut que c'était parce qu'elle était avec Frank. Comment l'expliquer autrement ?

Ils sortirent du restaurant à onze heures dans une nuit glacée. Mais le vin bu pendant le dîner et la foule arpentant les rues les immunisaient contre le froid. Le groupe prit la direction de Trafalgar Square, où des milliers de gens s'étaient réunis pour attendre minuit. Frank et Petra se détachèrent du groupe. Il l'entraîna sur Victoria Embankment, un peu moins bondé. Trouvant un espace libre le long du parapet, ils s'y accoudèrent pour contempler les lumières qui scintillaient sur la rive d'en face. Frank passa le bras autour du cou de Petra et la serra contre lui pour lui tenir chaud. Le geste l'émut. Elle tenta de se rappeler le dernier homme à lui avoir fait ça. Proctor ? Non. Un petit ami sans importance ? Possible mais peu probable. Son père ? Certainement. Elle s'empêcha de chercher plus loin.

Minuit arriva et une nouvelle année commença. Lorsque Big Ben sonna les douze coups, les gens massés sur l'Embankment poussèrent des acclamations. Les klaxons se déchaînèrent. Des feux d'artifice s'épanouirent au-dessus de la Tamise, illuminant la surface hachée des eaux noires. Frank embrassa Petra, et elle se sentit heureuse ce qui, presque inévitablement, fit naître une tristesse en elle. Frank le vit dans ses yeux et eut l'élégance de ne rien dire. La nouvelle année annonçait une forme de renaissance. Mais toutes les visions de l'avenir étaient corrompues par Alexander. Au-delà de la joie, Petra sentait poindre une angoisse familière. À croire qu'il ne pouvait jamais en être autrement.

Ils rentrèrent à pied, croisant des ivrognes en kilt, d'autres gisant inconscients sur le trottoir, des bus bondés, des montre-lune intoxiqués, des SDF invisibles, des serpentins accrochés aux arbres tels des spaghettis de couleurs vives, des gens en quête d'un taxi.

— Tu veux venir chez moi ? demanda Frank dans l'ascenseur.

— Non. Je veux que tu viennes chez moi.

C'est en franchissant le seuil que Petra prit conscience que c'était la première fois que Frank pénétrait sous son toit. Il examina le salon, compara les surfaces, chercha des signes d'elle dans l'ameublement et la décoration. Mais les meubles ne lui appartenaient pas et on ne voyait de photos Gaudenzi nulle part. S'en débarrasser avait été une sorte d'exorcisme. Libérée des fantômes de son histoire fabriquée, Petra avait pu commencer à apprivoiser son appartement, à cesser de le considérer comme un musée.

Elle prit Frank par la main et l'entraîna dans la chambre. Lorsqu'il tendit la main vers un interrupteur, elle l'arrêta en murmurant que la lumière des lampadaires suffirait. Ils laissèrent les rideaux ouverts. Lentement elle retira ses vêtements sous ses yeux. Aucun d'eux ne parla. Et, une fois nue, elle le déshabilla avant de s'allonger sur les draps.

Elle commençait à s'habituer à ses caresses. Elle ne les subissait plus avec la même raideur, elle les accueillait. Elle permettait à ses doigts et à sa bouche de se mouvoir librement. Elle ne lui refusait rien et, progressivement, elle sentit son esprit se vider. Les vilaines pensées s'évanouirent, laissant la place au plaisir physique. Petra ne comptait plus les hommes qui l'avaient pénétrée. À la fin de sa première semaine de prostitution, le chiffre avait déjà perdu toute signification. Maintenant elle avait l'impression qu'aucun d'eux n'avait jamais existé, qu'elle les avait tous imaginés. Il n'y avait plus de mains brutales pour courir sur son corps, la forcer, la meurtrir. Ses seins n'étaient plus douloureux à cause de bouches et de doigts qui mordaient et pinçaient pour le plaisir de faire mal. Ni coups, ni sueur graisseuse, ni odeur corporelle écœurante, ni barbes piquantes, ni mauvaise haleine. Et surtout, le plus doux, pas d'argent.

C'est dans son ventre qu'elle ressentit le plus violemment l'orgasme. Une vibration merveilleuse, volcanique qui la laissa si sensible qu'elle n'arriva pas à décider si c'était exquis ou insupportable. Il se répandit ensuite en elle comme une fièvre, une chaleur la consumant tout entière. Elle n'y offrit aucune résistance.

Pour Stephanie, pour Petra, pour Marina, pour toutes celles qu'elle était, cette sensation fut une révélation. Donner sans retenue. C'était contraire à ce qu'elle était. Mais Stephanie avait toujours adoré aller à contre-courant. C'était dans sa nature.

L'UNIVERS DE MARINA

22

Petra examina son reflet dans le miroir de la salle de bains. L'air glacé lui donnait la chair de poule. Ses mamelons se contractèrent, durcirent et s'assombrirent. Elle les toucha ; ses seins étaient plus lourds qu'au temps de Lisa, mais aussi plus fermes. Du plat de la main, elle lissa les muscles qui sculptaient son ventre. Les rondeurs apparues pendant son séjour chez Proctor avaient disparu depuis longtemps. Ses doigts s'enfoncèrent dans sa toison pubienne noire et glissèrent entre ses cuisses, où cela restait chaud, sensible et poisseux. Elle fixa ses cheveux bruns et courts et eut du mal à s'imaginer avec la longue chevelure oxygénée de Lisa. Cette coupe convenait à son visage à présent plus sévère. Elle jeta un coup d'œil à la fausse cicatrice sur son épaule gauche. À la question de Frank sur son origine, elle avait répondu qu'elle s'était empalée sur un morceau de métal lors d'un accident de voiture survenu pendant son adolescence. Au toucher, la peau abîmée ressemblait à du plastique. Puis Petra se regarda dans les yeux. Profonds, sombres, tels des lagons d'huile sans fond, ils ne trahissaient rien. Des yeux de requin qui, avec la bouche, étaient ce qu'elle avait de plus attirant.

Elle retourna dans la chambre où il l'attendait. Sachant ce qu'il voulait, elle grimpa sur le lit, empila deux oreillers l'un sur l'autre, puis s'allongeant dessus, les hanches surélevées, elle s'offrit. Il se plaça derrière elle. Elle entendit l'emballage du préservatif se déchirer et attendit que ses cuisses viennent se coller entre les siennes, les écartent encore, que ses mains courent sur ses fesses et ses hanches.

Il la pénétra avec une force qui la fit frémir involontairement, aspirer l'air à travers des dents serrées. Sa main gauche remonta entre ses omoplates et il lui pressa le visage contre les draps froissés. Petra ferma les yeux et pensa à Franck.

Marc Serra avait disparu en janvier. Petra avait cherché à le joindre par téléphone, mais les numéros qu'elle avait pour Paris et Amsterdam ne répondaient plus. Elle mit des messages sur ses sites Internet, sans obtenir de réactions sur aucune de ses adresses électroniques. Magenta House tenta de le localiser par l'intermédiaire d'autres agences de renseignements, mais en vain. Pour Alexander, la disparition de Serra était une source de grave inquiétude. Pour Petra, une véritable aubaine. Cela lui permettait de rester à Londres et de passer autant de temps qu'elle le voulait avec Frank.

Toute sa vie, Stephanie avait lutté contre l'amour. Enfant, à l'âge où l'on peut aimer de façon inconditionnelle, elle s'y était refusée, estimant pouvoir vivre sans affection. Elle empoisonnait l'amour et infectait ses proches. Les petits amis n'étaient que des passades. Ceux qui essayaient de la conquérir par la sensibilité se voyaient opposer un mépris cruel, tandis que ceux qui la maltraitaient trouvaient un égal en elle avant de se voir surpassés dans la méchanceté. L'amour n'était jamais entré dans l'équation, pas plus que dans son univers londonien, où tout sentiment d'affection était jugé dangereux. Ce n'était plus le cas. Elle en prenait conscience, mais restait incapable d'admettre que l'amour puisse exister dans sa vie. Le mot même paraissait aliénant.

Vers la fin janvier, Frank partit dix jours en Namibie pour diriger une série de tests dans des sites d'exploitation potentiels. Petra fut ébahie, puis honteuse de constater combien il lui manquait. Rien ne l'avait préparée à cette sensation toute neuve : la douleur de l'attente. Elle eut du mal à trouver le sommeil et perdit l'appétit ; qu'il l'ait appelée deux fois ne changeait rien ; l'entendre était pire encore. Elle se surprit à espérer qu'il souffrait autant ; pour la première fois de sa vie, il lui importait de compter pour quelqu'un.

Cette sensation était pire qu'une intoxication. Au début, elle l'avait considérée comme une simple expérience, un truc agréable, sans complication. Elle avait cru possible de la maîtriser. Mais elle s'insinuait partout. Elle finissait par colorer toutes les pensées. Elle créait un manque et, pour Petra, qui y succombait pour la première fois à l'âge de vingt-trois ans, le choc fut grave.

Ils se mirent à avoir des rituels communs. Un embryon de vie sociale se développa ; ils commencèrent à agir comme un tout et non plus comme deux entités distinctes. Bien sûr, cette vie sociale tournait entièrement autour des amis de Frank, mais Petra n'y voyait pas d'inconvénient. Marina étant censée être une étrangère à Londres, il était normal qu'elle n'y ait ni amis ni parents.

Petra détestait être Marina. Elle détestait être obligée de conserver ce soupçon d'accent étranger. Elle détestait devoir se lever tôt chaque jour de la semaine pour faire mine d'aller travailler chez Brillex-Martin, sa couverture. Mentir à Frank la blessait et elle détestait trouver cela si facile. Sa malhonnêteté l'avait toujours bien servie. Dans sa carrière de putain, c'était devenu une seconde nature. La plupart de ses clients étaient des menteurs et elle aussi ; elle truquait tout. Et maintenant, sous l'identité de Petra, mentir était aussi vital que le sang dans ses veines. C'était la seule garantie de l'éventualité d'un avenir. Mais mentir à Frank semblait pire que de lui être infidèle. Un mensonge, une fois établi, devait être étayé par d'autres, lesquels devaient être étayés par d'autres encore. Une fois enclenché, le processus était sans fin. Les mensonges infectaient tous les aspects de la relation. Aucune conversation n'était épargnée, aucune pensée ne pouvait se permettre d'être gratuite ; il fallait la censurer par mesure de sécurité. Plus d'une fois, Petra avait fini par conclure que ce qu'elle ressentait pour Frank n'existait pas vraiment. Ce n'était rien qu'un autre mensonge. Un sentiment à ce point entaché de tromperie pouvait-il exister ? La logique ne lui apportait aucune réponse. Elle savait seulement qu'il n'y avait pas d'antidote à l'embrasement qui s'emparait d'elle lorsqu'elle pensait à Frank. Aucun remède.

À sa surprise, elle se rendit compte que c'étaient les petits détails qu'elle appréciait le plus chez Frank. Elle aimait l'observer lorsqu'il se rasait le matin. Parfois, en surprenant son regard dans le miroir, il lui demandait ce qu'elle faisait : elle haussait les épaules, sans répondre. Elle se surprit à absorber ces détails, à les classer dans la bibliothèque de son esprit. Il portait une montre suisse avec un bracelet en cuir usé. Il était droitier. Aucun de ses vêtements ne sortait de chez un styliste et il était plutôt conservateur en matière de coupes et de couleurs. Il chaussait des lunettes rondes pour lire, et elle aimait la façon dont elles reposaient sur son grand nez aquilin. Il mangeait lentement. Il avait une petite cicatrice près de l'œil gauche, héritée d'une chute d'enfance. Lorsqu'il parlait de ses voyages, ce qu'il faisait volontiers, ses yeux se perdaient dans le vague ; elle savait alors qu'il avait rejoint en pensée le pays qu'il décrivait.

Voilà les détails qui faisaient de Frank un être en trois dimensions. Chaque fragment banal était une révélation, venant s'ajouter à toutes celles qui avaient précédé. Et les jours se transformant en semaines, Petra se surprit à s'enfouir de plus en plus profondément dans cet univers privé, à exclure de plus en plus facilement le monde extérieur. Ce qui rendit la réapparition de Serra d'autant plus désagréable.

Le 3 février, une réponse attendait V. Libensky sur le site Heavens Above. Petra lança le dialogue de la manière habituelle ; quarante-huit heures plus tard, ils se retrouvaient à Amsterdam. Petra remarqua immédiatement la différence. Bronzé et plus mince, Serra était moins impatient. Il n'évoqua pas de collaboration imminente, même s'il souleva la perspective d'une entente plus durable. En revanche, il paraissait heureux de la revoir si bien que, lorsqu'il déclara vouloir la retrouver pour discuter d'avenir, Petra ne sut pas très bien de quel avenir il parlait. Pour sa part, fidèle à elle-même, elle ne lui montra qu'indifférence. Tout aussi fidèle à lui-même, Serra parut apprécier.

À Londres, Alexander s'agitait. Le pari qui avait consisté à faire lâcher par Petra le nom de Khalil semblait avoir échoué. Au lieu de lui assurer son entrée dans le cercle intérieur, cela avait apparemment incité Serra à opter pour la prudence, à l'exclure complètement de ce qui se tramait. Alexander insista pour qu'elle reste en contact avec lui et trouve le moyen de revenir en arrière. Le bronzage de Serra le préoccupait. D'où venait-il ? Rejetant les destinations de vacances habituelles, Alexander se concentra sur le Moyen-Orient, l'Extrême-Orient et l'Afrique. La liste qu'il constitua ne fit qu'alimenter son anxiété.

Petra et Serra se rencontrèrent de nouveau à Amsterdam au début de la troisième semaine de février. Comme avant, elle descendit à l'hôtel Ambassade. Ils passèrent trois jours en ville, se retrouvant entre les rendez-vous d'affaires du Français. Celui-ci, plus détendu, parla ouvertement d'une alliance aux termes de laquelle Khalil choisirait les cibles, Serra organiserait le financement et Petra se chargerait de l'exécution. Elle accepta d'y réfléchir sans rien promettre. Leur troisième et dernier soir en Hollande, Serra lui fit des avances. Elle le repoussa sans trop de fermeté, histoire de lui laisser une lueur d'espoir. On fixa une date pour Paris.

Petra savait déjà qu'il lui faudrait aller plus loin. Elle trouvait la perspective détestable, tout en ne doutant pas un instant de sa capacité de l'assumer. Son métier de prostituée lui avait appris à compartimenter son esprit. En Écosse, Boyd lui avait enseigné comment améliorer cette faculté : imaginer son esprit comme une maison de plusieurs pièces, toutes séparées, chacune pouvant accueillir un problème. Le truc était d'apprendre à fermer les portes. Dans sa peau de Stephanie, c'était un talent qu'elle avait développé jusqu'à la perfection, pour se séparer de Lisa, si bien qu'elle était sûre que ses rapports sexuels avec Serra n'auraient aucune influence sur son histoire avec Frank. Ce ne serait pas de l'infidélité. Mais du business. Comme avant.

Quand Serra jouit, le son qui sortit de sa gorge ressembla à une toux étranglée. Ensuite, Petra sentit son corps s'écrouler, l'écraser contre les draps. Sa peau était humide de sueur ; la sienne, sèche. Pendant un moment, aucun ne bougea. On n'entendait que le bruit de leurs respirations dans la pièce. Petra sentait son cœur battre contre sa cage thoracique et s'efforça d'ignorer la vague sensation de nausée au creux de son estomac. Serra se retira lentement d'elle, laissant une chaleur douloureuse dans son sillage. Il se leva et partit dans la salle de bains enlever son préservatif.

— Tu es sûre d'être obligée de partir demain ? lui demanda-t-il à son retour.

Elle acquiesça.

— Tu n'es pas le seul à avoir d'autres intérêts.

— Où vas-tu ?

– Tu crois que, parce que tu viens de coucher avec moi, je vais te dire tout ce que tu veux savoir ?

– Tu ne me dis jamais rien de ce que je voudrais savoir.

– Alors nous avons un point commun.

– Mais tu sais où j'habite. Nous sommes à Paris. Cet appartement est le mien.

– Et tu sais où j'habite. Dans mon ordinateur. Tu pourras toujours m'y trouver.

– Je pourrais te faire suivre.

– Essaie donc.

Ils bavardèrent pendant vingt minutes avant que Serra n'éteigne. Il était onze heures quarante-quatre. Petra attendit jusqu'à minuit et demi, afin de lui laisser le temps de plonger dans un sommeil profond. Puis elle se leva.

Dans la salle de bains, elle sortit de sa trousse de toilette un petit flacon de parfum, un paquet de tampons enveloppé de Cellophane et deux sachets de lingettes, censées être nettoyantes, qui contenaient en fait du gel anesthésiant. Elle ouvrit la boîte de tampons. À l'intérieur se trouvaient une seringue et deux aiguilles. Elle sortit une des aiguilles de son emballage et la fixa à la seringue, avant de dévisser le bouchon du flacon de parfum. L'agent masquant parfumé, doux, était neutre et inoffensif. Le flacon contenait de la Kétamine, ce que Magenta House avait injecté à Petra lors de son enlèvement. Une dose de dix milligrammes par kilo assurait vingt à vingt-cinq minutes d'anesthésie chirurgicale sans requérir d'assistance respiratoire. Petra modifia légèrement la dose – il s'agissait, sans abrutir Serra, de gagner du temps. En cas de nécessité, il resterait suffisamment de Kétamine pour une seconde injection.

Elle revint dans la chambre avec la seringue et l'un des sachets. Elle s'approcha sans bruit de Serra qui ronflait. Il dormait sur le côté, une chance. Elle songea d'abord à lui faire une piqûre intramusculaire dans la fesse avant d'opter finalement pour un nœud de muscles situé entre les omoplates. Elle déchira un coin du sachet et pressa un peu de gel sur ses doigts. Serra bougea lorsqu'elle le toucha, mais comme elle procéda au massage avec lenteur, sa respiration redevint vite régulière. Il fallut soixante secondes à l'anesthésique pour pénétrer la peau et atteindre le muscle. Petra attendit deux minutes de plus pour plus de sûreté.

Malgré ses craintes, Serra ne broncha pas lorsqu'elle enfonça l'aiguille entre ses omoplates, à côté d'un gros grain de beauté sombre. Elle lui injecta la Kétamine.

Comme il faisait froid, elle enfila un jean et un gros pull noir. Plongeant la main dans son sac à dos, elle tira d'une poche intérieure un petit lecteur optique portable. Puis elle passa dans le couloir, traversa le grand salon qui donnait sur la rue de Rivoli et entra dans le bureau, à l'autre bout de l'appartement. Il lui avait fallu trois jours pour étudier les habitudes de Serra, repérer ce qu'elle voulait examiner en privé, gagner sa confiance partielle. Et pendant ces trois jours – et les nuits qui les séparaient – elle ne lui avait rien refusé. C'était le prix à payer pour cet instant. En matière de prostitution, sa performance était sans égale.

Petra savait ce qu'elle représentait pour Serra : quelque chose de coriace et de dangereux. Voilà ce qui l'excitait ; il n'avait que mépris pour la culture inférieure et les outsiders, ce qui ne l'empêchait pas de faire des affaires avec la lie de l'humanité et d'y prendre plaisir. Petra connaissait ce genre d'homme. Publiquement, ils se conformaient à un certain niveau de vie mais, en privé, ils n'aimaient rien tant que de se salir les mains avec les cibles de leur mépris. Tandis qu'elle déambulait dans son magnifique appartement, son vieux sac à dos sur l'épaule, traînant les pieds sur son plancher telle une raclure pêchée dans la rue, elle avait vu de l'avidité dans son regard. Pendant leurs rapports, il avait été grossier et indélicat ; Petra n'eut aucun mal à imaginer ses autres femmes : des créatures pâles, à l'ossature fine, à qui il fallait qu'il « fasse l'amour ».

Maintenant elle était seule. Elle ferma les rideaux et alluma. Le portable se trouvait sur le bureau en acajou. Elle afficha un répertoire des dossiers systèmes et des fichiers. Dans les premiers, elle étudia les heures et les dates de création des fichiers. Puis elle s'intéressa aux données, commençant par les noms et les numéros dans les carnets d'adresses. Certains étaient familiers ; la plupart, non, mais aucun ne la fit sursauter. Au bout d'un quart d'heure, elle tomba sur un dossier intitulé « FDS-12 ». Ce dernier contenait quatre fichiers : GRAS, GRAS-1, GRAS-2, GRAS-3. Ce qui résolvait une petite énigme : la liste des Trois Gras était GRAS-3. Il y avait eu une liste Gras initiale, suivie par trois révisions. Le dernier changement enregistré à chacun des fichiers le confirmait. Ils avaient été vidés dans l'ordre, à intervalles respectifs d'une semaine, de trois mois et demi et de six jours. GRAS-3 avait été effacé début décembre.

Elle ouvrit le premier tiroir du bureau et chercha la boîte en plastique contenant les trombones. Ses doigts se refermèrent sur la clé cachée au fond – elle avait vu Serra l'y mettre la veille au matin lorsqu'il pensait qu'elle avait le dos tourné – et s'en servit pour déverrouiller le classeur, près de la porte. Il contenait une masse de correspondance de la banque Henri Lauder. Elle trouva des chemises remplies de relevés de banque, certains privés, d'autres professionnels. Elle nota que la Société franco-arabe d'attribution de bourses possédait un compte à Zurich de huit millions de francs suisses. Elle recevait un virement mensuel de cent mille francs suisses d'une succursale basée à Sliema de la Mid-Med Bank de Malte. Alexander s'était demandé comment la société était financée, comment elle pouvait se permettre de parrainer cent trente-cinq « étudiants » dans l'Union européenne. Petra connaissait à présent la réponse – en vérité, à proportion des sommes, ce chiffre de cent trente-cinq paraissait plutôt maigre.

Elle passa le lecteur optique sur les données dignes d'intérêt. La plus grande partie ne serait pas d'une grande utilité à Magenta House, mais elle savait qu'Alexander trouverait un moyen de transmettre les renseignements à une autre agence plus concernée s'il jugeait qu'ils en valaient la peine. Cela constituerait une excellente monnaie d'échange. Enregistrer une feuille de format A 4 exigeait deux passages du lecteur : il suffirait ensuite de réunir les deux morceaux. Petra replaça soigneusement tout ce qu'elle avait touché.

D'autres tiroirs révélèrent de nouveaux documents. Des reçus et des factures d'importations et d'exportations gérées par une société basée à Londres, l'Anglo-Egyptian Cargo Company, sise dans Earls Court Road. Du courrier d'une agence de voyages, RJN Travel, dans Hogarth Road, non loin d'Earls Court. Le foyer al-Sharif était voisin – curieuse coïncidence. Il faudrait vérifier. Une facture d'une entreprise d'électricité de l'ouest de Londres, dont la date était remplacée par la mention GRAS-3. Les douze entrées de la liste qui y figuraient semblaient être des codes de produits. Une fois la liste lue, elle ferma la chemise et passa à la suite.

Elle découvrit alors un échange de courrier avec Telegenex, société française qui fabriquait des systèmes de guidage de missiles. Serra représentait un client qui, comme lui-même, était courtier pour un utilisateur final anonyme. Elle remarqua l'existence de versements mensuels sur un compte privé effectués par Murray-Gardyne, le petit fabricant d'armes canadien. Ces transferts de fonds venaient d'un compte à Mexico, ce qui ne manqua pas de retenir l'attention de Petra, qui savait que la société était propriétaire à Guadalajara d'une unité illégale de production de mines terrestres.

D'autres dossiers révélaient une grande quantité de données concernant une proportion étonnante de sociétés et de gens installés à Londres : des journaux arabes, des diplomates du Moyen-Orient, des banques, des restaurants, des sociétés d'import-export, des hôtels, des marchands de biens, des compagnies aériennes, des personnes privées. Presque toutes les entrées étaient accompagnées du nom d'un contact, mais un seul lui sauta aux yeux : Alexandria Clothing Company – importateur de vêtements-Qadiq, I.

Au réveil de Serra, Petra fit semblant de dormir. Il se traîna dans la salle de bains pour se doucher. Une demi-heure plus tard, elle se leva et enfila sa robe de chambre en soie grise. Elle le trouva dans la cuisine, devant une machine à expresso chromée. La main qui tenait la tasse tremblait.

— Bonjour.

De surprise, il s'ébouillanta les doigts. Petra s'adossa à un mur et croisa les bras pendant qu'il s'asseyait et allumait une cigarette. Il avait les yeux larmoyants, le blanc d'un vilain jaune. Son teint gris le vieillissait de dix ans.

— Ce n'est pas la grande forme, on dirait.

Il jeta un coup d'œil aux bouteilles de bourgogne vides près de l'évier.

— C'est l'horreur, oui.

— Gueule de bois ?

— Pire. Malade, peut-être, je ne sais pas…

Petra haussa les épaules, indifférente.

— J'espère que ce n'est pas contagieux.

De la main gauche, Serra se frotta l'épaule droite.

— J'ai une douleur aussi.

Petra sourit :

— C’est donc vrai.

— Quoi ?

— Que les Parisiens sont les plus grands hypocondriaques du monde ?

Elle remplit la bouilloire, alluma le gaz.

— Quand pars-tu ? demanda Serra.

— Dans une demi-heure.

Il se gratta la mâchoire.

— Il y a une chose dont il faut qu’on discute avant.

— Cela ne peut pas attendre ? Tu n’as pas l’air d’attaque.

— Non, cela ne peut pas attendre. Il s’agit de Khalil.

Petra espéra que Serra n’avait pas remarqué son sursaut intérieur – si tant est qu’il fût en état de remarquer quoi que ce soit.

— Eh bien ?

Serra tira sur sa cigarette, l’air pensif.

— À tort ou à raison, Khalil est convaincu que les États-Unis mènent une croisade contre l’Islam.

— Pas très originale comme idée.

— Non. Mais sincère.

— Voire correcte.

— Exactement.

— N’étant pas musulmane, cela ne me touche pas personnellement.

— Non. Mais l’impérialisme américain ?

— Ce qui me touche personnellement ne concerne que moi.

Ils s’embrassèrent, s’enlacèrent et s’embrassèrent de nouveau.

— Comment c’était ? demanda Frank.

Petra le regarda dans les yeux.

— Fatigant.

Il l’emmena dans la cuisine où il prépara du thé vert. Elle s’assit sur un tabouret en métal. Il lui posa des questions et elle inventa des réponses. Oui, le voyage avait été un succès, mais Bruxelles était humide et froid. Non, elle ne savait pas quand aurait lieu le prochain voyage.

La cuisine était la même. Frank était le même. Tout était comme avant. Il n'était pas nécessaire de croire qu'elle avait eu des rapports sexuels avec Serra.

Frank se tourna vers elle pour lui tendre une tasse. Petra la posa sur la table et lui prit la main.

— Tu m'as manqué.

Il est six heures moins cinq du matin et je suis dans le salon de Frank, une tasse de café dans les mains. J'ai enfilé un gros pull noir à lui qui m'arrive presque aux genoux. La laine me démange. Cela fait des heures que je suis réveillée.

Rosie, une des employées internes de Magenta House, m'a parlé un jour de Greta Muller, une espionne d'Allemagne de l'Est qui travailla clandestinement en Grande-Bretagne de 1981 jusqu'à la chute du régime Honecker en RDA. Dans la communauté du renseignement, Muller était devenue une sorte de légende.

Se faisant passer pour une Suédoise – elle parlait couramment la langue –, elle entra en contact avec un opérateur vulnérable du GCHQ du nom de Roger Bolton, qu'elle épousa l'année suivante. Non seulement elle l'épousa mais elle eut trois fils et une fille de lui. Elle ne fut démasquée qu'à la publication des archives de la Stasi, qui révélèrent sa véritable identité. Le temps que le MI 5 soit alerté – moins de vingt-quatre heures après la découverte – Muller avait disparu, abandonnant mari et enfants. Bolton, on s'en rendit compte pendant son interrogatoire, n'avait jamais rien soupçonné. Pourquoi l'aurait-il fait ? Elle ne lui avait jamais donné de raisons de douter d'elle. Ils avaient même séjourné chez ses parents – les grands-parents des enfants – à Stockholm, affirma-t-il. Des faux, eux aussi, des extras… Aujourd'hui, personne ne sait où se trouve Greta Muller ni si elle est vivante. Mais sa réputation est faite.

Je prends une gorgée de café. Mariage, enfants, dix ans de mensonge. Comment a-t-elle pu ? Peut-être a-t-elle évité l'erreur critique que j'ai commise. Peut-être a-t-elle évité les effets secondaires pernicieux de l'amour. Une fois que le cœur entre dans la danse, il corrompt. J'ai cru que la raison et la volonté me protégeraient, et je n'aurais pas dû.

La nuit dernière, j'ai fait l'amour avec Frank et c'était superbe. Quand nous nous embrassions, mon âme glissait dans sa bouche et quand je le regardais dans les yeux, il était tout ce qui existait au monde. Rien d'autre ne comptait. Mais il suffisait que je ferme les yeux pour voir Serra. Et plus j'essayais de le chasser, plus il insistait.

Je veux Frank mais je ne peux pas l'avoir sans Serra. Frank est l'avenir, mais Serra est la clé de cet avenir. Ou plutôt, il est la clé d'un avenir, un parmi d'autres. Je suis prise au piège et je ne sais pas quoi faire

23

Alexandria Clothing Company. Le nom était peint à côté de la porte, à l'arrière de l'entrepôt. La dernière fois, elle avait suivi Ismail Qadiq dans le bâtiment en passant par la façade. Là, à minuit moins cinq, les lieux étaient déserts et le resteraient jusqu'au matin.

Petra vérifia que son petit sac à dos était bien accroché avant de faire jouer ses doigts gainés de fins gants noirs. Elle jeta un coup d'œil dans l'étroite impasse : pas un chat. Au pied du tuyau d'écoulement s'empilaient quatre cartons ayant contenu de la nourriture chinoise. L'odeur la prit à la gorge. Elle commença son ascension. Malgré l'humidité, ses bottes ne glissaient pas sur la brique. Un grimpeur moins chevronné aurait peut-être visé les trois petites fenêtres, en haut à droite, dans l'espoir d'en trouver une ouverte. Mais Petra continua droit jusqu'au toit plat de l'entrepôt. Au sommet du tuyau, elle vérifia la solidité de la gouttière. Sentant qu'elle bougeait, elle se concentra sur le rebord en béton. Elle passa les doigts sur sa surface. La pluie l'avait rendue glissante, mais Petra se sentait sûre d'elle. Elle leva une main vers le rebord et s'y agrippa. La seconde main suivit. Une fois en place, elle relâcha doucement la pression de sa cuisse sur le tuyau.

Elle jeta un coup d'œil dans l'impasse en dessous, flaque noire entre deux bâtiments. Elle stabilisa son corps en équilibre dans le vide et songea à Frank, seul dans son lit, persuadé qu'elle passait la nuit à Brillex-Martins pour y régler une affaire.

Comme il était trop risqué de tenter un balancement, elle banda les muscles de ses bras et tira pour amener son menton au niveau de ses mains, consciente de la chaleur irradiant dans ses biceps. Encore quarante-cinq centimètres. Un nouvel effort, elle se hissa plus haut et tendit la main vers l'arrière du rebord. Une fois sa prise assurée, elle grimpa sur l'avancée.

Facile. Elle était la digne fille de sa mère. Boyd aurait apprécié.

Elle parcourut le toit, consciente de la pluie glacée qui lui coulait sur la nuque. Elle nota la présence d'un grand système d'aération au centre de la plate-forme et de lucarnes aux quatre coins. Elle enjamba de vieilles pièces d'échafaudage et contempla les immeubles proches, dont les derniers étages se perdaient dans une brume sinistre. La rue en dessous était éclairée par la lumière orange des lampadaires. Un groupe d'ivrognes sortit d'un pub en titubant, riant et jurant. L'un d'eux vomit sur le capot d'une Vectra. Quelque part dans le lointain, des sirènes de police fendaient la nuit.

Elle sortit une pince-monseigneur de son sac à dos et revint à l'une des lucarnes. L'ouvrir ne posa aucune difficulté, le cadre en plastique pourri n'offrant guère de résistance. Petra se laissa glisser sur la mezzanine métallique qui courait autour de l'entrepôt. Une échelle grillagée descendait au sol.

Des cageots étaient empilés contre un mur, en face de trois petits élévateurs. Se souvenant de l'emplacement du bureau, elle braqua sa torche dans sa direction ; la lumière se refléta sur les taches de graisse sur la vitre. Puis elle rejoignit l'entrée de l'entrepôt et posa deux petites boîtes noires de chaque côté de la porte de livraison. Une fois l'interrupteur activé, la plus petite boîte se mit à clignoter. Petra en modifia la position jusqu'à ce qu'une lumière verte s'allume ; le faisceau entre les deux unités était établi. Elle revint dans le bureau et brancha le dispositif de surveillance à distance. Si l'on franchissait le faisceau, une alarme se déclencherait.

Elle alluma les lumières dans le bureau. La curiosité l'attira vers le mur du fond. Une collection de reçus et de factures y était épinglée. Elle regarda derrière et vit le trou. On avait extrait la balle du plâtre sans se préoccuper de réparer les dégâts. Petra sourit. C'était un pur hasard qu'elle n'ait pas tué Ismail Qadiq. Stephanie, qui n'avait pas eu la moindre idée de ce qu'elle faisait, avait pourtant réussi à soutirer le nom de Reza Mohammed à l'Egyptien, et même plus aisément que ne l'aurait fait Petra. En revanche, Stephanie aurait très bien pu le tuer par erreur.

Pendant cinq heures Petra éplucha les archives de Qadiq. Certaines données étaient en arabe, mais la plupart étaient en anglais. Elle rencontra plusieurs fois le nom de Mustafa Sela. Le lien entre Reza Mohammed et Mustafa Sela restait une énigme. Elle vit deux références au foyer d'étudiants al-Sharif à Earls Court. La première s'accompagnait du nom d'Obaid, l'autre de Mirqas, détail qui lui revint en mémoire lorsqu'elle tomba sur une page d'un vieux carnet. On avait griffonné le nom de Keith Proctor et son adresse à la pointe Bic dans un coin. C'était suivi d'un tiret et du nom de Mirqas. Des nombres à quatre chiffres s'alignaient à côté, écrits de la même main. À voir la disposition des données, Petra devina que Qadiq avait pris des notes pendant une conversation téléphonique. Le carnet devait être ouvert devant lui.

Juste après quatre heures, elle trouva la photocopie d'un fax. Son œil fut attiré par un détail, en haut de la page : Re : GRAS-3. Suivaient douze lignes incompréhensibles, chacune étant une série de chiffres et de lettres. Il ne semblait pas exister de cohérence entre eux. On avait retiré le nom et le numéro de l'expéditeur et l'espace pour la date était vide.

À six heures, Petra sortit de l'entrepôt par le chemin par lequel elle était entrée. Elle monta dans la Golf blanche qu'elle avait garée à trois rues de là et rentra en ville. Les premiers banquiers émergeaient déjà des stations de métro. Elle prit la direction d'Embankment et se gara sur Savoy Place. Elle laissa les clés dans la boîte à gants. Le coursier de Magenta House aurait son propre trousseau.

À sept heures, elle était chez elle.

À midi, elle arpentait les allées du supermarché Europa. L'éclairage fluorescent aggravait sa migraine. Elle tâta des bananes et des oranges pour voir si elles étaient mûres sans prêter la moindre attention à ce que ses doigts lui apprenaient. Keith Proctor l'obsédait. Voir son nom dans le carnet de Qadiq avait été un choc. Elle avait souvent pensé que Reza Mohammed avait tué Proctor. Proctor avait été en contact avec Qadiq pendant son enquête sur le poseur de bombe du NE 027 – Stephanie avait trouvé l'adresse de Qadiq dans l'ordinateur de Proctor –, il paraissait donc logique que Qadiq ait alerté Mohammed qu'un journaliste avait l'intention de le démasquer. Mais à présent, il semblait qu'une personne du nom de Mirqas était peut-être responsable. Elle songea un instant que Mirqas et Mohammed ne faisaient qu'un, mais repoussa cette idée : cela aurait été trop simple.

Proctor était la raison pour laquelle Stephanie était devenue Petra. L'objectif était d'obtenir justice pour sa famille défunte, mais Proctor s'était révélé le catalyseur. Sans lui, Petra serait encore Stephanie jouant les Lisa. Probablement. Ou peut-être serait-elle morte à présent, victime d'un client brutal, ou d'un Dean West à bout de patience, ou encore d'une surdose, peut-être voulue, peut-être pas.

Petra passa l'après-midi à regarder un film en noir et blanc sur Channel Five. Vêtue d'un débardeur gris et d'un caleçon noir, elle était allongée sur le canapé, recroquevillée autour des coussins qu'elle serrait contre ses côtes. À six heures, elle vérifia son portable. Un message attendait V. Libensky sur le site Heavens Above. Elle répondit en se servant de l'adresse électronique d'Andrew Smith. C'était Serra, qui suggérait un rendez-vous. Pourrait-elle se trouver à Paris le lendemain à midi ? Elle envoya une réponse affirmative et prit ensuite un bain rapide pour ne pas faire attendre Frank.

Nous sommes six autour de la table dans ce restaurant italien de Marylebone. À ma gauche est assis John Fletcher, un vieil ami de Frank, analyste dans une banque d'investissements de la Cité. Mary, sa femme, transparente, me fait face. Rick Donald se trouve à ma droite. Architecte, il a travaillé pour sir Norman Forster. Sa femme, Rachel, bavarde avec Frank.

John Fletcher sort du bureau et porte encore son costume à fines rayures. Costume très fripé. Comme lui d'ailleurs. Fletcher n'est pas un produit des public schools *parvenu sans effort à son poste ; il vient d'un milieu de pauvreté, de chômage et de divorce – un passé sur lequel il essaie de tirer un trait définitif. Mais, quelle que soit sa réussite, il n'y parviendra jamais. Comme son ambition ne lui permet pas de se détendre, au risque de se faire distancer, il ne peut résister à l'envie d'introduire une note professionnelle dans notre conversation bien qu'il s'agisse d'un dîner entre amis.*

— Brillex-Martins, murmure-t-il en consultant les données dans sa mémoire. Ils construisent un nouveau complexe chimique près d'Anvers, n'est-ce pas ?

On se dirige vers des eaux dangereuses. Je le corrige en me demandant si l'erreur était volontaire.

— En fait, un complexe pharmaceutique. Effectivement près d'Anvers. À une quinzaine de kilomètres du centre.

— Cela fait longtemps que vous travaillez pour eux ?

— Près de cinq ans, lui dis-je en espérant avoir fourni la même version à Frank.

Chaque question resserre le nœud au creux de mon estomac. Je bois une gorgée de Barolo. Sous l'identité de Petra, je trouverais cela simple, mais j'essaie d'être Marina et je ne peux me contenter de transférer les attributs de l'une à l'autre. Hélas !

— Et depuis combien de temps habitez-vous à Londres ?

— Environ trois mois.

Il commence à m'interroger sur les produits Brillex-Martins. Sur les rumeurs de recherches. Sur les brevets. Les procès imminents. Les fusions potentielles avec d'autres entreprises. Mon pouls s'accélère. Frank a beau bavarder avec Rachel Donald, j'ai soudain la conviction qu'il m'écoute et qu'il sent mon émoi. Cette couverture est censée suffire pour les gens orbitant autour de Khalil, le genre de gens que fréquente Marc Serra, pas pour des analystes de la City. Ils n'étaient pas prévus au programme. Je ne connais pas les détails intimes des pratiques de mon entreprise ni de ses produits. Je vois le doute dans le regard de Fletcher et j'espère qu'il prend ma réticence pour de la prudence professionnelle et non pour de l'ignorance.

— Et qu'est-ce que vous faites exactement pour eux ?

Je reprends la réponse que j'ai donnée à Frank :

— Je joue les médiateurs.

Cela l'incite à soulever un sourcil et je me dis qu'il est temps de changer de sujet, si bien qu'avant qu'il analyse ma réponse, j'enchaîne :

— Et vous ? Qu'est-ce que vous faites exactement ?

Mon plat arrive. Des spaghettis à la puttanesca. Bien sûr. Voilà comment certains se comportent dans cette ville. C'est normal. Ils ont dans les trente-cinq ans, pour la plupart. Ils exercent des professions libérales, sont des époux, des parents. Les autres convives du restaurant correspondent pour la plupart à cette description. Leur normalité ne fait qu'accentuer mon sentiment d'anormalité. Il est vrai que je suis plus jeune que ceux qui m'entourent. À vingt-trois ans, je devrais peut-être encore faire des études. Ou peut-être me lancer dans une carrière, mal payée mais pleine d'avenir. Mais je n'ai pas l'impression d'avoir vingt-trois ans et mon avenir est en miettes au fond de l'océan Atlantique. L'existence de Frank ne fait qu'aggraver cette sensation. Sans lui, je n'aurais pas à redouter de le perdre. Je serais seule et je n'aurais donc rien à craindre.

Mary Fletcher et Rachel Donald se mettent à parler bébés. Mary a un garçon de quatre ans et une fille de deux ans ; Rachel, deux garçons, l'un de trois ans, l'autre de dix-huit mois. Cette conversation se poursuit pendant presque tout le reste de la soirée. Elles évoquent les premiers pas, les premiers mots, les nuits sans sommeil, les seins abîmés. De temps à autre, l'une d'elles pense à m'inclure dans la conversation.

— Comme vous êtes italienne, j'imagine que vous voulez une grande famille, me dit Mary.

Je souris et réponds que je n'en suis pas sûre. Italienne ? Mère de famille ? Je ne suis ni l'une ni l'autre, et ni l'une ni l'autre ne semble convenir au vrai moi. Le vrai *moi. Voilà quelqu'un que j'aimerais rencontrer un de ces jours.*

— Je suis désolée, Marina, dit Rachel. Ce doit être très barbant de nous écouter. Je crains qu'aucune de nous n'y échappe. Une fois que vous en avez, vous ne pouvez parler de rien d'autre.

À l'évidence.

Adolescente, j'affirmais catégoriquement que je n'aurais jamais d'enfants. Je ne le pensais pas. Je n'y songeais même pas. Je disais ça seulement pour provoquer une réaction négative. Maintenant, quand j'y réfléchis, je me rends compte que je ne suis pas sûre. Par exemple, je regarde Frank en face de moi – qui me voit du coin de l'œil et réussit à m'adresser un sourire tout en écoutant Mary – et je nous vois bien parents. Frank et Marina (ou Stephanie) et leurs un/deux/trois enfants. Mais cette image m'arrive d'un univers parallèle où je suis une femme d'intérieur et une mère heureuse, où nous possédons une maison à la campagne.

Est-ce que je sens l'instinct maternel en moi ? Pas pour l'instant. L'ai-je jamais ressenti ? Petite, peut-être, mais je ne me rappelle pas. En plus, mettre un enfant dans le monde dans lequel je viens de passer les quatre dernières années de ma vie serait assurément un acte criminel. Peut-être mon instinct maternel a-t-il été détruit par l'alcool que j'ai bu, les drogues que j'ai prises. Ou peut-être m'a-t-il été arraché par tous ces hommes qui m'ont baisée et rouée de coups. Peut-être cet instinct est-il vivant ? Peut-être est-il en sommeil, attendant le moment de pouvoir émerger en toute sécurité. Oui, c'est peut-être ce qui lui est arrivé.

Je prends mon verre à deux mains, bois une autre gorgée de vin et m'accroche à cette pensée. Une douce chaleur m'emplit à présent. Un sourire fatigué passe sur mes lèvres, ce qui attire l'attention de Rachel.

— Un sou pour vos pensées, dit-elle.

— Désolée, elles ne sont pas à vendre.

Ce qui, vu mon passé récent, semble une drôle de réponse.

Bras dessus, bras dessous, ils traversèrent Oxford Street. La foule des acheteurs avait disparu, remplacée par les SDF qui se fabriquaient des lits sur les pas de porte avec des cartons humides. Deux ivrognes assis sur un banc, accrochés à des canettes de Red Stripe, se disputaient. Un troisième urinait sur un arbrisseau récemment planté.

– Qu'est-ce qui ne va pas ? demanda Petra.

– Je pensais juste à un truc que John m'a dit.

– Quoi ?

– Il t'a trouvée très sur la défensive.

Petra résista à son besoin instinctif de nier.

– Vraiment ?

– Il t'a trouvée évasive quand il te posait des questions.

– Peut-être, mais tu sais ce que c'est. Peut-être aurais-je été moins réticente s'il avait été prof ou médecin. Mais il travaille comme analyste pour une société de la City et je ne le connais pas vraiment bien, ce qui explique que je fasse preuve de prudence. L'information est de l'argent.

– Il semblait penser que ta prudence s'étendait aussi aux questions privées.

– C'est peut-être également vrai. Je ne le connais pas assez pour évoquer des sujets privés.

Ils passèrent devant l'ambassade américaine, dans Grosvenor Square, et prirent South Audley Street. Le silence devenait pesant.

– Que se passe-t-il ? À quoi penses-tu, Frank ?

– Cela n'a pas d'importance.

Cette réponse l'irrita. Elle pila net et l'obligea à la regarder.

– Bien sûr que cela en a.

– Non. Pas du tout.

– Laisse-moi deviner. Tu es d'accord avec lui. Tu me trouves évasive et prudente.

Visiblement Frank faillit nier avant d'en décider autrement :

– Pour être honnête, oui.

Soudain, il n'y avait rien à dire. Petra comprit la bêtise qu'elle avait faite en insistant. Il lui offrit une porte de sortie :

— Ce n'est pas grave.

Elle fut envahie d'un mélange de panique et de fureur.

— Apparemment, si. Tu penses que je te cache des trucs.

— Je pense que tu prends ton temps pour me parler. C'est tout. Et ce n'est pas grave.

Elle se rendit compte qu'elle tremblait :

— Tout le monde a ses secrets, Frank.

— Je sais.

— Même toi. Tu dois avoir des secrets.

— Bien sûr.

Quelque chose claqua en elle, et les mots jaillirent de sa bouche avant qu'elle puisse les censurer :

— Alors épargne-moi ta foutue hypocrisie.

— Ce n'est pas de l'hypocrisie, fit-il avec un sourire conciliateur, que Petra prit pour de la condescendance.

— Bon Dieu ! tu trouves vraiment ça drôle ?

— Je pense que tu as une réaction outrée.

— Je ne suis pas obligée de te dire tout de moi. Rien d'ailleurs.

Un couple les croisa. Ils fixèrent Petra qui soutint leur regard jusqu'à ce qu'ils détournent les yeux.

— Marina, qu'est-ce qui t'arrive ?

Le silence dura suffisamment longtemps pour que Petra perde son mordant. Sa colère s'évanouit aussi rapidement qu'elle avait explosé. Elle eut de nouveau froid. Elle respira plusieurs fois profondément, puis s'enfouit le visage dans les mains. Frank la prit par les épaules, et elle sentit le poids rassurant du réconfort. Et cela la déprima encore plus.

— Tout va bien. Je le pense. Cela n'a pas d'importance.

L'aube se leva sur un ciel d'acier dégouttant de pluie. Quand Petra entra dans la cuisine, Frank était près de la fenêtre donnant sur Clarges Street, une tasse de café à la main. Elle se demanda depuis combien de temps il était debout ; elle avait ouvert les yeux sur un lit vide.

– Bonjour.

Il se tourna :

– Marina, à propos d'hier soir…

– Non, Frank, dit-elle plus honteuse que furieuse, je t'en prie.

Il leva une main.

– D'accord. Mais j'ai juste une chose à dire. Ensuite on changera de sujet.

– Quoi ?

– Je n'ai pas besoin de tout savoir de toi. Et peut-être est-ce mieux ainsi. C'est toi qui m'intéresses, ni ton passé, ni ton boulot, ni rien d'autre.

Ils étaient rentrés dans un silence lourd et avaient fait l'amour dans le noir avant de s'endormir en échangeant à peine un mot. À son réveil, Petra avait a interprété l'absence de Frank dans le lit comme un mauvais présage. Elle avait vite enfilé un vieux pantalon et un gros pull noir. Puis elle avait traversé l'appartement en silence, impatiente et anxieuse.

– Si tu as des raisons d'être évasive, très bien. Restons-en là. Peut-être que tu penseras pouvoir te confier à moi à l'avenir, peut-être pas. Mais n'en parlons plus, d'accord.

Faute de trouver des mots, elle traversa la cuisine, lui passa les bras autour du cou et l'embrassa. Il avait un goût de café sur la langue.

Il l'embrassa ; il avait un goût de nicotine sur la langue.

– Tu m'as manqué, dit Serra.

Petra ravala sa réaction instinctive :

– Toi aussi, tu m'as manqué.

Il l'embrassa de nouveau et elle sentit ses doigts chercher les boutons de sa chemise.

– C'est pour ça que tu m'as fait venir ? dit-elle, brusque.

– Cela te mettrait en colère ?

– Oui.

– Eh bien, ce n'est pas le cas.

Il lui prit la main et l'entraîna dans la chambre.

Cinq heures plus tôt, à Londres, elle avait fait l'amour avec Frank. Maintenant, dans un appartement de la rue de Rivoli, c'était la bouche de Serra qui s'activait sur ses seins avant de descendre sur son ventre et de se presser entre ses cuisses. Petra ferma les yeux et s'efforça de se rappeler son rôle.

Une demi-heure plus tard, ils étaient dans le salon de Serra. Il buvait un verre de vin. Petra, du Coca. Elle ne s'était pas souciée de se doucher – elle avait eu hâte de se rhabiller – et maintenant elle le regrettait. Elle se sentait sale. Physiquement et mentalement.

– Parle-moi de Khalil.

– Pourquoi ?

– La curiosité. Il n'est guère qu'un nom pour tout le monde.

– Comme toi.

– Pas pour toi. Qui est-ce ? Qu'est-ce que tu sais de lui ?

Serra haussa les épaules.

– Seulement ce qu'on m'a dit et rien ne venait de lui.

– Mais tu le connais mieux que personne, n'est-ce pas ?

– Bien entendu. Mais cela ne veut pas dire que tout soit vrai.

– Je m'en doute.

Serra alluma une cigarette avec une allumette.

– Pour ce que j'en sais, Khalil est probablement né à Koweït, en 1966. Son père était peut-être Mohammed

Khalid Mahmud, un ingénieur issu de la tribu baluchi, au Pakistan. Sa mère était peut-être palestinienne – personne ne connaît encore le nom complet de Khalil. Si, toutefois, ces gens étaient bien ses parents, Khalil a grandi dans Fuhayhill, à Koweït, un quartier ouvrier avec une importante population palestinienne. En 1986, Mohammed Khalid Mahmud est rentré au Pakistan, où il s'est installé dans le Peshawar, à la frontière du nord-ouest. À ce moment-là, comme tu le sais, le Peshawar était devenu une rampe de lancement stratégique pour les moujahidine qui menaient leur guerre contre les Soviétiques de l'autre côté de la frontière en Afghanistan. Les expériences de Khalil à Kuwait City et au Peshawar expliquent probablement ce qu'il est devenu.

Petra but une gorgée de Coca.

— Je sais qu'il a eu pour guide spirituel le cheikh Adbul Kamal Qassam et que, comme le cheikh Omar Abdel Rahman, Qassam a été condamné par un tribunal de New York. Ce serait suffisant pour donner un mobile à Khalil mais, sans financement, il n'y a pas de produit final.

— Exact.

— Et tu organises le financement pour lui, alors voilà ce que j'aimerais savoir : d'où vient-il au départ ?

— De Kamal Ibrahim Karim.

— Je ne pense pas le connaître.

— Un disciple d'Osama Ben Laden. Karim a été entraîné dans un des camps algériens financés par Ben Laden. Karim se distingue de la plupart des disciples de Ben Laden par sa fortune. Comme Ben Laden lui-même. La famille de Karim a amassé des centaines de millions de dollars grâce au pétrole, au transport naval, à la construction et à la banque. Je ne connais pas le montant exact de la fortune personnelle de Karim, mais elle doit dépasser les cent millions de dollars. Sans être le seul commanditaire de Khalil, il en est le principal.

— Ils partagent la même idéologie ?

— Seulement dans le sens où les Etats-Unis sont l'ennemi numéro un. Karim est peut-être un Pakistanais, mais il suit la secte Wahhabi de l'Islam sunnite, qui domine en Arabie Saoudite. L'Arabie Saoudite a un statut particulier dans le monde islamique parce qu'elle abrite les deux lieux saints les plus importants de l'Islam : *Haram al-Sharif*, le saint des saints, et *Masjed an-Nabi*, la mosquée du Prophète. Pour ces deux seules raisons, Kamal Karim juge totalement inacceptable qu'il y ait des soldats américains – des soldats *chrétiens* – sur le sol saoudien. Leur présence est une insulte à l'Islam. Voilà sa principale motivation. Mais même s'ils se retiraient demain, les États-Unis resteraient toujours l'ennemi numéro un à cause de leur soutien à Israël et parce qu'ils sont une nation d'adorateurs de la Croix. Tant que les ennemis de l'Islam ne seront pas vaincus, il ne peut y avoir de repos. Pour Khalil, l'affaire est plus personnelle. Il veut se venger de l'emprisonnement du cheikh Abdul Kamal Qassam.

— Khalil et Karim – comment se sont-ils alliés ?

— Comme Karim est basé au Peshawar, où Mohammed Khalid Mahmud s'est installé en 1986, il y a des chances qu'il y ait un lien. Cela donnerait sans aucun doute de la crédibilité à la théorie voulant que Mahmud soit le père de Khalil.

— À moins que cette théorie n'ait été lancée dans une volonté de désinformation.

— Exact.

Petra était assise en tailleur sur le canapé, mais Serra marchait de long en large.

— Combien de temps restes-tu à Paris ?

Son mensonge fut automatique.

— Je prends un avion pour Zurich en début de soirée.

— Zurich ? fit Serra, surpris.

— Ce n'est même pas la peine d'y songer.

— Bien sûr, dit-il un peu moqueur, j'aurais dû m'en douter.

— Effectivement.

— Il n'y a aucune chance que tu restes ici ce soir, alors ?

— Aucune.

Il eut un sourire piteux :

— Quel dommage ! Depuis ton départ, j'ai pensé à toi. À nous.

Jouer le jeu.

Elle baissa les yeux, coquette, attitude qui ne lui était jamais venue naturellement.

— Moi aussi. Plus que je n'aurais dû.

— Qu'est-ce que cela veut dire ?

Elle leva les yeux.

— Cela veut dire que cela pourrait être dangereux pour nous.

Serra acquiesça :

— J'ai une question à te poser qui requiert une réponse immédiate.

— Et c'est pour ça que j'ai dû venir ?

— Il n'y avait pas d'autre moyen d'en discuter. Et le temps est compté. Selon ta réponse, je saurai s'il faut ou non que je commence tout de suite les préparatifs.

— De quoi s'agit-il ?

— Khalil veut que tu sois comparse.

Petra prit son temps.

— Une prise d'otages, c'est ça ?

— Un détournement.

— D'avion ?

— Oui.

Pendant un détournement, le comparse avait la mission de se faire passer pour l'un des otages. Cela lui permettait de surveiller les auteurs du détournement, l'équipage et les agents de sécurité éventuellement présents à bord. Il ne participait pas au détournement, même si l'opération tournait mal.

– La réponse est non. Les détournements sont trop difficiles à maîtriser.

– Pas celui-ci.

– Tous les pirates de l'air sont persuadés d'avoir pensé à tout. À moins qu'ils ne soient des kamikazes. Et je ne tombe pas dans cette catégorie.

– Crois-moi, l'issue du détournement est assurée. Les otages seront relâchés. Tu en seras.

– Pourquoi moi ? Pourquoi pas un des pirates de l'équipe ?

– Khalil veut quelqu'un d'extérieur, qui ne s'est pas entraîné avec eux. Un non-musulman. Quelqu'un en qui il peut avoir confiance.

– Plutôt ironique, non ? Il pense qu'il peut me faire confiance juste parce qu'il m'a engagée ?

Petra savait aussi bien que Stephanie que l'argent n'était pas une garantie de loyauté.

– Non. Il sait qu'il ne peut pas te faire confiance. Voilà pourquoi il veut que tu le fasses sur la même base que New York. Pour l'argent.

– Dans quel but ?

– Il veut te rencontrer.

– Il y a des moyens plus faciles.

– Pas pour rencontrer Khalil. C'est un obsédé de la sécurité. Il évite tous les rendez-vous habituels. Il soupçonne tout le monde et il redoute constamment d'être identifié, voire pire. Mais en l'occurrence, il a une solution.

– Laisse-moi deviner. Il sera assis à côté de moi dans l'avion ?

– Il ne sera pas dans l'avion. Mais il t'attendra quand tu en descendras.

Petra dut admettre que sa curiosité était éveillée.

– Continue.

Serra cessa de marcher et s'assit dans le fauteuil le plus proche d'elle. Il se pencha en avant, coudes sur les cuisses, et baissa la voix comme s'ils se trouvaient dans un lieu public, cernés d'oreilles indiscrètes.

– L'avion atterrira à Malte. Il restera au sol quelques heures – vingt-quatre environ – puis on libérera les otages.

– Pourquoi ?

– Parce qu'ils auront rempli leur mission.

– Qui est ?

– Tu n'as pas besoin de le savoir.

– Où ce vol est-il censé aller ?

– Cela reste un secret, aussi.

– Comme son aéroport de départ, je suppose ?

– Bien entendu.

– Et les dates ? Il faudra bien que tu finisses par me les donner tôt ou tard.

– Je sais. Plus tard. Au moment voulu, pas avant.

Petra réussit à sourire.

– Je vois que, malgré notre situation, tu gardes toujours une longueur d'avance. Nous pouvons tout partager sauf la confiance.

Serra se carra dans son fauteuil et souffla un nuage de fumée bleue.

– Il ne faudrait jamais fournir de renseignements inutiles, pas même à ses amis intimes. Le prophète Mahomet a dit : « Celui qui garde ses secrets atteindra bientôt ses objectifs. »

– Tu lis régulièrement le Coran, c'est ça ?

– J'ai découvert que dans mon business cela payait de le connaître un peu.

– J'imagine.

– Bon, qu'est-ce que tu en dis ?

– C'est trop soudain.

– Je sais, je sais. Mais j'ai besoin d'une réponse.

Elle se mordit la lèvre.

— Pourquoi moi ?

— Je ne comprends pas.

— Je suppose que ce projet est sur le feu depuis quelque temps. Khalil devait savoir qu'il aurait besoin d'un comparse non musulman. Pourquoi a-t-il attendu aussi longtemps ? Cela ne tient pas debout.

— Un comparse était prévu. Mais il n'est plus disponible.

— Qu'est-ce qu'il lui est arrivé ?

— Un accident de voiture.

— Bien, fit Petra en affichant un sourire entendu. Que s'est-il vraiment passé ?

— Mais c'est la pure vérité ! C'est le genre de truc qui peut arriver à n'importe qui. Il s'est cassé les deux jambes.

— Il n'est donc pas mort ?

— Non. Juste hospitalisé.

— Quand cela s'est-il produit ?

— Il y a trois jours. Ici, à Paris.

— Je joue donc les remplaçantes ?

— Exactement.

— Où se place Khalil là-dedans ? Il devait rencontrer celui que je remplace ?

— Non. Mais quand – comment dire ? – la place s'est libérée, il y a vu une occasion. Khalil sera à Malte quand l'avion sera au sol. Cela a toujours été son intention.

— Avec des tas de spécialistes de la sécurité.

Serra sourit.

— Si tu connais Malte, rien n'est plus facile que de s'y perdre. Khalil s'y déplace comme il veut. Il s'est toujours senti bien là-bas. Comme chez lui.

— Qu'est-ce qu'il a en tête pour moi ?

Serra haussa les épaules.

— Je ne connais pas les détails. Mais il trouvera un moyen de te contacter.

Khalil à Malte. L'idée se cristallisa. Mais pour arriver là – pour saisir l'occasion dont elle avait besoin – il fallait en passer par le détournement. Et pour l'instant, elle n'en savait pas grand-chose.

Petra se rendit compte que Serra lui demandait ce qu'elle pensait de la proposition ; elle s'efforça de rassembler ses idées :

– Je ne sais pas encore.

– Je sais que c'est soudain. Mais il me faut un oui ou un non.

– Et il me faut du temps. Pas beaucoup, mais un peu.

– C'est une question d'argent ?

– C'est toujours une question d'argent…

Serra ouvrit la bouche, probablement pour lui faire une offre généreuse, mais Petra l'interrompit.

– Je sais que Khalil paiera ce que je demanderai, c'est autre chose, en l'occurrence.

– Quoi donc ?

– Le prophète Mahomet a dit : « Celui qui garde ses secrets atteindra bientôt ses objectifs. » Comme moi, il va falloir que tu attendes.

24

Suivant les instructions, Petra quitta à pied le terminal d'Eurostar à Waterloo et se dirigea vers le pont. Lorsqu'elle avait appelé Magenta House de Paris, on lui avait dit qu'on viendrait la chercher. La pluie torrentielle transformait les rues en surfaces miroitantes. Petra passait devant le National Theatre quand une Mercedes noire s'arrêta à sa hauteur. Alexander était à l'arrière. Petra monta à côté de lui, ravie, au moins, d'échapper à la pluie. Elle secoua la tête, constellant les sièges en cuir de gouttes d'eau.

— Pourquoi cet appel ? demanda Alexander.

— Je sais qui sont les Fils de Sabah.

— Qui sont-ils ?

— Khalil prépare un détournement. C'est l'équipe qui a été entraînée pour l'opération.

— Serra vous a dit ça ?

— Pas exactement. Mais tout concorde.

— Pourquoi vous en a-t-il parlé ?

— Parce qu'il me veut à bord comme comparse.

— Quel genre de comparse ? Quel serait votre rôle ?

— Il ne l'a pas précisé. Je suis censée remplacer le comparse initial victime d'un malencontreux accident à Paris il y a quelques jours. Un accident de voiture. Deux jambes cassées. L'ennui, c'est que Serra a besoin d'une réponse immédiate. Voilà pourquoi j'ai appelé. J'ai besoin de renseignements sur l'accident de voiture.

Alexander acquiesça :

– Cela ne devrait pas poser de problème.

Ils étaient au milieu de Waterloo Bridge. À sa gauche, Petra aperçut l'immeuble Adelphi, que la nuit faisait apparaître monumental. En revanche, Magenta House restait invisible derrière les branches noires des arbres de Victoria Embankment, même si on entrevoyait des fragments de lumière qui provenaient peut-être de ses fenêtres. Magenta House ne dormait jamais. Alexander non plus, d'après les on-dit.

– Un détournement, fit-il, l'air songeur. À ma connaissance, ce serait une première pour Khalil.

– Il y a quelque chose qui cloche là-dedans, vous ne trouvez pas ?

– Khalil fait-il partie de l'équipe ?

– Non. Mais il sera là à la fin. C'est la raison de ma participation, apparemment.

– Et où cela se terminera-t-il ?

Petra faillit répondre et se ravisa. Elle songea à Rio de Janeiro et à New York, deux opérations simples qui avaient mal tourné.

– Je ne sais pas. Serra a refusé de me donner des détails. Pas de vol, pas de dates, pas de lieux. Mais comme il est pressé, ce doit être imminent.

– Vous ne savez même pas où vous rencontrerez Khalil ?

Elle secoua la tête. Ils traversèrent Trafalgar Square et remontèrent le Mall vers Buckingham Palace avant de tourner dans Constitution Hill afin d'entrer dans Hyde Park. Alexander déposa Petra à côté de l'Inter-Continental. De là, son appartement n'était qu'à cinq minutes à pied, mais cela ne l'empêcha pas d'y arriver trempée jusqu'aux os.

Elle se débarrassa de ses vêtements mouillés et prit une douche chaude. Puis, drapée d'une serviette, elle se prépara un chocolat chaud parfumé à la cannelle. Elle fouilla dans sa maigre collection de CD et choisit *OK Computer* par Radiohead. Puis elle téléphona à Frank.

— Je suis rentrée, lui dit-elle sans lui laisser le temps de réagir.

— Tu veux venir ?

— Non, je suis trop crevée. C'est toi qui viens.

Quarante secondes plus tard, il frappait à la porte. Ils s'embrassèrent. Petra l'entraîna dans la cuisine où elle lui offrit ce qui restait du chocolat.

— Non merci. On dirait que tu en as plus besoin que moi.

Elle posa la tête sur son épaule.

— Si tu savais.

Dans le salon, ils s'allongèrent sur le canapé, dans les bras l'un de l'autre, sans parler, jusqu'à ce que Frank rompe le silence :

— Qu'est-ce qu'on écoute ?

— *Exit Music (For A Film)*, tu aimes ?

Il grimaça :

— C'est suicidaire.

— Je sais. Mais ça te plaît ?

— En quoi cela pourrait-il me plaire ? C'est déprimant.

— Il n'y a pas mieux comme musique. Mon idée de l'enfer, ce sont les Beach Boys.

— Tu n'aimes pas ce qui donne la pêche ?

— Ça, ça me donne la pêche.

Ils allèrent se coucher, et Petra resta éveillée malgré son épuisement. Le téléphone sonna à une heure dix. Oui, ils avaient trouvé la trace de l'homme en question. Il y avait eu un carambolage de sept voitures la semaine précédente sur le périphérique, près de la porte de Bercy. Une femme tuée, quatre personnes blessées, dont Edouardo Montoya, un touriste argentin. Montoya avait eu les deux jambes brisées et, après les premiers soins, il récupérait à présent dans une clinique privée.

La voix au bout du fil expliqua à Petra que Montoya était en fait Hugo Pentoral, un Vénézuélien qui avait débuté dans le trafic de drogue et qui opérait depuis trois ans en Europe en qualité d'assassin peu qualifié et sous-payé, spécialisé dans le bloc de l'Est, où ses cibles avaient tendance à être des fonctionnaires sans protection ayant le courage d'être honnêtes. Petra raccrocha sans bruit, mais Frank était réveillé.

– Des ennuis ?

– Pas vraiment, fit Petra en se levant.

– Où vas-tu ?

– Il faut que j'envoie un courrier électronique.

– À cette heure ?

Il fait froid dans le salon, ce qui convient très bien. Je pense aux gens qui doivent prendre l'avion que Khalil a l'intention de détourner. Ce sont les mêmes qui étaient sur le vol NE 027. Ils sont ma famille, ils pourraient même être moi.

Tout passager potentiel d'un vol se pose des questions, malgré lui. Allons-nous être retardés ? Est-ce qu'un moteur va lâcher ? Allons-nous nous écraser et mourir ? Mais combien de gens pensent-ils à l'éventualité d'un détournement ? On voit ça à la télé et on imagine l'horreur de la situation, mais on se réconforte avec l'improbabilité statistique de connaître un tel destin. Mais quelque part, en cet instant même, des gens complotent de s'emparer d'avions commerciaux ou de les faire exploser en plein vol. Comme pour les accidents de voiture, les accidents d'avion, c'est toujours pour les autres. Jusqu'à ce que cela vous arrive à vous. Et là il est trop tard pour agir.

J'envoie un courrier électronique à Serra.

La pancarte sur la porte du sous-sol annonçait que l'Anglo-Egyptian Cargo Company était fermée. Au-delà des grilles rongées par la rouille, les mauvaises herbes jaillissaient du béton fissuré. La pollution avait teinté de gris la maigre végétation. Petra poussa la grille. Derrière elle, sur Earls Court Road, l'habituel embouteillage du soir progressait lentement vers la Tamise. Elle descendit au sous-sol. La plaque de la société était fixée au-dessus d'une porte en verre dépoli protégée par des barreaux. Petra jeta un coup d'œil par la fenêtre principale, elle aussi munie de barreaux, mais ne distingua rien. Derrière la saleté, les rideaux étaient tirés.

Les recherches de Magenta House avaient révélé que l'immeuble appartenait à Forest Property Services, qui possédait également l'immeuble occupé par le foyer d'étudiants al-Sharif, comme RJN Travel, dans Hogarth Road. Forest Property Services lui-même appartenait à Marchand, une banque d'investissements française basée à Paris. Petra n'avait pas été surprise d'apprendre que Marc Serra faisait partie du conseil d'administration ; l'adresse sortait de ses dossiers privés à Paris.

À droite de la porte, un petit passage étroit menait à un jardin abandonné, à l'arrière. À part le sous-sol, l'immeuble était entièrement résidentiel, bien que sous une forme que n'avaient pas vraiment envisagée ses architectes. Les services du cadastre du Royal Borough de Kensington & Chelsea montraient que chaque étage avait été subdivisé en deux ou trois appartements. Le taux d'occupation variait. Pour l'instant, pour Dieu sait quelle raison, les résidents étaient rares et éloignés les uns des autres.

Dans le jardin, les mauvaises herbes avaient poussé si haut dans leur combat incessant pour l'air et la lumière qu'elles parvenaient à dissimuler entièrement le mur du fond. Petra battit en retraite et s'arrêta devant une porte, au milieu du passage. Elle essaya la poignée. Verrouillée mais molle, le cadre en bois était pourri. Elle recula d'un pas et envoya un grand coup de pied. Le bois explosa quand la serrure céda. De l'épaule, elle poussa le battant et la fit tiquer. L'odeur la prit à la gorge. Fétide, comme si quelque chose s'était décomposé dans l'espace confiné. Elle attendit quelques secondes, le temps que ses yeux s'accoutument à l'obscurité. Elle se trouvait dans une réserve ; des chaises rongées par les termites entassées dans un coin, une bicyclette privée d'une roue et d'une chaîne dans un autre, des cartons vides ayant contenu des postes de télévision Hitachi encombrant la plus grande partie de l'espace restant. Une autre porte donnait dans un petit couloir qui reliait les deux pièces principales de la société.

La pièce sur la façade était un bureau : deux tables, une demi-douzaine de chaises en plastique, deux vieux ordinateurs, des calendriers au mur et trois panneaux d'affichage remplis de messages, surtout en arabe. Une petite salle de bains d'un côté, une cuisine grande comme un placard de l'autre. Petra passa une demi-heure à trier les documents de bureau sans rien trouver de révélateur, si bien qu'elle s'intéressa à la pièce du fond. La plus grande partie de la marchandise à passer entre les mains de la société n'atterrissait jamais à Earls Court. Elle restait entreposée dans des hangars portuaires et aéroportuaires avant d'être transférée par air ou par mer vers d'autres entrepôts de même nature. Petra savait qu'Ismail Qadiq se servait de la société pour transporter ses T-shirts du Caire à Londres. Mais il existait aussi des envois de taille plus modeste dont certains étaient rangés dans la seconde pièce, un ancien salon reconverti. Un canapé occupait le mur du fond. On avait placé deux fauteuils dessus pour gagner de la place au sol.

Certains cartons étaient ouverts, d'autres scellés, mais la plupart portaient des étiquettes détaillant leur contenu et les détails de transport. Cela constituait une drôle de collection hétéroclite : cent cartons de cigarettes Winfield ; un petit paquet contenant vingt montres Casio bon marché ; une caisse d'huile d'olive grecque ; deux cartons de bandes vidéo de marque Scotch ; une boîte pleine de pulls en cachemire ; cinq cageots de Coca-Cola ; vingt paires de baskets Nike ; deux cartons de flacons de produit nettoyant pour verres de contact ; trois sacs-poubelle noirs bourrés de Levis 501 ; quatre cents briquets Bic ; une caisse de Glenlivet ; une commande en gros de piles Duracell ; quinze sacs Gucci ; deux mille préservatifs Mate ; un poste de télévision Bang & Olufsen.

– Import-export, murmura Petra, partagée entre le mépris et l'admiration.

Au-dessus du murmure lointain de la circulation, elle entendit une toux. Puis un bruit de métal contre du métal : une clé cherchant une serrure. La porte de façade. Elle fonça vers le couloir, mais c'était trop tard. Quelqu'un – en fait plusieurs personnes – venait d'entrer. Elle n'aurait jamais le temps d'atteindre la réserve. Elle se retourna. La fenêtre donnant sur le jardin était munie de barreaux et verrouillée.

Réfléchis. Qu'est-ce que tu fais maintenant ? Qu'est-ce qu'on t'a appris ? Qu'est-ce qui est censé être instinctif mais que tu sembles avoir oublié ?

Des voix parlaient en arabe. Elles approchaient, passaient de la pièce sur la façade au couloir. Petra essaya de les compter. Deux, probablement trois. Elle battit en retraite derrière le canapé et s'accroupit dans un coin, derrière le carton Bang & Olufsen, pelotonnée. Elle tira un bout de rideau bouffé aux mites et le coinça avec le genou contre l'arrière du carton. Cela lui offrirait une protection supplémentaire, espéra-t-elle. Elle pressa sa joue gauche contre la moquette, une masse de boucles pourpre et rouge réduite par l'âge à un amalgame de taches sombres. Elle puait la saleté, l'abandon, le vieux. Petra pria pour que la poussière ne la fasse pas éternuer.

Chacun des battements de son cœur en folie lui donnait le vertige. Une image lui vint à l'esprit. Elle se souvint de la pluie, de la brume, de la conversation dans le trou de tourbe. Maîtrisez votre respiration et vous éliminerez la panique. Elle se demanda où était à présent l'homme qui lui avait donné ce conseil. Puis elle se concentra sur ses poumons et son cœur. Progressivement son pouls ralentit.

Elle vit trois – puis quatre – paires de pieds sous le canapé. Rien que des hommes. Qui parlaient fort sur un ton animé. Ils se mirent à déménager des caisses dans la pièce. Petra entendit le bruit du scotch qu'on arrache, le raclement de couvercles en carton qu'on ouvre. Petit à petit, une voix domina les autres. Les trois autres intervenaient peu. Leurs pieds ne bougeaient pratiquement pas. Une conférence, peut-être ? Elle perçut d'autres sons impossibles à interpréter, produits de gestes restant en dehors de son champ de vision.

Elle lutta contre la panique, s'efforçant de se rappeler comment Boyd lui avait appris à demeurer immobile et silencieuse pendant des heures, en cas de besoin, même si la menace était proche. Elle se concentra sur chaque partie de son corps, en quête d'une détente proche de l'inertie totale, afin de provoquer un ralentissement de son métabolisme.

Les hommes restèrent une heure et demie. Petra ne remua pas un cil, ignorant les picotements et une vilaine crampe dans son mollet droit. Après leur départ, elle attendit dix bonnes minutes avant d'émerger de sa cachette fétide. Elle se massa le mollet et examina la marchandise dans la pièce Rien ne semblait avoir été ajouté ou enlevé, mais elle n'avait pas eu le temps de dresser un inventaire précis.

C'est l'après-midi et Frank m'a emmenée à la National Gallery, ce qui est une nouvelle expérience pour moi. Je ne connais rien à l'art et, à part ma visite à la Tate, c'est la première fois que j'entre dans un vrai musée, et je suis surprise de mon émotion quand, main dans la main, nous passons devant des œuvres de Titien, de Rembrandt, de Raphaël et de Vélasquez. J'aime la fraîcheur et le calme des salles elles-mêmes. C'est apaisant. Je contemple les tableaux et ceux qui les regardent. Des spécialistes et des amateurs, ceux qui étudient, ceux qui aiment. Comme nous, peut-être.

Puis, en un clin d'œil, tout change.

Bien entendu, je ne le reconnais pas tout de suite. Il porte une veste en tweed fatiguée avec des coudes en cuir. Un pantalon en velours, une chemise bleu pâle. Avant il avait les cheveux un peu plus longs, et ses lunettes ne sont plus rondes mais ovales, avec des montures toujours d'un noir mat. C'est la première fois que je le vois revêtu d'un costume. Mais ce qui me déroute, c'est moins les changements subtils de son apparence que le contexte dans lequel je le rencontre.

Philip. À trois heures, le mercredi après-midi, d'après mes souvenirs. Un régulier. L'un des supportables. Il m'offrait même des petits cadeaux de temps en temps. Des flacons de parfum bon marché, ou une paire de lunettes de soleil, mais rien qui coûte plus que son habituelle demi-heure. Il m'a dit qu'il travaillait dans la publicité. Et il m'a affirmé qu'il était célibataire, ce qui devait être un mensonge parce qu'il y a une femme à côté de lui. Ils bavardent, et elle porte une alliance. Elle tient la main d'une petite fille. Un garçon plus âgé – onze ou douze ans – debout à droite de Philip a l'air de s'ennuyer ferme.

Philip. Je me demande quel est son véritable prénom. Travaille-t-il vraiment dans la publicité ou inventait-il les anecdotes qu'il me racontait en se rhabillant ?

Il sent qu'on le regarde et tourne la tête. Nos yeux se croisent et ses pupilles se dilatent. Je ne vois pas le changement mais je le sens. Il ne m'a pas reconnue mais il sait qu'il m'a déjà vue quelque part. Je pourrais regarder ailleurs, mais non. J'ai bien mérité cet instant.

Puis il se rappelle. Il se raidit. Il blêmit. Sa femme lui parle toujours du tableau en face d'eux, mais il n'entend rien. Il n'arrive pas à détacher son regard de moi. Il sait que je le vois et qu'à présent c'est lui qui est nu et vulnérable. Il doit avoir la bouche sèche comme de l'émeri. Il tente un sourire timide, une sorte d'offre de paix que bien sûr je repousse. Je continue à le fixer en tirant doucement Frank dans la direction de cette innocente famille.

L'homme qui s'appelait Philip entraîne femme et enfants dans la salle suivante, en me tournant le dos. Mais je m'en fiche parce que je sais qu'il se sent transpercé par mon regard, en plein entre ses deux omoplates. Seule la présence de Frank m'empêche d'aller me présenter à la femme.

Pendant une demi-heure, je le suis à la trace. Je lui rends tous ses coups d'œil furtifs et je regrette de ne pas entendre le tumulte dans son esprit.

Plus tard, alors que nous quittons le musée, Frank me demande si cela m'a plu. Et je lui réponds que je n'imaginais pas à quel point cela en valait la peine.

Petra fit deux voyages à Paris la semaine suivante, le premier étant un aller-retour dans la journée. Serra lui réserva un accueil empressé, mais elle l'envoya sur les roses, prétendant n'avoir que deux heures à lui consacrer. Serra lâcha que ces deux heures devraient suffire, même pour une tigresse comme elle, ce à quoi Petra riposta qu'ils devraient entretenir des rapports purement professionnels jusqu'à la fin de l'opération.

Il prit mal son rejet, ce qui lui fit plaisir. C'était une belle journée froide ; ils longèrent les berges de la Seine autour de l'île de la Cité. Serra portait un manteau en cachemire sur un costume Pierre Cardin ; Petra un manteau trois quarts en cuir sur un sweat-shirt avec une image fanée d'Iggy Pop barrée des mots : LA VIE, C'EST LE PIED.

— Khalil n'est pas satisfait de tes exigences financières, dit Serra. Il sait que tu sais qu'il te paiera, mais un demi-million de dollars, c'est trop pour un comparse, quoi qu'il fasse.

— Je pensais que Kamal Ibrahim Karim possédait plus de cent millions de dollars.

— Effectivement. Mais pour ce prix-là, il attend mieux.

— Tu ne m'as toujours pas dit ce que je suis censée faire, bâilla Petra. En plus, je me fiche que cela lui plaise ou non. Je suis une mercenaire, donc ce n'est pas mon problème. C'est un demi-million ou rien.

Lorsqu'il la prit par l'épaule, Petra se raidit, mais elle s'empressa de faire oublier sa réaction en lui glissant un bras autour de la taille.

Ils dépassèrent en silence un groupe de touristes.

— Je sais que tu as des secrets, mais est-ce que je peux tout de même te poser une question ?

— Quoi ?

— Je suis curieuse. Pourquoi Malte ?

— Khalil voit ça comme un problème islamique.

— Pourquoi ?

— Au cœur de l'Islam, il y a le concept de la cité de la guerre et de la cité de la foi.

Petra secoua la tête.

— Et qui est qui ?

— Tout endroit où l'Islam règne en maître est Dar allmam, la cité de la foi. Partout ailleurs, c'est Dar al-Harb, la cité de la guerre. L'Islam est une lutte constante entre les deux. Il ne peut y avoir de paix entre la cité de la foi et la cité de la guerre. L'une doit vaincre et il est du devoir de chaque musulman de s'assurer que c'est la cité de la foi. C'est du moins la vision de l'Islam de Khalil. La position de Malte au milieu de la Méditerranée, à mi-chemin entre l'Afrique et l'Europe, à mi-chemin entre l'est et l'ouest, est plus qu'une simple coïncidence géographique. Outre que c'est un carrefour pratique, c'est aussi profondément symbolique. Nous avons tendance à l'intégrer dans le groupe vague des pays occidentalisés, mais les musulmans estiment que Malte se trouve dans le royaume de l'Islam, ce qui signifie qu'elle appartient à la cité de la foi. Malgré tout, quatre-vingt-dix-huit pour cent de la population maltaise est catholique.

– Khalil a donc l'intention de faire une déclaration ?

– Il veut plus que cela. Il y a des raisons pratiques pour faire atterrir l'avion à Malte. Ses gens se déplacent librement parmi les Maltais, ce qui rend l'endroit sûr pour lui. Mais il y a aussi la question de la déclaration. Réussir une opération dans un pays considéré comme occidentalisé et catholique servirait à souligner la prétention historique largement partagée que l'Islam a sur cette île. L'île en soi n'a pas vraiment d'importance, mais sa position, si.

Son second voyage à Paris eut lieu cinq jours plus tard. Elle arriva en fin d'après-midi et prit un taxi pour la rue de Rivoli. Serra l'accueillit avec prudence, ne sachant pas à quelle Petra s'attendre. Elle joua les putes. Plus tard, dans la soirée, il l'emmena dans un petit restaurant du Marais. Le genre d'endroit qu'elle aurait adoré fréquenter avec Frank, doigts enlacés sur la table, visages illuminés par des bougies, corps échauffés par la bonne chère, le vin et l'anticipation. Faire semblant fut dur. Petra mangea du poisson au vin et à l'ail. Serra choisit des côtes d'agneau si bleues que le cœur en était cru.

Ils dînèrent penchés l'un vers l'autre, comme des amants, et parlèrent non d'avenir ni d'amour, mais de Khalil et de ses projets odieux.

– Khalil peut convoquer des volontaires de n'importe où, lui dit Serra. Des Philippines, de Malaisie, d'Iran, du

Pakistan. Il lève le petit doigt et tout le monde rapplique. Son nom est un aimant.

— Où vont-ils ?

— Tout dépend de la mission.

— Et cette équipe ?

— La première base se trouvait dans la vallée de la Bekaa au Liban, dans un camp dirigé par le Hezbollah. Khalil a de temps en temps travaillé pour ce dernier au cours des dix dernières années et peut en retour bénéficier des installations. Comme Malte, le Liban est sous la coupe de l'Islam et cela fait longtemps que les intégristes veulent débarrasser le pays de ses chrétiens. C'est un point de vue partagé par Khalil.

— Est-ce qu'il arrive à Kamal Ibrahim Karim de visiter les camps ?

Serra secoua la tête.

— Il vit de façon nomade sur la frontière entre le Pakistan et l'Afghanistan, et ne quitte jamais la région. Plus maintenant. Mais il aime étendre son influence le plus loin possible.

Serra expliqua qu'on triait chaque volontaire sur le volet avant de l'envoyer dans le camp suivant.

— Qui se trouve où ?

— En Libye.

— Comment s'y rendent-ils ?

— Avion militaire libyen, vol direct jusqu'à Tripoli – c'est une procédure de routine – et, de l'aéroport, les recrues sont transférées par camion à la base, dans le désert : LV 241, un nouveau camp financé par Kamam Ibrahim Karim. C'est là que le véritable entraînement a lieu.

— Et à quoi ça ressemble ?

— D'abord, c'est physique. On estime essentielles la forme physique et la discipline. Ensuite vient le conditionnement idéologique et religieux. Plus tard, on les initie au maniement des armes et, enfin, ils reçoivent un entraînement technique. Ils ont un vieux hangar. À l'intérieur, à l'aide de fragments d'avions retirés du circuit – des Tupolev, des Boeing, des Lockheed, des Iliouchine, etc. – ils ont recréé l'intérieur de l'appareil qui sera détourné afin de permettre à l'équipe de s'exercer en espace réel. Khalil dit qu'ils forment une bonne unité maintenant.

— Ils ont intérêt. Qu'est-ce que tu en penses ?

— Je ne sais pas. Je ne les ai pas vus.

Petra n'en crut pas un mot.

— Mais tu y es allé, non ? Ou ton bronzage de janvier est-il seulement le résultat d'un mois de séances d'UV ?

Les jours passés entre ses deux voyages à Paris avaient été durs. Elle n'avait aucun mal à mentir à Serra, à lui dire ce qu'elle aurait aimé confier à Frank. Cela la contrariait et cela commença à se sentir lorsqu'elle était avec Frank, à créer une tension. Comment se faisait-il qu'elle réussisse si bien à faire semblant avec Serra et qu'elle ait autant de difficultés à avouer à Frank qu'elle aimait être avec lui, qu'elle l'aimait plus que ceux qu'elle avait pu connaître, qu'il était le premier et le seul en qui elle avait confiance ?

Étendue dans le lit de Serra, elle découvrit qu'elle était capable de se relever sur un coude pour lui murmurer :

— Tu sais, dans les bonnes circonstances, Marc, je pourrais tomber amoureuse de toi.

Ce mot. Ce mot qu'elle n'arrivait pas à extraire de sa bouche en présence de Frank. Et pourtant, avec Serra, elle y parvenait sans réfléchir. Serra, qui s'efforçait toujours de retrouver sa respiration après le coït, eut l'air momentanément interdit. Petra choisit de préciser :

— Mais, malheureusement, les circonstances ne sont pas bonnes.

— Dans deux jours, je te présente à l'équipe du détournement.

— Où ? Ici ?

— Non. À Londres.

— À Londres ?

Elle avait réagi trop rapidement, trop nerveusement. Serra le remarqua.

— Cela te pose un problème ?

Elle tenta de noyer le poisson.

— Bien sûr que non. Londres sera très bien.

— Une fois à Londres, tu y restes jusqu'au début de la mission.

— Le vol part de là ?

Il sourit.

— Pas nécessairement. La plupart d'entre vous prendront des correspondances venant d'autres destinations, pour réduire les risques que cela tourne mal. Mais tu pars de Londres.

— Combien de temps dois-je y rester ?

— Disons simplement que, dans environ une semaine, tu seras avec Khalil.

C'était le matin. Petra se préparait à partir.

— J'ai quelque chose pour toi, lui dit Serra dans l'entrée.

— Quoi ?

— Un cadeau, dit-il en montrant un sac en plastique contenant une boîte. Désolé pour l'emballage.

Petra sortit la boîte du sac. C'était un baladeur Sony. Cela aurait pu paraître un cadeau normal pour n'importe qui, mais pas entre eux. La surprise de Petra se mua en un certain embarras, qui l'irrita.

— Tu aimes la musique ?

Elle savait qu'il jouait avec elle.

— Bien sûr. Certains genres.

— Eh bien maintenant tu peux écouter tout ce que tu veux.

Après un silence, il ajouta :

— Ah, une chose, n'appuie pas sur avant et arrière en même temps. Du moins pas quand tu es à bord d'un avion.

Petra eut la chair de poule.

— Pourquoi pas ?

— On ne sait jamais ce qui pourrait exploser dans la soute.

Elle écarquilla les yeux, malgré elle.

— Tu es sérieux ?

Serra en avait l'air.

— Tu voulais savoir en quoi consisterait ton rôle de comparse. Maintenant tu sais.

Petra feignit l'indifférence.

— Pas question que j'explose en mille morceaux pour un demi-million de dollars.

— Je te l'ai déjà dit, la plupart des passagers et toi serez relâchés à Malte.

— La plupart ?

— Certains resteront peut-être à bord. (Il désigna le baladeur.) Ce détonateur a une portée de mille mètres mais, pour être sûre, tu devrais l'utiliser à huit cents mètres maximum de l'appareil.

— Et les hommes de Khalil ?

— Ils se sont tous portés volontaires pour être des martyrs, pour mourir à la gloire d'Allah le vengeur. Ton boulot est de t'assurer qu'ils le font bien.

25

Le fer électrique siffla ; un nuage de vapeur jaillit de sa semelle brûlante. Petra étala un T-shirt fripé sur la planche à repasser et leva le fer : elle se sentait maladroite avec cet engin à la main. Le ronronnement de la machine à laver rivalisait avec la banalité des programmes de la télévision : des cours de cuisine, des conseils de beauté, des émissions de jeux trop débiles pour être programmées en *prime time*. Avant de s'attaquer au repassage, Petra avait bataillé avec l'aspirateur pour en changer le sac : elle n'avait réussi qu'à en renverser le contenu sur le tapis du salon. Elle découvrait les joies du ménage : dans son enfance, sa mère se chargeait de tout, ne lui demandant presque jamais son aide ; pendant ses études, les corvées domestiques étaient une matière à option sur laquelle elle et la plupart de ses condisciples avaient choisi de faire l'impasse. À l'époque où elle se prostituait, le problème ne s'était même pas posé. Les endroits dans lesquels elle travaillait étaient irrécupérables, bien que Joan, l'une de ses bonnes, ait de temps à autre passé un aspirateur sur un tapis. Stephanie s'était toujours moquée de la saleté parce qu'elle se moquait d'être sale elle-même. À quoi bon nettoyer l'extérieur quand l'intérieur était aussi sordide ?

Maintenant, elle trouvait étrangement cathartiques ces gestes banals. En collaboration avec la télé, ils engourdissaient l'esprit, ce qui lui procurait une liberté partielle. Ce train-train ennuyeux lui permettait d'imaginer que sa vie se réduisait à un train-train ennuyeux, ce dont elle rêvait, à présent. Frank avait érodé son tranchant, son instinct de vengeance et de justice.

On frappa à la porte, et Frank sortit de ses pensées pour entrer dans sa vie. Il était nu dans son lit lorsqu'elle l'avait quitté, ce matin-là, à sept heures et demie. Maintenant, il portait un costume noir, une chemise bleu marine sans cravate et des chaussures de marche noires. Petra ne l'avait encore jamais vu aussi élégant.

– Je passais devant ta porte quand j'ai entendu la télé, alors j'ai frappé.

– Tu veux entrer ?

– Non, j'ai deux courses urgentes à faire.

– D'accord.

– J'ai cru que tu avais oublié de l'éteindre en sortant.

– En sortant ?

– Pour aller travailler.

Petra en resta coite. Il l'avait surprise. Pas délibérément, bien sûr, mais cela n'avait guère d'importance. Il inclina la tête de côté.

– C'est bien là que tu allais quand tu t'es levée ce matin, non ?

– Bien sûr, riposta-t-elle, presque hérissée à l'idée qu'il puisse la soupçonner de mentir.

Au début de Marina, Petra avait fait davantage d'efforts. Pendant les heures de bureau, elle fréquentait les bibliothèques, les musées, les cinémas, les boutiques. Ou même Magenta House, parfois. Mais récemment, elle s'était laissée aller. Elle n'avait plus l'énergie d'entretenir les aspects les plus fastidieux de la vie de Marina. Au lieu de sortir travailler, elle se cachait chez elle. Au lieu de mettre des tailleurs et d'appliquer le maquillage qui lui donnaient l'air si sérieux, elle portait des jeans usés et des sweat-shirts délavés. La façade de Marina se fissurait et Petra s'en fichait.

Frank regarda autour de lui.

– Eh bien… comment se fait-il que tu n'y sois pas ?

Son premier instinct fut d'agresser pour se défendre. C'était sa réaction naturelle et, avec n'importe qui d'autre, elle ne se serait pas gênée. Mais pas avec Frank. Elle vit l'expression de son regard. Il voulait plus qu'une explication, une explication convaincante.

— J'étais dans le métro quand je me suis sentie très mal. J'étais brûlante et j'avais une migraine insupportable. J'ai cru que j'allais vomir. Alors je suis descendue à Holborn et j'ai attendu sur le quai au moins dix minutes, en espérant que cela passerait. Rien. Alors je suis remontée à la surface pour respirer un peu d'air frais et j'ai pris un taxi pour rentrer.

Frank prit le baladeur que Serra lui avait donné. Elle aurait voulu lui hurler de le reposer, mais il n'en était pas question. D'ailleurs il ne l'examinait pas vraiment, il le tripotait. La machine à laver passa au programme essorage.

— Tu te sens bien maintenant ?

— Un petit peu mieux. J'ai passé une heure au lit.

— Tu aurais dû m'appeler, dit-il en appuyant sur le bouton *open*.

— Où ?

— Quoi ?

— Où t'aurais-je appelé ? Je croyais que tu sortais toi aussi.

Un instant, Frank eut l'air aussi décontenancé qu'elle l'avait été, ce qu'elle trouva bizarre. Il était habillé pour un rendez-vous, cela crevait les yeux.

— Oui... euh... tu aurais pu laisser un message sur mon répondeur.

— Je suppose, oui.

Il regarda à l'intérieur du baladeur, qui était vide.

— Pas de Radiohead, pas de suicide. Quel soulagement.

Petra entra dans le Hilton sur Park Lane, traversa le hall et le rez-de-chaussée et sortit par l'entrée du personnel. La camionnette Ford Transit l'attendait dans Pitt's

Head Mews. Elle grimpa à l'arrière, tira la porte et le conducteur démarra. À ses yeux, l'affection d'Alexander pour ce genre de mesures de sécurité était excessive et puérile, mais il avait répliqué que si elle voulait venir à Magenta House, c'était comme ça et pas autrement. Il fallut une demi-heure pour arriver dans Lower Robert Street : Petra était obligée d'utiliser l'entrée la moins visible.

Margaret buvait du thé à son bureau.

– Comment allez-vous, Stephanie ?

– Je survis. À peu près. Et vous ?

– Je vais bien, comme d'habitude.

Petra désigna la porte du bureau d'Alexander.

– Et notre homme Béria ?

– Je pense qu'« agité » est le mot.

– Une première, assurément.

Petra trouva Alexander en train d'ouvrir un paquet de Rothmans.

– Je me suis organisé pour que Rosie vous aide dans votre recherche informatique.

– Pour qu'elle puisse vous faire un rapport sur ce qui m'intéresse ?

– Pas la peine d'être facétieuse.

– Oh ! vous seriez surpris !

– Comment s'est passé votre voyage à Paris ?

– J'ai examiné certains de ses fichiers personnels, mais je n'ai rien trouvé de passionnant. – Elle plaça l'enveloppe kraft sur le bureau d'Alexander : – Voilà d'autres trucs que vous ou vos amis pourriez juger utiles ou intéressants.

Alexander eut un acquiescement d'approbation réticent.

– Et ce détournement ? Du nouveau ?

– Non.

– Vous ne savez toujours pas ce qu'il attend de vous ?

– Non, mentit Petra. Il n'a encore rien dit.

Petra avait choisi de laisser Alexander dans l'ignorance, pour se protéger. Après Rio et New York, le peu de confiance qu'elle avait en lui s'était évaporé. Elle savait qu'il faudrait lui donner de temps à autre des bribes de renseignement pour éviter d'éveiller ses soupçons, mais c'était faisable.

Rosie retrouva Petra au sous-sol. Elles étaient seules dans la salle des ordinateurs. Petra fit du café avant de s'asseoir à côté d'elle, devant l'écran. Rosie était chargée des manipulations.

— Bien, on commence par quoi ?

— Je cherche un camp d'entraînement militaire.

— Où ?

— En Libye. Il est nouveau.

— Il a un nom ?

— LV 241, c'est tout ce que je sais.

Rosie scanna des fichiers, sans succès. Elle essaya alors l'Algérie, la Tunisie et le Soudan. Rien. Elle élargit la recherche au Liban, à l'Iran, à la Syrie, à la Turquie, à l'Afghanistan, au Pakistan, à l'Indonésie, aux Philippines, à la Thaïlande et à la Malaisie. Rien ne correspondait.

— Je pourrais essayer les archives d'agences étrangères, dit Rosie. La CIA, peut-être ?

— Et en passant par Kamal Ibrahim Karim ? Il l'a financé.

L'approche ne fut pas plus productive. Petra demanda alors à Rosie d'ouvrir le dossier Khalil. On racontait qu'il avait été entraîné à Niaravan, le premier camp révolutionnaire à être créé en République islamique, à l'époque où le parti des Volontaires d'Allah était entraîné à tuer et mourir au nom de l'Imam. Ouvert en 1980, Niaravan était installé dans un beau parc des faubourgs de Téhéran. Khalil était censé être allé au camp en 1988. Les éléments les plus prometteurs y étaient sélectionnés pour un entraînement spécial. Ces unités spéciales, appelées *goruh zarbat* – littéralement unités de frappe – étaient destinées à opérer à l'étranger. Khalil avait fait partie d'un groupe de ce genre, opérant sous les ordres du cheikh Abdul Kamal Qassam, jusqu'à ce qu'il décide d'agir seul.

Et maintenant que les Fils de Sabah existaient, Petra se demanda s'ils n'étaient pas les propres *goruh zarbat* de Khalil.

Il y avait une pancarte dans la vitrine de RJN Travel, dans Hogarth Road. Elle dressait la liste des prix des billets d'avion pour plus de vingt destinations dans le monde. Les sommes avaient été écrites au feutre rouge, mais le soleil avait fané le rouge en rose. Petra entra. Trois bureaux, trois employés, trois ordinateurs. Chaque terminal était une pièce de musée. L'un des employés somnolait, un autre fumait, le troisième parlait au téléphone. Ils ignorèrent Petra, qui s'installa en face du fumeur.

— J'aimerais acheter un billet.

Il la regarda à travers des verres teintés crasseux.

— Pour où ?

— Tokyo et Brême.

L'homme se raidit :

— Un instant.

Il décrocha un téléphone et marmonna quelques mots. Quelques secondes plus tard, la porte derrière lui s'ouvrait sur Serra. Habillé d'un jean, d'une chemise à carreaux rouges et noirs et d'une veste anthracite, il avait l'air d'un Américain, un style que Petra n'aurait jamais songé à lui associer.

D'Earls Court, ils prirent le métro pour Westbourne Park et poursuivirent à pied. L'immeuble était délabré, le plâtre et la peinture de la façade s'effritaient, les marches du perron, inégales, se craquelaient. L'Intercom en plastique comportait une douzaine de boutons. À sa droite, on comptait douze boîtes à lettres, dont quatre avaient été forcées. Serra poussa un des boutons. La porte s'ouvrit dans un bruit sourd. L'entrée était absurdement étroite. En montant l'escalier, ils eurent droit à divers échantillons de vie : oignons frits, jappements de chiots, taches d'humidité sur les murs, Pulp passé en stéréo, querelle conjugale criée dans une langue qui ressemblait au russe...

L'appartement était au troisième étage. Des yeux soupçonneux les fixèrent dans l'entrebâillement de la porte. Une fois Serra reconnu, le battant s'ouvrit complètement et ils entrèrent. Il y avait des graffitis sur les murs – certains au stylo, d'autres à la bombe de peinture, certains en anglais, d'autres en arabe. Ils passèrent devant une petite chambre, dont l'ouverture était en partie masquée par un fin rideau pourpre. Derrière, une femme assise sur un matelas donnait le sein à un bébé. Dans une cuisine minuscule, trois vieillards discutaient en arabe au milieu des sifflements d'une bouilloire posée sur un réchaud des années 60.

Ils pénétrèrent dans le salon étroit qui donnait sur la rue. Les fenêtres étaient munies de rideaux, certains retenus sur le côté, d'autres pendant mollement, filtrant la lumière du jour en lueurs orange et vertes. Petra compta huit hommes et deux femmes dans la pièce à l'atmosphère confinée. L'homme qui les avait introduits sortit en refermant la porte derrière lui.

Serra se tourna vers Petra.

— Voilà les dix qui feront le détournement. Pour des raisons de sécurité, ils ne se connaissent que par les noms qu'ils utilisaient pendant leur entraînement. Vous êtes ici pour qu'ils vous voient et puissent vous reconnaître. Vous n'aurez pas de nom. D'accord ?

— Très bien.

— Parfait. Que je vous dise qui ils sont.

Commençant par la gauche, Serra les nomma un par un : Yousef, Ali, Mouna, Markoa, Mirqas, Zyed, Khan,

Fatima, Basit, Obaid. Ils étaient jeunes, vêtus de manière classique. Pantalons sombres, chemises simples ; six d'entre eux portaient une veste. Malgré leurs vêtements usés, ils étaient soignés, cheveux courts et barbes bien taillées – pour cinq des huit hommes. Les deux femmes portaient pantalon noir et pull noir. La dénommée Mouna avait les cheveux tirés en arrière, tandis que l'autre arborait une coupe masculine. Petra se sentit exclue par le soupçon présent dans leurs dix regards. Serra conclut :

— Basit dirigera l'équipe.

À la mention de son nom, Basit se leva de sa chaise et sortit de la pénombre.

Je reste sans voix. J'ai le souffle coupé. Serra me parle, mais je ne l'entends pas. Je regarde fixement Basit qui n'est autre que Reza Mohammed. Je n'arrive pas à détourner les yeux de lui. La dernière fois que j'étais aussi près de lui, j'avais à la main une arme que je pointais sur lui, à travers une vitre. Il a les cheveux un peu plus courts, la barbe un peu plus fournie, mais je reconnais ces yeux aux paupières tombantes et ce nez aquilin, qui a la même forme que celui de Frank, en moins grand. Une énergie froide m'envahit. Si nous étions seuls, je… honnêtement, je ne sais pas ce que je ferais. J'aimerais croire que je le réduirais en pièces, mais j'en doute. Je m'oblige à regarder ailleurs avant d'attirer l'attention. Je me tourne vers Mirqas, qui est un homme musclé, à peu près de la même taille que Reza Mohammed. Il a un regard indolent. Il est assis sur l'accoudoir du canapé et je me demande si c'est lui qui a tué Keith Proctor. Mirqas était le nom griffonné par Ismail Qadiq à côté de l'adresse du journaliste.

— Vous n'aurez aucun contact avec aucune des personnes présentes dans cette pièce, continua Serra, à moins qu'il n'y ait un problème ; alors, on viendra vous chercher. Si c'est le cas, ils suivront une procédure destinée à protéger votre véritable identité. Il se tourna vers Reza Mohammed.

— Basit ?

Celui-ci s'adressa à Petra :

— Si nous avons besoin de vous, nous demanderons s'il y a un médecin qui parle français. Tout ce que vous aurez à faire sera de lever la main.

— Et s'il y en a un autre, vous me choisirez tout de même ?

— Oui.

Serra pria Mohammed de dire aux autres de mémoriser le visage de Petra parce que l'occasion ne s'en représenterait pas. Il expliqua que seuls quatre d'entre eux parlaient l'anglais. Deux des autres parlaient français, mais quatre ne comprenaient que l'arabe.

Basit tendit à Petra un bout de papier avec un numéro de téléphone à l'étranger.

— Appelez-moi demain et je vous dirai où et quand venir chercher votre billet.

En prenant le bout de papier, Petra effleura le bout des doigts de Reza Mohammed.

Ils repartirent à pied ; à Notting Hill Gate, les premières gouttes de pluie se mirent à tomber. Le jour baissait rapidement. Serra remonta le col de sa veste et regarda sa montre.

— Dans environ une heure, ils se seront dispersés.

— Pour aller où ?

— Partout. En train, en avion, en ferry, ils vont se répandre en Europe jusqu'à ce que l'heure vienne pour eux de se réunir.

— Et où seras-tu dans une heure ?

— Dans l'Eurostar.

— Cela s'arrête là alors ?

— Jusqu'à ce que ce soit fait, oui.

— Où nous verrons-nous ?

Serra haussa les épaules.

— J'ignore où Khalil et toi irez. Comme le temps que vous y resterez. Mais tu sais où me trouver.

Ils s'embrassèrent à côté de l'entrée du métro.

— Toi et moi sommes différents, Petra. Nous ne sommes pas façonnés par ce monde, c'est nous qui le façonnons. Notre avenir nous appartient.

Petra lui adressa un petit sourire.

— Ou à Khalil.

— Non. Même Khalil ne peut pas nous contrôler. Personne ne le peut.

Un pervers instinct nostalgique incita Petra à prendre un taxi pour Edgware Road. De là, elle marcha jusqu'à Bell Street, s'arrêtant devant l'immeuble où Keith Proctor avait vécu. Elle regarda les fenêtres. Pas de lumières. Près de l'entrée de l'immeuble, le panneau d'une agence immobilière annonçait qu'un appartement était à vendre. Elle traversa la rue, entra dans Bell's Cafe et prit une tasse de thé au lait. Elle s'assit à la table la plus proche de l'entrée, celle qui avait toujours été sa préférée. Sa vue sur la rue était toujours obscurcie par le rideau en tulle masquant la moitié inférieure de la fenêtre.

Elle avait Dieu sait comment espéré que, pendant les préparatifs du détournement, elle en apprendrait assez long sur Khalil pour retrouver sa trace sans être obligée d'en passer par le détournement. Mais elle n'avait appris qu'une chose : il serait à Malte. Cela ne suffisait pas. Serra avait été prudent et maintenant il n'y avait plus rien à faire. Le moment venu, elle s'assurerait que le vol visé ne décollerait pas et cela s'arrêterait là. Khalil resterait aussi intouchable qu'avant. La perspective de revenir à la case départ était plus que sinistre. Impossible.

Frank embrasse la fausse cicatrice sur mon épaule gauche et je tressaille. Nous sommes par terre, dans mon salon. Nos vêtements s'entassent autour de nous et nous essayons de retrouver notre souffle. Je ferme les yeux et je nous imagine ensemble, dans une maison, quelque part loin d'ici. L'île de Skye, peut-être, voire Islay. Nous y avons passé une fois des vacances familiales et je n'en ai jamais oublié la beauté. Je nous imagine Frank et moi y mener une vie d'une simplicité spartiate. Cela nous conviendrait à tous les deux. Nous prendrions plaisir aux rituels quotidiens, dans le superbe désagrément de vivre dans un endroit aussi dénué d'intérêt.

— Ça a dû faire mal, dit-il en caressant du bout du doigt le rond de peau abîmée.

— Plus que tu ne crois, lui dis-je en priant pour qu'il ne réclame pas de détails, m'obligeant à me lancer dans une nouvelle série de mensonges.

Le silence s'installe entre nous et nous commençons à nous draper de nos vêtements sans nous rhabiller vraiment. Peut-être parce que nous savons que nous allons refaire l'amour. Je sens que Frank a quelque chose à dire.

— Tu penses beaucoup à l'avenir ? dit-il finalement.

Quelle question à poser ! À moi, surtout.

— Je commence.

— Moi aussi.

Pas pour la même raison.

— Cela fait longtemps que je n'ai pas songé à l'avenir, reprend-il. Après le départ de Karen et la mort de Rosa, je n'en voyais pas l'intérêt. Surtout après Rosa. Même après que la douleur s'est calmée, je ne pouvais me résoudre à faire des projets. D'abord cela m'a paru mesquin, ensuite j'y ai simplement vu une perte de temps. J'ai vécu au jour le jour, puis de semaine en semaine. Et depuis, cela m'a toujours suffi. Il se tourna vers moi : mais plus maintenant.

Je suis pétrifiée à l'idée qu'il pourrait dire quelque chose d'aussi fou que « je t'aime », voire me demander en mariage. S'il le fait, une part de moi va fondre. Mais une autre part va sombrer. Voilà pourquoi tomber amoureux de moi est un problème : il y a quatre versions de « moi ». La question est de savoir qui sera l'objet de cet amour ? Stephanie ? Petra ? Marina ? Ou encore un mélange des trois ?

— Tu me ramènes à la vie, Marina.

C'est exactement ce que je ressens à son égard. Il a touché la corde sensible. J'acquiesce, ce qui paraît le surprendre.

— C'est vrai. Depuis mon enfance, quelque chose manque. Et à mesure que le temps passe, j'ai le sentiment de m'en éloigner de plus en plus. Mais maintenant j'ai l'impression de m'en rapprocher, de me réchauffer.

Frank me prend les mains.

— Je suis en train de tomber amoureux de toi, Marina. Je ne peux m'en empêcher.

Je ne sais pas quoi faire. J'ai envie de reprendre ses paroles, mais je sais que je ne réussirai jamais à faire franchir ce mot à mes lèvres. Frank me déchire, m'écartèle et il ne s'en doute pas une seconde.

— Personne n'a jamais ressenti ça pour moi.

— À ta connaissance.

— Non. Personne. Comment aurait-il pu en être autrement ? Les garçons que je connaissais quand j'étais jeune et les hommes que j'ai connus depuis…

Je tombe en panne sèche.

— Il doit bien en avoir eu un.

Je songe à Keith Proctor.

— Peut-être. Mais rien n'en est sorti.

— Pourquoi ?

— Il est parti. Il n'avait pas le choix.

Frank m'embrasse et je réfléchis à ce qu'il a dit. Je reviens vers le rivage. Il a raison. Je perds ma soif de vengeance parce qu'elle ne peut rivaliser avec l'amour. Frank me ressuscite. Si je ne fais pas attention, il y a un risque qu'il ne me transforme en véritable être humain.

— C'est étrange, dis-je avec un sourire triste, mais j'ai toujours résisté à ce genre de moment. Intellectuellement,

du moins. En pratique, ils ne se sont jamais produits. Je n'ai jamais laissé faire. Je n'ai jamais laissé quelqu'un s'approcher parce que c'était plus facile et plus sûr ainsi. Ni mes parents ni mes frères ou ma sœur. J'étais terrifiée de m'ouvrir à qui que ce soit. C'était le meilleur moyen de devenir vulnérable, à mes yeux. Mais c'est différent maintenant.

Frank a l'air perplexe. Peut-être parce qu'il n'est pas habitué à un tel déballage d'émotions de ma part.

— Que se passe-t-il ?

— Je croyais que tu étais fille unique.

— Quoi ?

— Tu m'as dit que tu étais fille unique. Mais tu viens de parler de frères et d'une sœur.

Je me sens rougir. Je m'apprête à nier, mais je me censure. Je ne peux pas mentir à Frank à présent. Pas en un instant pareil où nous nous avouons des vérités. J'ai déjà tellement menti, mais je ne vais pas corrompre les sentiments que j'exprime. Et pourtant je ne peux pas lui dire toute la vérité. Frank lit mon expression, et nous savons tous les deux que nous sommes à un instant charnière.

Je respire un grand coup :

— J'avais deux frères et une sœur. Maintenant il ne me reste plus qu'un frère et je ne le vois jamais. Mes parents sont morts, eux aussi.

Il lui faut un moment pour absorber tout cela.

— Pourquoi ne l'as-tu pas dit avant ?

— Parce que ce n'était pas possible. Et ce n'est toujours pas possible. Je ne devrais même pas te dire ça.

— Pourquoi ?

— Parce que cela pourrait être dangereux pour nous deux.

— À quoi es-tu mêlée, Marina ?

Je me mords la lèvre pour gagner du temps.

— Tu pensais ce que tu disais ?

— Oui, bien sûr.

— Eh bien, moi aussi je pensais ce que j'ai dit. Quoi qu'il arrive, ne l'oublie pas.

— Qu'est-ce qui va arriver ?

— Je ne sais pas encore.

— Écoute, je…

Je pose un doigt sur ses lèvres pour le faire taire.

— Ne pose pas de question. Je ne veux pas te mentir. Pas maintenant.

Frank ne sait pas trop comment réagir. Il détourne les yeux.

— Je veux être avec toi. Et voilà pourquoi il faut que j'arrange ça. Et si tu veux être avec moi, il faut que tu me laisses faire.

Il ne répond pas et je n'attends pas qu'il le fasse.

J'ose une dernière question :

— Si nous devions disparaître, tu l'accepterais ?

Un saxophoniste jouait « In the Mood » en bas de l'escalier mécanique, à Piccadilly Circus. Les passants lançaient leurs pièces sur la couverture grise pas très nette qu'il avait étalée à ses pieds. L'acoustique flattait son maigre talent. Petra regarda sa montre. Elle avait cinq minutes d'avance sur le rendez-vous de quatre heures. En haut de l'Escalator, elle franchit la porte de sortie et se dirigea vers les téléphones, comme Basit – Reza Mohammed – lui en avait donné l'instruction. Les deux hommes étaient déjà là. Mirqas et Yousef. Ils échangèrent des signes de tête avec elle, mais aucun des deux ne prononça un mot.

Ils longèrent Shaftesbury Avenue et tournèrent dans Wardour Street. Petra fit de son mieux pour ignorer la proximité géographique de son passé. L'immeuble dans lequel ils pénétrèrent était encore en construction lorsqu'elle était Lisa et que Keith Proctor lui avait rendu visite. La façade avait des accents d'Arts déco, mais l'intérieur n'était qu'une suite de bureaux sans imagination. Un restaurant et un bar occupaient le rez-de-chaussée ; tables en zinc, murs blancs, beaucoup de verre, beaucoup d'angles et d'espaces vides. On accédait à l'étage supérieur par une porte située à gauche du restaurant. Selon la plaque en cuivre, l'immeuble abritait un traiteur, une société de production cinématographique du nom de Unicorn Films, une agence de voyages spécialisée dans des remises sur les trajets longs, l'administration d'une société d'habillement et une agence de secrétariat. L'agence de voyages était située au dernier étage. Petra se demanda pourquoi ils n'avaient pas pris leurs billets à RJN et conclut que cela devait faire partie des mesures de sécurité draconiennes de Serra. Toujours tout séparer. Diviser pour régner. Ne pas permettre à une partie du projet d'en compromettre une autre.

Le bureau était en forme de L. Des images de golf aux Bermudes et de ruines mexicaines ornaient les murs derrière les employés. Yousef s'adressa à une femme maigre vêtue d'un cardigan turquoise usé. Elle avait une cigarette au coin des lèvres. Elle chercha dans un tiroir débordant de papiers, trouva le paquet – une grosse enveloppe fermée par un élastique –, le tendit à Yousef qui le glissa dans la poche intérieure de sa veste grise mal coupée.

Ils étaient dans l'escalier quand des hommes sortirent des bureaux d'Unicorn Films, au premier étage. Ils s'avancèrent sur le palier et regardèrent les trois inconnus qui descendaient vers eux. L'attention de Petra fut attirée par le plus petit des deux. En se rapprochant, elle reconnut la peau malsaine, les yeux globuleux, les dents jaunes gâtées. Et au même instant, elle vit que l'autre la reconnaissait à son tour.

La surprise réduisit sa voix à un murmure rauque :

— Nom de Dieu ! J'en crois pas mes yeux.

Dean West.

26

West portait un manteau en cuir bordeaux dont Petra se souvenait. En dessous, un polo noir – autre dada – des treillis et des bottes de chez Caterpillar. Le garde du corps était nouveau, mais il appartenait à un genre familier : un mètre quatre-vingt-quinze, crâne rasé, costume Armani vert, diamant à l'oreille.

— Nom de Dieu de merde, marmonna West. Quelle putain de surprise ! Comment ça va, Steph ?

Son propre nom la paralysa.

— Tu t'es drôlement améliorée, je dois dire. En te débarrassant de cette teinture et en prenant un peu de gras. Je parie que tu réclames deux fois plus maintenant.

Petra jeta un coup d'œil à Mirqas et Yousef qui se regardaient, décontenancés.

— Qu'est-ce qui coince, Steph ? T'as pas le droit de l'ouvrir tant que tes copains t'ont pas donné le feu vert ? Je parie qu'ils t'obligent à marcher deux pas derrière eux dans la rue. Barry disait qu'il pensait que t'avais commencé à sauter les porteurs de serpillières de Mayfair, mais j'y ai répondu comme ça : « Arrête. Ces mecs-là sont certainement pas prêts à sortir cinq cents livres pour une pute sur le retour comme Steph. » On dirait que je me suis trompé.

Quand elle parla, avec le léger accent germanique qui était devenu une seconde nature pour elle, le regard de Petra luisait de dureté.

— Je suis désolée. Vous faites erreur.

— Qu'est-ce qu'elle me sort avec son Eva Braun ? En tout cas, c'est toi qu'as fait la foutue erreur. Ce mec que t'as étalé avec une bouteille m'a coûté un max. La mondaine a fermé Brewer Street pendant près de trois mois à cause de ce que tu as fait.

L'angoisse de Mirqas et de Yousef s'était transformée en inquiétude. En se tournant vers eux, Petra vit qu'elle ne pouvait plus compter sur eux. Yousef commença à descendre l'escalier.

West tendit le doigt vers lui :

— Toi, le bicot ! Bouge pas.

On sous-estimait toujours West à cause de sa petite carrure mais sa fureur compensait largement son absence de présence physique. Petra reconnut les signes ; la moue des lèvres blanches, la sauvagerie dans le regard. Le garde du corps comprit aussi. Il écarta sa veste Armani et tira un 9 mm Heckler & Koch de sa ceinture.

Petra se figea. Tout se désintégrait. Elle songea à la distance parcourue depuis Brewer Street. Elle avait fait le tour du monde, pendant des mois, sous une multitude d'identités différentes, pour en arriver là, à quelques mètres de son point de départ. Tout ce qu'elle avait supporté n'aurait donc servi à rien ?

Soudain Yousef brandissait une arme lui aussi. Un Walther P 88. Petra avait cru que ni lui ni Mirqas ne seraient armés. Les yeux de crapaud de West lui sortirent des orbites.

— C'est qui ces deux enfoirés, Steph ?

— Je ne m'appelle pas Steph.

— Arrête de déconner et réponds…

Quelque chose claqua en elle.

Cela dura une fraction de seconde, mais l'effet fut colossal. Pour la première fois depuis des mois, elle se sentait parfaitement détendue. Toute la tension s'était évaporée. Disparu le fardeau de ses mensonges à Frank

– et celui de jouer les Petra pour Serra. Et la fureur qui le remplaça fut pure et libératrice.

La bouche de West remuait toujours, mais elle n'entendait rien de ce qu'il disait. Elle posa une main sur la rampe, sauta par-dessus et gifla du pied droit le garde du corps. Malgré sa masse, il vira sur lui-même. Le Heckler & Koch fit feu avant de lui glisser des doigts. La balle toucha Yousef au cou. West et Mirqas attendaient, figés. Le garde du corps tendit la main vers son arme, malgré le coup qu'il venait de prendre à la mâchoire. Petra fut plus rapide. Il lui empoigna la cheville et la déséquilibra. Automatiquement Petra se retourna et lui tira dans la tête.

Le second coup de feu résonna dans l'escalier et tinta dans ses oreilles. Elle dégagea son pied de la main du mort. Mirqas descendait vers le rez-de-chaussée. West s'empara du Walther P 88 de Yousef et voulut viser Petra qui le battit de vitesse. La première balle le toucha. Lorsqu'il s'écroula, elle se souvint de lui sous ses pires aspects. Elle songea aux viols et à cette douleur qui s'était attardée dans son esprit bien après la guérison des hématomes et des écorchures. Le temps qu'elle revienne de cette incursion dans ces souvenirs, le Heckler & Koch était vide.

Petra inhala profondément l'odeur de poudre.

Du coin de l'œil gauche, elle vit Mirqas en bas de l'escalier. Yousef était mort. Elle prit dans la poche de sa veste l'enveloppe contenant les billets d'avion qu'elle fourra dans sa propre poche avec le Heckler & Koch. Puis elle descendit l'escalier quatre à quatre et sortit dans la rue.

Elle savait que les coups de feu lui feraient gagner du temps, notamment parce qu'ils avaient été nombreux ; elle-même avait tiré huit ou neuf balles sur West. Ce vacarme prolongerait le flottement général. Une fois dehors, elle regarda à gauche et à droite. La moitié des passants dans Wardour Street attendaient, pétrifiés, se dévisageant les uns les autres, ce qui lui permit de repérer plus facilement Mirqas. Il avait tourné à droite.

Petra passa devant la galerie de jeux, devant un camion qui bloquait la circulation, devant l'église St Anne, sans perdre Mirqas de vue. Il tourna à gauche dans Shaftesbury Avenue et jeta un coup d'œil par-dessus son épaule. Il l'avait repérée. Il traversa l'avenue sans regarder. Il y eut des hurlements de freins. Un taxi noir fit une embardée pour l'éviter et heurta un coursier, qui tomba de sa bécane. Petra longea les véhicules à l'arrêt. Mirqas tourna dans Gerrard Street et Chinatown – il revenait à son point de départ – et prit à gauche dans Wardour Street.

Comme Petra avait besoin qu'il ralentisse, elle ralentit elle-même et le vit s'engager dans Leicester Square. Elle enfila Lisle Street et longea en courant l'arrière de l'Empire. Mirqas était de l'autre côté de la place. Il courait encore, mais plus aussi vite qu'avant, se tournait fréquemment pour voir si elle le suivait toujours ; il avait l'air étonné de ne plus la voir. Petra savait qu'il continuerait à avancer, et que ce serait probablement dans la même direction : celle qui l'éloignerait de sa poursuivante. Petra accéléra dans Newport Street. Le temps qu'elle s'engage à droite dans Charing Cross Road, elle marchait.

Elle l'aperçut un instant. Se cognant dans presque tous les passants, il la cherchait frénétiquement dans tous les visages qu'il croisait. Puis il s'engouffra dans la station Leicester Square. Petra suivit mais ne réussit pas à le repérer, une fois à l'intérieur. Elle acheta un ticket, passa le contrôle et se retrouva devant une alternative : Piccadilly ou Northern ?

Elle choisit Piccadilly. Elle entendit le grondement d'un train qui arrivait alors qu'elle était à mi-chemin de l'Escalator. Elle dévala les marches. Là il fallut faire un nouveau choix. Est ou ouest ? Un train en direction de l'est entra dans la station dans un concert de grincements. Le quai était bondé. Ne voyant pas Mirqas, elle passa sur l'autre quai pratiquement désert après le départ d'une rame. Point de Mirqas. Elle revint sur le premier quai. Les passagers descendant du train croisaient ceux qui y montaient, et il y avait trop de va-et-vient pour espérer distinguer quelque chose. Peut-être aurait-elle dû choisir la Northern finalement. Les portes commencèrent à se fermer.

Petra sauta de justesse dans le train. Ce dernier démarra. C'est là qu'elle le vit. Sur le quai. Elle pressa son visage contre la vitre et il se retourna. Non, ce n'était pas lui. Quelques ressemblances, mais pas lui. Elle mit sa main contre sa poitrine et ferma les yeux. Lorsqu'elle les rouvrit, plusieurs passagers la fixaient.

De Leicester Square à Covent Garden, c'est un des trajets les plus courts de tout le réseau londonien. Le train ralentit presque aussitôt qu'il pénétra dans le tunnel. Et maintenant ?

Les portes s'ouvrirent. Seules quatre personnes de son wagon descendaient. Petra se pencha pour examiner le quai et revit alors Mirqas. Pas d'erreur cette fois. Deux wagons devant, lui tournant le dos. Petra laissa d'autres passagers passer entre eux ; elle s'apprêtait à descendre quand elle vit Mirqas remonter dans le wagon voisin du sien.

Elle resta où elle était.

Il descendit à Holborn. Comme de nombreux autres voyageurs, ce qui permit à Petra de rester inaperçue. Il prit la Central Line, vers l'ouest, et marcha jusqu'au bout du quai. Elle ne pouvait pas le suivre : le quai n'était pas assez bondé. Un train devait arriver dans deux minutes.

Où vas-tu ? Qu'est-ce que tu vas faire ?

Il descendit à la station suivante, à Tottenham Court Road. Petra jeta un coup d'œil au panneau électronique.

Un autre train était attendu dans une minute. Mirqas faisait tout ce qu'il fallait pour assurer sa sécurité, mais Petra sentait qu'il commençait à perdre pied. Après le premier mouvement de panique, il s'efforcerait de réfléchir, essaierait de comprendre ce qui s'était passé dans l'escalier, de tirer des plans. Tout comme elle.

Arrivée en bas des marches, elle vit qu'il ne remontait pas en surface, mais se dirigeait vers le quai de l'est. Il sortit de son champ de vision, un instant. Un souffle se leva, faisant danser un bout de papier. Petra sentit les vibrations au fond du tunnel. Des gens descendaient les marches quatre à quatre pour ne pas rater le train. Petra se mêla à eux et passa sur le quai, peu encombré. Mirqas se trouvait à moins de dix mètres d'elle.

Il jeta un coup d'œil distrait au groupe qui avançait vers lui. Une lueur apparut dans le tunnel, s'allongea sur les rails. Petra était derrière lui à présent, à un mètre cinquante. Le groupe, qui avait poursuivi sa route, leur tournait le dos. Le train surgit en rugissant du tunnel, sur leur gauche. Petra jeta un coup d'œil à droite – personne ne les regardait – et vint coller sa bouche à quelques centimètres de l'oreille de Mirqas.

— Voilà pour Proctor, murmura-t-elle.

Mirqas tenta de tourner la tête, mais elle le poussait déjà des deux mains. Il n'eut même pas le temps de crier. Les bras battant l'air, il trébucha. Petra, qui n'avait pas attendu que le train le heurte, se trouvait déjà en bas des marches quand le premier cri retentit.

Vidée, Petra longeait Oxford Street. L'heure de pointe commençait, ce qui l'arrangeait ; les trottoirs se remplissaient. Au-dessus, le jour commençait à faiblir. Autre avantage. Derrière elle, des sirènes hurlèrent au-dessus de la rumeur de la circulation.

Analyser, analyser. Elle comprenait maintenant que, au moment même où Dean West l'avait reconnue, elle avait su inconsciemment que le chaos était proche. Il n'y avait pas d'autre choix. Elle avait été imprudente en vidant son chargeur sur West alors qu'une balle bien placée aurait arrêté Mirqas avant qu'il ne franchisse la porte. Trois mois plus tôt elle n'aurait pas commis une telle erreur. Mais un an auparavant, elle aurait succombé à la panique. Elle ne savait pas s'il fallait s'en réjouir ou non.

Marcher l'aidait à rester calme, lui permettait de réfléchir. Petit à petit, une stratégie se dessina. Elle trouva une cabine téléphonique libre et composa un numéro, espérant se souvenir correctement de l'ordre des chiffres. Un message enregistré l'accueillit : « Vous êtes bien aux bureaux d'Adelphi Travel. Nous regrettons que personne ne puisse prendre votre appel. Si vous voulez laisser un message, parlez clairement après le bip. »

– Market-Est-un-un-six-quatre-R-P.

Il y eut une attente de cinq secondes :

– Continuez. On vous écoute.

– J'aimerais parler à M. Alexander.

– Où êtes-vous ?

– Dans une cabine d'Oxford Street.

– Ne quittez pas.

Elle sortit l'enveloppe de sa poche, enleva l'élastique et l'ouvrit. Trois billets d'avion. Elle trouva le sien. Elizabeth Shepherd – le nom qu'elle portait à New York. Le vol BA 283 de British Airways pour Los Angeles, décollant le surlendemain du terminal 4 d'Heathrow à midi et quart. Il n'y avait pas de correspondances. Elle vérifia l'enveloppe. Mirqas et Yousef étaient sur le même vol. Pas de correspondances non plus sur leurs billets.

– Oui, fit Alexander, toujours aussi concis.

– J'ai un problème grave.

– À quel point ?

– Quatre morts. Trois dans Wardour Street, un dans le métro à Tottenham Court Road.

Pour une fois, Petra avait laissé Alexander sans voix.

— Vous êtes blessée ? finit-il par demander.

— Non.

— Menacée ?

— Tout va bien. Mais il faudrait limiter les dégâts.

— De quelle manière ?

Malgré elle, Petra se surprit à admirer le sang-froid d'Alexander. Il écouta sa version corrigée des faits et sa requête, promit de chercher une solution, et l'interrogea sur ses intentions.

— Je ne sais pas. Je vais contacter Serra pour voir ce qui se passe.

Elle l'entendit allumer une Rothmans et inhaler profondément.

— Peut-être serait-il temps que nous vous sortions de là, suggéra-t-il. Que nous abordions les choses différemment.

— Non.

— C'est déjà assez compliqué et cela risque d'empirer.

— Je sais. Mais je continuerai tant que c'est possible.

— Bien, fit-il après un autre silence lourd. Mais je veux que vous me teniez parfaitement informé.

Petra passa dans une autre cabine pour téléphoner à Serra. Elle n'obtint pas de réponse. Elle continua à marcher. À Marble Arch, elle tenta de nouveau sa chance ; cette fois on répondit.

— Yousef est mort et Mirqas a disparu.

— Que s'est-il passé ?

— Je les ai retrouvés comme prévu. Nous sommes allés chercher les billets. Nous partions quand nous avons été interceptés par deux hommes. L'un d'eux a commencé à se disputer avec Mirqas – ils avaient l'air de se connaître – et puis l'autre a sorti une arme. Il a tiré sur Yousef, puis il s'est tourné vers moi, mais je l'ai désarmé. Et le temps que je m'occupe de lui et de l'autre homme, Mirqas s'était volatilisé.

— Vous avez été vus ?
— Non. Nous étions encore dans l'immeuble.
— Où sont les billets ?
— Yousef les avait, mais je les ai repris.
— L'un de vous les a-t-il regardés avant que cela se produise ?
— Non. Il les a aussitôt fourrés dans sa poche.
— Et tu les as regardés ?
— Maintenant, oui.
— Tu dis que Mirqas semblait connaître l'homme qui a tué Yousef ?
— Non. C'est l'autre homme qui a tué Yousef. Le plus petit était celui qui semblait connaître Mirqas. Il a commencé à lui demander où il était passé, à lui dire que cela faisait longtemps qu'ils ne s'étaient pas vus. Mirqas a joué les étonnés, mais Yousef et moi avons bien vu qu'il savait qui était cet homme. Mais ce n'est pas allé plus loin.
— Et où es-tu maintenant ?
— Dans la rue.
— En sécurité ?
— Ça peut aller.
— Je vais venir.
— Quand ? Ce soir ?
— Non, je ne peux pas venir maintenant. Mais je viendrai demain.
Ce fut au tour de Petra de marquer une pause.
— Et qu'est-ce qui se passe maintenant ?
— Rien.
— Ce qui veut dire ?
— Ce qui veut dire que nous attendons de voir s'il se passe quelque chose. Mais si c'est le cas, nous opérerons tout de même. Il est trop tard pour arrêter quoi que ce soit. Les autres se sont dispersés. Moi-même j'ignore où ils sont.

— Mais l'équipe compte deux membres en moins. Ils peuvent se débrouiller sans eux ?

— Il faudra bien.

Je suis de retour chez moi. Dans la salle de bains. La porte est fermée à clé. Voilà deux heures que j'ai poussé Mirqas sous le métro. Debout, nue devant le miroir, je me regarde trembler. J'ai un mal fou à affronter le monstre qui est dans la glace, sans toutefois réussir à détourner le regard.

Qui suis-je ?

Une schizophrène ? Je suis une personne et puis une autre. La glace fond et j'observe ce que je vois au-delà, mes réflexes, mon comportement. La part en moi qui est Stephanie juge la part en moi qui est Petra.

Je ne peux pas vivre ainsi. J'ai tué trois personnes aujourd'hui.

Je me le murmure. Bonjour, chéri, ta journée s'est bien passée ? Et le bureau ? J'ai tué trois personnes aujourd'hui. Qu'est-ce qu'on mange ce soir ? On se fait livrer une pizza ? J'ai poussé un homme sous le métro et j'en ai tué un autre d'une balle dans la tête. Regardons la télé. Peut-être devrions-nous sortir de Londres ce week-end ? Une banale journée de bureau, j'ai tué trois personnes.

La personne qui me regarde droit dans les yeux s'est portée volontaire pour ça. Un choix fait en connaissance de cause. Les conséquences sont là et il va falloir que je les accepte aussi longtemps – ou aussi peu de temps ? – que je vivrai. Comment vais-je terminer tout cela ? Comment vais-je terminer ? Où est Stephanie ? Existe-t-elle même encore ou Petra l'a-t-elle tuée, elle aussi ? Et qui est Marina à présent ? Je n'arrête pas d'évoluer. Je ne suis jamais un tout, toujours un composé.

Frank frappe à la porte et secoue la poignée. Il me demande si tout va bien. Mes vêtements sont par terre. Mon jean noir est éclaboussé du sang de Dean West.

Il y avait des fleurs fraîches au centre de la table, dans un vase en verre transparent. Il y avait aussi des verres à vin, des bouteilles presque vides, des assiettes, un plateau de fromages entamé, une coupe de fruits, des bougies, deux cendriers, des couverts. Ils étaient huit autour de la table. Frank et Petra, et six autres. Une fête pour un anniversaire. Frank avait fait la cuisine et, maintenant, tout le monde ronronnait de bonheur. Une bouteille de cognac fit son apparition. Murmures d'approbation. On tamisa les lumières pour permettre aux bougies d'envelopper de leur lueur liquide les visages réunis. On vit des sourires las et des yeux endormis. Il était minuit et demi.

Petra était tendue comme une corde de violon. Elle souriait lorsqu'il le fallait et était aussi charmante que le permettait son état d'esprit. Elle réussissait à lâcher un rire de temps à autre, en espérant qu'il ne ressemble pas trop à une toux. Intérieurement, aucune agitation. Pas la moindre activité. Tout était gelé, pris dans la glace ; elle était consciente de sa fragilité. Une pichenette et elle se briserait en morceaux, elle en était sûre. Même après le départ du dernier invité, la tension ne se relâcha pas.

Ils se mirent à desservir. Dans la cuisine, elle sentait la présence de Frank derrière elle. Pourtant, lorsqu'il toucha son épaule, elle sursauta. Un réflexe. Frank retira sa main.

— Tu vas bien ?

— Oui.

— Tu parais un peu tendue. En fait, tu as paru un peu tendue toute la soirée.

— Je t'ai dit, je vais bien.

— Et je te dis que non.

Le ton de sa voix la surprit. Elle se retourna :

— Qu'est-ce que tu veux dire ?

— Qu'il y a quelque chose qui ne va pas.

— Quoi ?

— Pourquoi ne me le dis-tu pas ?

Petra se sentait aussi perdue qu'elle en avait l'air. Aux informations, on avait parlé des meurtres de Wardour Street. Le sujet avait été abordé pendant le dîner. Avait-il découvert, Dieu sait comment, qu'elle était impliquée ? Cela paraissait si improbable.

— Que se passe-t-il, Frank ?

— John Fletcher m'a appelé hier.

Ce nom ne lui disait rien.

— Qui cela ?

— John Fletcher. Le mari de Mary.

Petra revit Mary la transparente. Puis John.

— Et ?

— Tu te rappelles quand nous avons dîné avec eux et qu'il t'a trouvée évasive ?

Petra s'en souvenait, sans plaisir.

— Oui.

— Eh bien, hier, il était au bureau quand il a dû se renseigner sur un truc et le nom de Brillex-Martins est sorti. Il se rappelle que tu travailles pour eux et décide de te téléphoner pour voir si tu peux l'aider. Et devine un peu ?

Petra savait, mais joua l'ignorance.

— Dis-moi.

— Personne ne te connaît dans les bureaux de Londres. Ils ont entendu parler de toi, mais aucun ne t'a jamais rencontrée.

Frank lui offrit l'occasion de dire quelque chose mais elle garda le silence parce qu'elle était incapable de former une phrase cohérente.

— Bon, quoi qu'il en soit, John est du genre tenace. Il se rappelle que tu lui as dit jouer les médiateurs pour l'entreprise. Il en déduit que tu es du genre employé itinérant, allant d'un bureau à l'autre, réglant les problèmes quand il y en a, auquel cas tu figures peut-être sur les listes du personnel à la maison mère, à Bruxelles. Il vérifie auprès d'eux et trouve ton nom sur la liste des salariés de l'entreprise. Le mystère est en partie éclairci. C'est du moins ce qu'il croit. Mais en fait, il n'en est rien parce qu'une enquête plus poussée révèle que personne ne t'a jamais vue non plus à Bruxelles et que, si tu fais partie des salariés, tu n'es pas payée. En outre, il n'y a pas d'archives sur toi, pas de photos ; personne ne connaît ton adresse, ni ton âge, ni depuis quand ton nom figure sur cette liste.

Au plus profond d'elle-même, Petra se sentit un peu soulagée. Mais la colère menaçait. *Je ne peux pas régler cela maintenant. Pas après ce qui s'est passé aujourd'hui.*

– Qu'est-ce que tu veux que je te dise ?

– Écoute, tu sais que je sais qu'il se passe des trucs étranges et je n'ai jamais insisté. Mais tu ne crois pas que le moment serait venu de vider ton sac ?

– Tu ne sais pas de quoi tu parles.

– Justement. Je ne peux pas t'aider si je ne sais pas ce...

– Tu ne peux pas m'aider de toute façon.

– Comment le sais-tu ?

– Parce que, si je pensais que c'était possible, je t'aurais déjà mis dans la confidence.

– Je croyais que peut-être après hier soir, un peu plus de franchise...

– Eh bien tu t'es trompé.

– Bon Dieu, Marina, j'essaie de t'aider !

– Tu m'écoutes ou quoi ? Tu ne peux pas !

– On ne peut pas continuer comme ça.

Petra se raidit.

– Qu'est-ce que tu dis ?

– Je dis que c'est absurde. Tu ne me dis rien et je deviens dingue à essayer de faire la part entre mensonges et vérité.

Elle ne voulait pas recourir à l'attaque pour se défendre, mais se sentit tirée dans cette direction par une force invisible et familière.

– Tu crois que ça me plaît d'être comme ça ?

— Je n'en sais rien. Comment savoir si tu dis la vérité ?

— C'est hilarant, Frank, répliqua Petra, malheureuse d'en être réduite au sarcasme. Trop drôle. Génial.

— En fait, c'est vrai.

Son ton raisonnable ne fit qu'aggraver les choses.

— Alors cette histoire entre nous ne mène à rien. Si tu ne peux pas me faire confiance…

— Nom de Dieu, Marina, mais écoute-toi ! Comment suis-je censé te faire confiance quand je sais que tu me mens ?

Six heures dix par une matinée froide et grise et je frise la dépression nerveuse. C'est du moins l'impression que j'ai. Je n'ai jamais connu de moments pareils. Les drogues et l'alcool noyaient la douleur dans l'oubli chimique. À présent, je suis confrontée à la vérité dans toute sa nudité. Tout est mis à nu.

Marina contre Petra contre Stephanie.

Je me demande si j'ai eu tort de partir de chez Frank en claquant la porte. Nous avions besoin de parler. Je voulais le faire. Mais j'aurais dû mentir, encore. C'est donc peut-être aussi bien comme ça. Je me demande s'il est éveillé et je me surprends à espérer que c'est le cas, à espérer que cela a trop d'importance pour qu'il puisse trouver le sommeil. Puis je suis dégoûtée par mon égoïsme et j'espère qu'il dort. Tout est de ma faute. Il n'y a pas de raison qu'il souffre encore plus.

Je ne veux plus me soucier de venger les morts, je n'ai plus envie de réclamer justice et châtiment pour un crime impuni, je veux juste dormir. J'ai vingt-trois ans et je suis lasse de vivre.

27

À huit heures et demie, Petra frappa chez Frank, mais personne ne répondit. Elle rentra chez elle et composa son numéro. Le répondeur la pria de laisser un message, mais comme elle était incapable d'exprimer ce qu'elle ressentait, elle raccrocha sans parler. Elle tenta de nouveau sa chance à neuf heures. Toujours rien. Elle sortit acheter un baladeur Sony identique à celui que Serra lui avait donné.

Elle s'arrêta ensuite dans un café. Elle regarda la pluie onduler sur la vitre et songea aux jours à venir. Le lendemain, elle essaierait de faire échouer le plan mis au point par Khalil et organisé par Serra. Elle ne savait pas encore comment elle s'y prendrait, ni même si cela relevait du domaine du possible, mais il fallait qu'elle tente le coup. Elle n'en avait pas soufflé mot à Alexander, qu'elle comptait bien laisser dans l'ignorance afin de garder le contrôle de la situation et se protéger elle-même. Mais le surlendemain ? Khalil serait toujours aussi insaisissable et elle resterait liée à Magenta House. N'eût été le danger encouru par Christopher, Jane et leurs enfants, elle aurait pris le risque de fuir, avec ou sans Frank. Elle ne croyait pas vraiment qu'Alexander ferait du mal à sa famille, mais il ne fallait pas tenter le diable. Et Alexander connaissait son dilemme. Chaque fois qu'elle était tentée de minimiser la menace et de disparaître, elle revoyait les débris fumants de la voiture de

Leon Giler, sur Queensboro Bridge. Demain, ce serait le chaos. Que réserverait le surlendemain ?

À onze heures, elle appela Serra sur son portable et ils convinrent de se retrouver à midi.

Rien n'aurait été plus facile que de rater le Clarendon, dans Jermyn Street. L'entrée, coincée entre un tailleur et une boutique de chemises excessivement chère, ne comportait pas de plaque. Petra pénétra dans un couloir étroit qui menait à un petit vestibule, à l'arrière du bâtiment. Derrière elle, la porte se referma lentement sur les bruits de la rue, sur l'ère moderne. La réception était meublée de fauteuils et d'un canapé, au cuir poli par des années d'usage. Les murs lambrissés s'ornaient de cartes anciennes. Un homme en parfait accord avec le cadre l'accueillit : vêtu comme un majordome de l'époque édouardienne, il grinçait de vieillesse et de savoir-vivre.

– Que puis-je faire pour vous ?

– J'ai rendez-vous avec l'un de vos hôtes, Preben Olsen.

– Il vous attend ?

– Oui.

Il consulta un registre.

– Chambre neuf. Deuxième étage.

Petra prit l'ascenseur qui monta avec force craquements. Le bois sentait la cire. Elle examina son reflet dans le laiton. La tension qui l'habitait n'était pas visible. On n'aurait pas pu en dire autant de Serra dont le teint gris, les cernes et l'agitation des mains trahissaient l'anxiété.

– Pas dormi ? lui demanda Petra.

Il acquiesça.

– Et toi ?

– Pas mieux.

Il l'attendait dans une petite suite composée d'un salon et d'une chambre attenante. Un plateau en argent couvert de sandwichs était posé sur une table ovale dominée en son centre par un vase en porcelaine remplis de lis. Près de la fenêtre, il y avait un canapé et deux fauteuils. Le compagnon constant de Serra, son ordinateur portable, trônait sur un petit guéridon laqué. Les tableaux, d'authentiques huiles, représentaient pour la plupart des paysages ruraux et des châteaux aux parcs parsemés de chevaux et de bétail.

– C'est joli, ici.

Serra désigna le plateau de sandwichs.

– J'ai commandé ça pour nous.

– Je n'ai pas trop d'appétit.

Ils s'assirent, et Serra demanda à Petra de lui répéter sa version des événements de la veille. Il lui fit préciser le moindre détail et la pria de reprendre son récit dès qu'elle eut terminé. Il évoqua les commentaires de l'*Evening Standard* sur les meurtres de Wardour Street, en soulignant que l'une des victimes – un dénommé Dean West – était un criminel connu du quartier. Quel genre de liens un homme pareil pourrait-il avoir entretenu avec quelqu'un comme Mirqas ? Petra répondit qu'elle n'en avait pas la moindre idée, puisqu'elle ne les connaissait ni l'un ni l'autre. L'article parlait de deux personnes fuyant les lieux et précisait que la police les recherchait. Petra expliqua qu'elle ignorait quelle direction Mirqas avait prise ; le temps qu'elle arrive dans la rue, il avait disparu.

En pages intérieures, un entrefilet rapportait le malheureux suicide d'un étudiant koweïtien qui s'était jeté sous le métro de la Central Line, à Tottenham Court Road. La tragédie avait eu un témoin, une femme d'âge moyen qui rentrait chez elle après avoir fait des courses dans Oxford Street. Elle racontait que le jeune homme se tenait trop près du bord du quai, à son avis, mais qu'elle n'était pas intervenue, parce que « elle n'aurait jamais cru qu'il sauterait ». Petra reconnut la patte de Magenta House.

Elle leva le nez du journal.

— Un suicide ?

— Je sais. C'est impossible à croire.

— Sauf que cette femme l'a vu.

— Elle a vu quelque chose, mais ce n'était pas un suicide. Mirqas ne se serait pas donné la mort. C'est interdit par le Coran.

— Et les kamikazes ?

— Il faut faire la distinction entre ceux qui meurent au nom d'Allah et ceux qui font le choix personnel de se tuer.

Serra alluma une cigarette et se leva, en cambrant le dos. Il s'approcha de la fenêtre, repoussa les rideaux en tulle et contempla la rue détrempée.

— Et maintenant, qu'est-ce qui se passe ? demanda Petra.

— Tout et rien. C'est trop tard pour que je modifie les plans. La machine est lancée. Quant à moi, il ne me reste plus qu'à attendre.

— Alors pourquoi es-tu ici ?

Il se tourna vers elle.

— Parce que tu es la seule partie du plan susceptible de changer. Le détournement aura lieu avec ou sans toi. Je suis ici pour connaître tes intentions.

— Et qu'est-ce que tu veux que je fasse ?

Il haussa les épaules.

— Le plan peut réussir sans comparse. Mais il te reste encore deux raisons d'y participer : pour t'assurer que l'appareil est bien détruit et pour rencontrer Khalil à Malte. Il faut que je sache si les événements d'hier t'ont fait changer d'avis.

Il la fixait, essayant d'interpréter son expression. Petra sentit l'importance du moment. À supposer qu'elle admette avoir des doutes, quelles seraient les conséquences ?

– Non, dit-elle.

Elle crut voir une lueur de tristesse au fond de ses yeux. Ou peut-être était-ce son imagination :

– À quoi penses-tu ?

Serra s'approcha de la table et se pencha sur les sandwiches.

– À Mirqas. À ce qui lui est arrivé.

– Tu penses qu'il a été tué ?

– Oui.

– Par qui ?

Serra se tourna vers elle.

– Je l'ignore.

C'est ce que me dit Serra, mais il n'en pense pas un mot. Je lis la vraie réponse dans son regard qui croise le mien avant de se détourner presque immédiatement. Il est convaincu que j'ai tué Mirqas.

Nous bavardons encore un peu jusqu'à ce qu'il m'annonce qu'il a envie de faire l'amour avec moi. C'est seulement en cet instant que je comprends vraiment quel genre d'homme il est. Il n'est pas différent de ceux qui me payaient pour me sauter dans Brewer Street, et je sais ce qui m'attend quand nous entrons dans la chambre.

J'examine rapidement la pièce : un grand lit à deux places, deux tables de nuit en chêne, une coiffeuse surmontée d'un grand miroir doré, une grande armoire en acajou avec une commode assortie. D'où viendra le danger ?

Serra me demande de me déshabiller devant lui. Bien entendu. Il veut vérifier que je ne suis pas armée. Comme je peux encore me tromper, je suis obligée de poursuivre cette représentation longue et pénible. Je me dévêts lentement. S'imagine-t-il vraiment que je suis désarmée quand je suis nue ?

Sur le lit, il veut tout et je donne tout, réconfortée par le fait que, quoi qu'il arrive, ce sera la dernière fois que j'aurai des rapports avec Marc Serra. Je me fais le serment que c'est le dernier homme à qui je me vendrai. Il fourre ses doigts en moi, il me suce, je le suce, et il finit par me pénétrer avec son absence de délicatesse habituelle. Quand je suis sur le dos, son corps se presse contre le mien, me cloue au matelas. Il enfonce ses doigts dans les muscles durs de mes cuisses. Il cherche à laisser des hématomes. Quand je suis assise sur lui, il m'enserre la taille pour me river à lui, pour mieux m'envahir. Et lorsqu'il me persuade de me mettre à quatre pattes – sa position préférée, de loin – il me presse le visage contre les oreillers, ce qui me met les nerfs à vif, parce que je ne peux plus le voir. Je me tourne légèrement pour apercevoir son reflet dans le miroir de la coiffeuse. Je résiste à ses tentatives de m'aplatir contre les draps fripés. Il finit par abandonner, cédant à son égoïsme, m'emprisonne les hanches, accélère le rythme et jouit dans un frémissement accompagné d'un grognement. Il a l'air d'avoir le souffle coupé.

Nous sommes étendus l'un près de l'autre, muets. Je pense à Falstone et à la maison dans laquelle j'ai grandi. Je vois la vue qu'on a des fenêtres, les champs d'herbes couchées par le vent, les aubépines sur la colline qui poussent avec leurs branches courbées vers l'est à cause des vents d'ouest continuels. Je vois Anne Mitchell dans sa tour de Chalk Farm. Elle pleure quand elle est seule à cause de l'infidélité de son mari, à cause de l'existence dans laquelle elle est piégée. Elle m'a confié un jour qu'elle rêvait d'être hôtesse de l'air, pour découvrir le monde. Maintenant elle ne voit guère que la tour de Telecom, dans le lointain. Je me souviens de mon premier baiser, une expérience hésitante qui m'a donné la nausée. Je vois une photo en noir et blanc de mes parents. Ils sont au sommet du Matterhorn. La photo était posée sur le gros manteau de cheminée en pierre dans la cuisine, au-dessus du poêle. Puis je repense à Anne et à ses désillusions.

– J'ai faim, dit Serra. Tu veux un sandwich ?

J'émets un son qui n'est ni un oui ni un non. Serra se lève et enfile un de ces épais peignoirs blancs fournis par les hôtels. Il sort. Je ne bouge pas. Il revient avec le plateau en argent. Je suis tendue, tout en espérant que cela ne se voie pas. Il pose le plateau sur le lit à côté de moi. Peut-être est-ce l'instant fatidique. Non. Il va prendre une cigarette dans le paquet resté sur la coiffeuse. Il l'allume et tire longuement dessus avec un plaisir évident.

Il revient vers moi. Je commence à me dire que j'ai dû me tromper.

– Nous devrions nous mettre à penser à l'avenir, dit-il. Ce que nous devrions faire après que Khalil et toi…

Le couteau apparaît comme par enchantement. Je dois avouer que Serra est plus malin que je ne le pensais. C'est un couteau à cran d'arrêt qui paraît glisser de sa manche dans sa main droite dans le même mouvement qui le précipite vers moi. Débarrassé de sa cigarette, Serra plonge. La rapidité de ma réaction se reflète sur son visage : un éclair de surprise. Je suis rapide, mais pas assez. La lame s'enfonce dans mon biceps gauche. Elle est tellement pointue que c'est à peine si je la sens entamer ma peau.

Je continue à rouler sur moi-même et réussis à me dégager. Je laisse des traînées rouges sur les draps de coton blanc. Serra se lève du lit, mais je suis déjà debout. Bien décidée à le frapper pour le déséquilibrer : non, il pointe déjà sa lame vers moi. Il se redresse complètement : nous sommes face à face, c'est l'impasse.

Je lis la peur dans son regard. Il me connaît. Ma réputation le terrifie. Peut-être est-il armé, mais il est conscient de ne pas posséder la vélocité voulue. Il sait – nous savons tous les deux – que, si son prochain coup ne porte pas, il aura perdu son avantage.

Il tente une feinte. Un plongeon à gauche pour remonter à droite. Une tactique qui m'est familière. Lorsqu'il part vers sa gauche, je devrais en faire autant pour l'éviter, mais je m'en garde bien. Je plonge vers la droite et j'y reste. Entraîné par son mouvement, il ne peut plus revenir en arrière. Je m'éloigne de lui en virant sur moi-même. Le tout a duré une fraction de seconde. Il est déséquilibré, et j'exploite aussitôt sa faiblesse. Il tente de se rétablir tout en tournant à gauche. Erreur. Il aurait dû commencer par s'éloigner un peu de moi. Je lance la jambe droite, et mon pied s'écrase sur sa mâchoire. Son corps est parcouru d'un frémissement. Il est momentanément sonné, mais il ne tombe pas et il serre toujours le couteau. Je profite de son instant de flottement pour lui enfoncer mon poing dans la gorge.

Petra rinça l'entaille à l'eau froide, mais à peine avait-elle essuyé le sang qu'il perlait de nouveau sur la ligne en travers de son biceps. À côté du lavabo, attendaient plusieurs bandes du drap en coton qu'elle venait de déchirer. Elle en enroula une autour de sa blessure en serrant bien.

Dans la chambre, bien réveillé, Serra se débattait dans ses liens. Petra l'avait assis sur une chaise et lui avait attaché les mains derrière le dossier à l'aide d'une ceinture en cuir. Il serait incapable de se libérer. Et, de toute façon, elle avait pris soin de lui immobiliser les jambes en les liant aux pieds de la chaise avec des morceaux de drap. On avait connu mieux en matière d'entraves, mais ils feraient l'affaire. Ils permettraient au moins à Petra de gagner du temps, et c'était tout ce dont elle avait besoin. Qu'il se débatte donc, c'était plus symbolique qu'autre chose.

Elle enfila slip et soutien-gorge, ainsi que le simple T-shirt blanc qu'elle portait sous son sweat-shirt. Son pansement dépassait sous la manche. Une tache rouge commençait à s'étaler dessus.

– Tu aurais dû me tuer dès que l'occasion s'est présentée.

– Je sais, dit Serra d'une voix réduite à un murmure rauque presque aussi douloureux à entendre qu'à produire, visiblement.

– Tu savais que c'était moi avant que j'arrive ?

Il secoua la tête.

– Mais tu avais des soupçons…

Il acquiesça.

– Et puis, étant ce que tu es, tu as cru pouvoir avoir le beurre et l'argent du beurre. Typique. J'ai connu des mecs comme toi. Trop, trop souvent. – La colère de Petra se teintait de déception – Si tu étais la moitié de l'homme que tu crois être, je serais morte. Mais les gens de ton espèce sont incapables de se contenir dès qu'ils reniflent une occasion. Comme des chiens ou des drogués. Tu savais que ce serait ton ultime chance de me sauter – tu pensais que tu me tuerais –, alors tu as décidé de prendre du bon temps une fois de plus. Un petit dernier pour la route. D'où l'hôtel. En fait, tu n'avais pas besoin de venir à Londres, ce soir, n'est-ce pas ?

Le silence de Serra fut une réponse éloquente.

– Le cul ! soupira Petra. C'est ce qui vous perd.

Comment des êtres intelligents pouvaient-ils être aussi bêtes, et les forts, aussi faibles ?

– Comment as-tu su ? lui demanda-t-elle.

– Grâce à un ensemble de détails.

– Quoi, par exemple ?

– Cela n'avait aucun sens – Mirqas et un criminel londonien.

– Mirqas a lui-même commis un crime. Dans cette ville.

Devant le froncement de sourcils de Serra, elle précisa :

– Il a assassiné un journaliste ici l'année dernière.

— Mirqas ne parlait pas anglais.

— Quoi ?

Une lueur de victoire passa dans l'œil de Serra.

— Il ne parlait qu'arabe et français.

Petra faillit protester, puis se ravisa. Elle tenta de se rappeler une conversation avec Mirqas, sans succès. Elle n'avait jamais entendu le son de sa voix. Pas une seule fois.

— Je l'ignorais.

— Donc, à moins que ce criminel londonien n'ait couramment parlé français ou arabe…

— C'est tout ? Ou il y a autre chose ?

— Il y a aussi le LV 241.

— Eh bien ?

— Ce camp n'existe pas.

Bien sûr. Cela tenait debout. On lui avait jeté un bout d'information en pâture. Elle devina ce qui allait suivre.

— J'ai des sources payées pour me fournir des renseignements, poursuivit-il. Me prévenir, par exemple, que quelqu'un enquête sur un nouveau camp baptisé LV 241 opérant en Libye. Quelqu'un s'y intéressait, mais personne ne savait qui.

— Cela aurait pu être Petra Reuter.

— Possible. Mais je ne l'ai pas cru.

— Pourquoi ?

Serra haussa légèrement les épaules.

— L'intuition.

— L'intuition est un don. Tu aurais dû davantage t'en servir. Quoi d'autre ?

— Ta décision de marcher dans la combine.

— Et alors ?

— Cela va à l'encontre de toute logique. Surtout pour quelqu'un comme toi. Franchement, j'ai eu des soupçons dès que tu as accepté le rôle de comparse.

— Pourquoi me l'offrir alors ? Pour m'éprouver ?

– Non. Parce que Kamal Ibrahim Karim a insisté. Et c'est lui qui a l'argent. Il a toujours voulu que ce soit toi. Dès que je l'ai informé que j'étais entré en contact avec toi, il était décidé à ce que tu travailles pour lui, quel qu'en soit le prix.

– Pourquoi ?

– À cause de ta réputation.

– Tu n'as pas l'air convaincu.

– Pour moi, cela ressemblait plutôt à un engouement d'adolescent.

– Et Khalil ? Qu'est-ce qu'il en pense ?

– Karim est celui qui a l'argent.

– Je sais. Mais Khalil ?

Il eut un sourire las.

– C'est surtout ça qui t'importe, non ?

Petra ne releva pas.

– C'est la raison pour laquelle tu as accepté le rôle de comparse. Une femme comme toi – la grande Petra Reuter – jouant les comparses avec la seule promesse d'un rendez-vous au bout ? Allons ! Il fallait que tu aies une idée derrière la tête. Et pour quelqu'un comme toi – une terroriste muée en assassin de luxe – quelle autre idée derrière la tête pouvais-tu avoir ?

– Si c'est ce que tu pensais, pourquoi ne pas avoir averti Khalil ? Karim ? Pourquoi prendre le risque de m'impliquer ?

– Un, parce que cela ne présente pas de risque. Le détournement va réussir. Tu ne peux pas l'empêcher. Deux, parce que je n'ai pas d'intérêt personnel dans cette affaire. Les clients vont et viennent. Peu m'importe qui ils sont, pourvu qu'ils paient.

– Je n'en crois pas un mot.

– Et je me fiche de ce que tu crois. (Serra toussa et chaque contraction de sa gorge meurtrie se peignait sur son visage. Ses yeux s'emplirent de larmes. Il déglutit avec précaution avant de reprendre la parole.) Il est clair pour moi à présent que, dès le départ, tu t'intéressais à Khalil et non à l'argent qu'il t'offrait. Quelqu'un d'autre doit te payer encore plus pour l'éliminer. Giler devait simplement être un pion à sacrifier. Un pion représentant des millions de dollars pour toi, certainement, mais un pion tout de même. Combien tu touches pour Khalil ? Deux millions de dollars ? Cinq ? Dix ? Je crois que le gouvernement américain a fait savoir qu'il était prêt à aller jusqu'à cinq pour Khalil.

— Comme tu le dis, les clients vont et viennent. Peu m'importe qui ils sont, pourvu qu'ils paient. (Petra ramassa le couteau à cran d'arrêt sur le lit.) Et si tu n'as pas d'intérêt personnel dans cette affaire, autant me dire où je peux trouver Khalil.

Serra affichait toujours son demi-sourire.

— C'est bien ce que je pensais.

— Où est-il ?

— Je n'en sais rien.

— Tu me le diras tôt ou tard.

— Je te dirai peut-être quelque chose, mais ce ne sera pas l'endroit où tu pourras le trouver. Je ne te dirai pas non plus à quoi il ressemble. Ni qui le connaît. Je ne te révélerai rien sur son compte. Et tu veux savoir pourquoi ?

— Pourquoi ?

— Parce que Khalil n'existe pas. Il est – comment dirais-tu ? – un pavillon de complaisance. Un fantôme, une légende sans substance.

Aurait-elle été quelqu'un d'autre – n'importe qui d'autre –, Petra se dit qu'elle aurait repoussé la réponse de Serra avec mépris. Mais elle était la seule à ne pas pouvoir le faire. Elle regarda fixement Serra qui comprit que sa réaction dépassait la simple incrédulité.

— Et les Fils de Sabah ? Des fantômes eux aussi ?

Le nom fit sursauter Serra.

— Qui ? finit-il par articuler.

— Les Fils de Sabah, Marc. Ceux qui vont détourner le vol BA 283. Ce sont des fantômes ?

— Qui es-tu ? Le BKA ?

— Allons !

— La CIA ? Le Mossad ?

— Quelle importance ? Nous sommes au courant, pour les Fils de Sabah.

— Vous ne savez rien.

— Tu oublies que je les ai vus.

— Tu en as vu quelques-uns. C'est tout.

— Si tu veux, fit Petra, méprisante.

— Tu crois que je te laisserais participer au détournement si l'affaire se résumait à ce que tu as vu ?

— Je me demande de toute façon pourquoi tu me permets d'y participer.

— Parce que j'ai quelque chose à t'offrir. Quelque chose de légitime.

— Soignez vos amis, mais encore plus vos ennemis ?

— C'est un peu ça.

Elle se sentit soudain glacée.

— Je ne te crois pas.

— Que le BA 283 décolle ou non, les Fils de Sabah n'auront pas perdu. Tu ne peux pas les arrêter. Je ne peux pas les arrêter.

— Alors pourquoi ce détournement ?

— Pour créer une impression.

— Laquelle ?

— Tu verras.

Le couteau à la main, Petra se mit à tapoter le plateau en argent du bout de la lame. Serra gardait les yeux rivés sur l'acier.

— Les Fils de Sabah sont-ils une création de Karim ?

— C'est important ?

— Pour moi ? Oui.

— Oui.

— Et ce détournement – c'est aussi son idée ?

— Il m'a payé pour l'organiser, mais le concept vient de lui.

— Et c'était aussi son idée de placer une bombe à bord du vol NE 027 de la North Eastern ?

Pour Serra, la question était totalement incongrue. Il regarda Petra :

— Quoi ?

Elle répéta sa question.

— C'était son idée ?

Serra cherchait où elle voulait en venir. Son expression angoissée apprit à Petra ce qu'il voulait éviter de dire.

— C'était… différent.

— Est-ce que Karim était derrière ?

— Oui.

La douleur la foudroya. Petra passa successivement de la tristesse à la colère puis à l'épuisement. Le cercle était complet. Elle regretta que Proctor ne fût pas à ses côtés pour entendre ces réponses.

— Et l'exécutant était Basit. C'est ça ?

Chacune de ses questions révélait un secret, et Serra avait l'air d'un homme dont l'univers s'effondrait. Il tira pathétiquement sur la ceinture qui l'entravait.

— Mais qui es-tu ?

— Tu te rappelles m'avoir dit un jour que, selon toi, Khalil et moi étions semblables ?

— Oui.

— Eh bien, tu avais raison.

— Quoi ?

— Sauf que nous ne sommes pas semblables, nous ne faisons qu'un.

Serra transpirait.

— Je ne comprends pas.

— Il n'y a pas de Petra Reuter, Marc.

— Qu'est-ce que tu racontes ?

Petra prit son temps, histoire de le laisser un peu mariner dans sa perplexité.

— Comment dirais-tu ? Petra Reuter est un pavillon de complaisance. Un fantôme. Elle n'existe pas.

— Mais tu es ici !

— Certes. Mais tu ne sais pas qui je suis.

— Pour qui travailles-tu ? reprit-il après un silence, plus prudent et curieux qu'agressif.

— Pour moi.

Il secoua lentement la tête.

— Non, je ne te crois pas.

— Je ne m'y attendais pas. Mais c'est vrai.

— Qui es-tu ?

— Une putain. Voilà ce que je suis, Marc. Une putain bon marché. En fait, plus si bon marché que ça, mais une pute tout de même.

Apparemment, Serra pensait qu'elle donnait dans le sibyllin.

— Je ne comprends pas.

— Malgré toutes tes réserves à mon sujet, tu trouvais qu'on s'entendait bien, non ? Qu'on formait une bonne équipe. Toi à quarante-quatre ans et moi à vingt-trois.

— *Vingt-trois ?*

— Et sur quoi tout cela reposait-il ? Sur le cul. Voilà. Nous n'avons jamais rien eu de commun, mais tu m'appréciais, pour mon physique et ce que je représentais. Tu aimais que je sois dangereuse. Cela me rendait plus excitante. Mais surtout, c'était le cul qui te plaisait, non ? Et mieux encore, tu as vu que moi aussi ça me plaisait. Tu aimais me voir docile, tu aimais me dompter.

— Tu es folle.

— Non, répliqua-t-elle en le menaçant du doigt : je connais les hommes de ton espèce. Il suffit que vous ameniez une femme à l'orgasme pour être convaincus qu'une part d'elle vous appartient à jamais. Mais non,

Marc. Il n'y a jamais eu d'orgasme. Ni cri de plaisir. Tout était feint.

– Tu mens !

Elle eut un rire sans humour.

– Comme cela te ressemble ! Tu n'arrives pas à y croire, hein ? Toi, un étalon. Je comprends que tu sois sous le choc. En fait, je serais étonnée qu'un homme avec un ego comme le tien réagisse autrement. Mais parlons vrai : j'ai été une prostituée, Marc. Tous les jours, j'ai feint pour des types comme toi. Et chaque fois, j'apprenais un petit peu plus. Je suis une pro. L'art de la tromperie est ma seule qualification professionnelle.

– Tu mens.

– Pour une fois, non. Tu n'es rien pour moi. Tu n'étais que du travail.

Elle avait espéré que la vérité aurait un effet cathartique, mais il n'en fut rien : elle ne réussit qu'à alimenter sa haine. Elle serrait le couteau plus fort que jamais. Elle ferma les yeux et s'imagina en train de le lui enfoncer dans le corps.

Maîtrise-toi.

Elle respira profondément, puis exhala lentement. Elle alla chercher le portable de Serra dans le salon et le posa sur le lit. Elle vérifia les fichiers, mais ne remarqua pas de différence ; il n'y avait pratiquement pas de données dans le disque dur.

Il était temps de revenir aux choses sérieuses.

– Tu veux me dire ce qu'est GRAS-3 ?

Silence.

– On dirait que tu stockes tes données ailleurs. Sur une disquette, peut-être. Ou est-ce que tu téléchargerais dans un endroit sûr ? Non, je ne crois pas. Les lignes téléphoniques sont vulnérables. J'imagine que tu préférerais une disquette ou un Zip. Bien, où pourrais-je trouver un truc de ce genre ? Dans tes vêtements, peut-être ?

Petra entreprit de retourner les poches, de découper les doublures. Rien. Elle vérifia tout ce qu'il avait apporté, avant de mener une fouille en règle de la chambre, de la salle de bains et du salon.

— Où sont stockées tes données ?

Il secoua la tête. Elle maîtrisait sa colère, mais tout juste. Elle la sentait bouillonner en elle. Elle fit glisser la lame du couteau de la cuisse droite à la rotule de Serra.

— La prochaine fois, je ne te poserai pas la question poliment.

Blêmissant à vue d'œil, il secoua de nouveau la tête.

Boyd avait dit un jour à Petra que, dans la terreur physique, l'élément le plus important n'était pas l'acte en soi, mais le pouvoir de convaincre la victime que vous étiez prêt à l'accomplir.

Petra se pencha vers Serra et lui murmura :

— Si tu hurles, je te tue.

Elle enfonça la lame jusqu'à ce qu'elle rencontre l'os du genou. Serra poussa un cri de douleur, se mordit la langue, et tressauta comme s'il était attaché à une chaise électrique. Les yeux écarquillés, les veines du cou gonflées, il agitait la tête. Les perles de sueur qui s'étaient formées sur son front se mirent à couler. Petra tourna lentement la lame dans la plaie. Il était rouge comme une betterave à force de retenir ses cris. Des larmes lui embuaient les yeux.

Petra ne ressentait rien. Ni plaisir ni dégoût, juste l'engourdissement auquel elle était habituée. Lentement, très lentement, elle dirigea la lame sanglante vers l'œil droit de Serra, s'arrêtant à deux centimètres de la pupille.

— Où sont les données ? murmura-t-elle.

— Sur une disquette, gémit-il. (Sa voix flanchait, c'en était fini de son courage feint.) Elles sont sur une disquette.

Il avait répondu trop vite à son goût.

— Et où est-elle ?

— Je ne l'ai pas.
— Qui l'a ?
— Basit.
— Je ne te crois pas.
— Je jure que c'est vrai.
Reza Mohammed.
— Et où est-il ?
— Je ne sais pas.

Petra approcha le bout de la lame du centre mou de l'œil.

— Je le jure devant Dieu ! Je ne sais pas ! mugit Serra.

— Et moi qui croyais que tu tirais les ficelles pour les Fils de Sabah !

— Ils ont pris des dispositions individuelles. C'était plus sûr comme ça. (Les mots jaillissaient en un torrent dénué de toute dignité à présent.) De sorte que, si l'un était pris, il n'était pas en mesure de trahir les autres. Dont moi.

— Foutaises !

— C'est vrai. Je te jure ! C'est moi qui ai organisé l'entraînement et décidé du calendrier. Mais le reste relevait d'eux. Je ne sais même pas dans quel pays se trouve Basit. Je ne connais pas son véritable nom, ni le nom qui figure sur le passeport qu'il utilise.

— Mais à midi quinze demain, il sera à bord du vol BA 283 pour Los Angeles ?

— Oui.

Je passe derrière Serra, pour vérifier que la ceinture tient toujours. Une heure vient de s'écouler. Je l'ai interrogé, j'ai examiné les fichiers du portable, mais ils ne renferment rien d'intéressant. Je sais qu'il y a un mot de passe de quatorze lettres – LESFILSDESABAH – pour activer ou désactiver le matériau codé sur la disquette, mais ce mot de passe est tellement évident que je me doute bien que le matériau décrypté restera impénétrable. Serra est épuisé. Il dodeline de la tête. Je regarde par la fenêtre. Le ciel commence à s'assombrir.

Ma rage s'est évaporée. Plus tôt, j'aurais pu tuer Marc Serra dans l'aveuglement de la colère. Rien n'aurait été plus facile. Maintenant ça va être beaucoup plus difficile. Mais il faut que je le tue. Je n'ai pas le choix. Je ne peux pas l'abandonner vivant dans cette chambre d'hôtel. Il s'échappera, donnera l'alarme et les conséquences seront trop désastreuses pour qu'on puisse les évaluer. Et je ne peux pas l'abandonner aux mains de Magenta House parce qu'ils apprendront de sa bouche tout ce qu'il sait, et cela signifie qu'Alexander sera en position de tout foutre en l'air, et il n'en est pas question.

Serra a la gorge enflée et meurtrie. Lorsqu'il parle, on a du mal à comprendre ce qu'il dit.

— Qui es-tu, Petra ?

Je me relève en laissant le couteau sur le lit dans son champ de vision.

— Je m'appelle Stephanie Patrick.

— Pour qui travailles-tu ?

— Je te l'ai dit. Pour moi.

— Pourquoi ?

Quelle question ! Cela fait mal d'envisager les réponses possibles. Mes parents, Sarah, David, Keith Proctor – voilà les cinq premières raisons qui me viennent à l'esprit. Je pense au chagrin que j'ai infligé à Christopher et à la désintégration de ma vie, après la tragédie.

Je le regarde droit dans ses yeux larmoyants.

— La plus grande partie de ma famille se trouvait sur le vol de la North Eastern. Je fais cela pour eux et pour un architecte d'Uniondale, État de New York, qui s'appelait Martin Douglas.

— Qui ?

— Il occupait le siège 49 C. Mon siège.

Serra a l'air stupéfait, puis mortifié, comme s'il n'arrive pas à croire que tous ces problèmes s'enracinent dans un truc aussi banal.

— C'est une histoire personnelle ?

— De plus en plus. Et quand je verrai Reza Mohammed, je prendrai la disquette et ensuite je le tuerai.

— Qui ?

Intéressant !

— Reza Mohammed.

Toujours pas de réaction. Peut-être que Serra est un bon acteur, peut-être qu'il ne feint pas. Peu importe.

— Basit. Le véritable nom de Basit est Reza Mohammed. Ou est-ce Mustafa Sela ? C'est lui qui a posé la bombe dans l'avion à JFK.

Serra hoche vaguement la tête.

— Cela ne servira à rien.

Je passe derrière lui et retire l'abat-jour de la lampe en laiton posée sur la table, près de la fenêtre.

— Qu'est-ce qui ne servira à rien ?

— De tuer Basit.

Je débranche la lampe.

— Eh bien, dans ce cas, j'ai encore plus de raisons de le faire.

— Si ce vol ne décolle pas demain, près de quatre mille personnes mourront.

Un déclic se produit en moi. Je le vois dans ses yeux lorsqu'il lève la tête pour me regarder. Je l'entends dans sa voix quand il me parle. J'essaie d'ignorer ce que je ressens et je sors de son champ de vision. Je resserre ma prise sur la lampe.

— Quoi ?

— Quatre mille personnes mourront.

— Comment ?

— Peu importe. Tu ne peux rien faire. Je ne peux rien faire.

— Tu mens.

— Peut-être bien que oui, peut-être bien que non. Seul l'avenir nous le dira.

Et si Marc Serra vit, Alexander apprendra l'existence du détournement, et l'avion ne décollera jamais. Serra l'ignore, mais il vient de se condamner lui-même. Quoi qu'il arrive, il est perdant. Je lui assène un coup de pied de lampe sur l'arrière du crâne qui le plonge dans l'inconscience. Puis je vais récupérer le couteau à cran d'arrêt sur le lit.

Petra sortit de la douche et se sécha avec une des grandes serviettes blanches de l'hôtel. Elle s'habilla rapidement, rassembla ses affaires, puis tria celles de Serra pour voir ce qu'elle devait emporter. Dans l'ordinateur, le dossier qui avait contenu les fichiers GRAS, GRAS-1, GRAS-2, et GRAS-3 s'appelait FDS-12. Fils Du Sabah-12. Au départ, il y avait dix pirates de l'air. Maintenant il n'en restait plus que huit. Elle se rappela la facture d'une société d'électriciens de l'ouest de Londres qu'elle avait trouvée parmi les papiers de Serra à Paris. GRAS-3 apparaissait sur la ligne destinée à la date. La liste comptait douze éléments. Ailleurs – elle ne savait plus où – elle avait vu une autre référence à GRAS-3. Laquelle contenait aussi douze combinaisons de lettres et de chiffres. Elle prit le portable de Serra, éteignit l'ordinateur, le rangea dans son sac matelassé et attrapa son manteau.

28

Petra sortit dans Jermyn Street sous la pluie. Elle trouva une cabine dans Church Place et appela Adelphi Travel. Elle y fut accueillie par le message enregistré qui passait vingt-quatre heures sur vingt-quatre. Elle annonça le numéro d'identification qu'elle avait utilisé la veille ; une minute plus tard, elle avait Alexander en ligne.

— Le Clarendon, dans Jermyn Street. Chambre 9. Un problème à régler.

— Je le connais ?

— Serra.

Le silence fut aussi prévisible que long.

— Serra ?

— Oui.

— Que s'est-il passé ?

La question l'agaça :

— Devinez ! Il s'est entaillé la gorge en se rasant. Qu'importe ce qui s'est passé ! Il est mort. Je ne peux pas vous expliquer maintenant. Pas le temps. – Mentir à Alexander avait toujours été facile. Voire agréable, parfois.

— Vous êtes surveillée ?

— Je ne crois pas, mais je ne pense pas pouvoir venir en toute sécurité. Comme tout va se poursuivre comme prévu malgré la mort de Serra, il n'est pas question que je me compromette. Je tâcherai de vous appeler demain.

— Bien. En cas d'ennui, ne vous préoccupez pas du protocole.

Elle passa son second coup de téléphone d'une autre cabine.

Un taxi la conduisit dans George Street, où le Dr Brian Rutherford l'accueillit en personne :

— Mme Morgan est déjà rentrée chez elle et, à quelques secondes près, vous me ratiez.

— C'est ce que je vois. Vous êtes très élégant en smoking.

— J'ai un dîner à Grovesnor House.

— Je suis désolée de vous avoir retardé.

— Pas de quoi. Vous m'avez rendu service. C'est une soirée professionnelle. Un laboratoire pharmaceutique qui cherche à nous convaincre de prescrire ses produits.

Il l'emmena dans son cabinet et enleva sa veste. Sous un éclairage cru, il nettoya et désinfecta la coupure avant de la recoudre et de la couvrir d'un pansement.

— Vous savez, Stephanie, lui dit-il en se lavant les mains, vous devriez prendre davantage soin de vous. Je ne sais pas comment vous accumulez ces petites blessures – et je ne veux pas le savoir – mais vous les collectionnez trop et trop jeune.

— Je sais.

— Je ne voudrais pas qu'un jour vous soyez grièvement blessée.

Petra remit son T-shirt.

— Merci, c'est gentil. Je m'en souviendrai.

— À votre âge, on se croit immortel. Mais au mien, vous verrez combien l'éternité peut être courte.

Petra ne put s'empêcher de sourire.

— Alors comme ça, on vient vous voir pour se faire recoudre et on a droit à une leçon de sagesse en prime ?

De la tristesse passa dans le regard du médecin.

— Si c'est en prime, autant l'accepter, non ?

— Peut-être. À propos, je me demandais si vous pouviez me prêter de quoi écrire et une enveloppe ?

— Cela devrait pouvoir se faire.

— J'ai aussi besoin d'une torche.

— Une torche ?

— Oui. Ça tient dans la main, ça marche sur piles et ça émet de la lumière à une extrémité.

Rutherford se mit à fouiller dans un des tiroirs de son bureau.

— Je vous aime bien, Stephanie. Vous êtes une chic fille. Mais cela ne veut pas dire que je tienne à continuer à vous voir débarquer ici. Réfléchissez-y.

Du cabinet de Rutherford, elle marcha jusqu'à la station Bond Street, prit la Jubilee Line, changea à Green Park pour emprunter la Victoria Line et descendit à Victoria. De là, elle marcha jusqu'à l'angle de Wilton Road et de Longmoore Street. En cette soirée froide et humide, Gallagher's & Sons était une oasis de douce chaleur. Elle se rappelait l'endroit, maintenant : les lambris et la peinture moutarde, le miroir au mur, et Cyril Bradfield assis en dessous, une pinte de Guinness dans la main. Elle s'arrêta devant sa table.

— Je peux vous offrir un verre ?

Il leva les yeux.

— Qu'est-ce que vous faites ici ?

— J'avais besoin de vous voir.

— Vous avez mon numéro. Vous auriez pu appeler.

— Cela ne pouvait pas attendre. Elle jeta un coup d'œil à son verre aux deux tiers vide. – La même chose ?

— Ne devrions-nous pas…

— Il ne s'agit pas de ce genre d'affaire.

— Dans ce cas, pourquoi pas ?

Elle n'avait pas revu Bradfield depuis qu'elle était venue chercher la dernière des trois séries de papiers d'identité qu'il lui avait fabriquées. La première se trouvait dans une succursale d'ABN-AMRO, à Amsterdam.

La deuxième, dans un coffre, à Paris. La troisième, à Londres. Le temps que Petra revienne à la table avec une nouvelle pinte de Guinness, Bradfield s'était roulé une autre cigarette, fine, parfaite, malgré ses doigts pansés, trois à la main droite et deux à la gauche.

– Que vous est-il arrivé ?

– Brûlure d'acide. Accident du travail, je le crains.

Petra but une gorgée de son Coca et tendit au faussaire l'enveloppe que Rutherford venait de lui donner. Cela parut le mettre mal à l'aise. Un autre risque de son métier particulier, supposa-t-elle.

– Qu'est-ce que c'est ? demanda-t-il en baissant la voix, bien qu'il n'y eût personne à côté d'eux.

– Des instructions.

– Pourquoi faire ?

– Tout est écrit. Là-dedans vous trouverez un numéro de téléphone et une série de mots et de phrases. Cela explique comment prendre contact et quoi dire.

– Prendre contact…

– Peu importe. Vous vous contentez de suivre les instructions de celui qui vous répondra et tout ira bien.

– Quand ?

– Demain. Peut-être.

– Peut-être ?

– À partir de midi, allumez votre radio ou votre télé. Écoutez les informations.

– Et laquelle dois-je guetter ?

– Un détournement d'avion. Un vol qui part d'Heathrow.

Bradfield tira sur sa cigarette et, quoi qu'il pensât, il choisit de garder le silence.

Petra se pencha vers lui.

– Vous n'ouvrez l'enveloppe que si le détournement se produit. Si vous n'entendez parler de rien au bout de vingt-quatre heures, brûlez-la sans l'ouvrir. C'est clair ?

Il acquiesça et prit sa pinte de Guinness.

— Ce que j'aimerais savoir, c'est pourquoi vous pensez pouvoir me faire confiance.

— Parce que la première fois que je suis venue vous voir, vous m'avez vue telle que je suis. Vous m'avez dit que je ne devais pas porter d'arme à moins d'être prête à m'en servir. Vous vous souvenez ?

Il hocha lentement la tête.

— Oui.

— Malgré cela, vous ne m'avez pas fichue dehors.

— Et c'est pour cela que vous me faites confiance ?

— En partie.

— Et l'autre partie ?

— Vous le savez.

Brewer Street. Elle se promit que ce serait la toute dernière fois, puis se demanda à combien de reprises elle avait fait ce même vœu. La pluie s'était transformée en un crachin insistant. Elle passa devant la porte fermée, qui ne devait pas être verrouillée, elle l'aurait pariée. Elle ne l'était jamais. Il lui suffirait d'une légère poussée pour revoir l'entrée sombre qu'elle ne connaissait que trop bien. Elle leva les yeux vers les fenêtres aux lumières cachées par des rideaux tirés, et poursuivit son chemin.

Deux minutes plus tard, elle était sur l'échelle de secours de l'immeuble voisin. Une échelle toujours aussi branlante. Petra ouvrit la porte d'un coup d'épaule et la tira derrière elle. Elle alluma la torche en plastique que venait de lui fournir Rutherford. Le faisceau était faible, mais suffisant. Elle en balaya le grenier.

Rien n'avait changé. Petra éclaira l'intérieur de la citerne. L'ordinateur de Proctor n'avait pas bougé. Puis elle repartit vers la porte pour compter les lames de plancher. Elle s'agenouilla pour soulever la bonne. Le sac en plastique contenant les sept disquettes de Proctor se trouvait toujours là, à côté d'une petite trousse de toilette bleue de Varig Airlines. Petra avait mis la trousse à côté des disquettes dans la semaine de Noël. À l'intérieur, il y avait un rouleau de billets de banque contenant des livres, des francs et des marks, ainsi que le troisième jeu de pièces d'identité que Bradfield lui avait fabriqué.

Le portable de Serra était sur la table de son salon, à côté des deux baladeurs Sony – le cadeau et son propre achat. La pièce n'était éclairée que par la lueur de l'écran. Les fichiers qu'elle examina vinrent confirmer la vérité désagréable : sans la disquette de données, elle ne détenait rien de significatif. Mais comment être sûre que le contenu de la disquette en possession de Reza Mohammed fournirait la solution ?

Petra se mit le visage dans les mains et respira profondément.

Si cet avion ne décolle pas demain, près de quatre mille personnes mourront.

C'étaient les mots que Serra avait utilisés. Que signifiaient-ils ? S'agissait-il du bluff d'un homme conscient d'être condamné ou l'ultime tentative d'un homme terrifié de sauver sa peau ? Près de quatre mille personnes. Pourquoi ce chiffre, précisément ? Peut-être n'y avait-il pas de raison particulière. Elle avait beau tourner le problème dans tous les sens, elle ne voyait pas comment ces gens mourraient si l'avion restait au sol. Au contraire, une fois qu'il aurait décollé, cela ne devenait plus impossible : Dieu sait quel genre de dégâts on pourrait provoquer à ce moment-là. Sauf que Serra lui avait assuré que le vol détourné devait atterrir à Malte et que les passagers et l'équipage – la plupart, du moins – seraient libérés. Mais Khalil avait été un mensonge – *apparemment* – alors pourquoi Malte n'en serait-il pas un ?

Penser aux éventualités ne menait à rien. Plus elle les envisageait, plus elle se sentait perdue. Elle se concentra donc sur ce qu'elle savait. Alexander n'approuverait jamais sa participation au détournement. Si le détournement n'avait pas lieu, près de quatre mille personnes seraient peut-être en danger. Si le détournement avait lieu, trois cents passagers au moins seraient à coup sûr en danger. Et surtout, Alexander ne croirait jamais que Khalil n'existait pas, bien que ce fût lui le créateur de Petra Reuter. Venant d'elle, il jugerait la suggestion absurde, voire comique.

Perplexe, elle éteignit le portable et appela Frank.

— Marina ?

— Hmm.

— J'ai pensé à toi toute la journée. Je peux venir ?

— Non. J'ai besoin de sortir d'ici. C'est moi qui viens.

Nous nous embrassons et il m'entraîne dans le salon en me tenant par la main. Il m'offre du vin. Il a ouvert une bouteille de Rioja. J'accepte avec reconnaissance. Le vin me réchauffe. En me prenant par le bras pour me conduire gentiment jusqu'au canapé, il appuie sur ma blessure fraîchement recousue. Je tressaille – c'est un réflexe – et renverse un peu de vin sur la table basse et le tapis. Mais Frank s'en moque. Il me regarde d'un air soucieux :

— Tu vas bien ?

Comme je ne veux pas mentir, je me tais.

— Qu'est-ce que tu as au bras ?

Je me contente de secouer la tête. Non que je choisisse de garder le silence. Mais je ne peux pas parler. Pas en cet instant. Il semble le sentir. Je porte une épaisse chemise noire sur un débardeur gris. Il déboutonne ma chemise. Puis il repousse une manche et voit le pansement sur mon biceps gauche.

— Que s'est-il passé ?

— J'ai été blessée.

— Comment ?

— Par un couteau à cran d'arrêt.

Bien entendu, Frank écarquille les yeux.

— Qui a fait ça ?

— Assieds-toi.

— Marina…

— Assieds-toi.

Il s'assoit. Et je m'installe à côté de lui sur le canapé.

— Frank, j'ai quelque chose à te dire – en fait, j'ai beaucoup à te dire – et je veux que tu m'écoutes jusqu'à la fin sans m'interrompre, d'accord ?

— D'accord.

— Je ne m'appelle pas Marina Gaudenzi. (Déjà son expression change parce que j'ai laissé tomber mon accent.) Je m'appelle Stephanie Patrick. Je suis anglaise et j'ai vingt-trois ans.

Je lui raconte l'histoire de ma famille et il découvre que j'ai été une enfant diabolique. Il frissonne quand je lui parle du vol NE 027. Il est choqué, dégoûté par le récit qui suit. Je le sais. Bien sûr, il essaie de prétendre qu'il n'en est rien, mais cela se voit. Dans mon récit, Keith Proctor va et vient, puis il n'y a que du flou. Je ne peux pas parler d'Alexander à Frank, ni de Magenta House, ni de Serra, ni du fantôme du nom de Khalil parce que je crains que ces renseignements ne le mettent en danger. Je le lui explique et il l'accepte. Il me demande comment j'ai été blessée et je refuse de lui donner des détails. Lorsqu'il s'enquiert du sort de celui qui m'a fait ça, je lui dis la vérité. Il acquiesce, sombre, et dit, après un temps de réflexion : « J'avais l'intuition que tu me ferais cette réponse. »

Je termine mon récit à une heure du matin. Je parle depuis trois heures. La nuit dernière est oubliée, elle n'a plus de sens après ce que je viens de lui révéler. Nous sommes tous les deux épuisés. Je ne lui demande pas son avis parce qu'il n'a pas eu le temps de tout absorber : il me donnerait une réponse diplomatique et je ne le veux pas.

Ni maintenant ni jamais. Il suggère que nous revenions dessus demain ; j'abonde dans son sens.

Frank a certes eu le temps de se remettre du choc initial de ma confession, mais son sang-froid me surprend. J'en suis étonnée et reconnaissante, parce que j'ai besoin de son soutien maintenant comme je n'ai jamais eu besoin de personne. Je veux qu'il me serre dans ses bras. Qu'il me réconforte. Je veux savoir que tout ira bien.

Nous faisons l'amour.

C'est différent. Ni mieux ni pire, différent. Peut-être est-ce parce que c'est Stephanie qui fait l'amour avec Frank ce soir, ni Petra ni Marina. Les sentiments n'ont rien à voir avec le prénom. Dans un sens, je perds ma virginité. Ma virginité émotionnelle. Plus tard, dans le noir, je sens de l'humidité sur mon visage. Des larmes. J'arrive à peine à y croire. Et je ne m'en veux même pas… En fait, je sens que je souris.

Je suis Stephanie. Demain, je serai de nouveau Petra. Mais cette nuit, allongée près de Frank, je suis Stephanie et je reconnais ce sentiment qui me consume le cœur.

Doucement, si doucement que je suis sûre qu'il ne peut m'entendre, je murmure la phrase interdite.

« Je t'aime. »

Et je le pense.

LA SECTION RYTHMIQUE

29

Quatre-vingts minutes après avoir quitté Heathrow, le vol BA 283 était détourné. Pourtant, le plan que Petra avait mis au point pour empêcher cela était simple. Elle devait téléphoner d'Heathrow à Alexander pour le prévenir que le vol devait décoller vers midi, afin qu'il puisse alerter les autorités concernées. Elle aurait alors insisté pour qu'on n'entreprenne rien avant son deuxième appel. Il aurait sans aucun doute résisté, mais elle ne lui aurait pas livré le numéro du vol, le plaçant ainsi devant un vrai dilemme. Ou il suivait ses instructions ou il faisait fermer tout l'aéroport. Mais, comme elle l'aurait souligné, s'il choisissait de fermer l'aéroport, les avions à l'arrivée seraient déroutés, et les terroristes censés prendre le BA 283 après une correspondance passeraient à travers les mailles du filet. Il semblait effectivement probable à présent que *tous* arrivaient d'ailleurs, que Yousef, Mirqas et elle devaient être les seuls à partir d'Heathrow. Tout compte fait, elle avait eu le sentiment qu'Alexander serait obligé de lui céder.

Le détournement eut lieu pendant le déjeuner, alors que la plupart des passagers étaient coincés à leur place par les plateaux posés sur les tablettes. Étant à l'arrière de l'appareil, la cabine de Petra fut la dernière à être prise d'assaut.

Tout commença par une série de cris perçants venant de l'avant du 747. Autour de Petra, la confusion initiale fut vite remplacée par la peur. Les visages se figèrent jusqu'à l'apparition de Zyed qui serrait une carabine MP 5 dans une main tout en immobilisant une hôtesse de l'autre. Il lui enserrait le cou d'un avant-bras musclé et pressait le canon de l'arme contre sa joue droite. La vision provoqua des suffocations de surprise et d'horreur. La panique devenant générale, le niveau sonore s'éleva ; des cris de colère mêlés à des gémissements de terreur. Certains priaient et suppliaient, d'autres, hébétés, n'émettaient pas un son. Mouna apparut au bout de l'autre couloir et se mit à crier des instructions que Petra ne comprit pas. Un passager vêtu d'une veste en peau retournée voulut se lever. Zyed pointa sa carabine sur lui. L'hôtesse lui siffla de rester assis. L'homme suspendit son geste et se laissa retomber sur le siège.

Zyed et Mouna attendirent que le vacarme se calme, puis cette dernière répéta ses deux instructions : personne ne devait quitter sa place, tout le monde devait obéir aux ordres. Si on observait ces règles, assura-t-elle, personne ne serait blessé. L'hôtesse répéta le message d'une voix perçante et tremblante de peur. Bientôt, le silence ne fut plus brisé que par quelques gémissements étouffés.

Armée d'un Beretta de calibre 40, Mouna se mit à arpenter lentement les couloirs, étudiant les visages des passagers. Assise à l'arrière au siège 45 K, Petra vit la panique s'emparer progressivement de la pirate de l'air. Où était Yousef ? Et Mirqas ? Leurs regards se croisèrent. Aucune des deux femmes ne broncha. Son inspection terminée, Mouna repartit vers l'avant de la cabine, murmura quelque chose à Zyed et disparut.

Dix minutes plus tard, l'appareil virait à gauche.

Le matin même, Petra n'avait pas encore l'intention de monter à bord. Elle entendait passer à l'enregistrement parce qu'elle avait besoin de franchir le contrôle des passeports pour donner son deuxième coup de téléphone, mais elle pensait arrêter là son voyage. Sa visite à Cyril Bradfield n'avait été qu'une mesure de précaution. Une police d'assurance contre l'imprévu. Lorsqu'elle avait dit à Frank, en l'embrassant, qu'elle avait hâte de le retrouver le soir même, elle était sincère. Elle était persuadée que tout serait terminé avant la fin de la journée, d'une façon ou d'une autre. Soit les terroristes étaient arrêtés soit ils ne l'étaient pas, mais dans les deux cas, l'appareil ne décollait pas, ses trois cent dix-huit passagers, ses seize hôtesses et stewards et ses trois membres d'équipage étaient épargnés. C'était le plan prévu. Mais le temps qu'elle arrive à Heathrow, Petra avait pris conscience qu'elle devait agir autrement. *Si ce vol ne décolle pas demain, près de quatre mille personnes mourront.*

Petra s'y connaissait en menteurs et en mensonges. Elle comprenait la déviance et la détectait chez les autres, voyait comment et pourquoi ils y recouraient, et leurs différentes manières de s'en servir. La malhonnêteté lui avait permis de rester vivante. Elle l'avait protégée. Pour elle, ce n'était ni bien ni mal, simplement pratique.

Dans son for intérieur, elle savait que Marc Serra ne lui avait pas menti. Son instinct le lui soufflait. Une fois qu'elle l'eut admis, sa conviction se renforça ; elle comprit qu'elle l'avait toujours su et qu'elle avait tenté d'y résister parce qu'elle ne voulait pas y croire.

Petra avait compris Serra. Elle comprenait les hommes comme lui et elle l'avait compris, lui en particulier. Son affirmation venait d'un réel désir de lui faire savoir ce qui se tramait, afin que le moment venu Petra sache qu'elle avait été avertie et qu'elle aurait pu l'empêcher. Serra était sûr de mourir et sa déclaration n'avait donc pas eu pour but d'obtenir la clémence. Au contraire, cela avait été un ultime défi, un défi doux-amer. Son legs, en quelque sorte. Voilà le genre d'homme qu'était Serra. Une fois son défi lancé, il mourait en vainqueur.

Où étaient les preuves ? Il n'y en avait pas. Et si elle se trompait ? Après tout, personne de sensé n'irait risquer trois cent dix-huit passagers, un équipage et un Boeing 747 pour permettre à Petra d'agir en fonction d'une intuition purement fondée sur sa prétendue compréhension des menteurs et du mensonge. Elle l'admettait, c'est pourquoi sa seule porte de sortie était de monter à bord.

Quatre heures et demie après la capture de l'appareil, le 747 de la British Airways entamait sa descente vers Malte. La panique initiale calmée, la peur persistait dans le silence écrasant qui entourait Petra. Si elle n'entendait plus se manifester l'angoisse des passagers, elle la voyait dans les regards fixes, sur les visages blêmes, sur les mains aux articulations blanches à force de trop serrer les accoudoirs. Trop terrifiés pour avoir des pensées cohérentes – presque trop terrifiés pour respirer –, ils se trouvaient sur la frontière étroite qui sépare la maîtrise de soi imposée de l'effondrement hystérique. Pour sa part, Petra vivait son engourdissement familier et n'était pas mécontente du divorce existant entre son corps et son esprit.

C'est peu avant huit heures, heure locale, que l'appareil atterrit à l'aéroport de Luqa. Quand l'appareil s'immobilisa le plus loin possible des bâtiments de l'aéroport, le commandant pria les passagers de baisser tous les stores.

Il fallut une demi-heure pour rassembler les trois cent dix-huit passagers dans les cabines économiques, manœuvre qui ne laissa qu'une poignée de sièges vides. Petra comprit la raison de cette décision. Avec une équipe amputée de deux éléments, concentrer les passagers dans une zone unique permettait aux terroristes de ne pas être trop isolés les uns des autres.

— Je cherche un médecin parlant français.

Le terroriste du nom de Markoa se tenait à l'avant de la cabine, en quête de volontaires. Il était grand et maigre, tout en os et en angles. Petra leva lentement la main. Markoa vint vers elle.

— Vous êtes médecin ?

— Oui.

— Prenez vos affaires et suivez-moi.

Petra était assise près du hublot. Les deux passagers à sa gauche durent se lever pour la laisser passer. Elle prit son sac dans le casier et suivit Markoa vers l'avant. Il y avait deux terroristes à l'arrière de l'appareil, chacun dans un couloir, pour surveiller l'ensemble de la classe économique. Un autre, Obaid, était posté dans l'office, entre les rangées 38 et 39. Deux autres, Fatima et Zyed, se trouvaient tout à l'avant de la cabine économique, debout devant les rideaux tirés sur la classe Club. Markoa se déplaçait. Un autre gardait le poste de pilotage. Le dernier était le chef lui-même, Basit. Ou plutôt Reza Mohammed.

Vêtu d'un costume noir sur une chemise blanche à col ouvert, il attendait en première classe, à l'avant de l'appareil.

— Yousef et Mirqas ne sont pas ici.

L'affirmation ressemblait à une question.

— Ils sont morts. Les services de sécurité britanniques les ont tués tous les deux.

Elle vit une lueur de peur passer dans les yeux de Markoa, mais Reza Mohammed resta calme :

— Quand ?

— Hier.

— Que s'est-il passé ?

— Je ne sais pas. Serra ne le savait pas non plus. Et il n'allait pas s'attarder à le découvrir.

— Vous l'avez vu ?

Petra acquiesça.

— Il est venu me voir à Londres, hier soir.

Mohammed la regardait fixement, à l'affût du signe révélateur qu'elle refusa de lui livrer.

— Si les services de sécurité britanniques avaient déjà tué Yousef et Mirqas, il se serait bien gardé de venir.

— J'étais la seule qu'il pouvait contacter. Vous autres étiez tous injoignables.

Elle se demanda si c'était vrai. Serra l'avait prétendu, mais pouvait-elle se fier à lui ? L'expression de Mohammed restait indéchiffrable :

— Qu'est-ce qu'il a dit ?

— Que tout devait se poursuivre comme prévu. Et qu'il fallait que je donne un coup de main en cas de besoin. Il m'a aussi confié son portable. (Le plus naturellement possible, Petra sortit l'objet de son sac en bandoulière.) Il paraît que c'est vous qui avez la disquette.

Mohammed garda le silence et Petra craignit d'avoir commis une erreur. Puis il tapota sa poche de veston.

— Oui, je l'ai.

— Je peux la voir ?

— Vous n'avez pas besoin de la voir. Il n'y a rien d'important sur cette disquette. J'ai vérifié.

Petra faillit protester, mais se retint. Elle s'obligea à hausser les épaules, comme si c'était le cadet de ses soucis.

— Serra a-t-il dit ce qu'il allait faire ? reprit Reza Mohammed.

— Seulement qu'il projetait de disparaître.

Mohammed acquiesça.

— Alors il le fera. Quelle heure est-il ?

Petra regarda sa montre :

— Il est presque neuf heures et demie, huit heures et demie UTC.

— Donc… trois heures et demie à New York. Je pense qu'il est temps de faire connaître nos exigences. Venez.

Ils revinrent sur leurs pas, traversèrent la cabine Club inférieure, montèrent dans la cabine Club supérieure et arrivèrent devant le poste de pilotage gardé par Ali, un Ruger 9 mm dans la main droite. Ali, le plus âgé de l'équipe, avait été pilote en Arabie Saoudite. Il échangea quelques mots avec Reza Mohammed, puis les laissa entrer.

Reza Mohammed annonça au commandant qu'il voulait exposer ses exigences. Petra jeta un coup d'œil aux copilotes. La tension était manifeste sur leur visage, mais ils s'efforçaient d'offrir une apparence de calme. Petra aperçut dans le lointain les feux de l'aéroport. Mohammed prit le casque du copilote, attendit le signal du commandant et lut ses instructions, qui étaient précises et concises :

— J'ai une déclaration à faire. Nous exigeons la libération du cheikh Abdul Kamal Qassam. Il faut qu'il soit libéré de son emprisonnement illégal aux États-Unis d'Amérique. À midi UTC demain, il faut qu'il ait quitté la prison de haute sécurité du Colorado où il est à présent retenu prisonnier et qu'on le mette dans un avion. À dix-neuf heures UTC demain, il faut qu'il ait quitté l'espace aérien américain. Étant donné la distance qu'il sera peut-être amené à parcourir, son avion aura l'autorisation de s'arrêter sur la côte est pour se ravitailler en kérosène. Dès que la présence de Qassam au-dessus de l'Atlantique sera confirmée, on procédera à une libération progressive des otages, qui deviendra totale une fois que Qassam aura atteint sa destination. Si l'une ou l'autre de ces heures limites n'est pas respectée, les représailles seront rapides et sans pitié. De même, toute tentative de sabotage de nos exigences sera sévèrement punie. La prochaine communication à partir de cet appareil aura lieu peu avant la première heure limite. Ces exigences ne sont pas négociables. Elles sont définitives et absolues. Nous sommes les Fils de Sabah.

Petra le suivit sur le pont supérieur.

– Le gouvernement des États-Unis n'acceptera jamais.

Reza Mohammed acquiesça :

– Je sais.

Je suis seule dans l'office avant. Je fais une série d'étirements pour me détendre le dos. Il règne un calme sinistre dans l'appareil. De ma place, il est facile de croire qu'il est vide et je suis ravie de ne pas être coincée au siège 45 K. Je regarde ma montre. Il est trois heures quarante-six UTC. Dans un quart d'heure, les terroristes qui gardent la cabine économique seront relevés, deux étant remplacés par Zyed, qui, pour l'instant, se déplace d'un point à un autre, et par Mouna qui fait actuellement son tour de garde dans le poste de pilotage. Seuls Reza Mohammed et moi échappons à ces obligations.

Je devrais ressentir une certaine pitié pour les gens entassés à l'autre bout de l'appareil, parce que je les ai mis dans cette situation, mais il n'en est rien. Je regarde devant moi parce que je ne peux me permettre de regarder en arrière.

J'essaie de ne pas penser à Frank, mais il me hante. Qu'est-ce qu'il peut bien imaginer à présent ? Que j'ai disparu pour de bon ? Quelque part dans les replis de mon cerveau se tapit ma peur de ne jamais le revoir. Je pourrais mourir, ou pis, survivre et le retrouver pour découvrir qu'il se sent incapable de tirer un trait sur tous ces mensonges. Pourquoi le devrait-il ? Il est tombé amoureux d'une dénommée Marina Gaudenzi. Il n'a aucune idée de mon identité. Moi non plus.

Je suis dans un appareil qui a été détourné. J'ai l'impression d'être un otage, une victime, alors que je suis un des auteurs de ce crime ; j'ai l'impression d'être Stephanie, mais je suis Petra. Le suis-je vraiment ?

Il fut un temps où je croyais que les compartimentations étaient nettes. Je me sentais sûre de moi en passant de la peau de Petra à celle de Marina puis à celle de Susan Branch, avant d'endosser de nouveau celle de Petra. C'était aussi facile que de zapper. Mais maintenant les signaux sont brouillés et l'image floue au point que je ne distingue plus rien. Je ne suis aucune de ces femmes mais, en même temps, je suis elles toutes. Petra a été compromise par Marina, tandis qu'Elizabeth Shepherd, Susan Branch et les autres se sont fondues en un seul être amorphe. Quant à Stephanie Patrick, je ne sais plus du tout qui elle est.

Reza Mohammed était installé près du hublot au premier rang de la cabine Club sur un siège complètement incliné. Il avait posé son veston sur le dossier voisin. Il paraissait épuisé. Petra se percha sur un accoudoir de l'autre côté du couloir. Le terroriste releva un store de quelques centimètres avant de le refermer.

– Le soleil se lève.

– Vous allez de nouveau vous adresser aux autorités ?

– Peut-être une heure avant la première heure butoir, juste pour leur rappeler qu'il leur reste une heure.

– Et elles vont vous répondre qu'elles ont besoin de davantage de temps.

– Bien entendu. Et je leur dirai qu'elles ont tout leur temps et qu'il leur reste encore soixante minutes.

– Je peux vous poser une question ?

Il haussa les épaules.

– Si vous voulez.

– Comment avez-vous fait pour ce vol de la North Eastern ?

L'attention remplaça l'indifférencc.

– Serra m'en a parlé, ajouta Petra.

Il était visible qu'il se demandait s'il fallait la croire. Mais elle resta détendue, comme si peu lui importait qu'il lui raconte ou non.

— Pure curiosité. D'un point de vue professionnel.

Petit à petit ses soupçons s'évaporèrent.

— Cela n'a pas été difficile.

— Serra m'a dit que c'était un pain de semtex. C'est vrai ?

— Oui.

— Comment avez-vous fait pour l'installer à JFK ?

— Équipage au sol.

Petra jeta un coup d'œil à son veston, posé à moins d'un mètre d'elle.

— Cela a dû être plutôt difficile, avec la sécurité et tout le reste.

— Pas autant que vous l'imaginez. D'abord, nous avons choisi de ne pas tenter de faire de l'infiltration. Nous avons recruté dans les rangs de ceux qui faisaient déjà partie du personnel. Je ne suis intervenu qu'à la fin. Mais, globalement, ce ne fut pas satisfaisant.

Petra fronça les sourcils.

— Pourquoi ? Vous avez obtenu le résultat escompté.

— Mais la méthode manquait de souplesse. Il y avait trop de gens impliqués, donc trop de risques. Nous cherchions autre chose.

— Nous ?

Sa réponse fut typiquement énigmatique :

— Je ne suis qu'un maillon de la chaîne.

Avec Reza Mohammed à une extrémité, Petra vit la chaîne s'étendre jusqu'à la frontière montagneuse qui sépare l'Afghanistan du nord-ouest du Pakistan, et jusqu'à Kamal Ibrahim Karim lui-même.

— Comme nous tous, non ?

— Pas vous, lâcha-t-il. L'argent est le seul maître que vous connaissiez.

— Cela reste une hiérarchie.

Devant le haussement d'épaules de Reza Mohammed, Petra ajouta :

— Je ne vois pas pourquoi l'argent serait nécessairement plus mauvais maître que la religion.

— Peut-être. Mais qu'est-ce que la religion vient faire là-dedans ?

— N'est-ce pas le plus important, pour vous ? Tuer les ennemis de l'islam ?

Reza Mohammed la regarda, mais elle fut incapable d'interpréter son expression.

— Vous aimeriez bien pouvoir le penser, n'est-ce pas ? Ce serait plus facile pour vous si c'était vrai.

— En fait, je m'en fiche.

— J'ai vécu en Europe. Je sais ce que c'est que d'y être un musulman. J'ai rencontré le racisme latent des Européens, je comprends les stéréotypes, la diabolisation. Nous sommes des barbares. Des fanatiques. Des animaux du tiers-monde.

— C'est de la paranoïa.

— Vous croyez ? La guerre froide est finie, mais l'Occident a toujours besoin d'un ennemi. Israël a besoin d'un ennemi à l'extérieur de ses frontières pour ne pas être obligé d'affronter la menace à l'intérieur. L'Europe a besoin d'un ennemi commun pour empêcher sa fragmentation. Les puissants fabricants d'armes américains ont besoin d'un ennemi pour continuer à empocher des bénéfices élevés. La peur fonctionne. Voilà pourquoi l'islam est faussement présenté comme une religion d'intolérance et d'agression. Parce qu'il faut qu'on le voie ainsi.

— Je croyais que ce n'était pas une affaire de religion.

— Effectivement. Mais cela ne veut pas dire qu'on ne présente pas les musulmans comme des monstres.

— Si ce n'est pas la religion qui vous a amené ici, qu'est-ce que c'est ?

Il s'interrompit quelques secondes avant de trouver une réponse.

— Si je meurs, ce ne sera pas au nom d'Allah. Ce ne sera pas pour la gloire d'Allah le vengeur.

— Ce sera au nom de quoi, alors ?

Silence. Reza Mohammed la fixa droit dans les yeux. La colère à laquelle elle s'attendait en était absente. Le regard était vide.

— Vous avez dit que vous cherchiez autre chose ?

Il fronça les sourcils.

— Quoi ?

— Le NE 027.

— Ah oui !

— Le vol de la North Eastern n'a donc pas été une réelle réussite ?

— Si, mais avec des faiblesses. Si je n'avais pas placé moi-même l'engin – s'il avait été placé dans une autre partie de l'appareil – peut-être ne serait-il pas parvenu à le détruire. Et infiltrer des équipes au sol – ou en recruter des membres – n'a jamais été considéré comme une solution réaliste pour l'avenir. Ce ne serait pas facile à refaire. Cela nous a donné du mal.

Petra songea au cours suivi par Reza Mohammed à l'Imperial College et à celui de Mustafa Sela. Etait-elle en présence des deux hommes à la fois ? À voir cet homme assis en face d'elle dans un 747, il était facile de l'imaginer dans un amphithéâtre étudiant la structure d'un avion, en quête des points faibles.

— Je ne vois pas comment vous pouvez l'éviter.

— Éviter quoi ?

— La difficulté de recruter des éléments d'équipes au sol. Ou de les infiltrer.

— En fait, c'est facile, mais cela restera toujours hors de votre portée, répondit-il, sans cacher son mépris. Il suffit d'avoir des volontaires prêts à mourir pour leurs idées. Je sais qu'en tant que mercenaire, vous croyez à l'argent, mais seriez-vous prête à mourir pour lui ?

— Bien sûr que non. Pour un mercenaire, le paradis est sur terre et il est payé cash.

— Voilà, toute la différence est là.

— Il faut encore qu'un pirate kamikaze trouve le moyen de placer l'engin à bord.

— C'est ce qu'il y a de plus facile, rétorqua avec dédain Reza Mohammed. Vous saviez qu'un jour je suis monté à bord d'un vol Alitalia venant de Rome avec une arme dans mon bagage à main ? C'est vrai. Il y a environ deux ans. À mon arrivée à Londres, j'ai été ébahi de la voir au fond du sac. J'ignore qui l'y avait placée. Une erreur due à la négligence, probablement. Mais je n'étais pas surpris d'avoir passé le contrôle de sécurité de Rome. Et une bombe, c'est encore plus facile. Vous l'emportez en pièces détachées. Un détonateur dans un baladeur, par exemple. Le minuteur – si c'est nécessaire – pourrait être une montre bon marché. Ensuite, quelques piles. Et puis l'explosif lui-même, bien sûr. S'il est liquide, n'importe quel flacon fera l'affaire. Un flacon de liquide nettoyant pour lentilles de contact, par exemple.

— Ensuite, vous allez aux toilettes, vous rassemblez les pièces, vous glissez le tout dans un sac et…

— Et vous le placez. C'est là l'important. Dans un appareil comme celui-ci, dans certaines parties de la cabine, vous êtes assise à quarante-cinq centimètres des réservoirs. Et le sol de la cabine n'est pas très solide. Il est testé pour accepter la pression d'un talon aiguille de femme mais pas beaucoup plus. Le vol de la North Eastern fut une expérience. Un point de départ. Un exemple unique qui ne pouvait être ni multiplié ni répété mais qui a ouvert la voie.

— La voie de quoi ?

— De ce qui se passe à présent.

J'ai l'impression qu'on vient de me couper le souffle ; je manque d'air. Je me rappelle une réflexion d'Anne Mitchell, à l'époque de ma transformation en Lisa : « Tu ne sais ce qu'est la vraie déchéance que le jour où tu es obligée de te vendre au rabais, pour te rendre compte que cela ne change rien à l'affaire. » Voilà l'état dans lequel je me sens maintenant. Au creux de la vague.

Que mes parents – que les passagers du vol NE 027 – soient morts assassinés est trop horrible pour qu'on pardonne ou qu'on oublie. Mais qu'ils soient morts pour une simple expérience « partiellement réussie » était pire encore. Et, dans un sens, cela ne devrait pas l'être. Après tout, ils sont morts. Quelle différence cela fait-il maintenant ? Rien ne les ramènera.

Mais le malaise persiste. Le vide en moi est à présent abyssal, comme quand, dans mon enfance, j'essayais de visualiser l'espace sans pouvoir maîtriser le concept de l'infini. L'espace devait bien s'arrêter quelque part. Mais si c'était le cas, quel genre d'obstacle pouvait-il l'arrêter, et qu'existait-il au-delà de cet obstacle ? Peut-être est-ce l'équation qui exprime le mieux ce que je ressens à présent : chagrin et vide multiplié par l'infini plus un.

J'espère que cela ne se voit pas. J'essaie de rassembler mes émotions pour me concentrer sur la tâche qui m'attend.

Je lui dis qu'il me trouvera en première classe s'il a besoin de moi. Je me lève de l'accoudoir sur lequel j'étais perchée. Je m'étire et effleure sa veste de ma hanche. Elle glisse par terre. Je la ramasse et la remets en place. Il ne me voit pas m'emparer de la disquette dans la poche intérieure qu'il a tapotée tout à l'heure. J'ai subtilisé l'objet grâce un tour de passe-passe, un talent que je n'ai pas appris de Magenta House, mais de Lisa. La dernière fois que je m'en suis servie, j'ai volé les portefeuilles de deux Bulgares ivres, dans un hôtel minable de King's Cross.

Là, c'est plus facile.

Seule dans la cabine de première classe, Petra s'assit et ouvrit le portable. Le besoin de savoir. C'est en se fondant sur ce principe que Serra avait réparti ses renseignements. Reza Mohammed avait raison. Les données contenues dans la disquette n'avaient aucune valeur apparente. Mais Petra savait que les fichiers accueillaient une série de programmes cachés, dont un servait à mettre en route le codage et l'autre le décodage. Serra avait conçu ce système pour qu'ordinateur portable et disquette opèrent en tandem. Sans son complément, ni l'un ni l'autre ne menait nulle part. Ensemble, ils formaient un système parfaitement indépendant. C'est Rosie qui avait expliqué à Petra comment chercher les composants cachés.

Elle trébucha d'une erreur à la suivante, en se familiarisant lentement avec les directoires hôtes et les sous-directoires. Elle examina le dossier FDS-12 sur le portable. GRAS, GRAS-1 et GRAS-2 étaient vides, comme lorsqu'elle les avait vus dans l'appartement de Serra, mais GRAS-3 ne l'était pas. Elle tenta d'ouvrir le fichier et on lui réclama un mot de passe. Elle se rappela le code des plus élémentaires : LESFILSDESABAH. Bien entendu, l'écran disparut pour laisser place à une page intitulée GRAS-3 : douze lignes et cinquante colonnes d'un mélange de chiffres et de lettres. En bas de page, on lui offrait le choix : continuer ou annuler. Elle cliqua sur continuer. L'écran réclama un nouveau mot de passe. Elle entra de nouveau LESFILSDESABAH. Chou blanc. Elle tenta SON-SOFSABAH, puis MARCSERRA et diverses versions de son nom, avant de passer à ceux des terroristes. Elle perdit une demi-heure à suggérer des solutions.

Le contrecoup de la révélation de Reza Mohammed associé à la peur d'être surprise sapait sa puissance de concentration. Elle ne cessait de jeter des coups d'œil par-dessus son épaule pour vérifier que personne n'arrivait ; plus sa solitude durait, plus la tension s'accroissait.

Elle examina les douze lignes du fichier GRAS-3 pour voir si elle pouvait y détecter une sorte de schéma récurrent. Rien. Une image de ses parents lui vint à l'esprit. Debout dans le champ qui descendait jusqu'au ruisseau, devant la maison, ils lui souriaient. C'était par une belle journée froide avec un vent qui transformait l'herbe en une mer miroitante. Elle revint au mot de passe et entra NE 027. Les deux lettres et les trois chiffres attendaient sa confirmation. Elle contempla la grille dénuée de sens et cliqua.

Une masse de lettres et de chiffres – plus de la moitié selon son estimation – apparut soudain surlignée de bleu. Puis ils disparurent. Ceux qui restaient se déplacèrent sur l'écran, se triant, adoptant de nouvelles positions. Quand l'écran se figea, il y avait toujours douze lignes, mais les colonnes n'étaient plus qu'au nombre de dix-neuf. Petra regarda la première ligne. BA117LHR0845JFK1125. British Airways vol BA 117, décollant d'Heathrow à huit heures quarante-cinq, attendu à JFK à New York à onze heures vingt-cinq. Elle lut toute la liste. Deux vols venant de Francfort, trois d'Amsterdam, un de Paris, un de Zurich, un de Gatwick, quatre de Heathrow. Trois des appareils appartenaient à British Airways, trois à American Airlines, deux à United, deux à Delta, un à Lufthansa, un à KLM. Dix, sur les douze, devaient décoller à midi UTC ; une heure plus tard, les douze seraient en l'air. Sous le titre GRAS-3, figurait une date. Celle du jour.

Du liquide nettoyant pour lentilles de contact et l'Anglo-Egyptian Cargo Company dans Earls Court Road. Elle se souvenait à présent que, dans la réserve, parmi les marchandises entreposées, elle avait vu deux cartons de flacons de liquide nettoyant pour lentilles. Elle se rappela aussi les montres Casio bon marché et les piles. Elle ne se souvenait pas d'avoir vu des baladeurs, mais ils pouvaient avoir été entreposés ailleurs. L'important, c'était que Reza Mohammed ne pouvait pas savoir qu'elle avait inspecté les bureaux de Cargo Company. Lorsqu'il avait évoqué l'assemblage de la bombe, il avait présenté la chose comme de la théorie ; Petra savait à présent qu'il s'agissait de la réalité.

Les Fils de Sabah. Serra ne mentait pas lorsqu'il lui avait dit qu'elle n'en avait vu qu'une partie. Elle aurait dû deviner ; les indices étaient là. Il n'y avait jamais eu que dix pirates de l'air, mais la liste GRAS-3 avait toujours compté douze entrées.

Qu'il s'agît de Serra ou de Kamal Ibrahim Karim, l'architecte du projet avait compris le but essentiel du terrorisme : infliger à des innocents une peur disproportionnée. Reza Mohammed avait presque ri quand Petra avait souligné l'évidence, à savoir qu'il était impossible que le gouvernement américain relâche le cheikh Abdul Kamal Qassam. C'était là le pivot de l'affaire. L'objectif des Fils de Sabah n'était pas de faire libérer Qassam. Leur objectif était de terroriser.

À midi, Reza Mohammed reprendrait contact avec les autorités pour demander si Qassam était libre. Elles répondraient que sa requête était irrecevable, ou elles essaieraient de gagner du temps, auquel cas Mohammed couperait certainement la communication et attendrait paisiblement la suite des événements. Les douze appareils détruits et les quatre mille morts seraient considérés comme des représailles. Dans les montagnes formant la frontière entre l'Afghanistan et le Pakistan, le nomade et reclus Kamal Ibrahim Karim tiendrait sa victoire.

En vérité, c'était lui l'assassin des parents, de la sœur et du frère de Stéphanie. Mais elle ne s'en souciait plus. Karim n'avait pas de visage, il était loin, monstre anonyme dans une autre partie du monde. En revanche, les visages des passagers à bord des douze vols devant quitter l'Europe en fin de matinée étaient réels. Elle les connaissait tous. Chez eux ou à l'hôtel, ils se levaient, prenaient leur petit déjeuner, bouclaient leurs bagages. Les hommes d'affaires essayaient de gagner quelques précieuses minutes sur leur emploi du temps surchargé. Les touristes pensaient à leurs vacances imminentes ou profitaient des dernières braises de celles qui étaient sur le point de s'achever. Certains ne tenaient pas en place à la perspective d'être réunis, d'autres avaient le cœur lourd à la perspective d'être séparés. Pour les équipages, cette journée était censée n'être rien de plus qu'une banale journée de travail. Ces gens étaient sa famille, ils étaient Martin Douglas, ils étaient elle.

Assise à l'avant de l'appareil, j'ai l'impression que l'on a vidé ma vie dans un immense entonnoir qui a tout réduit à cet instant. Je ne peux attendre plus longtemps. Le vol BA 117 est la première des cibles visées à décoller. Je dispose de moins de soixante minutes. Non, même pas. Les passagers embarquent un peu avant le décollage. En fait, il ne me reste pas le moindre délai : il faut que j'agisse sur-le-champ.

Comment transmettre un message à l'extérieur ? Avec un téléphone portable ? Mais Reza Mohammed a fait transférer tous les bagages à main des classes première et club en classe économique. Écrire un message sur un bout de papier et le coller sur un hublot en espérant qu'un objectif puissant se braque dessus et en lise le contenu ? Trop aléatoire pour que je prenne le risque. Il faut que je sois sûre de mon coup.

Je ne peux pas sortir de l'appareil, ce qui fait de la cabine de pilotage le seul moyen de communication fiable avec l'extérieur. Mais le poste de pilotage est constamment gardé. Je peux peut-être venir à bout du terroriste en faction sans attirer l'attention du pont inférieur, mais, même dans ce cas, je sais que la victoire ne sera que provisoire.

Tôt ou tard, on découvrira ce que j'ai fait et ce sera la fin. Mais il n'y a pas d'autre solution.

Je prends le bout de papier sur lequel j'ai inscrit les références des vols visés. De mon sac, je tire l'inhalateur pour l'asthme, et remplace le flacon de Salbutamol par un autre, de gaz lacrymogène. Je suis prête.

À Londres, Alexander m'a fait part un jour de son sentiment sur les terroristes islamistes intégristes. Je ne l'ai pas oublié : « Ces gens ne parlent pas au nom des musulmans du monde. Leurs actes sont une négation de quatorze siècles d'expérience islamique. Ils réduisent tout ce savoir à une forme embryonnaire d'islam, qui a peut-être ou peut-être pas existé à Médine quand le prophète Mohammed régnait. Et vous savez pourquoi ? »

À l'époque, je crois que je m'en fichais pas mal. J'ai dû hausser les épaules.

— Pourquoi ?

— Parce qu'ils sont terrifiés par le monde moderne. Ils sont incapables de s'y adapter et cela les rend malades de trouille. Voilà pourquoi ils cherchent refuge dans un passé qui n'a en fait jamais existé dans l'interprétation qu'ils en donnent à présent. Ils ont peur de la vie – de la vie moderne – et cette peur de la vie les incite à adorer la mort. Et c'est la raison pour laquelle ils aspirent à retourner dans le ventre de l'histoire. Ils veulent se sentir à l'abri, protégés. Ils veulent se sentir au chaud dans un monde froid.

30

J'arrive sur le pont supérieur. Plus question de reculer. Je descends le couloir central. Devant moi, la porte du poste de pilotage est entrebâillée. Je reste aux aguets. Une forme se dessine dans la pénombre entre les deux toilettes de l'avant. Je reconnais la silhouette râblée : Fatima. Avec sa coupe de cheveux masculine. Elle tient un Beretta 9 mm dans la main gauche. Je m'approche lentement. Comme j'ignore si elle parle anglais, je ne dis rien. Je lui tends mon bout de papier en souriant.

Elle n'a aucune raison de se méfier de moi et les heures de tension ont fait leur effet. Ses réflexes sont émoussés. Elle se penche vers le bout de papier sans remarquer le mouvement de ma main droite. Je lui vide l'inhalateur en pleine figure. Une vague de gaz lacrymogène lui entre dans les yeux, mais elle ne peut pas crier parce que je viens de lui couper le souffle.

Un coup dans le ventre, deux, d'un poing serré au bout d'un bras aux muscles tendus à craquer. Chaque coup contribue à libérer l'angoisse qui m'étreint. Aveuglée et haletante, elle cherche instinctivement à se recroqueviller sur elle-même, mais je l'en empêche. Je la maintiens droite pour lui donner un coup de tête en pleine figure. Son nez explose. Elle s'écroule, je la rattrape en lui passant les bras sous les aisselles : pas question qu'elle fasse du bruit en s'effondrant par terre. Je la lâche doucement et je lui prends le Beretta. Elle gémit.

Deux coups de crosse la plongent dans l'inconscience.

Petra ramassa le bout de papier et vérifia le Beretta. Il restait dix balles, neuf dans le chargeur, une engagée. Elle entra dans la cabine de pilotage. Le commandant et les deux pilotes avaient un air ébahi teinté d'espoir. Ils semblaient prêts à écouter une explication, mais le temps manquait. Petra savait que tous les pilotes de ligne avaient pour instruction de se conformer aux exigences des pirates de l'air.

Elle pointa le Beretta sur le commandant :

– Il faut que j'envoie un message sur-le-champ.

Son anglais, aussi pur que le leur, les prit par surprise. Ils hésitèrent avant de répondre :

– Vous voulez parler à la tour de contrôle ?

– Non, dit-elle en lui tendant le bout de papier. Ces douze vols doivent quitter l'Europe pour les États-Unis. Sur chacun d'eux, il y aura un terroriste kamikaze armé d'une bombe. Aucun de ces appareils ne doit décoller. Vous comprenez ?

– Oui. Bien sûr.

– Que pouvez-vous faire ?

Le commandant échangea un regard avec ses équipiers.

– Nous pourrions utiliser l'ACARS.

– De quoi s'agit-il ?

Il désigna un petit écran et un clavier sur le tableau de bord entre le siège de son copilote et le sien.

– Ça fonctionne comme une radio. En VHF. Je tape un message et je l'envoie. La réception est instantanée.

– Où peut-on l'envoyer ?

– Où vous voulez.

– Quelle destination choisiriez-vous pour obtenir la réaction la plus rapide ?

– Heathrow.

Devant le scepticisme de Petra, le commandant précisa :

— Comme ils savent déjà que nous sommes détournés, le message sera automatiquement transmis au centre de crise.

— Quel centre de crise ?

— Celui de l'aéroport. À côté du Queen's Building.

— Alors allez-y. Prévenez-moi simplement avant de l'envoyer.

Le commandant tapa sur son clavier. Petra était assise sur le strapontin derrière lui, avec le mécanicien sur le strapontin à sa droite. Elle regarda dehors, en quête d'indices de la présence de forces de sécurité, mais ne vit rien. Puis elle jeta un coup d'œil par-dessus son épaule pour surveiller le couloir.

— OK. Il est prêt à partir.

Elle lut le message sur l'écran. URGENCE. ARRÊTER DÉCOLLAGES SUIVANTS. Le commandant avait énuméré les vols dans l'ordre chronologique des départs. BOMBES TERRORISTES SUR TOUS LES VOLS.

— Bien, ajoutez ceci : code Market-Est-un-un-six-quatre-R-P. Le commandant cliqua sur résumé, puis sur envoi. Un instant plus tard, MSGXMIT apparaissait sur l'écran.

— C'est parti, lui dit-il. Et maintenant ?

— Je ne sais pas, avoua-t-elle.

— Qui êtes-vous ?

— Croyez-moi, il vaut mieux que vous n'en sachiez rien.

Petra tira le corps inconscient de Fatima dans une des toilettes à l'avant du pont supérieur. Le mécanicien lui montra comment verrouiller la porte de l'extérieur.

De retour sur son strapontin, Petra ne put s'empêcher de regarder la trotteuse de sa montre. Chaque seconde paraissait plus longue que la précédente. Il régna un silence pesant dans la cabine de pilotage jusqu'à ce que le pilote s'exclame :

— Regardez ! Nous avons une réponse.

L'imprimante intégrée se mit à cracher du papier. Le commandant activa l'écran ACARS pour Petra :

À : MARKET-EST-UN-UN-SIX-QUATRE-R-P ;
MGE REÇU, COMPRIS. DOUZE RETENUS AU SOL.
VOUS : FORCES DE SÉCURITÉ PRÊTES.
À VOTRE COMMANDEMENT
I.B./SECTION RYTHMIQUE.

Je suis effarée de la rapidité de la réponse. Elle ne peut signifier qu'une chose : Alexander se trouve au centre d'opérations. C'est logique. Cyril Bradfield a suivi les instructions que je lui ai données. Son appel anonyme a dû alerter Magenta House. Et il n'était pas difficile de comprendre que, si le détournement avait eu lieu, Petra Reuter était à bord. C'était une bonne raison pour qu'Alexander se trouve au cœur de la réaction des services de sécurité. En cet instant, il devait être au Queen's Building.

Je regarde de nouveau l'écran. I.B./SECTION RYTHMIQUE. Je comprends rapidement la partie la plus facile : I.B. est Iain Boyd. La SECTION RYTHMIQUE me ramène en Écosse. Dans le brouillard, avec Geordie. Ce soldat sans nom qui avait dû s'en inventer un et qui était capable d'apparaître et de disparaître comme par magie. Celui qui m'a livré la clé de la maîtrise de soi : « On contrôle la section rythmique et la chanson se joue toute seule. »

J'entends une voix masculine derrière moi sur le pont supérieur :

— Fatima ?

Le dos tourné à la porte, Petra murmura au commandant :

— Envoyez immédiatement un autre message. Dites-leur de passer à l'acte. Les passagers sont regroupés dans la cabine économique à l'arrière. Signez Section rythmique et remplacez I.B. par P.R.

Derrière elle, la voix se fit plus insistante :

— Fatima ?

— Maintenant, siffla-t-elle au commandant.

Petra tourna les talons et sortit de la cabine de pilotage. Reza Mohammed était à l'autre bout du pont supérieur. Il portait sa veste. Il s'avança. Le voir émerger de la pénombre fut comme de le voir sortir du passé de Stephanie pour entrer dans le présent de Petra. Il tenait une arme à la main droite. La partie de l'esprit de Petra qui appartenait encore à Magenta House fit l'analyse suivante : Smith & Wesson 645, calibre.45 ACP, chargeur droit à huit coups, à tir continu. L'autre partie de son esprit attendait, dans la confusion.

— Où est Fatima ? lui demanda Reza Mohammed en fronçant les sourcils.

— En bas.

Pendant une seconde, il faillit la croire. Puis il se mit à secouer la tête.

— Non. Elle était ici.

— Elle est descendue.

Son regard se vida. Petra reconnut les signes.

— Où est-elle ? insista-t-il.

— Je vous l'ai dit…

Il leva son Smith & Wesson. Petra leva son Beretta.

— Baissez votre arme, dit-il.

— Vous d'abord.

— Baissez votre arme ou je détruis l'appareil et tous ses occupants.

Elle vit alors le baladeur Sony dans sa main gauche. Il avait le pouce au-dessus des fonctions arrière et avance rapide.

— Si j'appuie, je déclenche l'explosion d'une bombe placée dans la soute près des réservoirs de kérosène.

S'agissait-il de son baladeur à elle ? Il y ressemblait beaucoup à cette distance. Il avait pu le prendre dans son sac dans la cabine de première classe. Dans ce cas, il serait inutilisable. Mais il n'était pas inconcevable que Reza Mohammed fût équipé de son propre détonateur. Et si c'était le cas, se nicherait-il dans le même modèle que celui donné par Serra ? Fort probable, songea Petra, en pensant aux achats en gros entreposés dans la réserve de l'Anglo-Egyptian Cargo Company.

— Je ne baisserai pas mon arme, dit-elle. Et si votre doigt sur la détente a un raté, je prendrai le risque de vous tuer.

— Voilà la différence entre nous. Je n'ai pas peur de mourir.

— Vous me sous-estimez.

Ils se mesurèrent du regard. Petra s'attendit à voir réapparaître sur son visage de la haine fanatique. Mais non. Face à face, les yeux dans les yeux, armés tous les deux, il semblait ne pas y avoir d'issue.

— Vous êtes mariée ?

— *Quoi ?*

— Vous êtes mariée ?

— Non.

— Je l'ai été. Une fois. Mais elle s'est fait tuer. (Petra eut l'impression de prendre un coup au creux de l'estomac.) Il y a cinq ans, à Jérusalem. (Il s'interrompit pour déglutir, visiblement avec difficulté.) Un groupe de jeunes Palestiniens envoyaient des pierres sur des soldats israéliens. Ceux-ci ont riposté en ouvrant le feu avec des armes automatiques. Ils ont tué un adolescent et un garçon de neuf ans. Ils en ont blessé cinq autres. Et ils ont tué ma femme. Elle était accroupie sur un seuil, essayant de se cacher.

Petra restait concentrée sur la trajectoire du Beretta, braqué sur la poitrine de Reza Mohammed.

— Le bébé qu'elle portait – qui aurait été notre premier enfant – a été tué sur le coup, mais elle s'est accrochée à la vie pendant trois jours. Je suis resté à son chevet jusqu'à ce qu'elle meure.

— Vous n'êtes pas le seul à avoir souffert.

— Trois fois, les Israéliens ont assassiné ma famille.

Petra s'efforça de ne pas se laisser distraire.

— De quoi parlez-vous ?

— J'avais seize ans en juin 1982 quand Israël a envahi le sud du Liban. Les avions israéliens ont largué des tracts sur Tyr, où nous vivions. Ils annonçaient que l'armée israélienne ferait sauter toute maison soupçonnée d'abriter des terroristes de l'OLP. Ils donnaient l'ordre à tous les citoyens d'accrocher des drapeaux blancs à leurs fenêtres et à leurs balcons, mais cela n'a pas empêché leurs chars de mitrailler tout de même les bâtiments. Ma famille s'est échappée de justesse avant que la ville ne soit isolée. Avec des centaines d'autres, ils se sont enfuis vers le nord, vers Sidon, où ils espéraient être en sécurité. Mais ils se trompaient. Sidon a été soumis à d'intenses bombardements de l'aviation et de l'artillerie. Et quand les troupes ont débarqué dans la ville, elles se sont déchaînées. Des bâtiments ont été détruits, des civils tués. Mes grands-parents et mon père ont été exécutés dans la rue. Des soldats israéliens ont obligé ma mère à regarder le viol de ma sœur avant de la violer à son tour. Ensuite ils l'ont achevée. Ma sœur s'est échappée, mais j'ai dû attendre près de deux ans pour la revoir, et trois de plus avant qu'elle parvienne à me raconter ce qui s'était passé.

Petra se rendit compte qu'elle avait relevé la tête. Reza Mohammed ne brandissait plus le baladeur Sony. Il remarqua son regard, mais ne reprit pas sa position initiale.

— J'étais en Égypte quand l'invasion a eu lieu. Ensuite, on m'a envoyé à Paris vivre chez un de mes oncles. Un homme sage. Il savait que notre avenir ne serait assuré que par la compassion et la tolérance. Il comprenait que nous aurions à donner afin de recevoir. À Paris, il a acquis une bonne réputation parce qu'il aidait des réfugiés palestiniens sans ressources à trouver un toit et du travail. Il a créé une petite fondation qui payait leurs vêtements, leur nourriture ; elle aidait leurs enfants à suivre des études. C'était un homme qui se servait de sa fortune pour venir en aide aux autres. Il m'a appris à ne pas haïr les Israéliens pour ce qu'ils nous infligeaient, mais à essayer de comprendre *pourquoi* ils agissaient ainsi. Il prêchait et pratiquait le pardon. Et en 1991, ils l'ont tué.

— Les Israéliens ? demanda Petra. (Reza Mohammed acquiesça.) Mais pourquoi ?

— Le Mossad a agi sur la foi de renseignements donnés par la CIA. Ils croyaient que mon oncle se servait de la fondation comme couverture pour aider les terroristes à se déplacer en Europe. Mais ils se trompaient. Les renseignements de la CIA étaient truqués, et ce n'était pas la première fois.

Quelque chose passa entre eux. Tacite mais indéniable, la dynamique changea. Reza Mohammed baissa son arme.

— D'abord mes parents et mes grands-parents, et ensuite mon oncle. Et finalement, ma femme. J'aimerais pouvoir leur pardonner, mais ils m'en ont trop fait subir pour que ce soit possible.

Petra le visait toujours de son Beretta.

— Vous croyez que cela va les arrêter ?

— Israël se comporte comme ça parce qu'il est financé par les États-Unis. Il n'a pas le sentiment de devoir faire un effort parce qu'il peut toujours compter sur le soutien de l'Amérique.

— Alors vous punissez les Américains de faire pression sur Israël ?

Reza Mohammed acquiesça :

— Les Américains n'ont pas à intervenir dans notre partie du monde. Il faut qu'ils sachent qu'il est temps d'arrêter. Ils ne nous comprennent pas, alors qu'ils nous laissent tranquilles. Je ne hais pas les Israéliens. Je ne hais pas les Américains. Je hais seulement les gens qui ne cessent de me détruire.

— Et les innocents ? Cela ne vous dérange pas de les détruire pour faire passer votre message ?

Reza Mohammed ouvrit la bouche, mais aucun son n'en sortit : la réponse apprise resta coincée dans sa gorge. Petra connaissait les concepts de « sacrifices acceptables » et de « la fin justifie les moyens » parce que Magenta House utilisait tout le temps ce genre d'expressions, mais Reza et elle avaient dépassé le stade des viles malhonnêtetés. Reza Mohammed laissa son silence parler pour lui. *Il est impossible de défendre l'indéfendable.* Petra reconnut un homme dont les croyances et les griefs restaient légitimes et sincères, mais qui dans son for intérieur avait découvert l'amertume de la vérité.

— Parce que je ne vois pas comment cela pourrait résoudre quoi que ce soit, poursuivit-elle.

— Je n'essaie pas de résoudre quoi que ce soit. J'essaie seulement d'obtenir qu'ils s'arrêtent. (Il eut l'air pensif, puis perdu.) Qui êtes-vous ?

— Et vous ? riposta-t-elle.

Son expression changea de nouveau. Il avait le regard dans le vague, ailleurs, comme s'il contemplait une autre époque, peut-être un autre monde.

— Je m'appelle Mustafa Sela. Je suis palestinien. On m'a volé mon pays, on a détruit ma famille. Ceux de mon peuple sont considérés comme des chiens par l'Occident. (Son regard parut revenir au présent.) Vous vouliez savoir ce qui m'a amené à cela. Eh bien ce n'est ni la religion ni la politique. Pensez à ce que je vous ai raconté et dites qu'à ma place vous ne seriez pas comme moi.

Je suis déjà comme vous ; le destin nous a coûté nos familles.

Petra ne pipa pas et il acquiesça lentement :

— Impossible, n'est-ce pas ? C'est la fureur qui m'a amené ici. J'ai essayé de la maîtriser, mais quelles chances avais-je de réussir ? Aucune. Voilà ce que c'est que d'être palestinien.

Petra baissa son Beretta.

— Quoi qu'il nous arrive, les Fils de Sabah ont échoué. J'ai identifié les douze vols grâce à la disquette que j'ai prise dans votre veste. Ils ne décolleront pas. Et lorsqu'ils se présenteront à l'enregistrement pour ces vols, le reste des Fils de Sabah se fera prendre.

— Vous mentez, dit-il, visiblement sans conviction.

Elle eut un sourire triste.

— Vous ne vérifiez pas la poche de votre veste. Vous savez déjà que je suis au courant pour ces vols, n'est-ce pas ? Et vous savez que j'ai été dans le poste de pilotage. Alors quelle autre conclusion en tirer ? J'ai envoyé mon message.

— Et les gens de cet avion ? Vous vous souciez de leur sort ?

— C'est fini, dit Petra.

Il inclina la tête de côté.

— Le message sera le même. Il suffira que le monde sache que cela aurait pu se produire. Il s'en sera fallu de si peu que les gens seront terrifiés. En définitive, c'est tout ce qui compte.

Ils se regardèrent sans hostilité et Reza Mohammed ajouta :

— C'est mieux, en fait. C'est parfait.

Les lumières s'éteignent. À l'extérieur du 747, quelqu'un vient de couper le générateur. L'opération commence.

Avec les stores baissés et la porte du poste de pilotage fermée, nous sommes dans l'obscurité totale. Impossible de nous distinguer. Mon entraînement et mon instinct de conservation s'activent en même temps. Je lève le Beretta et je vise l'ombre. Je libère le cran de sûreté et je mets le doigt sur la détente. Mais je ne tire pas. J'en suis incapable.

Reza Mohammed – ou Mustafa Sela – ne tire pas non plus. Je l'imagine devant moi, un reflet de moi-même. Je ne peux pas lui tirer dessus, parce que je ne peux pas tirer sur moi-même. Voilà ce que je ferais si je pressais la détente maintenant. Ce qui doit arriver arrivera et j'y suis résignée.

Aucun de nous ne dit un mot. Nous entendons les cris, à l'étage en dessous. Le triple éclatement d'explosifs. Des tirs. Des cris, un accent qui m'est familier, il appartient au soldat anonyme. Nous entendons le martèlement de bottes dans l'escalier menant du milieu de l'appareil au pont supérieur. Des lasers rouges fendent l'obscurité. Un point écarlate danse sur mon visage et s'arrête au centre de ma poitrine.

L'appareil n'a pas explosé. Mustafa Sela n'a pas appuyé sur les boutons du baladeur Sony. Il ne s'est pas servi de son Smith & Wesson 645. Nous sommes pareils, cet homme et moi. Nous ne sommes ni l'un ni l'autre des volontaires. Nous avons tous les deux été poussés dans cet endroit de la terre, dans cette fraction du temps.

De l'arrière du pont supérieur, un fusil crache. Dans le noir d'encre, je ne vois rien d'autre qu'un éclair bref Un bruit sourd devant moi quand un poids mort heurte le sol. Cela aurait pu être moi.

Non, je suis encore debout, je dois donc être vivante.

0617 UTC

Alexander alluma une Rothmans et fixa la cassette posée sur son bureau.

Des huit terroristes qui avaient détourné le vol 283 de British Airways, sept étaient morts. On avait découvert le huitième enfermé dans les toilettes. Dans n'importe quelle autre circonstance, cela aurait pu paraître comique. Deux passagers avaient été tués pendant la prise d'assaut de l'appareil par le SAS et on déplorait quatorze blessés, dont trois graves. Si regrettables que fussent ces pertes, Alexander estimait que le nombre des victimes était extraordinairement bas. Dans l'environnement clos d'un appareil commercial, on aurait pu s'attendre à bien pis.

Comment en était-on arrivé là ? Il était clair maintenant pour Alexander que Petra avait mis un plan au point et qu'elle l'avait suivi à son insu. On n'avait pas retrouvé la trace du correspondant anonyme ayant utilisé le code de sécurité de la jeune femme, et Alexander doutait qu'on le retrouve un jour. Petra devait s'en être assurée. Au moins l'inconnu avait-il alerté Alexander sur sa présence à bord, lui donnant ainsi le temps de contacter Boyd, qui avait des liens avec la hiérarchie du SAS à Hereford ; il s'était organisé pour qu'Alexander participe à l'opération de sauvetage en tant que « liaison technique ».

Petra. Où était-elle ?

Dans le chaos qui avait suivi la fin du détournement, elle était passée entre les mailles du filet. Alexander admettait que, pour quelqu'un possédant sa formation, cela avait dû être d'une facilité déconcertante. Aucune de ses identités n'avait été utilisée et aucun retrait n'avait été opéré sur les comptes en banque correspondants. Alexander fut obligé de conclure qu'elle avait acquis une identité propre, indépendante de Magenta House.

On frappa à la porte. C'était Rosie.

— Il est prêt ? demanda Alexander.

— Oui, monsieur. Il est en bas. Mais il y a autre chose.

— Quoi donc ?

— Je viens de recevoir la confirmation qu'elle se trouvait à Zurich avant-hier. À la banque Henri Lauder. Elle a quitté leurs bureaux à trois heures et demie de l'après-midi.

Un compte numéroté y avait été ouvert pour accueillir les versements de Serra à Petra. Il ne s'agissait pas de l'un de ses comptes personnalisés.

— Elle est donc allée de Malte à Zurich, dit Alexander. Et nous savons qu'elle était à Paris hier soir. Mais qu'en est-il de ce matin ?

— Monsieur, l'argent a disparu.

— Quoi ?

— L'argent pour l'opération Leon Giler. Il a disparu. Elle a fermé le compte et elle est partie avec le liquide dans un sac en cuir.

Alexander blêmit.

— Un million de dollars ?

— Un peu plus, en fait. Elle avait également reçu la première tranche du demi-million qu'elle avait négocié pour le détournement. En tenant compte des déductions, cela fait environ un million quatre-vingt mille dollars.

Alexander se versa une tasse de café. Il se trouvait dans une petite salle aveugle. Il y avait une table ronde en son centre, entourée de six fauteuils pivotants gainés de cuir. De minuscules ampoules au tungstène encastrées dans le plafond traçaient une douzaine de cônes de lumière dans la pièce. Les murs étaient gris. Comme la moquette.

— Je suis désolé de vous avoir fait venir ici à une heure pareille.

— Vos excuses ne m'intéressent pas, répliqua Frank White.

— Bien, alors venons-en au fait. Cette femme – Marina Gaudenzi – vous aviez une aventure avec elle, n'est-ce pas ?

— C'est exact.

— Cela devait être pratique pour vous. Puisqu'elle vivait dans le même immeuble.

— Où voulez-vous en venir exactement ?

— À ceci : vous étiez censé la garder à l'œil. Pas coucher avec elle.

Frank se carra dans son fauteuil et croisa les bras sans relever.

— Que s'est-il passé ? lui intima Alexander.

— Écoutez, si vous vouliez quelqu'un pour l'espionner, vous auriez dû l'envoyer ailleurs. Pas dans mon immeuble. Vous n'avez jamais précisé ce que j'étais censé surveiller.

— Cela me paraissait évident.

— Pas à moi. Notre accord n'a jamais rien couvert de tel. Souvenez-vous, je vous rendais service de temps à autre quand j'étais à l'étranger et que nos sphères d'intérêt coïncidaient. J'achetais un renseignement, je prenais un contact de niveau inférieur, je gardais les yeux ouverts dans certaines des zones politiquement sensibles où nous menions nos tests. Mais cela s'arrêtait là. Vous le savez aussi bien que moi. Alors n'essayez pas de réécrire les règles, maintenant. C'est trop tard.

Alexander s'assit en face de Frank.

— Alors qu'étiez-vous censé faire, à votre avis ?

— Rester en alerte, voir qui elle fréquentait, ce genre de trucs. Regarder son courrier dans l'entrée…

— Et qui fréquentait-elle ?

— À part moi, personne, pour ce que j'en sais. Je ne l'ai jamais vue avec quelqu'un d'autre. Quant à vérifier son courrier, je ne me suis jamais embêté à le faire. Et pour être honnête, après lui avoir parlé une ou deux fois, je me suis désintéressé de ce que vous souhaitiez.

Alexander se raidit.

— Ah ! un romantique. Comme c'est touchant.

— Vous ne me donnez pas l'impression d'être du genre à pouvoir comprendre ce genre de choses.

— Et où est-elle maintenant, à votre avis ?

— Je n'en ai aucune idée. Elle n'a jamais dit qu'elle partait quelque part. La dernière chose qu'elle m'ait dite, c'était : « À ce soir. »

— Vous pensez que vous la reverrez ?

Frank secoua la tête.

— Non.

— Pourquoi pas ? Je croyais que vous étiez tous les deux…

— Elle ne va pas risquer de prendre contact avec moi, à cause de vous.

— Vous n'en savez rien.

— En fait, si. Je sais qui elle est en réalité. Elle s'appelle Stephanie Patrick. Elle m'a tout raconté. Sans vous évoquer, ce qui devait être une tentative de me protéger. Elle ignorait complètement que je savais déjà qui vous étiez. Et ce que vous étiez.

Alexander réfléchit un moment.

— Alors vous l'avez perdue, j'en ai peur.

— Et vous aussi. La différence, c'est que cela me fait plaisir de la savoir enfin libre.

Un taxi noir déposa Frank dans Curzon Street et il entra au supermarché Europa pour acheter du lait et du pain. C'est là qu'il avait rencontré Marina, non, Stephanie, dans une de ces allées. Elle avait été hostile et cette pensée le faisait sourire, à présent. En fait, c'était un doux miracle qu'ils soient tombés amoureux. Il régla ses achats et sortit. La pluie était torrentielle à présent. À côté de lui, il y avait un homme sur le pas de la porte, essayant de se protéger du plus gros du déluge. Il était en train de se rouler habilement une cigarette, malgré trois pansements à la main droite et deux autres à la main gauche. Il l'alluma et dit :

— J'ai un message pour vous.

Frank crut avoir mal entendu.

— Quoi ?

— Elle m'a appelé hier soir. De Paris. Elle part ce matin, mais elle m'a demandé de vous trouver.

Un éclair illumina Curzon Street, suivi d'un coup de tonnerre qui les fit sursauter. Frank avait trop de questions à poser. Il fixa l'homme qui parut comprendre et lui sourit.

— Bien, vous voulez l'entendre ce message, oui ou non ?

De retour dans son bureau, Alexander était près de la fenêtre quand l'éclair jeta sur le décor une lumière négative. La pluie ruisselait sur la vitre. Il revint à son bureau et prit la cassette. C'était un message laissé sur le répondeur d'Adelphi Travel, à dix heures, la veille. On avait localisé l'origine de l'appel : une cabine téléphonique, à Paris. Alexander glissa la cassette dans l'appareil et appuya sur « play » :

Khalil est mort. Même si on vous affirme le contraire, n'en croyez rien. Khalil est mort. Je l'ai tué. Et quoi que vous puissiez en penser, le contrat qui nous lie est arrivé à son terme. Ne cherchez pas à me retrouver. Vous ne réussirez pas – vous m'avez trop bien formée pour ça. Comme le monde est grand, il n'est pas nécessaire que nos chemins se croisent. Mais sachez ceci : je vais vous surveiller vous et ce qui reste de ma famille. S'il leur arrive quoi que ce soit, je sortirai de l'ombre une dernière fois avant de disparaître de nouveau, à jamais. Vous comprenez ? Je l'espère, pour votre bien. Si vous me revoyez, je serai votre dernière vision.

Cet ouvrage a été composé
par Facompo, à Lisieux (Calvados)

Impression réalisée par
CPI France
en février 2020
pour le compte des Éditions Archipoche

Imprimé en France
N° d'édition : 599
N° d'impression : 3038337
Dépôt légal : mars 2020